文 獻 足 徵

—以《大清太祖武皇帝實錄》
滿文本爲中心的比較研究

莊吉發 編譯

滿 語 叢 刊

文史哲出版社印行

國家圖書館出版品預行編目資料

文獻足徵 — 以《大清太祖武皇帝實錄》滿
文本為中心的比較研究 / 莊吉發編譯. -- 初版
-- 臺北市：文史哲，民 107.08
　頁；　公分（滿語叢刊；32）
　ISBN 978-986-314-419-9（平裝）

1.滿語　2.讀本

802.918　　　　　　　　　　　107010921

滿　語　叢　刊　32

文　獻　足　徵
——以《大清太祖武皇帝實錄》
滿文本為中心的比較研究

編譯者：莊　　　　吉　　　　發
出版者：文　史　哲　出　版　社
　　　　http://www.lapen.com.tw
　　　　e-mail:lapen@ms74.hinet.net
登記證字號：行政院新聞局版臺業字五三三七號
發行人：彭　　　　正　　　　雄
發行所：文　史　哲　出　版　社
印刷者：文　史　哲　出　版　社
　　　　臺北市羅斯福路一段七十二巷四號
　　　　郵政劃撥帳號：一六一八〇一七五
　　　　電話886-2-23511028 · 傳真886-2-23965656

實價新臺幣七〇〇元

二〇一八年（民一〇七）八　月　初　版
二〇一八年（民一〇七）九月初版二刷

ISBN 978-986-314-419-9　　　65132

文獻足徵

——以《大清太祖武皇帝實錄》滿文本為中心的比較研究

目　次

文獻足徵

——以《大清太祖武皇帝實錄》滿文本
為中心的比較研究

導　讀

　　我國歷代以來，就是一個多民族的國家，各兄弟民族多有自己的民族語言和文字。滿洲先世，出自女眞，蒙古滅金後，女眞遺族散居於混同江流域，開元城以北，東濱海，西接兀良哈，南鄰朝鮮。由於元朝蒙古對東北女眞的長期統治，以及地緣的便利，在滿洲崛起以前，女眞與蒙古的接觸，已極密切，蒙古文化對女眞產生了很大的影響，女眞地區除了使用漢文外，同時也使用蒙古語言文字。明代後期，滿族的經濟與文化，進入迅速發展階段，但在滿洲居住的地區，仍然沒有自己的文字，其文移往來，主要使用蒙古文字，必須「習蒙古書，譯蒙古語通之。」使用女眞語的滿族書寫蒙古文字，未習蒙古語的滿族則無從了解，這種現象實在不能適應新興滿族共同體的需要。明神宗萬曆二十七年（1599）二月，清太祖努爾哈齊命巴克什額爾德尼等人創造滿文。滿文本《大清太祖武皇帝實錄》記載清太祖努爾哈齊與巴克什額爾德尼等人的對話，先將滿文影印如後，並轉寫羅馬拼音，照錄漢文內容。

《大清太祖武皇帝實錄》滿文

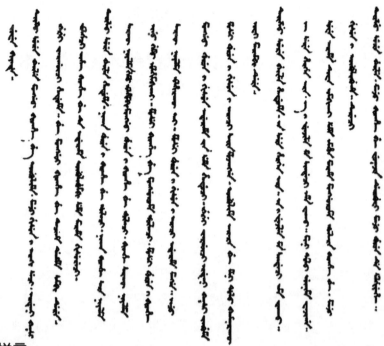

羅馬拼音

juwe biyade, taidzu sure beile monggo bithe be kūbulime, manju gisun i araki seci, erdeni baksi, g'ag'ai jargūci hendume, be monggoi bithe be taciha dahame sambi dere. julgeci jihe bithe be te adarame kūbulibumbi seme marame gisureci. taidzu sure beile hendume, nikan gurun i bithe be hūlaci, nikan bithe sara niyalma, sarkū niyalma gemu ulhimbi. monggo gurun i bithe be hūlaci, bithe sarkū niyalma inu gemu ulhimbikai. musei bithe be monggorome hūlaci musei gurun i bithe sarkū niyalma ulhirakū kai. musei gurun i gisun i araci adarame mangga, encu monggo gurun i gisun adarame ja seme henduci. g'ag'ai jargūci, erdeni baksi jabume, musei gurun i gisun i araci sain mujangga. kūbulime arara be meni dolo bahanarakū ofi marambi dere. taidzu sure beile hendume, a sere hergen ara, a i fejile ma sindaci ama wakao. e sere hergen ara, e i fejile me sindaci eme wakao. mini dolo gūnime wajiha. suwe arame tuwa ombikai seme emhun marame monggorome hūlara bithe be manju gisun i kūbulibuha. tereci taidzu sure beile manju bithe be fukjin deribufi manju gurun de selgiyehe[1].

---

[1] 《大清太祖武皇帝實錄》，滿文本（北京，民族出版社，2016 年 4 月），

漢譯內容

　　二月，太祖欲以蒙古字編成國語，榜識厄兒得溺、剛蓋對曰：「我等習蒙古字，始知蒙古語，若以我國語編創譯書，我等實不能。」太祖曰：「漢人念漢字，學與不學者皆知；蒙古之人念蒙古字，學與不學者亦皆知。我國之言，寫蒙古之字，則不習蒙古語者，不能知矣，何汝等以本國言語編字為難，以習他國之言為易耶？」剛蓋、厄兒得溺對曰：「以我國之言編成文字最善，但因翻編成句，吾等不能，故難耳。」太祖曰：「寫阿字下合一媽字，此非阿媽乎（阿媽，父也）？厄字下合一脉字，此非厄脉乎（厄脉，母也）？吾意決矣，爾等試寫可也。」于是自將蒙古字編成國語頒行，創製滿洲文字，自太祖始[2]。

　　前引「國語」，即滿洲語；榜識厄兒得溺，即巴克什額爾德尼；剛蓋，即扎爾固齊噶蓋。清太祖，滿文作 "taidzu sure beile"，漢字音譯可作「太祖淑勒貝勒」。清太祖努爾哈齊為了文移往來及記注政事的需要，即命巴克什額爾德尼等仿 照老蒙文創製滿文，亦即以老蒙文字母為基礎，拼寫女真語 音，聯綴成句。例如將蒙古字母的「ᠠ」（a）字下接「ᠮᠠ」（ma）字就成「ᠠᠮᠠ」（ama），意即父親。將老蒙文字母的「ᡝ」（e）字下接「ᠮᡝ」（me），就成「ᡝᠮᡝ」（eme），意即母親。這種由畏兀兒體老蒙文脫胎而來的初期滿文，在字旁未加圈點，僅稍改變老蒙文的字母形體。這種未加圈點的滿文，習稱老滿文，使用老滿文記注的檔案，稱為無圈點檔。臺北國立故宮博物院典藏無圈點檔最早的記事，始自明神宗萬曆三十五年（1607），影印二頁如下。

卷二，頁 119-121。
[2]　《大清太祖武皇帝實錄》，漢文本（臺北，國立故宮博物院），卷二，頁 1。

無圈點老滿文檔　　　　　　丁未年（1607）

　　由老蒙文脫胎而來的無圈點老滿文，是一種拼音系統的文字，用來拼寫女真語音，有其實用性，學習容易。但因其未加圈點，不能充分表達女真語音，而且因滿洲和蒙古的語言，彼此不同，所借用的老蒙文字母，無從區別人名、地名的讀音，往往彼此雷同。天聰六年（1632）三月，清太宗皇太極命巴克什達海將無圈點滿文在字旁加置圈點，使其音義分明。《大清太宗文皇帝實錄》記載諭旨云：

> 上諭巴克什達海曰：「國書十二頭字，向無圈點，上下字雷同無別，幼學習之，遇書中尋常語言，視其文義，易於通曉。若至人名地名，必致錯誤，爾可酌加圈點，以分析之，則音義明曉，於字學更有裨益矣[3]。」

引文中「國書十二頭字」，即指滿文十二字頭。達海是滿洲正藍旗人，九歲即通滿、漢文義，曾奉命繙譯《大明會典》、《素書》、《三略》等書。達海遵旨將十二字頭酌加圈點於字旁，又將滿文與漢字對音，補所未備。舊有十二字頭為正字，新補為外字，其未盡協者，則以兩字合音為一字，至此滿文始大備[4]。達海奉命改進的滿文，稱為加圈點滿文，習稱新滿文。

滿洲文字的創製，是清朝文化的重要特色。滿洲文，清朝稱為清文，滿洲語稱為國語。民初清史館曾經纂修《國語志稿》，共一百冊，第一冊卷首有奎善撰〈滿文源流〉一文，略謂：

> 滿洲初無文字，太祖己亥年二月，始命巴克什（師也）額爾德尼、噶蓋，以蒙古字改制國文，二人以難辭。上曰，無難也，以蒙古字合我國語音，即可因文見義焉，遂定國書，頒行傳布。其字直讀與漢文無異，但自左而右，適與漢文相反。

3　《大清太宗文皇帝實錄》，卷十一，頁 13。天聰六年三月戊戌，上諭。
4　《清史稿校註・達海傳》（臺北，國史館，1988 年 8 月），第十冊，頁 8001。

案文字所以代結繩，無論何國文字，其糾結屈曲，無不含有結繩遺意。然體制不一，則又以地勢而殊。歐洲多水，故英法諸國文字橫行，如風浪，如水紋。滿洲故里多山林，故文字矗立高聳，如古樹，如孤峯。蓋制造文字，本乎人心，人心之靈，實根於天地自然之理，非偶然也。其字分真行二種，其字母共十二頭，每頭約百餘字，然以第一頭為主要，餘則形異音差，讀之亦簡單易學。其拼音有用二字者，有用四、五字者，極合音籟之自然，最為正確，不在四聲賅備也。至其意蘊閎深，包孕富有，不惟漢文所到之處，滿文無不能到，即漢文所不能到之處，滿文亦能曲傳而代達之，宜乎皇王制作行之數百年而流傳未艾也。又考自入關定鼎以來，執政臣工或有未曉者，歷朝俱優容之，未嘗施以強迫。至乾隆朝雖有新科庶常均令入館學習國文之舉，因年長舌強，誦讀稍差，行之未久，而議遂寢，亦美猶有憾者爾。茲編纂清史伊始，竊以清書為一朝創製國粹，未便闕而不錄，謹首述源流大略，次述字母，次分類繙譯，庶使後世徵文者有所考焉[5]。

滿文的創製，有其文化、地理背景，的確不是偶然的。滿文義蘊閎深，漢文所到之處，滿文無不能到，都具有「文以載道」的能力。

清太祖、太宗時期，滿洲記注政事及抄錄往來文書的檔冊，主要是以無圈點老滿文及加圈點新滿文記載的老檔，可以稱之爲《滿文原檔》。滿洲入關後，《滿文原檔》由盛京移至北京，由內閣掌

---

[5] 奎善撰〈滿文源流〉，《國語志稿》（臺北，國立故宮博物院），《清史館檔》，第一冊，頁1。

管，內閣檔案中有老檔出納簿，備載閣僚借出卷冊時日，及繳還後塗銷的圖記。

　　乾隆六年（1741），清高宗鑒於內閣大庫所藏無圈點檔冊，年久敝舊，所載字畫，與乾隆年間通行的新滿文不同，諭令大學士鄂爾泰等人按照新滿文，編纂《無圈點字書》，書首附有奏摺，其內容如下：

> 內閣大學士太保三等伯臣鄂爾泰等謹奏，為遵旨事。乾隆六年七月二十一日奉上諭：「無圈點字原係滿文之本，今若不編製成書貯藏，日後失據，人將不知滿文筆端於無圈點字。著交鄂爾泰、徐元夢按照無圈點檔，依照十二字頭之順序，編製成書，繕寫一部。並令宗室覺羅學及國子監各學各鈔一部貯藏。欽此。」臣等詳閱內閣庫存無圈點檔，現今雖不用此體，而滿洲文字實筆基於是。且八旗牛彔之淵源，賞給世職之緣由，均著於斯。檔內之字，不僅無圈點，復有假借者，若不融會上下文字之意義，誠屬不易辨識。今奉聖旨編書貯藏，實為注重滿洲文字之根本，不失其考據之至意。臣謹遵聖旨，將檔內之字，加設圈點讀之。除可認識者外，其有與今之字體不同，及難於辨識者，均行檢出，附註現今字體，依據十二字頭編製成書，謹呈御覽。俟聖裁後，除內閣貯藏一部外，並令宗室覺羅學及國子監等學各鈔一部貯存，以示後人知滿洲文字筆端於此。再查此檔因年久殘闕，既期垂之永久，似應逐頁托裱裝訂，為此謹奏請旨。乾隆六年十一月十一日，大學士太保三等伯鄂爾泰、尚書銜太子少保徐元夢奏。本日奉旨：「將此摺錄於書首，照繕三帙呈進，餘依議[6]。」

6　張玉全撰〈述滿文老檔〉，《文獻論叢》（臺北，臺聯國風出版社，1967年10月），論述二，頁207。

由鄂爾泰、徐元夢奏摺可知清高宗對《滿文原檔》的重視。內閣大庫所存《無圈點檔》就是《滿文原檔》中使用無圈點老滿文書寫的檔冊，記錄了八旗牛条的淵源，及賞給世職的緣由等等。但因《無圈點檔》年久殘闕，所以鄂爾泰等人奏請逐頁托裱裝訂。鄂爾泰等人遵旨編纂的無圈點十二字頭，就是所謂《無圈點字書》（tongki fuka akū hergen i bithe）。

乾隆四十年（1775）二月十二日，軍機大臣具摺奏稱：「內閣大庫恭藏無圈點老檔，年久蠹舊，所載字畫，與現行清字不同。乾隆六年奉旨照現行清字纂成無圈點十二字頭，以備稽考。但以字頭釐正字蹟，未免逐卷翻閱，且老檔止此一分，日久或致擦損，應請照現在清字，另行音出一分，同原本恭藏。」奉旨：「是，應如此辦理[7]。」所謂《無圈點老檔》，就是內閣大庫保存的原本，亦即《滿文原檔》。軍機大臣奏准依照通行新滿文另行音出一分後，即交國史館纂修等官，加置圈點，陸續進呈。惟其重抄工作進行緩慢，同年三月二十日，大學士舒赫德等又奏稱：「查老檔原頁共計三千餘篇，今分頁繕錄，並另行音出一分；篇頁浩繁，未免稽延時日。雖老檔卷頁，前經托裱；究屬年久蠹舊，恐日久摸擦，所關甚鉅。必須迅速趕辦，敬謹尊藏，以昭慎重[8]。」重抄的本子有兩種：一種是依照當時通行的新滿文繕寫並加簽注的重抄本；一種是仿照無圈點老滿文的字體抄錄而刪其重複的重抄本。乾隆四十三年（1778）十月以前完成繕寫的工作，貯藏於北京大內，可稱之為北京藏本。乾

---

[7] 《大清高宗純皇帝實錄》，卷九七六，頁 28，乾隆四十年二月庚寅，據軍機大臣奏。

[8] 徐中舒撰〈再述內閣大庫檔案之由來及其整理〉，《中央研究院歷史語言研究所集刊》，第三本，第四分（北平，中央研究院，1931 年），頁 569。

隆四十五年（1780）初，又按無圈點老滿文及加圈點新滿文各抄一分，齎送盛京崇謨閣貯藏。福康安於〈奏聞尊藏老檔等由〉一摺指出：

> 乾隆四十五年二月初四日，盛京戶部侍郎全魁自京　回任，遵旨恭齎無圈點老檔前來，奴才福康安謹即出郭恭請聖安，同侍郎全魁恭齎老檔至內務府衙門，查明齎到老檔共十四包，計五十二套，三百六十本，敬謹查收。伏思老檔乃紀載太祖、太宗發祥之事實，理宜遵旨敬謹尊藏，以垂久遠。奴才福康安當即恭奉天命年無圈點老檔三包，計十套，八十一本；天命年加圈點老檔三包，計十套，八十一本，於崇謨閣太祖實錄、聖訓匱內尊藏。恭奉天聰年無圈點老檔二包，計十套，六十一本；天聰年加圈點老檔二包，計十套，六十一本。崇德年無圈點老檔二包，計六套，三十八本；崇德年加圈點老檔二包，計六套，三十八本，於崇謨閣太宗實錄、聖訓匱內尊藏，並督率經管各員，以時晒晾，永遠妥協存貯[9]。

　　福康安奏摺已指出崇謨閣尊藏的抄本，分為二種：一種是《無圈點老檔》，內含天命朝、天聰朝、崇德朝，共七包，二十六套，一百八十本；一種是《加圈點老檔》，內含天命朝、天聰朝、崇德朝，共七包，二十六套，一百八十本。福康安奏摺於乾隆四十五年（1780）二月初十日具奏，同年三月十七日奉硃批。福康安奏摺中所謂《無圈點老檔》和《加圈點老檔》，都是重抄本，不是《滿文原檔》，亦未使用《滿文老檔》的名稱。貯藏盛京崇謨閣的老檔重抄本，可以稱之為盛京藏本。乾隆年間重抄本，無論是北京藏本或

9　《軍機處檔・月摺包》，第2705箱，118包，26512號。乾隆四十五年二月初十日，福康安奏摺錄副。

盛京藏本,其書法及所用紙張,都與滿洲入關前記錄的《滿文原檔》
不同。北京藏本與盛京藏本,在內容及外形上並無差別,「唯一不
同的是北平藏本中有乾隆朝在文裡很多難通晦澀的詞句間所加的
附註,而盛京本沒有[10]。」為了比較無圈點檔與加圈點檔的異同,
可將北京藏本太祖朝重抄本第一冊,第一、二頁節錄影印如下,並
轉寫羅馬拼音,譯出漢文如後。

加圈點新滿文檔

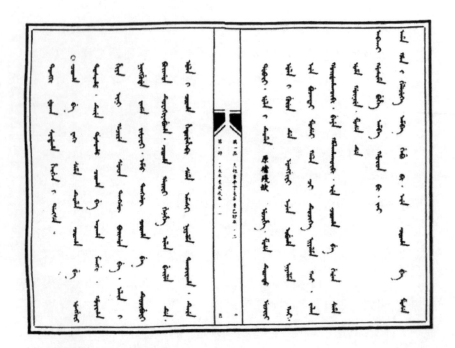

羅馬拼音（加圈點檔）

---

[10] 陳捷先撰〈舊滿洲檔述略〉,《舊滿洲檔》(臺北,國立故宮博物院,
　　1969 年),第一冊,頁 12。

tongki fuka sindaha hergen i dangse. cooha be waki seme tumen cooha be unggifi tosoho, tere tosoho cooha be acaha manggi, hūrhan hiya ini gajire sunja tanggū boigon be, alin i ninggude jase jafafi, emu tanggū cooha be tucibufi boigon tuwakiyabuha, cooha gaifi genehe ilan beile de, ula i cooha heturehebi seme amasi niyalma takūraha, tere dobori, ula i tumen……ujihe, muse tuttu ujifi ula i gurun de unggifi ejen obuha niyalma kai, ere bujantai musei gala ci tucike niyalma kai, jalan goidahakūbi, beye halahakūbi, ere cooha be geren seme ume gūnire, muse de abkai gosime buhe amba horon bi, jai ama han i gelecuke amba gebu bi, ere cooha be muse.[11]

漢文繙譯（加圈點檔）

欲殺我兵，發兵一萬截於路。遇其截路之兵後，扈爾漢侍衛將其收回之五百戶眷屬，結寨於山巔，派兵百名守護，並遣人回返，將烏喇兵截路情形報告領兵三位貝勒。是夜，烏喇之萬兵〔原檔殘缺〕收養之。我等如此拳養遣歸烏喇國為君之人哉！此布占泰乃從我等手中釋放之人啊！年時未久，其身猶然未改，勿慮此兵眾多，我等荷天眷，仗天賜宏威，又有父汗英名，我等何憂不破此兵。

　　《滿文原檔》是使用早期滿文字體所記載的原始檔冊，對滿文由舊變新發展變化的過程，提供了珍貴的語文研究資料。乾隆年間，內閣大學士鄂爾泰等人已指出，滿文肇端於無圈點字，內閣大庫所保存的「無圈點檔」，檔內之字，不僅無圈點，復有假借者，若不融會上下文字的意義，誠屬不易辨識。因此，遵旨將檔內文字

11　《內閣藏本滿文老檔》（瀋陽，遼寧民族出版社，2009 年 12 月），第一冊，頁 5。

加設圈點，除可認識者外，其有難於辨識者，均行檢出，附註乾隆年間通行字體，依據十二字頭編製成書。張玉全撰〈述滿文老檔〉一文已指出，乾隆年間重抄的加圈點《滿文老檔》，將老滿字改書新體字，檔內有費解的舊滿語，則以新滿語詳加注釋，並將蒙文迻譯滿文，其功用較之鄂爾泰所編的《無圈點字書》，似覺更有價值，並非僅重抄而已。誠然，重抄本《滿文老檔》的價值，不僅是加圈點而已。《內閣藏本滿文老檔》對詮釋《滿文原檔》文字之處，確實值得重視。

　　清太祖實錄始修於清太宗時。天聰九年（1635）八月，畫工張儉、張應魁合繪清太祖戰圖告成。因其與歷代帝王實錄體例不合，尋命內國史院大學士希福、剛林等以滿、蒙、漢三體文字改編實錄，去圖加謐。崇德元年（1636）十一月，纂輯告成，題為《大清太祖承天廣運聖德神功肇紀立極仁孝武皇帝實錄》，簡稱 《大清太祖武皇帝實錄》，計四卷，是為清太祖實錄初纂本。清世祖順治初年，重繕《清太祖武皇帝實錄》，書中於康熙以降諸帝御名諱俱不避。

　　清聖祖康熙二十一年（1682）十一月，特開史局，命大學士勒德洪為監修總裁官，明珠、王熙、吳正治、李霨、黃機等為總裁官，仿清太宗實錄體裁，重修清太祖實錄。辨異審同，增刪潤飾，釐為十卷，並增序、表、凡例、目錄，合為十二卷。康熙二十五年（1686）二月，書成，題為《大清太祖承天廣運聖德神功肇紀立極仁孝睿武弘文定業高皇帝實錄》，簡稱《大清太祖高皇帝實錄》。清世宗雍正十二年（1734）十一月，復加校訂，酌古準今，辨正姓氏，劃一人名、地名，歷時五載，清高宗乾隆四年（1739）十二月，始告成書，計實錄十卷，序、表、凡例、目錄三卷，合為十三卷。

　　清太祖實錄，屢經重修，盡刪所諱，湮沒史蹟。《大清太祖武皇帝實錄》為初纂本，書法質樸，譯名俚俗，保存原始史料較豐富。臺北國立故宮博物院現藏《大清太祖武皇帝實錄》，漢文本三部，每部各四卷,各四冊,計十二冊;滿文本卷二至卷四,存一部三冊,缺卷一,一冊。

　　由於《大清太祖武皇帝實錄》滿漢文本的分存各地,其內容及典藏概況,引起滿學研究者的關注。臺北國立故宮博物院現藏《大清太祖武皇帝實錄》滿文本與日本《東方學紀要》影印滿文本,其來源如何?對照滿漢文的人名、地名,有助於了解《大清太祖武皇帝實錄》滿文本與《滿洲實錄》滿文本的異同。清太祖努爾哈齊創製滿文,促進了滿洲文化的發展,對滿洲民族共同體的形成,起了積極的作用。以創製滿文為主題,進行比較,有助於了解《大清太祖武皇帝實錄》滿文與《滿洲實錄》滿文的差異。天命三年(1618),清太祖努爾哈齊以七宗惱恨興師伐明,滿文檔案文獻所載內容詳略不同,可進行比較。清太祖努爾哈齊率兵圍攻撫順時致書遊擊李永芳,其滿文書信是重要文獻,諸書記載,有何異同?本書嘗試以滿文本《大清太祖武皇帝實錄》為中心進行比較,旨在說明滿文檔案文獻的史料價值,文獻足徵。

一、滿洲發祥──《大清太祖武皇帝實錄》漢文本與《大清太祖高皇帝實錄》漢文本的比較

　　清太祖實錄,屢經重修,其內容頗有增損。繕本《大清太祖武皇帝實錄》為太祖實錄初纂本,成書較早,所載史事,較近歷史事實,於清朝先世,直書不諱,不失滿洲舊俗。《大清太祖高皇帝實錄》經清聖祖以降歷朝再三修改潤飾,斟酌損益,史實已晦,雖有正誤之功,究難掩諱飾之過。為便於比較,先將繕本《清太祖武皇帝實錄》漢文本、《大清太祖高皇帝實錄》漢文本記載清朝先世發祥的經過,節錄其內容,影印於後。

大清太祖承天廣運聖德神功肇紀立極仁孝武皇帝實錄卷之一

實錄卷一

一

一、長白山高約二百里、週圍約千里、此山之上有一潭、名他們、週圍約八十里、鴨綠、混同、愛滹三江俱從此山流出。鴨綠江自山南瀉出、向西流、直入遼東之南海。混同江自山北瀉出、向北流、直入北海。愛滹江向東流、直入東海。此三江中每出珠寶。長白山山高地寒、風勁不休、夏日環山之獸、俱投憩此山中。此山盡是浮石、乃東北一名山也。

滿洲源流、滿洲原起于長白山之東址布庫里山下一泊、名布兒湖里。初天降三仙女浴於泊、長名恩古倫、次名正古倫、三名佛古倫。浴畢有神鵲啣一朱果、置佛古倫衣上、色甚鮮妍。佛古倫愛之、不忍釋手、遂啣口中。甫著衣、其果入腹中、即感而成孕。告二姉曰、吾覺腹重、不能同升、奈何。二姉曰、吾等曾服丹藥、諒無死理、此乃天意、俟爾身輕上昇未晚。遂別去。佛古倫後生一男、生而能言、倏爾長成。母告子曰、天生汝、實令汝以定亂國、主可往彼處、將所生緣由一一詳說。乃與一舟、順水去、即其地也。言訖忽不見。其子乘舟順流而下、至於人居之處、登岸、折柳條為坐具、似椅形、獨踞其上。彼時長白山東南鰲莫惠（鰲莫和地名）鰲朵里城内有三姓夷酋爭長、

《大清太祖武皇帝實錄》，卷一，頁一

實錄卷一

二

相殺、傷遍地。一人來取水、見其子舉止奇異、相貌非常、回至爭長處曰、汝等無爭、我於取水處遇一奇男子、非凡人也。想天不虛生此人、衆皆往觀之、及問、佛古倫所生緣由、衆曰、此人不可使之徒行、遂相插手為輿、擡而回。三酋長息爭、共奉佛古倫所生之子布庫里英雄為主、以百里女妻之、其國定號滿洲、乃其始祖也。（南朝誤名建州）歷數世後、其子孫暴虐、部屬遂叛、於六月間將所居鰲朵里攻破、

盡殺其闔族子孫、内有一幼兒、名范察、脫身走至曠野、後兵追之、會有一神鵲棲兒頭上、追兵謂人首無鵲棲之理、疑為枯木樁、遂回。於是范察得出、遂隱其身以終焉。滿洲後世子孫、俱以鵲為祖、故不加害。其子孫都督孟特木、智勇兼全、且有壯志、

祖孫以之子孫四十餘、計誘於蘇河虎欄哈達山下黑秃阿剌、距鰲朵里西二千五百餘里、居於黑秃阿剌。秃阿剌卒、生子福滿以雪仇、既得遂釋之、於是孟特木、鄰酋孟特木生二子、長名充善、次

居於黑秃阿剌、名除煙、克善生三子、長名妥落、次名妥、名充善、次名石報

《大清太祖武皇帝實錄》，卷一，頁二

帝報奇生一子都督福滿福滿生六子長名德石庫
次名劉諱三子曹常剛四名覺常剛五名豹郎門六名
豹石德石庫住覺里父地方劉諱住阿哈河洛地方曹
常剛住河洛剛善地方覺常剛住其祖處黑兔阿利地
方豹郎剛住尼麻蘭地方豹石住張家地方六子六處
各立城池稱為六王乃六祖也
（六王乃六祖也，其城環里先門相遠者不過二十里遠不過）
長名祿胡臣次名麻寧格三名談吐三名娘吉
名蘇目代夫次名談吐三名娘吉二祖劉常剛生三子
名非英致四祖覺常剛生五子長名李敦把土魯把土
魯非英致四祖覺常剛生五子
子長名李太次名武太三名繹氣阿米古四名龍敦五
塔又五祖豹郎剛生二子長名對春次名稜得恩六祖
豹石土四子長名廉嘉次名阿哈納三名都後四名
豹里火後彼時有一人名灼沙納生九子背強悍又一
人名加虎生七子俱驍勇每各處撲寨時覺常剛有才
特其強勇每各處撲寨時覺常剛身披重鎧連環
英勇遂率其本族六王將二姓盡滅之自五嶺迤東蘇

《大清太祖武皇帝實錄》，卷一，頁三

蘇河迤西二百里內諸部盡時賓服六王自此強盛初
豹石次子阿哈納王沙革連部欲聘部長巴斯漢把土
魯妹為妻巴斯漢曰爾雖六王子孫家貧吾妹必不妻
汝阿哈納曰次雖不允吾次甘心遂剖髮留衛而去
巴斯漢東果部長克轍胺富遂以妹妻其子尼豹機
後尼兒機目巴斯漢胺之名克轍機
牟賊初時路人怨傳阿哈納之名者
之子阿哈納欲聘吾兄不允吾兒遂娶今殺吾
厄吐漢祿部下九賊截殺之
屬有曹常剛部落尼革奇尼聞其言遣使往告克
轍曰汝子非豹石之子所殺乃厄吐阿祿部下九賊殺
之我擒此九賊與爾爾當順我克轍曰吾彼殺何故
入令我降則不過以路遠之尼吐阿祿為辭耳吾地
我擒此九賊何不以金帛鎖連
汗擒此九賊與我面筭若係賊殺我即便往告其主曹常剛
時有曹常剛部落尼革奇尼聞之即往告其主曹常剛
私遣人往諷克轍曰汝子是我部下兄萌革與尼革奇
私謀殺若以金帛遺我我當殺此二人克轍曰哈達汗
格謀殺若以金帛遺我我當殺此二人克轍曰哈達汗

《大清太祖武皇帝實錄》，卷一，頁四

言尼吐阿棟部下九賊殺之兩又云爾部人殺之此必汝等設計誆我于是遂成仇就因引兵以克六王東南所屬二處六王不能支相謀曰我等同祖所生今分居十二處甚是渙散何不聚居共相保守家議定獨成太不從曰我等同住一處雖難以生息吾今諸美父哈達汗處借兵報復於是遂借兵杖攻克徹二次復具數寨初未借兵之先六王與哈達國汗五相結親兵勢此膚日惜兵杖之先六王之甥漸寬萬剛第四子塔石搆夫人乃阿姑都督長女姓奚塔喇名尾墨氣生三子長名覺禺兒哈奇　次名春兒哈奇號打剌漢把土骨三名牙兄奇次夫人乃哈達國汗所養秩女姓納喇名搢姐生一子名把牙剌號兆里兄言號革卜側宣生一子名禿兒哈奇號鄉把土骨初尾墨氣辱十三月生太祖時已未歲大明嘉靖三十八年也是時有識見之長耆言滿洲必有大賢人出戰亂致治服諸國而為帝此言傳聞人皆妄為期詐太祖生鳳眼大耳面如冠玉身體高聳骨格雄偉言詞明

《大清太祖武皇帝實錄》，卷一，頁五

奥蠻音聲亮一聽不忘一見即識龍行虎步舉止威嚴其心忠實剛果任賢不二去邪無疑武藝超羣英勇蓋世深謀遠略用兵如神因此號為明汗十歲時喪母繼母之父惡之遂分居早已十九矢家私止給戰馬頃後見。太祖有才智復以家私與之太祖終不受時各部滿洲國擾亂者有蘇蘇河部王家東果部析陳部長白山內陰部鴨綠江部東海尼言部輝兒哈部虎兒哈部胡龍國中尼剌部哈達部夜黑部彈發哥部師起貹擗王爭長互相戰殺甚且骨肉相殘強凌弱眾暴寡太祖恩威並行順者以德服逆者以兵臨於是削平諸部後改起大明遼東諸城諸部世系无剌國本名胡龍姓納喇後居尼剌河故名尼剌始祖名納奇卜祿生上江朵里和氣上江朵里和氣生加麻哈芍朱戶加麻哈芍朱戶生瑞吞瑞吞生杜兄機杜兄機生二子長名兄世納都督次名庫准赤顏兄世

大清太祖武皇帝實錄》，卷一，頁六

《大清太祖高皇帝實錄》，卷一，頁一

大清太祖承天廣運聖德神功肇紀立極仁孝
睿武端毅欽安弘文定業高皇帝實錄卷之一

敕修

總裁官光祿大夫經筵講官太保保和殿大學士...

敕恭校

太祖承天廣運聖德神功肇紀立極仁孝睿武端毅
欽安弘文定業高皇帝姓愛新覺羅氏諱
先世發祥於長白山是山高二百餘里綿亙
千餘里樹峻極之雄觀萃扶與之靈氣山之
上有潭曰闥門周八十里源深流廣鴨綠混
同愛滹三江之水出焉鴨綠江自山南西流

《大清太祖高皇帝實錄》，卷一，頁二

入遼東之南海混同江自山北流入北海愛
滹江東流入東海三江孕奇蘊異所產珠璣
珍貝為世重其山風勁氣寒奇木靈藥應
候挺生每夏日環山之巔畢樓息其中山之
東有布庫里山山下有池曰布爾湖里相傳
有天女三曰恩古倫次正古倫次佛庫倫浴
於池浴畢有神鵲銜朱果置季女愛
之不忍置諸地含口中甫被衣忽已入腹遂
有身告二姊曰吾身重不能飛昇奈何二姊
曰吾等列仙籍無他虞也此天投爾娠俟兒
身柔產列已別去佛庫倫尋產一男生而
能言體貌奇異及長母告以吞朱果有身之
故因命之曰汝以愛新覺羅為姓名布庫里
雍順天生汝以定亂國其往治之汝順流而
往即其地也與小舠乘之毋遽渡空去子乘
舠順流下至河步登岸折柳枝及蒿為坐具
端坐其上是時其地有三姓爭為雄長日搆
兵相仇殺亂靡由定有取水河步者見而異

之歸語眾曰汝等勿爭吾取水河步見一男
子察其貌非常人也天必不虛生此人眾往
觀之皆以為異因結所由來答曰我天女佛
庫倫所生姓愛新覺羅氏名布庫里雍順天
生我以定汝等之亂者眾驚曰此天生聖人
也不可使之徒行遂交手為異迎至以女百
里妻之遂定議奉以百里奉為貝勒其國乃
定於是布庫里雍順居長白山東俄漢惠之
野俄朵里城國號曰滿洲是為滿洲開基之
始也歷傳至後世不善撫其國人人叛之
圍俄朵里城布庫里雍順之族誠被戕有幼子
名范察年遁於荒野國人追之會有神鵲止
其首追者遂望鵲栖處疑為枯木遂中道而
近范察獲免隱其身以終焉此後子孫
俱德藏誠勿加害云其後傳至
　肇祖原皇帝諱
恢復為志計誅先世仇人之後四十餘人至
　　　　　生有智略慨然以

《大清太祖高皇帝實錄》，卷一，頁三

蘇克蘇滸河虎攔哈達山下赫圖阿喇地距
俄朵里城西千五百餘里誅其半以雪祖仇
執其半以索舊業既保遷擇之於是
　肇祖居虎攔哈達山下赫圖阿喇地生子二長
充善次諸宴充善生子三長安羅次安義諱
次錫寶齊篇古錫寶齊篇古生子一即
　興祖直皇帝諱
　興祖生子六長德世庫次劉闡次索長阿次即
　景祖翼皇帝諱
　景祖覺爾察地劉闡居阿哈河洛地索長阿
居河洛噶善地
庫居爾察地
寶實居章甲地六人各築城分居而赫圖阿
喇城與五城相距近者五里遠者二十里環
衛而居稱為寧古塔貝勒是為六祖云長祖
德世庫生子三長蘇赫臣代夫次譚圖次尼
陽古篇古二祖劉闡生子三長祿餘臣次馬
寧格次門圖三祖索長阿生子五長李泰次

《大清太祖高皇帝實錄》，卷一，頁四

吳泰次緯奇阿注庫次龍敦次飛永敦
景祖生子五長禮敦巴圖魯次額爾袞次界堪
次即
顯祖宣皇帝諱
塔察篇古五祖包朗
阿生子二長對泰次祿歡六祖寶實生子四
長廉嘉次阿哈納次阿篤齊次多爾郭齊是
時迫地部落中有名碩色納者生子九俱強
悍又有名加虎者生子七俱輕捷多力當身
披鎧甲連躍九牛二族忤其強侵陵諸路
景素多才智子禮敦又英勇率寧古塔諸貝
勒往征之破碩色納子九人滅加虎子七人
盡收五嶺迤東蘇克蘇滸河迤西二百里內
諸部六貝勒由此強盛尋有寶實之子阿哈
納渥濟格欲聘薩克達路長巴斯翰巴圖魯
之妹往結婚巴斯翰巴圖魯曰爾雖寧古塔
貝勒但家素不妻汝阿哈納曰爾不從
吾不已也截髮留之而還後巴斯翰巴圖魯
之子額爾機瓦
以妹妻董鄂部主克轍巴顏之子額爾機瓦

《大清太祖高皇帝實錄》，卷一，頁五

爾嗒額爾機瓦爾嗒自妻家薩克達之地間
至阿布達里籍被托漠河部長額吐阿祿部
下九賊截殺之九賊中亦有名阿哈納者賊
呼其名聞者傳語克納渥濟格欲聘之女吾
子娶之想因此見殺於寧古塔貝勒也時哈
達萬汗開之使人告克轍巴顏曰汝子非寧
古塔人所殺乃額吐阿祿部下九賊殺之我
攜以與爾俱爾仍爾歸附我克轍巴顏曰吾
子被殺泰阿又欲降我此必寧古塔人以額
吐阿祿地遠故為飾詞以妻謝耳吾等乃比
隣兄弟若直至寧古塔人可令償哈達金帛
執九賊與我面質九賊詞服果非寧古塔金
所殺則所償哈達金帛吾倍償之時有索長
阿家人額克泰開之告其主索長阿密遣人
始克轍巴顏曰爾子乃我部下人我當殺之
額克青格所殺我部下人我當殺之爾以金
帛與我克轍巴顏曰哈達萬汗既稱額吐阿

《大清太祖高皇帝實錄》，卷一，頁六

謀部下九賊所殺爾又云爾部人所殺皆爾
寧與塔人數我也遂為仇怨引兵攻掠寧古
塔貝勒所屬東南二路寧古塔貝勒幾不能
支相與謀曰我等皆一祖所生分居十二處
勢渙散雜相聲援當聚族而居既定議索長
阿子吳泰又敗其議曰一處何可居也將不
為聲援哈達萬汗吳泰婦翁也於是借兵攻
萬汗便哈達萬汗吳泰初未借兵之先寧

董鄂部二次獲其數寨初未
塔貝勒與哈達沅互為婚媾自借兵後
古塔貝勒稍示弱焉
宣皇后生子三長即
顯祖嫡妃喜塔喇氏乃阿古都督女是為
上也稱為聰睿貝勒
宣皇后孕十三月乃生歲己未是為明嘉靖三
十八年也次名舒爾哈齊號達爾漢巴圖魯
次名雅爾哈齊繼娶納喇氏乃哈達萬汗所
養族女生子一名巴雅喇號卓禮克圖庶妃

《大清太祖高皇帝實錄》，卷一，頁七

生子一名穆爾哈齊號青巴圖魯先是皇氣
者言滿洲將有聖人出戡定眾亂統一諸國
而履帝位及
上生龍顏鳳目偉軀大耳天表玉立鬚若洪鐘
儀度威重舉止非常英勇蓋世騎射軼倫
謀大略用兵如神而又至誠御物剛果能斷
任賢不貳去邪不疑凡所觀記一經耳目終
身不忘眾稱為英明主云
上十歲時
宣皇后崩繼妃納喇氏撫育寡恩年十九偉分
居予產獨薄後
顯祖知
上有才德復厚予之
上辭不受時諸國紛亂滿洲國之蘇克蘇許河
部渾河部王甲部董鄂部哲陳部長白山之
訥殷部鴨綠江部東海之渥集部瓦爾喀部
庫爾喀部虎倫國之烏喇部哈達部葉赫部
輝發部羣雄蜂起稱王號爭為雄長各主其

《大清太祖高皇帝實錄》，卷一，頁八

　　對照《大清太祖高皇帝實錄》可知，《大清太祖武皇帝實錄》的漢文，譯名俚俗，或同音異譯。譬如：長白山上的潭名，《武皇帝實錄》作「他們」，《高皇帝實錄》作「闥門」。《武皇帝實錄》記載長白山「盡是浮石」，《高皇帝實錄》刪略「盡是浮石」字樣。布庫里山下的池名，《武皇帝實錄》作「布兒湖里」，《高皇帝實錄》作「布爾湖里」。第三仙女的名字，《武皇帝實錄》作「佛古倫」，《高皇帝實錄》作「佛庫倫」。《武皇帝實錄》記載圖騰感孕的內容云：「有神鵲啣一朱果置佛古倫衣上，色鮮甚妍。佛古倫愛之，不忍釋手，遂啣口中，甫着衣，其果入腹中，即感而成孕。」《高皇帝實錄》的記載，經修改潤飾後云：「有神鵲銜朱果置季女衣，季女愛之，不忍置諸地，含口中，甫被衣，忽已入腹，遂有身。」其內容詳略不同。《武皇帝實錄》記載母子一段對話云：「佛古倫後生一男，生而能言，倏爾長成。母告子曰：『天生汝，實令汝為夷國主，可往彼處。』將所生緣由一一詳說。」《高皇帝實錄》改稱：「佛庫倫尋產一子，生而能言，體貌奇異，及長，母告以吞朱果有身之故，因命之曰：『汝以愛新覺羅為姓，名布庫里雍順，天生汝以定亂國，其往治之。』」《武皇帝實錄》記載「愛新」，意即「金」；「覺落」，「姓也」；名「布庫里英雄」。由《武皇帝實錄》的記載可知，「布庫里英雄」，是擬人化的名字，就是布庫里山下的英雄。地名「鰲莫惠」；城名「鰲朵里」，《高皇帝實錄》作「俄莫惠」、「俄朵里」。幼兒「范嗏」，《高皇帝實錄》作「范察」，都是同音異譯。在滿洲先世發祥神話中反映鳥圖騰崇拜的痕跡，神鵲對滿洲先世的降生，族裔的蕃衍，都有不世之功。《武皇帝實錄》記載，「滿洲後世子孫，俱以鵲為祖，故不加害。」句中「以鵲為祖」，《高皇帝實錄》改為「俱德鵲」，愛護鵲，不加害。「以鵲為祖」就是以「鵲」為圖騰，對研究圖騰崇拜提供珍貴的史料，《高皇帝實錄》改為「德鵲」，已失原意。

　　地名「蘇蘇河」、「虎欄哈達」、「黑秃阿喇」，《高皇帝實錄》作「蘇克蘇滸河」、「虎攔哈達」、「赫圖阿喇」。「都督孟特木」、「都督福滿」、福滿四子「覺常剛」、覺常剛四子「塔石」，奚塔喇氏名「厄墨氣」，太祖淑勒貝勒名「弩兒哈奇」，《高皇帝實錄》因避名諱，貼以黃簽，而不見其本名。其人名譯音，多同音異譯。《武皇帝實錄》記載，都督孟特木生二子，長名充善，次名「除烟」，句中「除烟」，《高皇帝實錄》作「褚宴」。《武皇帝實錄》記載，充善生三子，長名拖落，次名脫一莫，三名石報奇。《高皇帝實錄》記載，充善生子三，長妥羅，次妥義謨，次錫寶齊篇古。《武皇帝實錄》記載，都督福滿生六子，長名德石庫，次名劉謅，三名曹常剛，四名覺常剛，五名豹郎剛，六名豹石。《高皇帝實錄》記載，興祖生子六，長德世庫，次劉闡，次索長阿，次即景祖翼皇帝，次包郎阿，次寶寶。《武皇帝實錄》記載，長祖德石庫生三子，長名蘇黑臣代夫，次名談吐，三名娘古。《高皇帝實錄》記載，長祖德世庫生子三，長蘇赫臣代夫，次譚圖，次尼陽古篇古。《武皇帝實錄》記載，二祖劉謅生三子，長名祿胡臣，次名麻寧格，三名門土。《高皇帝實錄》記載二祖劉闡生子三，長陸虎臣，次馬寧格，次門圖。《武皇帝實錄》記載，三祖曹常剛生五子，長名李太，次名武太，三名綽氣阿朱古，四名龍敦，五名非英敦。《高皇帝實錄》記載，三祖索長阿生子五，長李泰，次吳泰，次綽奇阿注庫，次龍敦，次飛永敦。《武皇帝實錄》記載，四祖覺常剛生五子，長名李敦把土魯，次名厄里袞，三名界坎，四名塔石，五名塔乂。《高皇帝實錄》記載，景祖生子五，長禮敦巴圖魯，次額爾袞，次界堪，次即顯祖宣皇帝，次塔察篇古。《武皇帝實錄》記載，五祖豹郎剛生二子，長名對秦，次名稜得恩。《高皇帝實錄》記載，五祖包朗阿生子二，長對秦，次稜敦。《武皇帝實錄》記載，六祖豹石生四子，長名康嘉，次名阿哈納，三名阿都搋，四名朵里火搋。《高皇帝實錄》記載，六祖寶實生子四，長康嘉，次阿哈納，次阿篤齊，次多爾郭齊。當時近地部落中有二姓，即「灼沙納」與「加虎」，恃其強悍，侵陵諸路，四祖覺常剛率寧古塔諸貝勒征服二姓。二姓中「灼沙納」，《高皇帝實錄》作「碩色納」。

《武皇帝實錄》記載，六祖豹石次子阿哈納至沙革達部，欲聘部長巴斯漢把土魯妹為妻，巴斯漢曰：爾雖六王子孫，家貧，吾妹必不妻汝。阿哈納曰：汝雖不允，吾決不甘心，遂割髮留擲而去。巴斯漢愛東果部長克轍殷富，遂以妹妻其子厄兒機。《高皇帝實錄》記載，寶寶之子阿哈納渥濟格，欲聘薩克達路長巴斯翰巴圖魯之妹，往結婚。巴斯翰巴圖魯曰：爾雖寧古塔貝勒，但家貧，吾妹不妻汝。阿哈納曰：爾不從，吾不已也。截髮留之而還。後巴斯翰巴圖魯以妹妻董鄂部主克轍巴顏之子額爾機瓦爾喀。所載內容，大同小異，但文中人名、地名，多同音異譯。文中「把土魯」，滿文讀作 "baturu"，亦即「勇士」，《高皇帝實錄》作「巴圖魯」。「塔察篇古」，詞中「篇古」，滿文讀作 "fiyanggū"，意即「最末的」，或「最小的」，漢譯又作「費揚古」。

《武皇帝實錄》記載，覺常剛第四子塔石，嫡夫人乃阿姑都督長女姓奚塔喇，名厄墨氣，生三子。長名弩兒哈奇（即太祖），號淑勒貝勒（淑勒貝勒，華言聰睿王也）。次名黍兒哈奇，號打喇漢把土魯。三名牙兒哈奇，次夫人乃哈達國汗所養族女，姓納喇，名揹姐，生一子，名把牙喇，號兆里兎（兆里兎，華言能幹也）。側室生一子，名木兒哈奇，號卿把土魯。初厄墨氣孕十三月，生太祖，時己未歲，大明嘉靖三十八年也。《高皇帝實錄》記載，顯祖嫡妃喜塔喇氏，乃阿古都督女，是為宣皇后，生子三，長即上也，稱為聰睿貝勒，宣皇后孕十三月乃生，歲己未，是為明嘉靖三十八年也。次名舒爾哈齊，號達爾漢巴圖魯，次名雅爾哈齊。繼娶納喇氏，乃哈達萬汗所養族女，生子一，名巴雅喇，號卓禮克圖。庶妃生子一，名穆爾哈齊，號青巴圖魯。《高皇帝實錄》所載內容，詳略不同。人名地名，同音異譯，雅俗不同。

《高皇帝實錄》是重修本，斟酌損益，隱諱史事。《武皇帝實錄》記載哈達國主孟革卜鹵私通嬪御謀逆伏誅的內容云：

> 太祖欲以女莽古姬與孟革卜鹵為妻，放還其國。適孟革卜鹵
> 私通嬪御。又與剛蓋通謀，欲篡位，事洩。將孟革卜鹵、剛
> 蓋與通姦女俱伏誅[12]。

《高皇帝實錄》修改後的內容如下：

> 其後，上欲釋孟格布祿歸國。適孟格布祿與我國大臣噶蓋謀
> 逆事洩，俱伏誅[13]。

《高皇帝實錄》雖載哈達國主孟格布祿謀逆伏誅一節，卻盡刪其私
通嬪御的內容。《武皇帝實錄》記載帝后殉葬的內容云：

> 帝后原係夜黑國主楊機奴貝勒女，崩後，復立兀喇國滿泰貝
> 勒女為后。饒丰姿，然心懷嫉妬，每致帝不悅，雖有機變，
> 終為帝之明所制留之。恐後為國亂，預遺言於諸王曰：「俟
> 吾終，必令殉之。」諸王以帝遺言告后，后支吾不從。諸王
> 曰：「先帝有命，雖欲不從，不可得也。」后遂服禮衣，盡
> 以珠寶飾之，哀謂諸王曰：「吾自十二歲事先帝，豐衣美食，
> 已二十六年，吾不忍離，故相從于地下，吾二幼子多兒哄、
> 多躲當恩養之。」諸王泣而對曰：「二幼弟吾等若不恩養，
> 是忘父也，豈有不恩養之理。」于是后於十二日辛亥辰時自
> 盡，壽三十七，乃與帝同柩[14]。

引文中「多兒哄」，即「多爾袞」，「多躲」，即「多鐸」。《高
皇帝實錄》刪略諸王逼令大妃殉葬的內容。其文云：

> 先是，孝慈皇后崩後，立烏喇國貝勒滿太女為大妃。辛亥辰
> 刻，大妃以身殉焉，年三十有七，遂同時而殮[15]。

---

[12] 《大清太祖武皇帝實錄》，卷二，頁5。
[13] 《大清太祖高皇帝實錄》（臺北，華聯出版社，1964年9月），卷三，
　　頁5。
[14] 《大清太祖武皇帝實錄》，卷四，頁32。
[15] 《大清太祖高皇帝實錄》，卷十，頁21。

私通嬪御，事不雅馴，固皆刪除。諸王逼殺繼母，褻瀆聖德，例不應書，《高皇帝實錄》刪略不載，以致史事不詳。《武皇帝實錄》記載中宮皇后薨後侍婢殉葬的內容云：

> 中宮皇后薨。后姓納喇，名孟古姐姐，乃夜黑國楊機奴貝勒之女，年十四適太祖。其面如滿月，丰姿妍麗，器量寬洪，端重恭儉，聰穎柔順。見逢迎而心不喜，聞惡言而色不變。口無惡言，耳無妄聽。不悅委曲讒佞輩，脗合太祖之心，始終如一，毫無過失。太祖愛不能捨，將四婢殉之[16]。

漢俗不載后妃之名，中宮皇后納喇氏，其名「孟古姐姐」，《高皇帝實錄》刪略不載；「中宮皇后薨」，改作「孝慈皇后崩」；「太祖愛不能捨，將四婢殉之」，改作「上悼甚，喪殮祭享，儀物悉加禮」。侍婢殉葬，隻字不載。

二、寧遠之役──《大清太祖武皇帝實錄》滿文本與 《大清太祖高皇帝實錄》滿文本的比較

　　天命十一年（1626）正月十四日，清太祖努爾哈齊率諸貝勒大臣統軍征明，其眾號稱二十萬人。是月二十三日，大軍至寧遠城外安營。二十四日，奮力攻城。寧遠道袁崇煥等嬰城固守，努爾哈齊自二十五歲征伐以來，戰無不勝，攻無不克，惟寧遠一城，屢攻不下，朝鮮譯官韓瑗竟謂努爾哈齊身負重傷。蕭一山著《清代通史》稱，「寧遠之役，努兒哈赤以百戰老將敗於崇煥，且負重傷。」稻葉君山著《清朝全史》據韓瑗所述，遂謂努爾哈齊「欲醫此傷瘡」而赴清河，浴於溫泉，旋即「死於瘡痍」。為求了解寧遠戰役經過，可就天命十一年正月分《大清太祖武皇帝實錄》及《大清太祖高皇帝實錄》滿文照錄於後。

---

[16] 《大清太祖武皇帝實錄》，卷二，頁5。

（一）《大清太祖武皇帝實錄》滿文

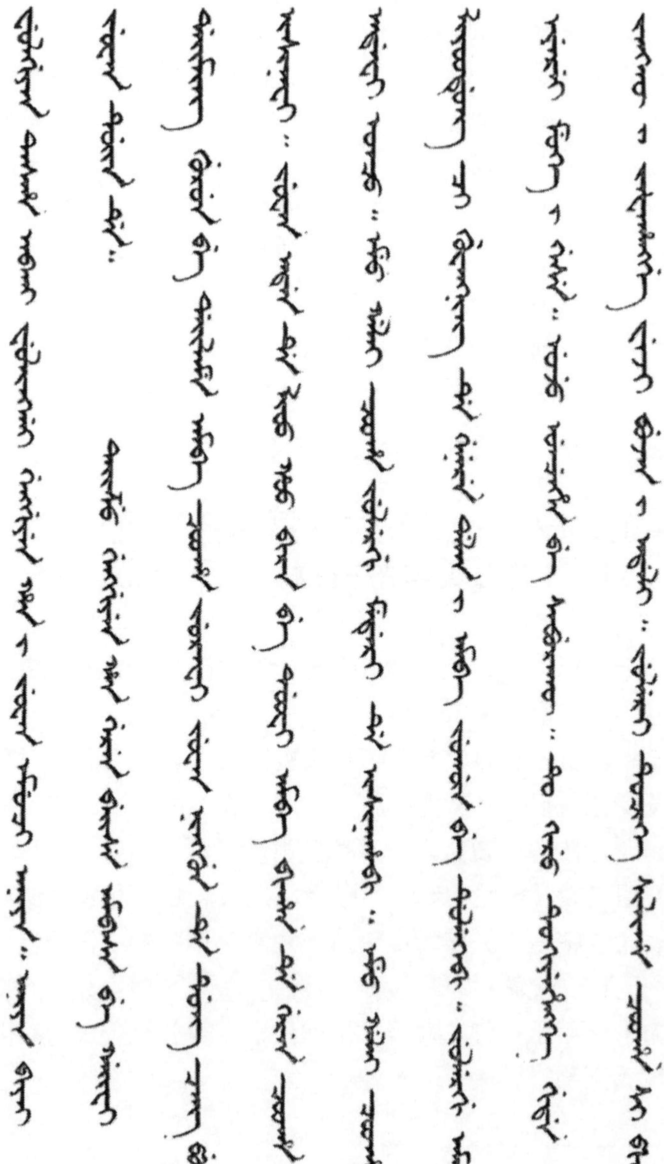

fulgiyan tasha abkai fulinggai genggiyen han i juwan emuci aniya, aniya biyai juwan duin de, taidzu genggiyen han geren beise ambasa be gaifi daiming gurun be dailame, amba cooha jurafi juwan ninggun de dung cang pu de isinafi, juwan nadan de lioo hoo bira be doofi amba bihan de geren cooha adafi onco. emu galai cooha julergi mederi de isinahabi. emu galai cooha liyoodung ci guwangning de genere dalan i amba jugūn be dulekebi. julegi amargi eyerei muke i gese. uju uncehen be saburakū. tu kiru tukiyehengge gida jangkū i jafahangge weji bujan i adali. julergi tucike siliha cooha si ping

丙寅天命明汗十一年，正月十四日，太祖明汗率諸貝勒大臣統大軍征大明。十六日，至東昌堡。十七日，渡遼河，於曠野廣列諸軍。一翼兵南至海岸；一翼兵自遼東至廣寧堤道大路，前後如流水，不見首尾，旌旗劍戟如林，前鋒精銳至西平

pu de daiming gurun i karun i niyalma be weihun jafafi fonjici, daiming ni cooha io tun ui de emu minggan, dalingho de sunja tanggū, jin jeo hecen de ilan minggan bi, tereci casi irgen unduri tehebi seme alaha manggi. amba cooha dobori dedume, inenggi yabume io tun ui de isinaci, io tun ui be tuwakiyaha ilan minggan coohai ejen san jiyang hergen i jeo šeo liyan cooha irgen be gaifi burlame genehebi. taidzu genggiyen han jakūn hafan de duin tumen yafahan i cooha be afabufi, daiming gurun i cuwan i juwehe jeku mederi dalin de bisirengge be, gemu io tun ui hoton i dolo juweme dosimbu seme werifi.

堡，活捉大明哨探訊之。告曰：「大明兵右屯衛一千，大凌河五百，錦州城三千，此外人民，隨處而居。」大軍夜宿日行，兼程而進，至右屯衛時，其守右屯衛三千兵主將參將周守廉率軍民遁走。太祖明汗令八官統步兵四萬，將大明舟運積貯海岸之糧，俱運入右屯衛城內貯藏。

ᠪᠠᡳᡨᠠ ᠪᡝ ᠶᠣᠣᠨᡳ ᠰᠠᠮᠰᡠᠯᠠᠮᡝ ᠠᡵᠠᡥᠠ ᠮᡝᠵᡝ ᠸᡝᠰᡳᠮᡝᡥᡝ ᠶᠠᡵᡤᡳᠶᠠᠨ ᠵᡳᡥᠠ ᠪᠠᡳᡨᠠ ᠪᠠᡳ

tereci amba cooha aššafi geneci jin jeo hecen be tuwakiyaha ilan minggan coohai ejen iogi hergen i hioo šeng, sung jiyun jang siyan, dusy lioi sung, sungsan be tuwakiyaha ilan minggan coohai ejen sanjiyang hergen i dzo fu, sung jiyun moo fung i, dalinghoo, šolinghoo, hingsan, liyan san, tasan, ere nadan hoton i jiyangjiyūn cooha irgen gemu manjui amba coohai horon de golofi, boo jeku be gemu tuwa sindafi dosi burlame genehebi. orin ilan de amba cooha ning yuwan hecen de isinafi, sunja ba duleme genefi, san hai guwan i ergi be dalime amba jugūn be hetu lasha ing ilifi. ning yuwan hecen de jafaha niyalma be takūrame,

大軍前進，錦州守城三千兵主將遊擊蕭聖、中軍張賢、都司呂忠，守松山三千兵主將參將左輔、中軍毛鳳翼，及大凌河、小凌河、杏山、連山、塔山，此七城將軍兵民皆震懾滿洲大軍之威，俱焚其廬舍糧儲而內遁。二十三日，大軍至寧遠城，越城五里，橫截山海關大路立營，遣所獲之人往寧遠城，

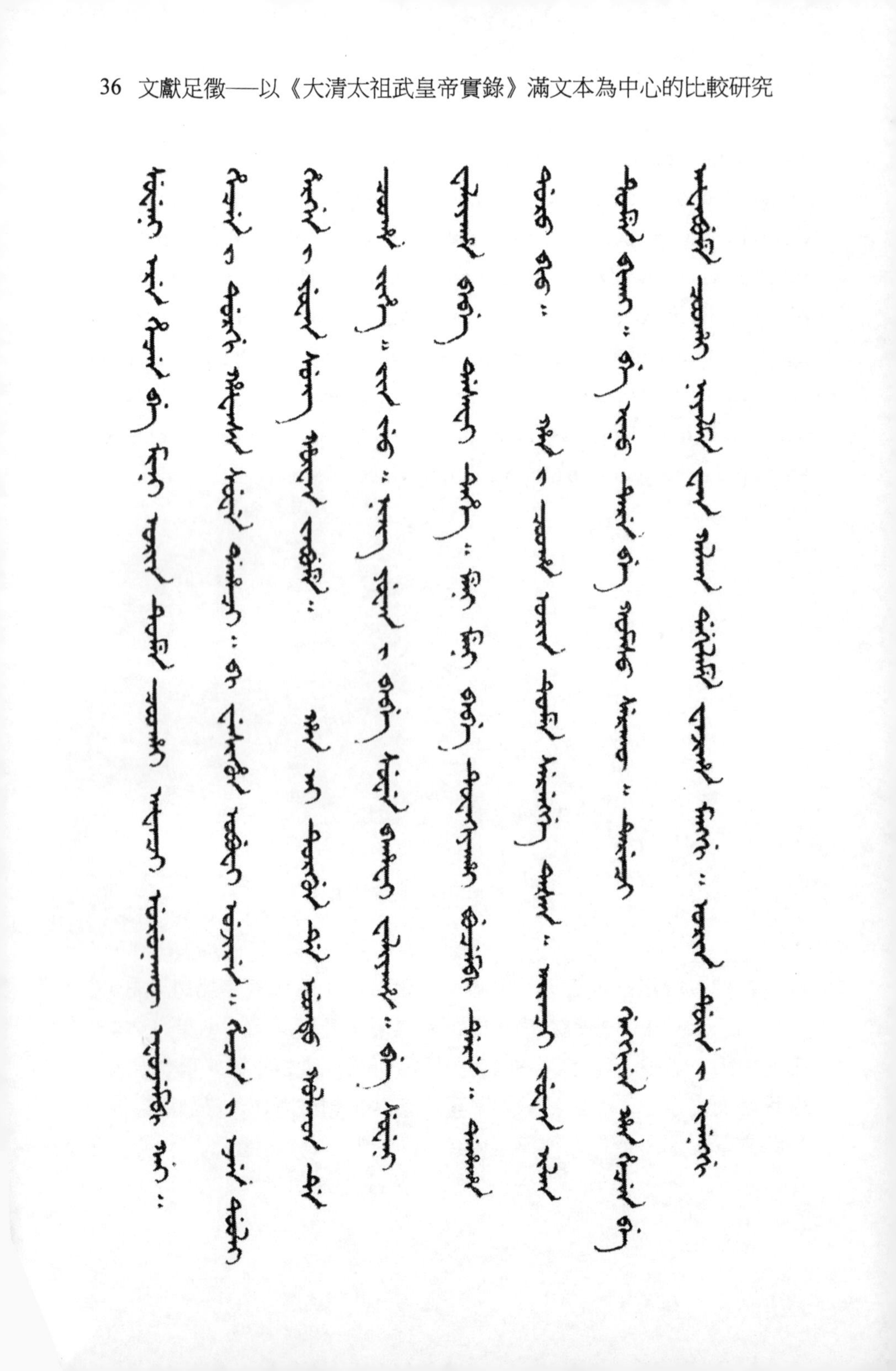

suweni ere hecen be mini orin tumen coohai afaci urunakū efujembi kai. hecen i dorgi hafasa suwe dahaci, bi wesihun obufi ujire. hecen i ejen dooli hergen i yuwan sung hūwan jabume, han ai turgun de uttu holkon de cooha jihe. jin jeo, ning yuwan i babe suwe bahafi waliyaha. be suweni waliyaha babe dasafi tehe. meni meni babe tuwakiyahai bucembi dere. dahaha doro bio. han i cooha orin tumen serengge tašan. ainci juwan ilan tumen bikai. be inu tere be komso serakū. tereci genggiyen han hecen be afabume coohai niyalma wan kalka dagilame wajiha manggi. orin duin i inenggi

告曰：「汝等此城，我以二十萬兵來攻，破之必矣。城內官若降，我即封以高爵加以豢養。」城主道員袁崇煥答曰：「汗何故遂爾加兵耶？錦州、寧遠之地，汝等既得而棄之，我等將汝等所棄之地，修治而居，寧各死守其地，豈有降理？汗稱來兵二十萬，虛也。或許有十三萬，我等亦不覺來兵為少也。」明汗欲攻城，遂令軍中備攻具。二十四日，

ᠮᠠᠨᠵᡠ

manjui cooha i niyalma hecen de kalka latubufi, hecen be efuleme afara de abka beikuwerefi hecen gecefi, ambula sangga arame efulehe ba urime tuherakū. coohai niyalma jing afara de, tere hecen i coohai ejen sung bing guwan hergen i man gui. dooli hergen i yuwan sung hūwan, san jiyang su dai šeo, hecen be bekileme tuwakiyafi buceme afame emdubei poo sindara, oktoi tuwa maktara, wehe fahara afara de, manjui cooha afame muterakū bederefi. jai inenggi orin sunja de geli afafi muterakū bederehe. tere juwe inenggi afarade manjui cooha i juwe iogi, juwe bei ioi guwan, coohai niyalma sunja tanggū

滿洲軍士執楯貼近城下，將毀城進攻時，天寒土凍，鑿穿窟窿數處，而城不墮，軍士正攻打間，其城兵主將總兵官滿桂、道員袁崇煥、參將祖大壽嬰城固守，死戰不退，頻頻放礮，拋炸藥，擲石頭攻打時，滿洲兵不能進攻而退卻。次日二十五日復攻之，又不能克而退。二日攻城，陣亡滿洲兵二遊擊，二備禦官，軍士五百。

bucehe. orin ninggun de ning yuwan i hecen i julergi juwan ninggun bai dubede mederi dorgi, jiyoo hūwa doo gebungge tun de san hai guwan i tulergi coohai niyalmai jetere jeku orho be, gemu cuwan i juwefi sindahabi seme donjifi. taidzu genggiyen han jakūn gūsai monggoi cooha i ejen unege de, manju i cooha jakūn tanggū nonggifi, jiyoo hūwa doo be gaisu seme unggifi. manju gurun i coohai ambasa isinafi tuwaci, daiming ni bele orho be tuwakiyaha duin tumen coohai ejen san jiyang hergen i yoo fu min, hū i ning, jin guwan, iogi hergen i ji šan, u ioi, jang guwe cing, mederi juhei dele ing ilifi. juhe be

---

二十六日，聞山海關外軍士所食糧草，俱舟運於寧遠城南十六里外海中覺華島。太祖明汗差遣吳訥格率所部八旗蒙古，又加滿洲兵八百，往取覺華島。滿洲兵大臣至，見大明防守糧草四萬兵主將參將姚撫民、胡一寧、金冠，遊擊季善、吳玉、張國青，於海裡冰上立營，

sacime tofohon bade isitala ulan i adali šuyen arafi, sejen kalka dalifi
cooha faidahabi. manjui cooha tere ulan i dubederi sacime dosifi uthai
gidafi bošome wame wacihiyafi tuwaci. tun i alin de daiming ni cooha
jai juwe ing ilihabi. manjui cooha uthai afame dosifi tere juwe ing ni
cooha be gidafi wame wacihiyafi, juwe minggan funceme cuwan, booi
gese muhaliyaha minggan funceme buktan i bele orho be gemu tuwa
sindafi. amba cooha de acanjiha. orin nadan de taidzu genggiyen han
cooha bedereme io tun ui jeku be gemu tuwa sindafi. juwe biyai ice
uyun de sin yang hecen de

鑿冰十五里為壕，列陣以車楯衛之。滿洲兵奪未鑿處殺入，遂敗其
兵，盡殺之。又見島中山巔，立有二營大明兵，滿洲兵即攻入，敗
其兵，亦盡殺之，放火焚其船二千餘及如屋高所積糧草千餘堆，乃
復回與大軍會合。二十七日，太祖明汗還軍，至右屯衛，將糧芻悉
放火焚之。二月初九日，至瀋陽。

ᠮᠠᠩᡤᠠ ᡥᡡᠰᡠᠨ ᠮᠠᠩᡤᠠ ᠮᠣᡵᡳᠨ ᡝᡥᡝ ᡤᡝᠮᡠᠨ᠈ ᠪᡝᠶᡝ ᠪᡝᡴᡳ ᠮᠣᡵᡳᠨ ᡨᡝᡴᠰᡳᠯᡝᡥᡝ ᠰᡝ᠈ ᡝᠮᡠ ᠨᡳᠶᠠᠯᠮᠠ ᠪᡝᠶᡝ ᠮᠠᠩᡤᠠ ᠮᠣᡵᡳᠨ ᡝᡥᡝ᠈ ᡝᠮᡠ ᠨᡳᠶᠠᠯᠮᠠ ᠪᡝᠶᡝ ᠶᠠᠳᠠᡥᡡᠨ ᠮᠣᡵᡳᠨ ᡥᡡᠰᡠᠨ ᠮᠠᠩᡤᠠ ᠪᡳᠮᡝ ᠮᠣᡵᡳᠨ ᡨᡝᡴᠰᡳᠯᡝᡥᡝ ᠪᡳᠨᡳᠶᡝ᠈ ᠮᡠᠰᡝ ᠶᠠᠪᡠᠮᡝ ᠰᡳᠮᠨᡝᠮᡝ

isinjiha. taidzu genggiyen han orin sunja se ci baba be dailame hecen hoton be afaci bahakū etehekūngge akū. damu ning yuwan hecen be afame bahakū ofi ambula korsome bederehe.

太祖明汗自二十五歲征討諸處，戰無不勝，攻城無不克，惟攻寧遠一城不下，遂大懷憤恨而回。

（二）《大清太祖高皇帝實錄》滿文

han, geren beise ambasa be gaifi, ming gurun be dailame cooha jurafi, šanggiyan bonio inenggi dung cang pu de isinafi, jai inenggi liyoha bira be doofi, amba bigan de geren cooha dashūwan jebele juwe gala hūwalame adafi, onco, emu galai cooha julergi mederi de isinahabi, emu galai cooha liyoo dung ci guwang ning de genere dalan i amba jugūn be dulekebi, julergi amargi siran

汗率諸貝勒大臣統兵征明。庚申，至東昌堡。次日，渡遼河，分左右翼排列曠野。一翼直至南海岸；一翼越遼東至廣寧堤大路，前後相繼，

siran i lakcarakū yabume, uju uncehen be saburakū, tu kiru i
tukiyehengge, gida jangkū i jafahangge weji bujan i adali, juleri tucike
siliha cooha, si ping pu de, ming gurun i karun i niyalma be weihun
jafafi fonjici, ming gurun i cooha io tun wei de emu minggan, dalingho
de sunja tanggū, gin jeo hecen de ilan minggan bi, tereci casi irgen
unduri tehebi seme alaha manggi, amba cooha hacihiyame

絡繹不絕，不見首尾，旌旗劍戟如林，前鋒精銳，至西平堡，生獲
明哨探訊之，告以明兵右屯衛一千，大凌河五百，錦州城三千，此
外人民，隨地散居，大軍

yabume, io tun wei de isinaci, io tun wei be tuwakiyaha coohai ejen ts'anjiyang jeo šeo liyan, cooha irgen be gaifi burulame genehebi. han, jakūn hafan de duin tumen yafahan i cooha be afabufi, ming gurun i cuwan i juwehe jeku mederi dalin de bisirengge be, gemu io tun wei hoton i dolo juweme dosimbu seme werifi, amba cooha aššafi geneci, ming gurun i gin

兼程而進，至右屯衛。右屯衛守兵主將參將周守廉率軍民遁走。汗留八官統步卒四萬，將明舟運積貯海岸之糧，悉移貯右屯衛城內。大軍前進，明錦州

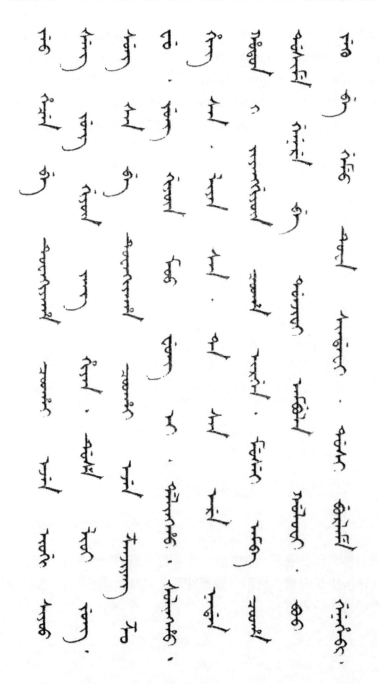

jeo hecen be tuwakiyaha coohai ejen iogi siyoo šeng, jung giyūn jang
hiyan, dusy lioi jung, sung šan be tuwakiyaha coohai ejen ts'anjiyang
dzo fu, jung giyūn moo fung i, dalingho, šolingho, hing šan, liyan šan,
ta šan, ere nadan hoton i jiyanggiyūn cooha irgen, musei amba cooha
dosime genere be donjifi ambula golofi, boo jeku be gemu tuwa sindafi,
dosi burlame genehebi.

守城兵主將遊擊蕭升、中軍張賢、都司呂忠，守松山兵主將參將左
輔、中軍毛鳳翼，及大凌河、小凌河、杏山、連山、塔山此七城將
軍軍民，聞我大軍進來，皆大懼，皆放火焚其廬舍糧儲而內遁。

。

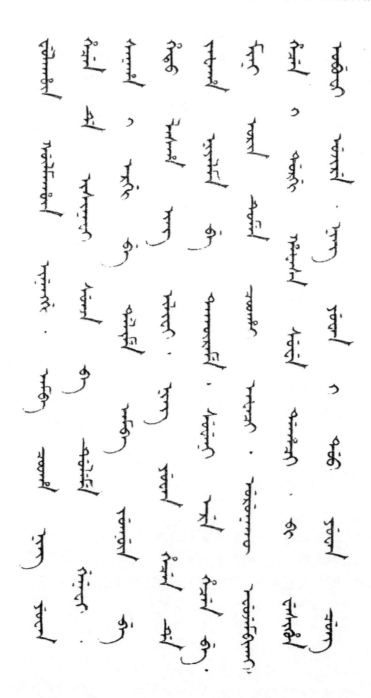

fulahūn gūlmahūn inenggi, amba cooha ning yuwan hecen de isinafi, sunja ba duleme genefi, šanaha i ergi be dalime amba jugūn be hetu lasha ing ilifi, ning yuwan hecen de jafaha niyalma be takūrame, suweni ere hecen be mini orin tumen coohai afaci, urunakū efujembikai, hecen i dorgi hafasa suwe dahaci, bi wesihun obufi ujire, ning yuwan i doo yuwan cung

丁卯，大軍至寧遠城，越城五里，橫截山海關大路駐營。縱放所俘人入寧遠城，告曰：「汝等此城，我以二十萬兵來攻，破之必矣。城內官爾等若降，我等尊貴豢養之。」寧遠道袁崇

hūwan jabume, han, ai turgunde uttu holkonde cooha jihe gin jeo, ning
yuwan i babe suwe bahafi, waliyaha, be suweni waliyaha babe dasafi
tehe, meni meni babe tuwakiyahai bucembi dere, dahaha doro bio. han i
cooha orin tumen serengge tašan, ainci juwan ilan tumen bikai, be inu
terebe komso serakū sehe manggi,

煥答曰:「汗何故遽爾加兵耶?錦州、寧遠地方,汝等得而棄之,
我等將汝等所棄之地,修治而居,寧各死守其地,豈有投降之理?
汗稱來兵二十萬虛也,或許約有十三萬,我等亦不覺其為少也。」

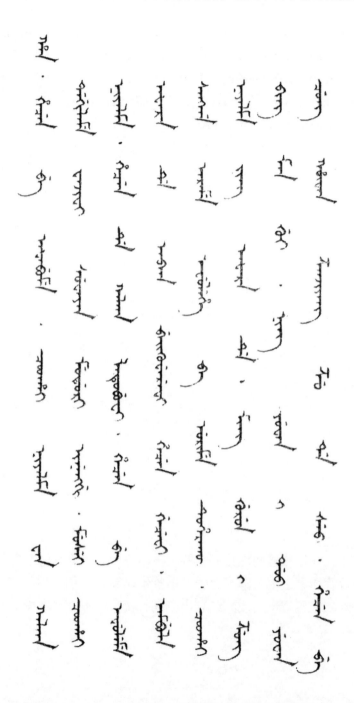

han, hecen be afabume, coohai niyalma wan kalka dagilame wajifi, suwayan muduri inenggi, musei coohai niyalma, hecen de kalka latubufi, hecen be efuleme afara de abka beikuwerefi hecen gecefi, ambula sangga arame efulehe ba urime tuherakū, coohai niyalma jing afara de, ming gurun i dzung bing man gui, ning yuwan i doo yuwan cung hūwan, ts'anjiyang dzu da šeo, hecen be

汗欲攻城，命軍士備齊梯楯。戊辰，我兵執楯貼近城下，將毀城進攻時，天寒城凍，鑿穿數處，而城不墮，軍士正攻擊間，明總兵滿桂、寧遠道袁崇煥、參將祖大壽

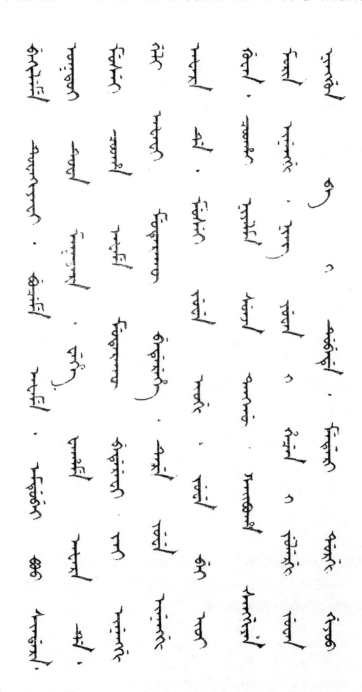

bekileme tuwakiyafi, buceme afame, emdubei poo sindara, oktoi tuwa maktara, wehe fahame afara de, musei cooha afame muterakū bederefi, jai inenggi geli afafi muterakū bederehe, tere juwe inenggi afara de, musei juwe iogi, juwe bei ioi guwan, coohai niyalma sunja tanggū, kaiboha[gaibuha] šanggiyan morin inenggi, ning yuwan i hecen i julergi juwan ninggun ba i dubede, mederi dorgi giyoo

---

嬰城固守，死戰不退，頻頻放礮，拋炸藥，擲石頭攻打時，我兵不能進攻而退卻。次日，再攻，又不能克而退，計二日攻城，折我二遊擊，二備禦官，軍士五百。庚午，聞寧遠城外南十六里外，海中有

hūwa doo gebungge tun de šanaha i furdan i tulergi coohai niyalmai
jetere jeku, orho be gemu cuwan i juwefi sindahabi seme donjifi, han,
jakūn gūsai monggoi coohai ejen unege de, manju i cooha jakūn tanggū
nonggifi, giyoo hūwa doo be gaisu seme unggifi, musei cooha isinafi
tuwaci, ming gurun i bele orho be tuwakiyaha duin tumen coohai ejen
ts'anjiyang yoo

覺華島，其山海關外兵丁糧草俱舟運置放於此，汗命八旗蒙古兵主
將吳訥格率所部，加增滿洲兵八百，往取覺華島。我兵至，見明防
守糧草四萬兵主將參將

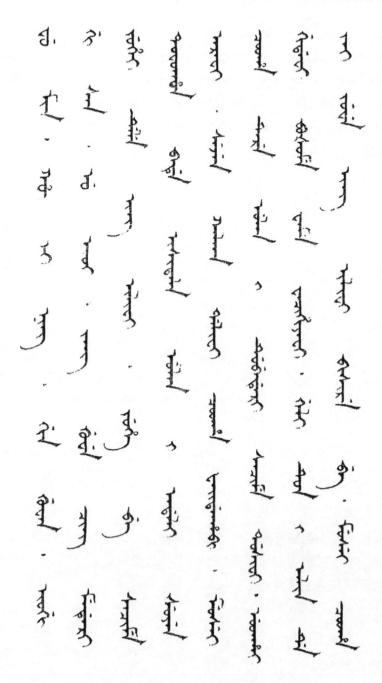

fu min, hū i ning, gin guwan, iogi gi šan, u ioi, jang guwe cing mederi juhei dele ing ilifi, juhe be sacime tofohon bade isitala ulan i adali šuyen arafi, sejen kalka dalifi cooha faidahabi. musei cooha tere ulan i dubederi sacime dosifi, uthai gidafi bošome wame wacihiyafi, geli tun i alin de jai juwe ing ilifi bisire be, musei cooha

---

姚撫民、胡一寧、金觀，遊擊季善、吳玉、張國青，於海中冰上安營，鑿冰十五里如壕溝為窟窿，列陣以車楯衛之。我兵從其壕溝末端砍入，即敗之，盡驅斬之。島中山巔又立二營，我兵

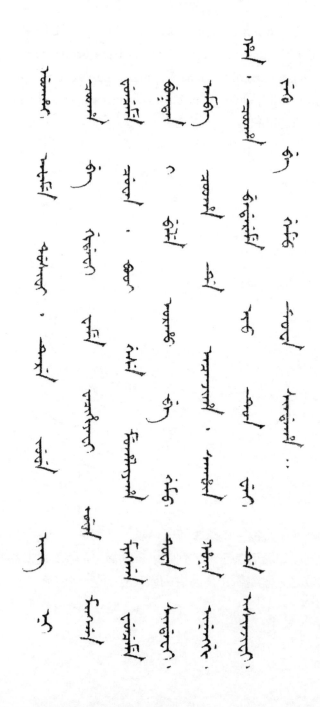

uthai afame dosifi, tere juwe ing ni cooha be gidafi wame wacihiyafi juwe minggan funceme cuwan, booi gese muhaliyaha minggan funceme buktan i bele orho be gemu tuwa sindafi, amba cooha de acanjiha, sahūn honin inenggi, han, cooha bedereme io tun wei de isinjifi, jeku be gemu tuwa sindaha.

即攻入，敗其二營兵，盡殲之。其船二千餘，所積高似屋千餘堆糧草，皆放火焚之，與大軍會合。辛未，汗還軍，至右屯衛，悉放火焚其糧。

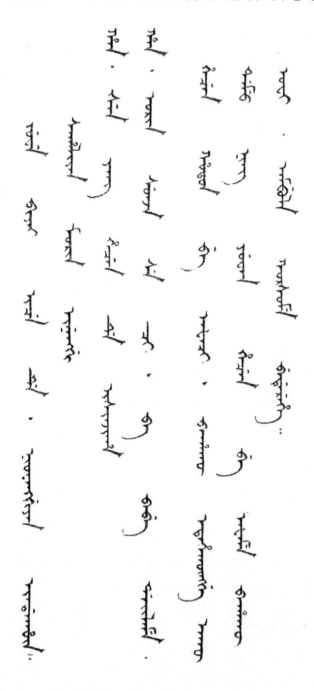

juwe biyai ice de, niowanggiyan indahūn. sahaliyan morin inenggi, han, šen yang hecen de isinjiha. han, orin sunja se ci, ba babe dailame, hecen hoton be afaci, bahakū etehekūngge akū, damu ning yuwan hecen be afame bahakū ofi, ambula korsome bederehe.

二月初一日，甲戌。壬午，汗至瀋陽城。汗自二十五歲以來，征討諸處，攻城無不克，惟寧遠城攻不下，遂大忿恨而回。

　　前引《清太祖實錄》內容為天命十一年（1626）正月十四日至同年二月初九日記事。可將《武皇帝實錄》滿文本與《高皇帝實錄》滿文本互相對照。《武皇帝實錄》「太祖明汗」，滿文作 "taidzu genggiyen han"，《高皇帝實錄》滿文本作 "han"，漢文本作「上」。《武皇帝實錄》「大明」，滿文本作 "daiming gurun"，《高皇帝實錄》滿文本作 "ming gurun"，漢文本作「明」。《武皇帝實錄》「十六日」，滿文本作 "juwan ninggun"，《高皇帝實錄》滿文本作 "šanggiyan bonio inenggi"，漢文本作「庚申」。《武皇帝實錄》「遼河」，滿文本作 "lioo hoo bira"，《高皇帝實錄》滿文本作 "liyoha bira"，漢文本作「遼河」。《武皇帝實錄》「曠野」，滿文本作 "amba bihan"，《高皇帝實錄》滿文本作 "amba bigan"，漢文本作「曠野」。《武皇帝實錄》「右屯衛」，滿文本作 "io tun ui"，《高皇帝實錄》滿文本作 "io tun wei"，漢文本作「右屯衛」。《武皇帝實錄》「錦州」，滿文本作 "jin jeo hecen"，《高皇帝實錄》滿文本作 "gin jeo hecen"，漢文本作「錦州城」。《武皇帝實錄》「大軍夜宿日行」，滿文本作 "amba cooha dobori dedume inenggi yabume"，《高皇帝實錄》滿文本作 "amba cooha hacihiyame yabume"，漢文本作「大軍兼程而進」。《武皇帝實錄》「參將」，滿文本作 "san jiyang"，《高皇帝實錄》滿文本作 "ts'anjiyang"，漢文本作「參將」。《武皇帝實錄》「參將周守廉率軍民遁走」，句中「遁」，滿文本作 "burlame"，《高皇帝實錄》滿文本作 "burulame"，漢文本作「遁」。《武皇帝實錄》「錦州守城三千兵主將」，滿文本作 "jin jeo hecen be tuwakiyaha ilan minggan coohai ejen"，《高皇帝實錄》滿文本作 "gin jeo hecen be tuwakiyaha coohai ejen"，漢文本作「錦州城守」，刪略 "ilan minggan"。《武皇帝實錄》「遊擊蕭聖」，滿文本作 "iogi hergen i hioo šeng"，《高皇帝實錄》滿文本作"iogi siyoo šeng"，漢文本作「遊擊蕭升」。《武皇帝實錄》「中軍」，滿文本作"sung jiyūn"，《高皇帝實錄》滿文本作"jung giyūn"，漢文本作「中軍」。《武皇帝實錄》「都司呂忠」，滿文本作"dusy lioi sung"，句中"lioi sung"，《高皇帝實錄》滿文本作"lioi jung"，漢文本作「呂忠」。《武皇帝實錄》「守松山三千兵主將參將左輔」，滿文本作"sungsan be tuwakiyaha ilan minggan coohai ejen sanjiyang hergen i dzo fu"，《高皇帝實錄》滿文本作"sung šan be tuwakiyaha coohai ejen ts'anjiyang zuo fu"，漢文本作「松山參將左輔」，刪略"ilan minggan"字樣；"sungsan"，改作"sung šan"；"sanjiyang"，改作"ts'anjiyang"。《武皇帝實錄》「大淩河、小淩河、杏山、連山、塔山」，滿文本作"dalinghoo šolinghoo, hinsan, liyan san, tasan"，《高皇帝實錄》滿文本作"dalingho, šolingho, hing šan, liyan šan, ta šan"，讀音稍有出入，書寫習慣，亦不盡相同。

　　《武皇帝實錄》「此七城將軍兵民皆震懾滿洲大軍之威」，滿文本作"ere nadan hoton i jiyangjiyūn cooha irgen gemu manju amba coohai horon de golofi"，《高皇帝實錄》滿文本作"ere nadan hoton i jiyanggiyūn cooha irgen, musei amba cooha dosime genere be donjifi ambula golofi"，漢文本作「七城守將軍民聞我軍至，皆震懾」。句中"jiyangjiyūn"，改作"jiyanggiyūn"；"manju amba cooha"，改作"musei amba cooha"。《武皇帝實錄》「二十三日」，滿文本作"orin ilan"，《高皇帝實錄》滿文本作"fulahūn gūlmahūn inenggi"，漢文本作「丁卯」。《武皇帝實錄》「山海關」，滿文本作"san hai guwan"，《高皇帝實錄》滿文本作"šanaha i furdan"，漢文本作「山海關」。《武皇帝實錄》「二十四日」，滿文本作"orin duin i inenggi"，《高皇帝實錄》滿文本作

"suwayan muduri inenggi"，漢文本作「戊辰」。《武皇帝實錄》「總兵官」，滿文本作"sung bing guwan"，《高皇帝實錄》滿文本作"dzung bing"，漢文本作「總兵」。《武皇帝實錄》「二十六日」，滿文本作"orin ninggun de"，《高皇帝實錄》滿文本作"šanggiyan morin inenggi"，漢文本作「庚午」。《武皇帝實錄》「覺華島」，滿文本作"jiyoo hūwa doo"，《高皇帝實錄》滿文本作"giyoo hūwa doo"，漢文本作「覺華島」。《武皇帝實錄》「金冠、季善」，滿文本作"jin guwan, ji šan"，《高皇帝實錄》滿文本作"gin guwan, gi šan"，漢文本作「金觀、季善」。《武皇帝實錄》「二十七日」，滿文本作"orin nadan de"，《高皇帝實錄》滿文本作"šahūn honin inenggi"，漢文本作「辛未」。《武皇帝實錄》「二月初九日」，滿文本作"juwe biyai ice uyun de"，《高皇帝實錄》滿文本作"juwe biyai ice de, niowanggiyan indahūn, sahaliyan morin inenggi"，漢文本作「二月初一日，甲戌。壬午」。《武皇帝實錄》「瀋陽」，滿文本作"sin yan"，《高皇帝實錄》滿文本作"šen yang"，漢文本作「瀋陽」。

　　大致而言，《高皇帝實錄》滿文本的滿文詞彙，其讀音是規範書面語。譬如：「右屯衛」，句中「衛」，《武皇帝實錄》滿文本作"ui"，《高皇帝實錄》滿文本作"wei"。「參將」，《武皇帝實錄》滿文本作"sanjiyang"，《高皇帝實錄》滿文本作"ts'anjiyang"。「將軍」，《武皇帝實錄》滿文本作"jiyangjiyūn"，《高皇帝實錄》滿文本作"jiyanggiyūn"。

　　「中軍」，《武皇帝實錄》滿文本作"sung jiyun"，《高皇帝實錄》滿文本作"jung giyūn"。「呂忠」，《武皇帝實錄》滿文本作"lioi sung"，《高皇帝實錄》滿文本作"lioi jung"。「錦州」，《武皇帝實錄》滿文本作"jin jeo"，《高皇帝實錄》滿文本作 "gin jeo"。「覺華島」，《武皇帝實錄》滿文本作 "jiyoo hūwa doo"，《高皇帝實錄》滿文本作 "giyoo hūwa doo"。「金」、「季」，《武皇帝實錄》滿文本作 "jin"、"ji"，《高皇帝實錄》滿文本作 "gin"、"gi"，"ji"，都改作 "gi"。「山海關」，《武皇帝實錄》滿文本作 "san hai guwan"，《高皇帝實錄》滿文本作 "šanaha i furdan"。「山」，《武皇帝實錄》滿文本音譯作 "san"，《高皇帝實錄》滿文本音譯作 "šan"。《武皇帝實錄》中日期，《高皇帝實錄》改以干支紀日。《武皇帝實錄》滿文本的滿文保存了較豐富的舊清語及其原始性。

三、寫本異同──滿文《大清太祖武皇帝實錄》北平圖書館本與《東方學紀要》本的比較

臺北國立故宮博物院現藏《大清太祖武皇帝實錄》漢文本，卷一至卷四，計四冊，共三部，計十二冊[17]。可以各部卷二第一葉前半葉為例分別標明寫本甲、寫本乙、寫本丙影印於後。滿文本存卷二至卷四，計三冊，缺卷一，原藏北平圖書館，可以稱為北平圖書館本[18]。一九六七年，日本天理大學出版《東方學紀要》影印滿文北京圖書館本《大清太祖武皇帝實錄》[19]，

---

[17] 《大清太祖武皇帝實錄》，漢文本，《故宮圖書季刊》，第一卷，第一期（臺北，國立故宮博物院，1970 年 7 月），頁 55-135。

[18] 《大清太祖武皇帝實錄》，滿文本，卷二至卷四（臺北，國立故宮博物院，內府寫本），卷二至卷四。

[19] 《東方學紀要》(2)（日本，天理大學おやさと研究所，1967 年 3 月），頁 173。原書頁 274-290，載今西春秋教授撰〈滿文武皇帝實錄之原典〉一文，對美國國會圖書館與北京圖書館本等曾進行比較說明，可資參考。

可以稱為《東方學紀要》本。據《北京地區滿文圖書總目》記載，《大清太祖武皇帝實錄》（daicing gurun i taidzu horonggo enduringge hūwangdi i yargiyan kooli），四卷，精寫本，四冊。國家圖書館藏本，存三卷，三冊。中國第一歷史檔案館藏本，全四卷，四冊[20]。臺北國立故宮博物院藏北平圖書館本與《東方學紀要》本是來源相同的兩種不同寫本，為便於比較，可將此兩種寫本卷二前十頁滿文分別影印於後。

寫本甲

[20] 《北京地區滿文圖書總目》（瀋陽，遼寧民族出版社，2008 年 2 月），頁 110。

大清太祖承天廣運聖德神功肇立極仁孝武皇帝實

錄卷之二

己亥年正月東海兀吉部內虎兒哈部二首長王格張
格率百人來貢土產黑白紅三色狐皮黑白二色貂皮
自此兀吉虎兒哈部內所居之人每歲入貢其中首長
蒲吉里等六人乞婚

太祖欲以蒙古字編成國語榜識尼兒得溺們盖對曰我

太祖以六臣之女配之以撫其心時滿洲未有文字文移
住來必須習蒙古書譯蒙古語通之二月

實不能

等習蒙古字始知蒙古語若以我國語編列譯書我等

太祖曰漢人念漢字學與不學者皆知蒙古之人念蒙古
字學與不學者亦皆知我國之言寫蒙古之字則不習
蒙古語者不能知矣何汝等以本國言譯編字為難以
習他國之言為易耶剛盖尼兒得溺對曰以我國之言
編成文字最易耳

太祖曰寫阿東下合一媽字此非阿媽乎阿媽又乙尼字
下合一脈字此非尼脈乎尼脈安乙吾意洪矣爾等試

寫本乙

大清太祖承天廣運聖德神功肇立極仁孝武皇帝實

錄卷之二

己亥年正月東海兀吉部內虎兒哈部二首長王格張
格率百人來貢土產黑白紅三色狐皮黑白二色貂皮
自此兀吉虎兒哈部內所居之人每歲入貢其中首長
蒲吉里等六人乞婚

太祖欲以蒙古字編成國語榜識尼兒得溺們盖對曰我

太祖以六臣之女配之以撫其心時滿洲未有文字文移
住來必須習蒙古書譯蒙古語通之二月

實不能

等習蒙古字始知蒙古語若以我國語編列譯書我等

太祖曰漢人念漢字學與不學者皆知蒙古之人念蒙古
字學與不學者亦皆知我國之言寫蒙古之字則不習
蒙古語者不能知矣何汝等以本國言譯編字為難以
習他國之言為易耶剛盖尼兒得溺對曰以我國之言
編成文字最易耳

太祖曰寫阿東下合一媽字此非阿媽乎阿媽又乙尼字
下合一脈字此非尼脈乎尼脈安乙吾意洪矣爾等試

寫本丙

滿文本《大清太祖武皇帝實錄》，卷一，頁一　圖版

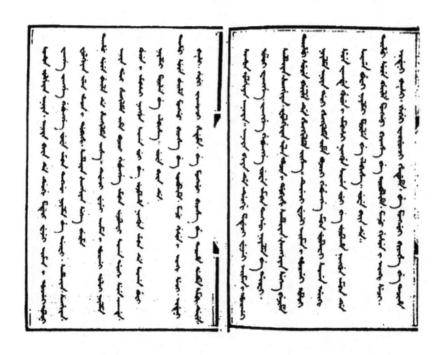

美國國會圖書館本　　　　北京圖書館本

資料來源：《東方學紀要》，日本，天理大學おやさと研究所，
1967 年。

順次	北平圖書館本	順次	《東方學紀要》本
A-1		B-1	
A-2		B-2	

| A-3 | (滿文) | B-3 | (滿文) |
| A-4 | (滿文) | B-4 | (滿文) |

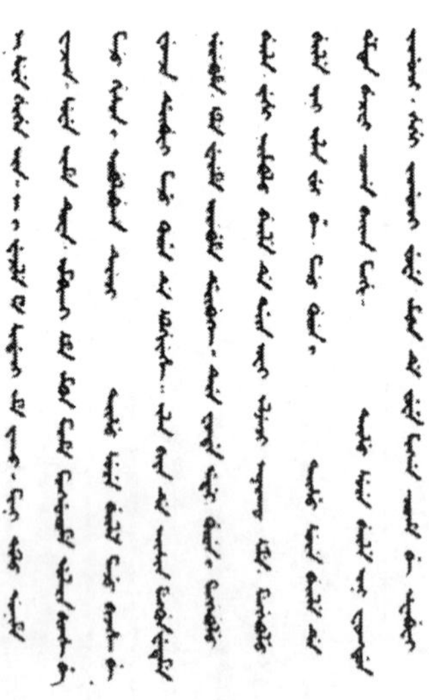

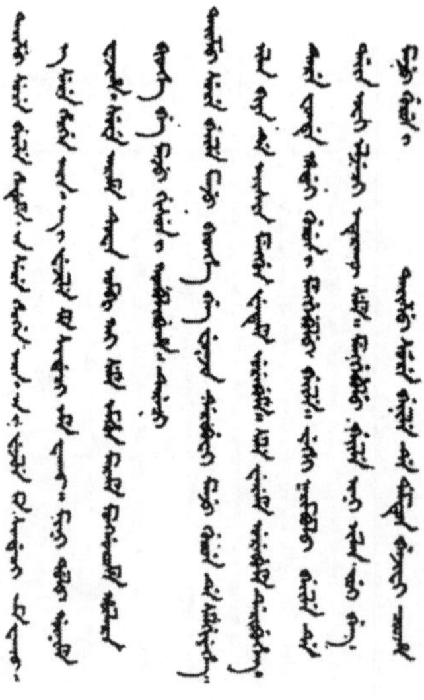

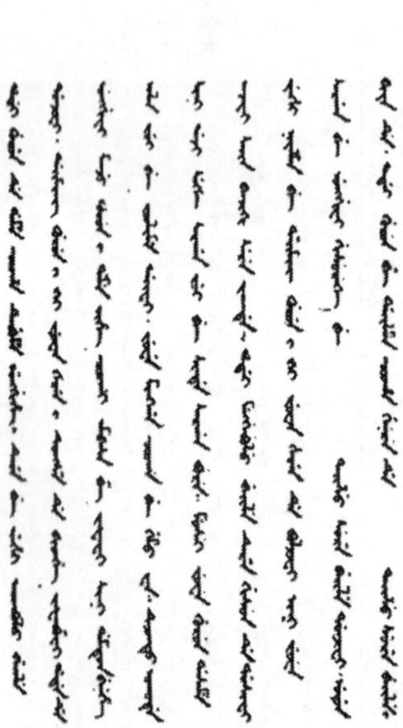

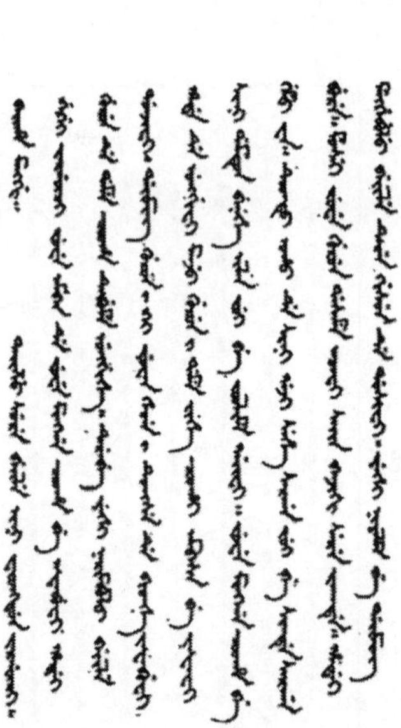

A-5	（満洲文）	B-5	（満洲文）
A-6	（満洲文）	B-6	（満洲文）

A-7		B-7
A-8		B-8

A-9	[illegible]	B-9	[illegible]
A-10	[illegible]	B-10	[illegible]

前列圖版包括：美國國會圖書館和北京圖書館本，對照臺北國立故宮博物院典藏本後，可知《大清太祖武皇帝實錄》滿文本有多種寫本，圖版中的美國國會圖書館本與臺北國立故宮博物院北平圖書館本是相同寫本，日本天理大學出版《東方學紀要》本，與北京圖書館本是相同寫本。質言之，北平圖書館本和北京圖書館本原藏地點相同，是來源相同的兩種不同寫本，將兩種寫本進行比較研究，是不可忽視的課題。為了便於比較說明，可將其中卷二，頁 1 至頁 10，分別影印如前。其中北京圖書館本因據《東方學紀要》刊本影印，故標明《東方學紀要》本。先將卷二，頁 1 分別轉寫羅馬拼音於後。

北平圖書館本 A-1 羅馬拼音
1. sohon ulgiyan aniya, aniya biya de dergi mederi wejei aiman i hūrgai goloi (13)
2. wangge jangge gebungge juwe amban tanggū niyalma be gaifi, sahaliyan, šanggiyan, （11）
3. fulgiyan ilan hacin i dobihi sahaliyan šanggiyan seke benjime （9）
4. taidzu sure beile de hengkileme jihe. tereci wejei aiman i hūrgai goloi niyalma （13）
5. aniya dari hengkileme jime bojiri gebungge amban ujulafi sargan gaiki sere jakade, （12）
6. gurun i ambasai ninggun sargan jui be ujulaha ninggun amban de sargan bufi （13）
7. niyalmai mujilen be elbihe. juwe biya de, （7）
8. taidzu sure beile monggo bithe be kūbulime, manju gisun i araki seci, erdeni （13）
9. baksi, g'ag'ai jargūci hendume, be monggoi bithe be taciha dahame sambi dere. （12）

《東方學紀要》本 B–1 羅馬拼音

1. sohon ulgiyan aniya. aniya biya de dergi mederi wejei aiman i hūrgai（12）
2. goloi wangge, jangge gebungge juwe amban tanggū niyalma be gaifi,（10）
3. sahaliyan šanggiyan, fulgiyan ilan hacin i dobihi sahaliyan, šangiyan seke benjime（11）
4. taidzu sure beile de hengkileme jihe. tereci wejei aiman i hūrgai goloi（12）
5. niyalma aniya dari hengkileme jime bojiri gebungge amban ujulafi sargan gaiki（11）
6. sere jakade gurun i ambasai ninggun sargan jui be ujulaha ninggun amban de（13）
7. sargan bufi niyalmai mujilen be elbihe. juwe biya de.（9）
8. taidzu sure beile monggo bithe be kūbulime, manju gisun i araki seci,（12）
9. erdeni baksi, g'ag'ai jargūci hendume, be monggoi bithe be taciha,（10）

　　以上將北平圖書館本 A—1 和《東方學紀要》本 B—1 互相對照後，可知北平圖書館本 A—1 和《東方學紀要》本 B—1 的滿文內容相同，每頁各九行，各行數字，彼此不同。北平圖書館本 A—1 第一行共十三字，《東方學紀要》本 B—1 第一行共十二字，將滿字 "goloi"，移置第二行。A—1 第二行共十一字，B—2 第二行共十字，滿字 "sahaliyan, šanggiyan"，移置第三行。A—1 第三行共九字，B—1 第三行共十一字。A—1 第四行共十三字，B—1 第四行共十二字，滿字 "niyalma"，移置第五行。A—1 第五行共十二字，B—1 第五行共 11 字，滿字 "sere jakade"，移置第六行。A—1 第六行共十三字，B—1 第六行共十三字，滿字 "sargan bufi"，移置第七行。A—1 第七行共七字，B—1 第七行共九字。A—1 第八行共十三字，B—1 第八行共十二字，滿字 "erdeni"，移置第九行。北平圖書館本和《東方學紀要》本字體、字跡大致相近，可以說明北平圖書館本和《東方學紀要》本確實是來源相同的兩種不同寫本。

滿文書寫時，有連寫的習慣，A—2 北平圖書館本，"bithe sarkū niyalma inu gemu ulhimbikai." 句中 "ulhimbikai"， B—2《東方學紀要》本作 "ulhimbi kai"。A—3 北平圖書館本 "suwe arame tuwa ombikai"，句中 "ombikai"，B —3《東方學紀要》本作 "ombi kai"。A—4 北平圖書館本，"tere be yehei narimbulo beile donjifi." 句中 "tere be"，B—4《東方學紀要》本作 "terebe"。A—4 北平圖書館本，"tuttu ohode sini gaji sehe sargan jui be sinde sargan bure." 句中 "ohode"，B—4《東方學紀要》本作 "oho de"。A—4 北平圖書館本 "taidzu sure beile i deo." 句中 "beile i "，B—5《東方學紀要》本作 "beilei "。A—5 北平圖書館本 "tere be juleri afara de obuha šurgaci beile sabufi afarakū cooha ilifi." 句中 "tere be"， B—5《東方學紀要》本作 "terebe"。A—5 北平圖書館本 "taidzu sure beile cooha gaifi dosime generede deo i julergi minggan cooha jugūn be dalime yaksime ilifi šolo baharakū" 句中 "generede"，B—6《東方學紀要》本作 "genere de"。A—6 北平圖書館本 "taidzu sure beile ini beye de etuhe sekei mahala." 句中 "beyede"，B —6《東方學紀要》本作 "beye de"。A—9 北平圖書館本 "dade manju gurun i niyalma aba abalame." 句中 "dade"，B —9《東方學紀要》本作 "da de"。A—10 北平圖書館本 "taidzu sure beile de sargan benjire de dorolome okdofi amba sarin sarilame gaiha." 句中 "benjire de"，B—10《東方學紀要》本作 "benjirede"。

由以上所舉諸例可知北平圖書館本、《東方學紀要》本都有連寫的習慣。例如：北平圖書館本 A—2 "ulhimbi" 與語氣詞 "kai" 連寫作 " ulhimbikai"；A—3 不及物動詞 "ombi" 與語氣詞 "kai" 連寫作 "ombikai"；A—4 不及物動詞 "oho" 與格助詞 "de" 連寫作 "ohode"；A—5 形動詞 "genere" 與格助詞 "de" 連寫作 "generede" ； A — 9 名詞 "da" 與助詞 "de" 連寫作

"dade"。《東方學紀要》本也有連寫的習慣，例如：《東方學紀要》本 B—4 代名詞 "tere" 與助詞 "be" 連寫作 "terebe"；B—5 名詞 "beile" 與領屬格 "i" 連寫作 "beilei"；B—6 名詞 "beye" 與助詞 "de" 連寫作 "beyede"；B—10 形動詞 "benjire" 與助詞 "de" 連寫作 "benjirede"。如上所舉諸例，北平圖書館本虛字連寫，《東方學紀要》本並不連寫，《東方學紀要》本虛字連寫，北平圖書館本並不連寫，可以說明《東方學紀要》本和北平圖書館本是兩種不同寫本。探討文獻，還原歷史，了解《大清太祖武皇帝實錄》滿文本的分佈地區、原藏地點、寫本異同，才能掌握滿文文獻的現況。

四、同音異譯——《大清太祖武皇帝實錄》與《滿洲實錄》滿漢文本人名、地名的異同

　　《大清太祖武皇帝實錄》（daicing gurun i taidzu horonggo enduringge hūwangdi i yargiyan kooli），滿漢文本，各四卷，四冊，分裝二函，紅綾封面，白鹿紙，朱絲欄楷書。滿漢文各四部，每部各四冊。成書於崇德元年（1636）十一月，是爲清太祖實錄初纂本，書法質樸，譯名俚俗，於清人先世，俱直書不諱。康熙二十一年（1682）十一月，重修清太祖實錄，劃一人名、地名，規範譯名。乾隆四年（1739）十二月，重修告成，是爲清太祖實錄重修本，斟酌損益，整齊體裁，得失互見。《滿洲實錄》，共四部，每頁三欄，以滿、蒙、漢三體文字書寫，繪有圖。第一部繪寫本成書於天聰九年（1635），第二、三部繪寫於乾隆四十四年（1779），第四部繪寫於乾隆四十六年（1781），分別貯藏於乾清宮、上書房、盛京、避

暑山莊[21]。可將其中人名、地名舉例列表於下。

滿漢文本人名對照表

順序	武皇帝實錄（滿文）	滿洲實錄（滿文）	武皇帝實錄（漢文）	滿洲實錄（漢文）	高皇帝實錄（漢文）	備註
1			王格	王格	王格	
2			張格	張格	張格	
3			菑吉里	博濟哩	博濟里	

[21] 《清實錄》，第一冊（北京，中華書局，1968 年 11 月），〈影印說明〉，頁 2。

4	ᠮᠠᠨᠵᡠ	ᠮᠠᠨᠵᡠ	榜識 厄兒得溺	巴克什 額爾德尼	巴克什 額爾德尼	
5	ᠮᠠᠨᠵᡠ	ᠮᠠᠨᠵᡠ	剛蓋	噶蓋	扎爾固齊 噶蓋	
6	ᠮᠠᠨᠵᡠ	ᠮᠠᠨᠵᡠ	孟革卜鹵	蒙格布祿	孟格布祿	
7	ᠮᠠᠨᠵᡠ	ᠮᠠᠨᠵᡠ	納林卜祿	納林布祿	納林布祿	
8	ᠮᠠᠨᠵᡠ	ᠮᠠᠨᠵᡠ	非英棟	費英東	扎爾固齊 費英東	
9	ᠮᠠᠨᠵᡠ	ᠮᠠᠨᠵᡠ	押哈木	雅喀木	雅喀木	

10			黍兒哈奇	舒爾哈齊	舒爾哈齊	
11			楊古里	揚古利	楊古利	
12			莽古姬	莽古吉公主		高皇帝實錄刪略公主名
13			吳兒戶代	武爾古岱	武爾古代	
14			滿太	滿泰	滿太	
15			阿把亥	阿巴海		高皇帝實錄刪略人名

16			布戒	布齋	布寨	
17			明安	明安	明安	
18			娥恩姐	娥恩哲		高皇帝實錄不載人名
19			南太	南太	南太	
20			孟古姐姐	孟古哲哲		高皇帝實錄不載人名
21			恩格得力	恩格德爾	恩格德爾	

22			策穆德黑	策穆特赫	策穆特黑	
23			虎兒憨	扈爾漢轄	侍衛扈爾漢	
24			波可多	博克多	博克多	
25			常書	常書	常書	
26			納奇布	納齊布	納齊布	
27			擺銀達里	拜音達里	拜音達里	

28	᠊᠊᠊	᠊᠊᠊	瓮剛代	翁阿岱	瓮阿代	
29	᠊᠊᠊	᠊᠊᠊	木庫石公主	穆庫什公主		高皇帝實錄不載人名
30	᠊᠊᠊	᠊᠊᠊	康孤里	康古禮	康古禮	
31	᠊᠊᠊	᠊᠊᠊	康都里	喀克篤禮	喀克篤禮	
32	᠊᠊᠊	᠊᠊᠊	昂孤	昂古	昂古	
33	᠊᠊᠊	᠊᠊᠊	明剛吐	明噶圖	明噶圖	

34			惡落合	烏魯喀	烏路喀	
35			僧革	僧格	僧格	
36			尼哈里	尼喀里	尼喀里	
37			湯松剛	瑭松噶	瑭松噶	
38			夜革樹	葉克書	葉克書	
39			雄科落	碩翁科羅	碩翁科羅	

40			阿敏	阿敏	阿敏
41			扎撒格吐	扎薩克圖	扎薩克圖
42			土龍	圖倫	圖倫
43			債桑孤	齋桑古	寨桑古
44			吉兒剛郎	濟爾哈朗	濟爾哈朗
45			非揚古	篇古	篇古

46			呵呵里厄夫	何和里額駙	額駙何和里	
47			土勒伸	圖勒伸	土勒伸	
48			厄勒伸	額勒伸	額勒伸	
49			布陽姑蝦	布陽古轄	侍衛卜陽古	
50			阿東蝦	阿敦轄	侍衛阿敦	

資料來源:《大清太祖武皇帝實錄》滿漢文本;《滿洲實錄》滿漢文本;《大清太祖高皇帝實錄》漢文本。

　　對照表中的滿文人名,大致相合。表中 22,《大清太祖武皇帝實錄》滿文" semtehe",《滿洲實錄》滿文作"ts'emtehe",此外並無不同。《大清太祖武皇帝實錄》漢文人名，俚俗不雅者，並不罕見，如表中 4，"erdeni baksi"，《大清太祖武皇帝實錄》漢文譯作「榜識厄兒得溺」，《滿洲實錄》、《大清太祖高皇帝實錄》漢文改譯爲「巴克什額爾德尼」。表中 5，"g'ag'ai jargūci"，《大清太祖武皇帝實錄》漢文譯作「剛蓋」，《滿洲實錄》漢文改譯爲「噶蓋」，《大清太祖高皇帝實錄》漢文改譯爲「扎爾固齊噶蓋」，滿漢文讀音相近。表中 8，"fiongdon jargūci"，《大清太祖武皇帝實錄》漢文譯作「非英棟」，《滿洲實錄》漢文改譯爲「費英東」，《大清太祖高皇帝實錄》漢文改譯爲「扎爾固齊費英東」，滿漢文讀音相近。表中 23，"hūrgan hiya"，《大清太祖武皇帝實錄》漢文譯作「虎兒憨」，《滿洲實錄》漢文改譯爲「扈爾漢轄」，《大清太祖高皇帝實錄》漢文改譯爲「侍衛扈爾漢」，漢譯恰當。表中 49，"buyanggū hiya"，《大清太祖武皇帝實錄》漢文譯作「布陽姑蝦」，《滿洲實錄》漢文改譯爲「布陽古轄」，《大清太祖高皇帝實錄》漢文改譯爲「侍衛卜陽古」。表中 50，"adun hiya"，《大清太祖武皇帝實錄》漢文譯作「阿東蝦」，《滿洲實錄》漢文改譯爲「阿敦轄」，《大清太祖高皇帝實錄》漢文改譯爲「侍衛阿敦」，滿漢文義相合，譯文恰當。表中 12，"manggūji gege"，《大清太祖武皇帝實錄》漢文譯作「莽古姬」，《滿洲實錄》漢文改譯爲「莽古吉公主」。表中 15，"abahai"，《大清太祖武皇帝實錄》漢文譯作「阿把亥」，《滿洲實錄》漢文改譯爲「阿巴海」。表中 18，"onje gege"，《大清太祖武皇帝實錄》漢文譯作「娥恩姐」，《滿洲實錄》漢文改譯爲「娥恩哲」。表中 20，"monggojeje"，《大清太祖武皇帝實錄》漢文譯作「孟古姐姐」，《滿洲實錄》漢文改譯爲「孟古哲哲」。表中 29，"mukusi gege"，《大清太祖武皇帝實錄》漢文譯作「木庫石公主」，《滿洲實錄》漢文改譯爲「穆庫什公主」，《大清太祖高皇帝實錄》以其不合漢俗，俱刪略不載。

滿漢文本地名對照表

順序	武皇帝實錄（滿文）	滿洲實錄（滿文）	武皇帝實錄（漢文）	滿洲實錄（漢文）	高皇帝實錄（漢文）	備註
1			兀吉部	窩集部	渥集部	
2			虎兒哈部	瑚爾哈路	虎爾哈路	
3			虎欄哈達	呼蘭哈達	虎攔哈達	
4			黑禿阿喇	赫圖阿拉	赫圖阿喇	
5			蘇蘇河	蘇克素護河	蘇克蘇滸	

6			加哈河	加哈河	加哈河	
7			護卜插	戶布察	戶布察	
8			念木山	尼雅滿山	尼雅滿山岡	
9			阿氣郎	阿奇蘭	阿氣蘭	
10			把岳衛	巴約特部	把岳忒部落	
11			蜚敖	斐優	蜚悠	

12			黑十黑	赫席赫	赫席黑	
13			敖莫和所羅	鄂謨和蘇嚕	俄漠和蘇魯	
14			佛內黑	佛訥赫	佛訥赫	
15			異憨山	宜罕山	宜罕阿麟	
16			呼夜衛	瑚葉路	嘑野路	
17			瑞粉	綏芬	綏分	

18			那木都魯	那木都魯	那木都魯
19			寧古塔	寧古塔	寧古塔
20			尼媽乂	尼馬察	尼馬察
21			押攬衛	雅蘭路	雅攔路
22			兀兒孤沉	烏爾古宸	烏爾古宸
23			木冷	木倫	木倫

24			扎古塔	扎庫塔	扎庫塔	
25			查哈量	薩哈連	薩哈連	
26			孫扎塔城	孫扎泰城	孫扎泰城	
27			郭多城	郭多城	郭多城	
28			俄莫城	鄂謨城	俄漠城	
29			兀蘇城	烏蘇城	兀蘇城	

30	ᠵᡳᡩᠠᠩᡤᠠ ᡥᠣᡨᠣᠨ	ᠵᡳᡩᠠᠩᡤᠠ ᡥᠣᡨᠣᠨ	吉當剛城	吉當阿城	吉當阿城	
31	押哈		押哈	雅哈城	呀哈城	
32			黑兒蘇城	赫爾蘇城	黑兒蘇城	
33			何敦城	和敦城	何敦城	
34			胯布七拉城	喀布齊賽城	喀布齊賽城	
35			俄及塔城	鄂吉岱城	鄂吉岱城	

36			輝發	輝發	輝發	
37			實伯	錫伯	席北	
38			刮兒恰	掛勒察	卦爾察	
39			古勒	古呼	古勒	
40			扎倫衛	扎嚕特部	扎魯特部	
41			釵哈	柴河	柴河	

42	ᠹᠠᠨᠠᡥᠠ	ᠹᠠᠨᠠᡥᠠ	法納哈	撫安	撫安	
43	ᠰᠠᠨᠵᠠᠯᠠ	ᠰᠠᠨᠵᠠᠯᠠ	三七拉	三岔	三岔	
44	ᠮᡠᠴᡳ	ᠮᡠᠴᡳ	牧奇	穆奇	牧奇	
45	ᡝᡥᡝ ᡴᡠᡵᡝᠨ	ᡝᡥᡝ ᡴᡠᡵᡝᠨ	厄黑枯稜	額赫庫倫	額黑庫倫	
46	ᡤᡠᠨᠠᡥᠠ ᡴᡠᡵᡝᠨ	ᡤᡠᠨᠠᡥᠠ ᡴᡠᡵᡝᠨ	顧納哈枯稜	固納喀枯稜	顧納喀庫倫	
47	ᡠᡵᠵᠠᠨ ᠪᡳᡵᠠ	ᡠᡵᠵᠠᠨ ᠪᡳᡵᠠ	兀兒姜河	兀爾簡河	兀爾簡河	

48			佛多落坤寨	佛多羅袞寨	佛多羅袞寨	
49			松岡里河	松阿里河	松噶里 烏拉河	

資料來源:《大清太祖武皇帝實錄》滿漢文本;《滿洲實錄》滿漢文本;《大清太祖高皇帝實錄》漢文本。

　　《大清太祖武皇帝實錄》滿文地名與《滿洲實錄》滿文地名互相對照後,彼此大致相同。表中1,"wejei aiman",《滿洲實錄》滿文作"weji i aiman"。表中13,"omohū suru"《滿洲實錄》滿文作"omoho suru"。表中26,"sunjadai hoton",《滿洲實錄》滿文作"sunjatai hoton"。此外,並無不同。《大清太祖武皇帝實錄》地名與《滿洲實錄》、《大清太祖高皇帝實錄》的不同,主要是由於漢文地名的同音異譯。表中2 "hūrgai golo",《大清太祖武皇帝實錄》漢文作「虎兒哈部」,《滿洲實錄》漢文作「瑚爾哈路」,《大清太祖高皇帝實錄》漢文作「虎爾哈路」。表中16,"huye i golo",《大清太祖武皇帝實錄》漢文作「呼夜衛」,《滿洲實錄》漢文作「瑚葉路」,《大清太祖高皇帝實錄》漢文作「嘑野路」。表中21,"yaran i golo",《大清太祖武皇帝實錄》漢文作「押攬衛」,《滿洲實錄》漢文作「雅蘭路」,《大清太祖高皇帝實錄》漢文作「雅攬路」。表中10,"bayot tatan",《大清太祖武皇帝實錄》漢文作「把岳衛」,《滿洲實錄》漢文作「巴約特部」,《大清太祖高皇帝實錄》漢文作

「把岳忒部落」。表中 40，"jarut tatan"，《大清太祖武皇帝實錄》漢文作「扎倫衛」，《滿洲實錄》漢文作「扎嚕特部」，《大清太祖高皇帝實錄》漢文作「扎魯特部」。滿文 "golo"，《滿洲實錄》、《大清太祖高皇帝實錄》漢文多譯爲「路」。

　　表中 1，滿文 "aiman"，《大清太祖武皇帝實錄》、《滿洲實錄》、《大清太祖高皇帝實錄》漢文俱作「部」。滿文 "tatan"　，意即「窩鋪」，又作「宿營地」、「下榻處」。《大清太祖武皇帝實錄》漢文作「衛」，《滿洲實錄》、《大清太祖高皇帝實錄》漢文作「部」。表中 5，"suksuhu bira"，《大清太祖武皇帝實錄》漢文作「蘇蘇河」，滿、漢文讀音不合。《滿洲實錄》漢文改譯爲「蘇克素護河」，滿、漢文讀音相近。《大清太祖高皇帝實錄》漢文作「蘇克蘇滸」，同音異譯。《大清太祖武皇帝實錄》漢文俚俗的地名，多經改譯。表中 4，"hetu ala"，《大清太祖武皇帝實錄》漢文作「黑禿阿喇」，《滿洲實錄》漢文改譯爲「赫圖阿拉」，《大清太祖高皇帝實錄》漢文作「赫圖阿喇」，同音異譯。表中 12，"hesihe"，《大清太祖武皇帝實錄》漢文作「黑十黑」，《滿洲實錄》漢文作「赫席赫」，《大清太祖高皇帝實錄》漢文作「赫席黑」。表中 15，"ihan alin"，《大清太祖武皇帝實錄》漢文作「異憨山」，《滿洲實錄》漢文改譯爲「宜罕山」，《大清太祖高皇帝實錄》漢文作「宜罕阿麟」。表中 17，"suifun"，《大清太祖武皇帝實錄》漢文作「瑞粉」，《滿洲實錄》漢文改譯爲「綏芬」，《大清太祖高皇帝實錄》漢文作「綏分」，同音異譯。表中 23，"muren"，《大清太祖武皇帝實錄》漢文作「木冷」，《滿洲實錄》、《大清太祖高皇帝實錄》漢文俱作「木倫」。表中 34，"kabcilai hoton"，《大清太祖武皇帝實錄》漢文作「胯布七拉城」，《滿洲實錄》、《大清太祖高皇帝實錄》漢文俱作「喀布齊賚城」。表中 37，"sibe"，《大清太祖武皇帝實錄》漢文作「實伯」，《滿洲實錄》漢文作「錫伯」，《大清太祖高皇帝實錄》漢文作「席北」，同音異譯，各不相同。表中 6， "giyaha bira"，各書漢文俱作「加哈河」。表中 19，"ningguta"，諸書漢文俱作「寧古塔」。表中 36，"hoifa"，諸書漢文俱作「輝發」，並未改譯。

五、滿語規範 ——《大清太祖武皇帝實錄》與《滿洲實錄》滿文讀音及書法的比較

《大清太祖武皇帝實錄》的滿文，其讀音及書法的異同，頗受重視，可列簡表於後。

順序	武皇帝實錄		滿洲實錄	
	滿文	漢文詞義	滿文	漢文詞義
1		jeke bihe 曾服食		jekebihe 曾服食
2		abkai 天的		abka i 天的
3		bukdafi 折		bukdafi 折

4		ba i 地的		bai 地的
5		hala i 姓的		halai 姓的
6		jihebihe 曾來		jihe bihe 曾來
7		bilga 喉嚨		bilha 喉嚨
8		niyalma i gala 人的手		niyalmai gala 人的手
9		bihan 野地		bigan 野地

10		dooha 椏了		doha 椏了
11		doombio 椏嗎		dombio 椏嗎
12		fanca i 凡察的		fancai 凡察的
13		mengtemu 孟特穆		
14		ergide 方		ergi de 方
15		dubede 末尾		debe de 末尾

16		bade 地方	ba de 地方
17		cungšan 充善	
18		sibeoci fiyanggū 錫寶齊篇古	
19		fuman 福滿	
20		giocangga 覺昌安	
21		taksi 塔克世	

22		boode 家裡		boo de 家裡
23		hebedeme 商議		hebdeme 商議
24		gisurembi dere 說吧		gisurembidere 說吧
25		ulga 牲畜		ulha 牲畜
26		emeji 厄墨氣		
27		nurhanci 努爾哈齊		

28		šurhanci 舒爾哈齊		šurgaci 舒爾哈齊
29		fulin bifi 有天命		fulingga bifi 有天命的
30		jiya jing 嘉靖		giya jing 嘉靖
31		tomorgon 清楚		tomorhon 清楚
32		jibgenjerakū 不遲疑		jibgešerakū 不遲疑
33		suksuhu 蘇克蘇滸		suksuhu 蘇克蘇滸

34		weje 渥集		weji 渥集
35		derseme 紛然		der seme 紛然
36		toome 每		tome 每
37		dosi 貪的		doosi 貪的
38		gogodome 裝飾		gohodome 裝飾
39		wan li han 萬曆帝		wan lii han 萬曆帝

40		taisy taiboo 太子太保		taidz taiboo 太子太保
41		li ceng liyang 李成梁		lii ceng liyang 李成梁
42		narimbolo 納林布祿		narimbulu 納林布祿
43		ejilefi 佔據		ejelefi 佔據
44		hoifa gurun 輝發國		hoifa i gurun 輝發國
45		caharai 察哈爾的		cahar i 察哈爾的

46		nukcike 逃竄		nukcike 逃竄
47		uksuni 族的		uksun i 族的
48		fu šun soo hecen 撫順所城		fušun šo hecen 撫順所城
49		uksin 甲		uksin 甲
50		sargūi hoton 薩爾滸城		sarhūi hoton 薩爾滸城
51		hoo k'ao tai 河口臺		ho keo tai 河口臺

52		babi 只是		baibi 只是
53		tulgun 陰晦		tulhun 陰晦
54		dosiki serede 欲入時		dosiki sere de 欲入時
55		dergici 從東		dergi ci 從東
56		horgoi fejile 櫃下		horhoi fejile 櫃下
57		ayu 恐怕		ayoo 恐怕

58		abka lok seme 天陰晦		abka luk seme 天陰晦
59		mukiyere lame 熄滅		mukiyerelame 熄滅
60		faijima 怪異		faijuma 怪異
61		hehesi cuban 女馬甲裙		hehesi cuba 女馬甲裙
62		ojorakū 不可		ojirakū 不可
63		bethe nihešulebufi 跣足		bethe niohušulebufi 跣足

64		sargū 薩爾滸		sarhū 薩爾滸
65		ibegen 弓梢		igen 弓梢
66		fekuke 跳了		fekuhe 跳了
67		noimohon 諾謨琿		nomhon 諾謨琿
68		hengkileme unggime 朝貢		hūwaliyasun doroi 通好
69		cingho 清河		cing ho 清河

70		ai yan 靉陽		ai yang 靉陽
71		ulin šang 貨商		ulin nadan 貨財
72		urgūha 受驚		urhūha 受驚
73		ejen ni gisun 主之言		ejen i gisun 主之言
74		seksi 塞克什		seksi 塞克什
75		feksime jifi 跑來		feksime jifi 跑來

76		amhambi 睡		amgambi 睡
77		fingjan 斐揚古		fiyanggū 斐揚古
78		jorhon biya 十二月		jorgon biya 十二月
79		soosafi 擄掠		sosafi 擄掠
80		cuyan taiji 出燕台吉		cuyeng taiji 褚英台吉

資料來源：《大清太祖武皇帝實錄》，滿文本，卷一。北京，民族出版社，2016 年 4 月；《滿洲實錄》，卷一、卷二。北京，中華書局，1986 年 11 月。

　　由前列簡表可知《武皇帝實錄》滿文本、《滿洲實錄》滿文本，

書寫滿文時，都有連寫的習慣。表中《武皇帝實錄》滿文 "abkai"、
"jihebihe"、"boode"、"derseme"、"dergici" 等等，都是連
寫的滿文詞彙。《滿洲實錄》滿文 "jekebihe"、"bai"、"halai"、
"niyalmai"、"fancai"、"gisurembidere" 等等，都是連寫的滿
文詞彙。其中 "abkai" 是名詞 "abka" 與格助詞 "i" 連寫，意即「天
的」。"jihebihe"，"jihe"，是不及物動詞 "jimbi" 的過去式；
"bihe"，是不及物動詞 "bimbi" 的過去式。"jihebihe" 是 "jihe"
與 "bihe" 的連寫，意即「曾來」。"boode"，是名詞 "boo" 與格
助詞 "de" 連寫，意即「家裡」。"derseme"，是副詞 "der" 與
"seme" 的連寫詞彙，意即「紛然」。"dergici" 是時位 "dergi" 與
格助詞 "ci" 的連寫詞彙，意即「從東」。"jekebihe"，是及物動
詞 "jembi" 過去式 "jeke" 與不及物動詞 "bimbi" 過去式
"bihe" 的連寫詞彙，意即「曾服食」。"gisurembidere"，是不及
物動詞 "gisurembi" 與語助詞 "dere" 的連寫詞彙，意即「說吧」。
"bai"、"halai"、"niyalmai"、"fancai"，都是名詞與格助詞
連寫的詞彙。

　　《大清太祖武皇帝實錄》滿文本的滿文書面語，其讀音可以進
行比較。表中「喉嚨」，《武皇帝實錄》滿文讀作 "bilga"，《滿洲
實錄》讀作 "bilha"。「野地」，《武皇帝實錄》滿文讀作 "bihan"，
《滿洲實錄》讀作 "bigan"。「棲了」，《武皇帝實錄》滿文讀作
"dooha"，《滿洲實錄》讀作 "doha"。「牲畜」，《武皇帝實錄》
滿文讀作 "ulga"，《滿洲實錄》讀作 "ulha"。「舒爾哈齊」，《武
皇帝實錄》滿文讀作 "šurhanci"，《滿洲實錄》讀作 "šurgaci"。「有
天命」，《武皇帝實錄》滿文讀作 "fulin bifi"，《滿洲實錄》讀作
"fulingga bifi"。「嘉靖」，《武皇帝實錄》滿文讀作 "jiya jing"，《滿
洲實錄》讀作 "giya jing"。「清楚」，《武皇帝實錄》滿文讀作

"tomorgon"，《滿洲實錄》讀作"tomorhon"。「不遲疑」，《武皇帝實錄》滿文讀作"jigenjerakū"，《滿洲實錄》讀作"jibgešerakū"。深山老林，稱為「渥集」，《武皇帝實錄》滿文讀作"weje"，《滿洲實錄》讀作"weji"。漢字「每」，《武皇帝實錄》滿文讀作"toome"，《滿洲實錄》讀作"tome"。「貪的」，《武皇帝實錄》滿文讀作"dosi"，易與漢文「向內」混淆，《滿洲實錄》讀作"doosi"。「裝飾」，《武皇帝實錄》滿文讀作"gogodome"，《滿洲實錄》讀作"gohodome"。「萬曆帝」，《武皇帝實錄》滿文讀作"wan li han"；「李成梁」，《武皇帝實錄》滿文讀作"li ceng liyang"，句中"li"，《滿洲實錄》讀作"lii"。「太子太保」，《武皇帝實錄》滿文讀作"taisy taiboo"，《滿洲實錄》讀作"taidz taiboo"。「納林布祿」，《武皇帝實錄》滿文讀作"narimbolo"，《滿洲實錄》讀作"narimbulu"。「佔據」，《武皇帝實錄》滿文讀作"ejilefi"，《滿洲實錄》讀作"ejelefi"。「察哈爾的」，《武皇帝實錄》滿文讀作"caharai"，《滿洲實錄》讀作"cahar i"。「撫順所城」，《武皇帝實錄》滿文讀作"fu šun soo hecen"，《滿洲實錄》讀作"fušun šo hecen"。「薩爾滸」，《武皇帝實錄》滿文讀作"sargū"，《滿洲實錄》讀作"sarhū"。「河口臺」，《武皇帝實錄》滿文讀作"hoo k'ao tai"，《滿洲實錄》讀作"ho keo tai"。「陰晦」，《武皇帝實錄》滿文讀作"tulgun"，《滿洲實錄》讀作"tulhun"。「櫃下」，《武皇帝實錄》滿文讀作"horgoi fejile"，《滿洲實錄》讀作"horhoi fejile"。「恐怕」，《武皇帝實錄》滿文讀作"ayu"，《滿洲實錄》讀作"ayoo"。「怪異」，《武皇帝實錄》滿文讀作"faijima"，《滿洲實錄》讀作"faijuma"。「女馬甲裙」，《武皇帝實錄》滿文讀作"hehesi cuban"，《滿洲實錄》讀作"hehesi cuba"。「不可」，《武皇帝實錄》滿文讀作"ojorakū"，《滿洲實錄》

讀作"ojirakū"。「跣足」,《武皇帝實錄》滿文讀作"bethe nihešulebufi",《滿洲實錄》讀作"bethe niohušulebufi"。「弓梢」,《武皇帝實錄》滿文讀作"ibegen",《滿洲實錄》讀作"igen"。「跳了」,《武皇帝實錄》滿文讀作"fekuke",《滿洲實錄》讀作"fekuhe"。「諾謨琿」,《武皇帝實錄》滿文讀作"noimohon",《滿洲實錄》讀作"nomhon"。「斐揚古」,《武皇帝實錄》滿文讀作"fingjan",《滿洲實錄》讀作"fiyanggū"。「十二月」,《武皇帝實錄》滿文讀作"jorhon biya",《滿洲實錄》讀作"jorgon biya"。「擄掠」,《武皇帝實錄》滿文讀作"soosafi",《滿洲實錄》讀作"sosafi"。「褚英台吉」,《武皇帝實錄》滿文讀作"cuyan taiji",《滿洲實錄》讀作"cuyeng taiji"。

　　滿文書面語,其陽性字母與陰性字母,分別清楚。《武皇帝實錄》中的滿文詞彙,其陰、陽性,並不規範。譬如:「折」(bukdafi)、「蘇克蘇滸」(suksuhu)、「逃竄」(nukcike)、「族」(uksun)、「甲」(uksin)等詞彙中的"k",《武皇帝實錄》滿文作陰性,《滿洲實錄》滿文作陽性。「塞克什」(seksi)、「跑」(feksime)等詞彙中的"k",《武皇帝實錄》滿文作陽性,《滿洲實錄》滿文作陰性。

　　清太祖努爾哈齊,《武皇帝實錄》滿文讀作"nurhanci"。其先世肇祖孟特穆(mengtemu)、肇祖長子充善(cungšan)、充善三子錫寶齋篇古(sibeoci fiyanggū)、錫寶齋篇古之子興祖福滿(fuman)、興祖四子景祖覺昌安(giocangga)、景祖四子顯祖塔克世(taksi)、宣皇后喜塔喇氏厄墨氣(emeci),《滿洲實錄》因避諱貼以黃簽,故不見滿漢文。

　　《武皇帝實錄》滿文本,保存頗多清朝入關以前的滿文特色,可與清朝入關後滿文進行比較,其中"g"與"h",其書寫習慣或讀音,頗多差異,前列簡表中「喉嚨」,《武皇帝實錄》滿文讀作

"bilga"，《滿洲實錄》讀作"bilha"。「牲畜」，《武皇帝實錄》滿文讀作"ulga"，《滿洲實錄》讀作"ulha"。「薩爾滸」，《武皇帝實錄》滿文讀作"sargū"，《滿洲實錄》讀作"sarhū"。「野地」，《武皇帝實錄》滿文讀作"bihan"，《滿洲實錄》讀作"bigan"。「睡」，《武皇帝實錄》滿文讀作"amhambi"，《滿洲實錄》讀作"amgambi"。「十二月」，《武皇帝實錄》滿文讀作"jorhon biya"，《滿洲實錄》讀作"jorgon biya"。大致而言，《滿洲實錄》的滿文反映的是清朝入關後較規範的滿文書面語。「擄掠」，《武皇帝實錄》滿文讀作"soosafi"，《滿洲實錄》讀作"sosafi"。"sosafi"，其動詞原形作"sosambi"，是舊清語，意即"tabcilame olji gaimbi"（掠奪人畜），《武皇帝實錄》滿文讀作"soosafi"，相對"sosafi"而言，《武皇帝實錄》的滿文更能反映舊清語的特色，同時也保存了更多的舊清語詞彙。

六、興師伐明──以七宗惱恨為中心的 滿文檔案文獻的比較

　　明神宗萬曆四十六年，金國天命三年（1618），是年四月十三日，清太祖興師攻打明朝，臨行前書寫七大恨告天。七大恨又稱七宗惱恨，《大清太祖武皇帝實錄》滿漢文本、《滿洲實錄》滿漢文本、《滿文原檔》、《內閣藏本老滿文檔》等官書，都記載了七宗惱恨的內容，為便於比較，可將《大清太祖武皇帝實錄》滿文本、《滿洲實錄》滿文本、《滿文原檔》、《內閣藏本老滿文檔》中所載七宗惱恨的滿文內容依次影印於後，並轉寫羅馬拼音，照錄漢文。

2-1 《大清太祖武皇帝實錄》

滿文

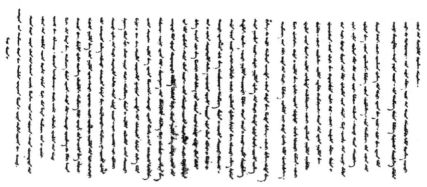

羅馬拼音

manju gurun i genggiyen han, daiming gurun be dailame, yafahan morin i juwe tumen cooha be gaifi, duin biyai juwan ilan de tasha inenggi meihe erin de juraka. tere jurandara de abka de habšame araha bithei gisun. mini ama mafa, daiming han i jasei orho be bilahakū boihon sihabuhakū. baibi jasei tulergi weile de dafi, mini ama mafa be daiming gurun waha. tere emu. tuttu wacibe, bi geli sain banjire be buyeme wehei bithe ilibume. daiming, manju yaya, han i jase be dabaci, dabaha niyalma be saha niyalma waki, safi warakū oci warakū niyalma de sui isikini seme gashūha bihe. tuttu gashūha gisun be gūwaliyafi, daiming ni cooha jase tucifi yehe de dafi tuwakiyame tehebi. tere juwe koro. jai cingho ci julesi giyang dalin ci amasi, aniya dari daiming gurun i niyalma hūlhame jase tucifi, manju i ba be durime cuwangname nungnere jakade, da gashūha gisun bihe seme jase tucike niyalma be waha mujangga. tuttu waha manggi, da gashūha gisumbe daburakū. ainu waha seme, guwangning de hengkileme genehe mini gangguri, fanggina be jafafi sele futa hūwaitafi, mimbe albalame mini juwan niyalma be gamafi jase de wa seme wabuha. tere ilan koro. jase tucifi cooha tuwakiyame tefi, mini jafan buhe sargan jui be monggo de buhe. ere duin koro. udu udu jalan halame han i jase tuwakiyame tehe caiha, fanaha, sancira, ere ilan goloi manju i tarifi yangsaha jeku be gaiburakū, daiming 《gurun i cooha tucifi bošoho. tere sunja koro. jasei tulergi abkai wakalaha yehei gisun be gaifi, ehe gisun hendume bithe arafi niyalma takūrafi, mimbe hacin hacin i koro arame giribuhe. tere ninggun koro. hadai niyalma yehe de dafi minde juwe jergi cooha jihe bihe. bi karu dailara jakade, abka hada be minde buhe. abkai buhe hada be daiming han geli hada de dafi, mimbe ergeleme ini bade unggi seme unggibuhe. mini unggihe hada i niyalma be yehei cooha ududu jergi sucufi gamaha. abkai fejile yaya gurun i niyalma ishunde dailambikai. abkai wakalaha niyalma anabumbi bucembi. abkai urulehe niyalma etembi banjimbikai. dain de waha niyalma be weijubure, baha olji be bederebure kooli bio. abkai sindaha amba gurun i han seci gubci gurun de gemu uhereme ejen dere, mini canggi de ainu emhun ejen. neneme hūlun gemu emu ici ofi, mimbe dailaha. tuttu dain deribuhe hūlun be abka wakalaha, mimbe abka urulehe. ere daiming han abka de eljere gese, abkai wakalaha yehe de dafi waka be uru, uru be waka seme ainu beidembi. tere nadan koro. ere daiming gurun mimbe gidašaha giribuhe ambula ofi bi dosurakū, ere nadan amba koro de dain deribumbi seme, bithe arafi abka de henggkileme, bithe dejihe ²².

漢文

帝將步騎二萬征大明，臨行書七大恨告天曰：吾父祖于大明禁邊寸土不擾，一草不折，秋毫未犯，彼無故生事于邊外，殺吾父祖，此其一也。雖有祖父之讎，尚欲修和好，曾立石碑，盟曰：大明與滿洲皆勿越禁邊，敢有越者，見之即殺，若見而不殺，殃及于不殺之人。如此盟言，大明背之，反令兵出邊衛夜黑，此其二也。自清河之南，江岸之北，大明人每年竊出邊，入吾地侵奪，我以盟言殺其出邊之人，彼負前盟，責以擅殺，拘我往謁都堂使者綱孤里、方吉納二人，逼令吾獻十人，于邊上殺之，此其三也。遣兵出邊為夜黑防禦，致使我已聘之女轉嫁蒙古，此其四也。將吾世守禁邊之釵哈（即柴河），山七拉（即三岔），法納哈（即撫安）三堡耕種田穀不容收穫，遣兵逐之，此其五也。邊外夜黑是獲罪于天之國，乃偏聽其言，遣人責備，書種種不善之語以辱我，此其六也。哈達助夜黑侵吾二次，吾返兵征之，哈達遂為我有，此天與之也。大明又助哈達逼令反國，後夜黑將吾所釋之哈達擄掠數次。夫天下之國，互相征伐，合天心者勝而存，逆天意者敗而亡；死于鋒刃者使更生，既得之人畜，令復返，此理果有之乎？天降大國之君，宜為天下共主，豈獨吾一身之主。先因糊籠部（華言諸部）會兵侵我，我始興兵，因合天意，天遂厭糊籠而佑我也。大明助天罪之夜黑，如逆天然，以是為非，以非為是，妄為剖斷，此其七也。凌辱至極，實難容忍，故以此七恨興兵。祝畢，拜天焚表²³。

---

²²　《大清太祖武皇帝實錄》，滿文本，卷二，頁 208-212。
²³　《大清太祖武皇帝實錄》，漢文本，卷二，頁 33。

2-2《滿洲實錄》

滿文

羅馬拼音

manju gurun i genggiyen han daiming gurun be dailame yafahan morin i juwe tumen cooha be gaifi duin biyai juwan ilan de tasha inenggi meihe erin de juraka, tere jurandara de abka de habšame araha bithe i gisun, mini ama mafa daiming han i jasei orho be bilahakū, boihon sihabuhakū, baibi jasei tulergi weile de dafi, mini ama mafa be daiming gurun waha. tere emu. tuttu wacibe, bi geli sain banjire be buyeme wehei bithe ilibume, daiming, manju yaya han i jase be dabaci, dabaha niyalma be saha niyalma waki, safi warakū oci, warakū niyalma de sui isikini seme gashūha bihe, tuttu gashūha gisun be gūwaliyafi, daiming ni cooha jase tucifi yehe de dafi tuwakiyame tehebi. tere juwe koro. jai cing ho ci julesi, giyang dalin ci amasi aniya dari daiming gurun i niyalma hūlhame jase tucifi, manju i ba be durime cuwangname nungnere jakade, da gashūha gisun bihe seme jase tucike niyalma be waha mujangga, tuttu waha manggi, da gashūha gisun be daburakū, ainu waha seme guwangning de takūrame genehe mini gangguri, fanggina be jafafi sele futa hūwaitafi mimbe albalame mini juwan niyalma be gamafi jase de wa seme wabuha. tere ilan koro. jase tucifi cooha tuwakiyame tefi, mini jafan buhe sargan jui be monggo de buhe. ere duin koro. udu udu jalan halame han i jase tuwakiyame tehe caiha, fanaha, sancara ere ilan golo i manju i tarifi yangsaha jeku be gaiburakū, daiming gurun i cooha tucifi bošoho. tere sunja koro. jasei tulergi abkai wakalaha yehe i gisun be gaifi ehe gisun hendume, bithe arafi niyalma takūrafi mimbe hacin hacin i koro arame girubuha. tere ninggun koro. hada i niyalma yehe de dafi minde juwe jergi cooha jihe bihe, bi karu dailara jakade, abka hada be minde buhe, abkai buhe hada be, daiming han geli hada de dafi mimbe ergeleme, ini bade unggi seme unggibuhe, mini unggihe hada i niyalma be yehe i cooha ududu jergi sucufi gamaha, abkai fejile yaya gurun i niyalma ishunde dailambikai, abkai wakalaha niyalma anabumbi bucembi, abkai urulehe niyalma etembi banjimbi kai, dain de waha niyalma be weijubure, baha olji be bederebure kooli bio. abkai sindaha amba gurun i han seci, gubci gurun de gemu uhereme ejen dere, mini canggi de ainu emhun ejen, neneme hūlun gemu emu ici ofi, mimbe dailaha, tuttu dain deribuhe, hūlun be abka wakalaha, mimbe abka urulehe, ere daiming han abka de eljere gese abka i wakalaha yehe de dafi waka be uru, uru be waka seme ainu beidembi, tere nadan koro, ere daiming gurun mimbe gidašaha giribuhe ambula ofi bi dosurakū, ere nadan amba koro de dain deribumbi seme, bithe arafi abka de henggkileme, bithe dejihe.

漢文

四月十三壬寅巳時，帝將步騎二萬征明國，臨行書七大恨告天曰：吾父祖於明國禁邊寸土不擾，一草不折，秋毫未犯，彼無故生事於邊外，殺吾父祖，此其一也。雖有祖父之讐，尚欲修和好，曾立石碑，盟曰：明國與滿洲皆勿越禁邊，敢有越者，見之即殺，若見而不殺，殃及於不殺之人。如此盟言，明國背之，反令兵出邊衛葉赫，此其二也。自清河之南，江岸之北，明國人每年竊出邊入吾地侵奪，我以盟言殺其出邊之人，彼負前盟，責以擅殺，拘我往謁巡撫使者綱古里、方吉納二人，挾令我獻十人於邊上，此其三也。遣兵出邊為葉赫防禦，致使我已聘之女轉嫁蒙古，此其四也。將吾世守禁邊之釤哈（即柴河）、山齊拉（即三岔）、法納哈（即撫安）三堡耕種田穀不容收種，遣兵逐之，此其五也。邊外葉赫是獲罪於天之國，乃偏聽其言，遣人責備，書種種不善之語以辱我，此其六也。哈達助葉赫，侵吾二次，吾返兵征之，哈達遂為我有，此天與之也，明國又助哈達，令反國。後葉赫將吾所釋之哈達擄掠數次。夫天下之國互相征伐，合天心者勝而存，逆天意者敗而亡，死於鋒刃者，使更生，既得之人畜，令復返，此理果有之乎？天降大國之君宜為天下共主，何獨搆怨於我國。先因呼倫部（即前九部）會兵侵我，我始興兵，因合天意， 遂厭呼倫而佑我也。明國助天罪之葉赫如逆天然，以是為非，以非為是，妄為剖斷，此其七也。欺凌至極，實難容忍，故以此七恨興兵，祝畢，拜天焚表[24]。

2-3《內閣藏本滿文老檔》

滿文

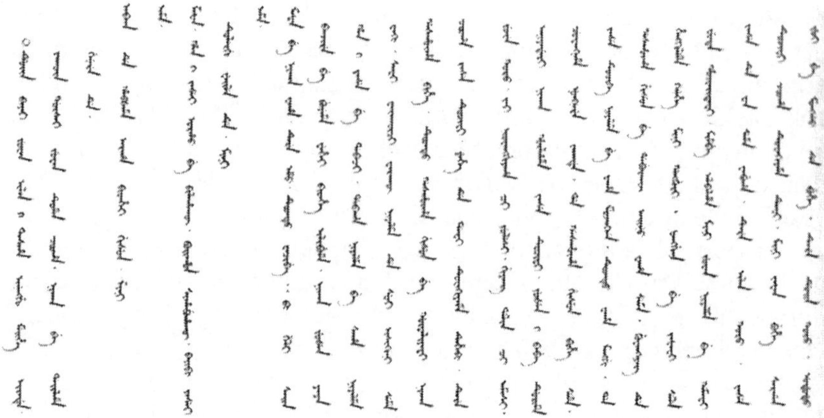

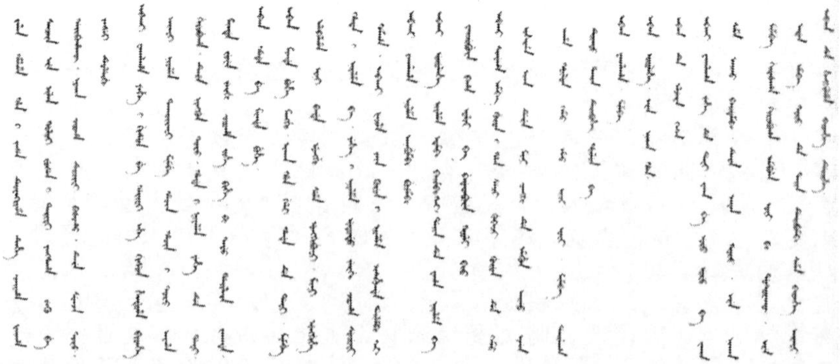

[24] 《滿洲實錄》，卷四，見《清實錄》（一），頁198。

羅馬拼音

duin biyai juwan ilan i tasha inenggi meihe erinde, jakūn gūsai juwan tumen cooha, nikan be dailame genere de, abka de habšame araha bithei gisun, mini ama, mafa, han i jasei orho be bilahakū, boihon sihabuhakū, baibi jasei tulergi weile de, mini ama, mafa be nikan waha, ere emu, tuttu wacibe, bi geli sain banjire be buyeme wehei bithe ilibume, nikan, jušen yaya han i jase be dabaci, dabaha niyalma be saha niyalma waki, safi warakūci, warakū niyalma de sui isikini seme gashūha bihe, tuttu gashūha gisun be gūwaliyafi, nikan cooha jase tucifi, yehe de dafi tuwakiyame tehebi, tere juwe koro, jai niowanggiyaha ci julesi, giyang dalin ci amasi, aniyadari nikan hūlhame jase tucifi, jušen i babe durime cuwangname nungnere jakade, da gashūha gisun bihe seme, jase tucike niyalma be waha mujangga, tuttu waha manggi, da gashūha gisun be daburakū ainu waha seme, guwangning de hengkileme genehe mini gangguri, fanggina be jafafi sele futa hūwaitafi, mimbe albalame mini juwan niyalma be gamafi jase de wa seme wabuha, tere ilan koro, jase tucifi cooha tuwakiyame tefi, mini jafan buhe sargan jui be monggo de buhe, tere duin koro, ududu jalan halame han i jase tuwakiyame tehe caiha, fanaha, sancara ere ilan goloi jušen i tarifi yangsaha jeku be gaibuhakū, nikan cooha tucifi bošoho, tere sunja koro, jasei tulergi abkai wakalaha yehe i gisun be gaifi, ehe gisun hendume bithe arafi niyalma takūrafi, mimbe hacin hacin i koro arame girubuha, tere ninggun koro, hada i niyalma yehe de dafi, minde juwe jergi cooha jihe bihe, bi karu dailara jakade, abka hada be minde buhe, abka minde buhe manggi, nikan han, geli hada de dafi, mimbe albalame ini bade unggi seme unggibufi, mini unggihe hada i niyalma be, yehe i niyalma ududu jergi cooha sucufi gamaha, abkai fejile yaya gurun i niyalma ishunde dailambi kai, abkai wakalaha niyalma anabumbi bucembi, abkai urulehe niyalma etembi banjimbi kai, dain de waha niyalma be weijubure, baha olji be bederebure kooli bio, abkai sindaha amba gurun i han seci, gubci gurun de gemu uhereme ejen dere, mini canggi de emhun ainu ejen, neneme hūlun gemu emu ici ofi, mimbe dailaha, tuttu dain deribuhe hūlun be abka wakalaha, mimbe abka urulehe, ere nikan han, abka de eljere gese abkai wakalaha yehe de dafi, waka be uru, uru be waka seme ainu beidembi, tere nadan koro, ere nikan mimbe gidašaha girubuha ambula ofi, bi dosorakū, ere nadan amba koro de dain deribumbi seme bithe arafi, abka de hengkileme bithe deijihe.[25]

漢文

四月十三寅日巳時,將八旗兵十萬征明。臨行,告天文曰:我父祖於皇帝邊境一草不折,寸土不擾,明平白生事於邊外,殺我父祖,此一也。雖然如此殺戮,我仍願修好,曾立石碑盟曰:凡明國、諸申人等若越帝邊,見有越邊之人即殺之,若見而不殺,罪及於不殺之人。明國背此盟言派兵出邊,援助葉赫駐守,其恨二也。又自清河以南,江岸以北,因明人每年竊出邊界,侵擾掠奪諸申地方,是以按照原先盟言,殺其出邊之人是實,如此加誅之後,明國不遵原先誓言,責以擅殺,拘我往謁廣寧之剛古里、方吉納,縛以鐵索,逼令我獻十人解至邊界殺之,其恨三也。遣兵出邊駐守,致使我已聘之女轉嫁蒙古,其恨四也。數世駐守帝邊之柴河、法納哈、三岔此三處諸申耕種田糧,不容收穫,明國遣兵驅逐,其恨五也。偏聽邊外天譴葉赫之言,齎持繕寫惡言之書相責,以種種傷害我之言相辱,其恨六也。哈達人助葉赫,兩次出兵侵犯我,我返兵征之,天遂以哈達與我。天與我後,明帝又助哈達,逼令我釋還其地。後葉赫人數次遣兵擄掠我釋還之哈達人。夫天下諸國之人互相征伐,天非者敗而亡,天是者勝而存也。豈有使陣亡之人復生,既得之人畜令歸還之理乎?若謂天授大國之皇帝,天下諸國皆宜為共主,豈獨為我一己之主耶?先因扈倫會兵侵我,是以始興兵,天譴扈倫,天以我為是。明帝如此抗衡於天以助天譴之葉赫,以非為是,以是為非,妄為剖斷,其恨七也。因明凌辱我至極,我實難以容忍,故書此七大恨興兵,祝畢,拜天焚表。

---

[25] 《內閣藏本滿文老檔》(瀋陽,遼寧民族出版社,2009 年 12 月),第二函,第六冊,頁 249。

2-4《滿文原檔》

滿文

羅馬拼音

tereci duin biyai juwan ilan i tasha inenggi meihe erinde, cooha geneme abka de habšame araha bithei gisun, mini ama mafa, han i jasei orhobe bilahakū, boihon siha buhakū. babi jasei tulegi weile de mini ama mafabe nikan waha, tere emu. tuttu wacibe bi geli sain banjirebe buyeme wehei bithe ilibume nikan jušen yaya han i jasebe dabaci dabaha niyalma be saha niyalma waki. safi warakūci, warakū niyalma de sui isikini seme gashūha bihe, tuttu gashūha gisun be gūwaliyafi nikan cooha jase tucifi yehede dafi tuwakiyame tehebi. tere juwe koro. jai niowanggiyahaci julesi giyang dalinci amasi aniya dari nikan hūlhame jase tucifi jušen i babe durime cuwangname nungnere jakade. da gashūha gisun bihe seme jase tucike nikambe waha mujangga. tuttu waha manggi. da gashūha gisumbe daburakū. ainu waha seme guwangnin de hengkileme genehe mini gangguri fanggina be jafafi sele futa hūwaitafi mimbe albalame mini juwan niyalma be gamafi jase de wa seme wabuha. tere ilan koro. jase tucifi cooha tuwakiyame tefi mini jafan buhe sargan juibe monggode buhe. tere duin koro. udu udu jalan halame han i jase tuwakiyame tehe caiha fanaha sancara ere ilan goloi jušen i tarifi yangsaha jekube gaibuhakū nikan cooha tucifi bošoho. tere sunja koro. jasei tulegi abkai wakalaha yehei gisumbe gaifi ehe gisun hendume bithe arafi niyalma takūrafi mimbe hacin hacin i koro arame giribuhe. tere ninggun koro. hadai niyalma yehede dafi, minde juwe jergi cooha jihe bihe. bi karu dailara jakade. abka hadabe minde buhe. abka minde buhe manggi nikan han geli hadade dafi mimbe albalame ini bade unggi seme unggibufi. mini unggihe hadai niyalmabe yehei niyalma udu udu jergi cooha sucufi gamaha. abkai fejile yaya guruni niyalma ishun de dailambikai, abkai wakalaha niyalma anabumbi bucembi. abkai urulehe niyalma etembi banjimbikai. dain de waha niyalmabe weijubure. baha oljibe bederebure kooli bio. abkai sindaha amba gurun i han seci gubci gurunde gemu uhereme ejen dere. mini canggide emhun ainu ejen. neneme hūlun gemu emu ici ofi mimbe dailaha. tuttu dain deribuhe. hūlumbe abka wakalaha. mimbe abka urulehe. ere nikan han abka de eljere gese abkai wakalaha yehede dafi wakabe uru. urube waka seme ainu beidembi. tere nadan koro. ere nikan mimbe gidašaha girubuha ambula ofi, bi dosorakū tere nadan amba korode dain deribume.[26]

漢文

四月十三寅日巳時出兵，告天文曰：我父祖於皇帝邊境一草不折，寸土不擾，明國平白生事於邊外，殺我父祖，此一也。雖然如此殺戮，我仍願修好，曾立石碑盟曰： 凡明國、諸申等若越帝邊，見有越邊之人即殺之，若見而不殺，罪及於不殺之人。明國背此盟言，派兵出邊，援助葉赫駐守，其恨二也。又自清河以南，江岸以北，因明人每年竊出邊界，於諸申地方侵擾掠奪，是以按照原先盟言，殺其出邊明人是實，如此加誅之後，明國不遵原先誓言，責以擅殺，拘我往謁廣寧之剛古里、方吉納，縛以鐵索，逼令我獻十人解至邊界殺之，其恨三也。遺兵出邊駐守，致使我已聘之女轉嫁蒙古，其恨四也。數世駐守帝邊之柴河、法納哈、三岔此三處諸申耕種田糧，不容收穫，明國遣兵驅逐，其恨五也。偏聽邊外天譴葉赫之言，遺

26 《滿文原檔》（臺北，國立故宮博物院，2006 年 1 月），第一冊，荒字檔，頁 79。

人齎持繕寫惡言之書相責，以種種傷害我之言相辱，其恨六也。哈達人助葉赫，兩次出兵侵犯我，我返兵征之，天遂以哈達與我。天與我後，明帝又助哈達，逼令我釋還其地。後葉赫人數次遣兵擄掠我釋還之哈達人。夫天下諸國之人互相征伐，天非者敗而亡，天是者勝而存也。豈有使陣亡之人復生，既得之人畜令歸還之理乎？若說天授大國之皇帝，天下諸國皆宜為共主，豈獨為我一己之主耶？先因扈倫會兵侵我，是以始興兵，天譴扈倫，天以我為是。明帝如此抗衡於天以助天譴之葉赫，以非為是，以是為非，妄為剖斷，其恨七也。因明凌辱我至極，我實難以容忍，故以此七大恨而興兵。

按照檔案文獻形成的過程，依次為：《滿文原檔》、《大清太祖武皇帝實錄》滿文本、《滿洲實錄》滿文本、《內閣藏本滿文老檔》，其中所載七大恨的滿文內容，可以《滿文原檔》為藍本，據《滿文原檔》記載，其第一大恨的滿文為 "mini ama mafa, han i jasei orhobe bilahakū, boihon siha buhakū. babi jasei tulegi weile de mini ama mafabe nikan waha." 句中"orhobe"，《內閣藏本滿文老檔》作 "orho be"；"siha buhakū"，作 "sihabuhakū"；"tulegi"，作 "tulergi"；"mafabe"，作 "mafa be"。《滿文原檔》中 "han"，《大清太祖武皇帝實錄》滿文本、《滿洲實錄》滿文本俱作 "daiming han"；"jasei tulegi weile de"，作 "jasei tulergi weile de dafi"；"nikan"，作 "daiming gurun"。《滿文原檔》記載第二大恨的滿文為 "tuttu wacibe bi geli sain banjirebe buyeme wehei bithe ilibume nikan jušen yaya han i jasebe dabaci dabaha niyalma be saha niyalma waki. safi warakūci, warakū niyalma de sui isikini seme gashūha bihe. tuttu gashūha gisun be gūwaliyafi nikan cooha jase tucifi yehede dafi tuwakiyame tehebi." 句中 "banjirebe"，《內閣藏本滿文老檔》作 "banjire be"；"jasebe"，作 "jase be"；"yehede"，作 "yehe de"。《滿文原檔》所載第二大恨中 "nikan"、"jušen"，《大清太祖武皇帝實錄》滿文本、《滿洲實錄》滿文本俱作 "daiming"、

"manju" ; "warakūci" ，作 "warakū oci" ； "nikan cooha" ，
作 "daiming ni cooha" 。《滿文原檔》所載第三大恨的滿文為 "jai
niowanggiyahaci julesi giyang dalinci amasi aniya dari nikan hūlhame
jase tucifi jušen i babe durime cuwangname nungnere jakade. da
gashūha gisun bihe seme jase tucike nikambe waha mujangga. tuttu
waha manggi. da gashūha gisumbe daburakū. ainu waha seme
guwangnin de hengkileme genehe mini gangguri fanggina be jafafi sele
futa hūwaitafi mimbe albalame mini juwan niyalma be gamafi jase de
wa seme wabuha." 句中 "niowanggiyahaci" ，《內閣藏本滿文老
檔》作 "niowanggiyaha ci" ； "dalinci" ，作 "dalin ci" ； "aniya
dari" ，作 "aniyadari" ； "niyalmabe" ，作 "niyalma be" ；
"gisumbe" ，作 "gisun be" ； "guwangnin" ，作 "guwangning" 。
《滿文原檔》第三大恨中 "niowanggiyaha" ，《大清太祖武皇帝實
錄》滿文本 作 "cingho" ，《滿洲實錄》滿文本作 "cing ho" ；
"nikan hūlhame" ，《大清太祖武皇帝實錄》滿文本、《滿洲實錄》
滿文本作 "daiming gurun i niyalma hūlhame" ； "jušen i babe" ，
作 "manju i ba be." 《滿文原檔》第五大恨的滿文為 "udu udu jalan
halame han i jase tuwakiyame tehe caiha fanaha sancara ere ilan goloi
jušen i tarifi yangsaha jekube gaibuhakū nikan cooha tucifi bošoho."
句中 "udu udu" ，《內閣藏本滿文老檔》作 "ududu" ； "jekube" ，
作 "jeku be" 。《滿文原檔》所載第五大恨中 "sancara" ，《大清太
祖武皇帝實錄》滿文作 "sancira" ，漢字作「山七拉」，即三岔。《滿
文原檔》記載第六大恨中 "giribuhe" ，《大清太祖武皇帝實錄》滿
文作 "girubuha" 。《滿文原檔》記載第七大恨中 "abka minde buhe
manggi nikan han geli hadade dafi mimbe albalame ini bade unggi
seme unggibufi. mini unggihe hadai niyalmabe yehei niyalma udu udu

jergi cooha sucufi gamaha." 意即「天與我後，明帝又助哈達，逼令我釋還其地。後葉赫人數次遣兵擄掠我釋還之哈達人。」《大清太祖武皇帝實錄》滿文作 "abkai buhe hada be daiming han geli hada de dafi mimbe ergeleme ini bade unggi seme unggibuhe. mini unggihe hada i niyalma be yehei cooha ududu jergi sucufi gamaha." 意即「天與之哈達，大明皇帝又助哈達逼令我釋還其地。後葉赫兵將我所釋哈達之人擄掠數次。」明帝，《滿文原檔》作 "nikan han"，《大清太祖武皇帝實錄》作 "daiming han"。通過比較，可知《滿文原檔》中的 "nikan"，《大清太祖武皇帝實錄》滿文作 "daiming"；"jušen"，作 "manju"。多經改動，說明纂修《大清太祖武皇帝實錄》的上限是在清太宗天聰、崇德年間（1627-1643）。

七、撫順額駙──以努爾哈齊致李永芳滿文書信為中心的比較

　　撫順城在渾河北岸，是明朝駐軍重地，城東是撫順關，是明朝與女真馬市所在。撫順所遊擊李永芳是遼東鐵嶺人。天命三年（1618）四月十五日，清太祖努爾哈齊率兵圍攻撫順城。《清史稿・李永芳傳》記載，「四月甲辰昧爽，師至撫順所，遂合圍，執明兵一使持書諭永芳曰：『明發邊疆外衛葉赫，我乃以師至，汝一遊擊耳，戰亦豈能勝？今諭汝降者，汝降，則我即日深入，汝不降，是誤我深入期也。汝多才智，識時務，我國方求才，稍足備任使，猶將舉而用之，與為婚媾，況如汝者，有不加以寵榮，與我一等大臣同列者乎？汝若欲戰，矢豈能識汝？既不能勝，死復何益？且汝出城降，我兵不復入，汝士卒皆安堵。若我師入城，男婦老弱，必且驚潰，亦大不利於汝民矣。勿謂我恫喝不可信也。汝思區區一城，

且不能下，安用興師？失此弗圖，悔無及已。降不降，汝熟計之，毋不忍一時之忿，違我言而僨事也[27]。』」

3-1：《大清太祖武皇帝實錄》
滿文

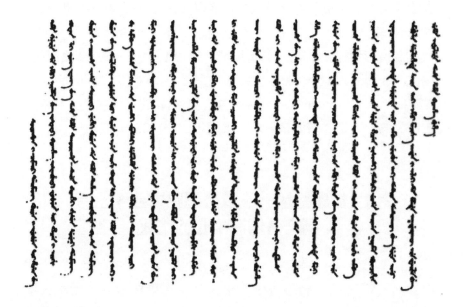

羅馬拼音

tofohon i cimari, daiming gurun i fušun soo hecen be kame genere de, emu niyalma be jafafi bithe jafabufi fušun soo hecen i iogi hafan li yung fang be daha seme takūraha. tere bithei gisun, suweni daiming gurun i cooha jase tucifi, yehei gurun de dame tehe turgunde, bi te daiming gurun be dailambi, fušun soo hecen i ejen iogi hafan si afaha seme eterakū kai. bi simbe dahaha manggi, te uthai julesi šumilame dosiki sembi, si daharakū oci mini dosirengge tookambi kai. si afarakū dahaha de sini kadalaha cooha irgen be acinggiyarakū, kemuni sini fe doroi ujire, si ai jaka be ambula bahanara niyalma kai. sini anggala

---

[27] 《清史稿校註》，第十冊（臺北，國史館，1986 年），頁 8065。

mujakū niyalma be inu tukiyefi, jui bufi sadun jafafi banjimbi, simbe sini da banjihaci geli wesimbufi, mini uju jergi ambasai gese ujirakū doro bio. si ume afara, afaci mini coohai niyalma i gabtaha sirdan simbe takambio. yasa akū sirdan de goici bucembikai. hūsun isirakū bade daharakū afaci, bucehe seme ai tusa, okdome tucifi dahaci mini cooha dosindarakū, sini kadalaha cooha be si yooni bahafi bargiyambikai. mini cooha dosika de hecen i juse hehe golofi samsimbikai, tuttu oci doro ajigen ombikai. si aikabade mini gisun be ume akdarakū ojoro, bi sini ere emu hecen be baharakū oci, ere cooha ilimbio. ufaraha manggi, jai aliyaha seme ai tusa. hecen i dorgi amba ajigan hafasa cooha irgen suwe hecen nisihai dahaci juse sargan niyaman hūncihin fakcarakū ohode, suwende inu amba urgun kai. dahara daharakū be suwe inu ambula seolehede sain kai. emu majige andan i jili de mende akdarakū, ere weile be ume efulere, daha seme bithe buhe.[28]

漢文

十五日晨，往圍撫順城，執一人齎書與遊擊李永芳令之降。書曰：因爾大明兵助夜黑，故來征之，量爾撫順遊擊戰亦不勝。今欲服汝輒深向南下，汝設不降，恐我前進。若不戰而降，必不擾爾所屬軍民，仍以原禮優之。況爾乃多識見人也，不特汝然，縱至微之人，猶超拔之，結為婚姻，豈有不超陞爾職與吾大臣相齊之理乎？汝勿戰，若戰，則吾兵所發之矢，豈有目能識汝乎？倘中則必死矣。力既不支，雖戰死，亦無益。若出降，吾兵亦不入城，汝所屬軍民，皆得保全。假使吾兵攻入，城中老幼必致驚散，爾之祿位亦卑薄矣，勿以吾言為不足信。汝一城若不能拔，朕何以興兵為？失此機會，後悔無及，其城中大小官員軍民等果舉城納降，父母妻子親族，俱不使離散，是亦汝等之福也。降與不降，汝等熟思，慎勿以一朝之忿而不信，遂失此機也。[29]

3-2：《滿洲實錄》

滿文

---

[28] 《大清太祖武皇帝實錄》，滿文本，卷二，頁 215-218。
[29] 《大清太祖武皇帝實錄》，漢文本，卷二，頁 34。

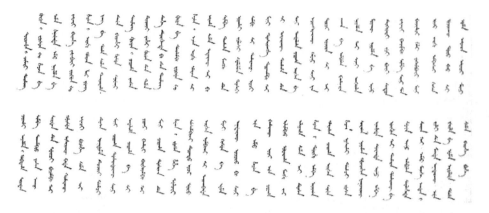

羅馬拼音

tofohon i cimari, daiming gurun i fušun šo hecen be kame generede, emu niyalma be jafafi bithe jafabufi fušun šo hecen i iogi hafan lii yung fang be daha seme takūraha. tere bithei gisun, suweni daiming gurun i cooha jase tucifi, yehei gurun de dame tehe turgunde, bi te daiming gurun be dailambi, fušun šo hecen i ejen iogi hafan si afaha seme eterakū kai. bi simbe dahaha manggi, te uthai julesi šumilame dosiki sembi, si daharakū oci mini dosirengge tookambi kai, si afarakū dahaha de sini kadalaha cooha irgen be acinggiyakū, kemuni sini fe doroi ujire, si ai jaka be ambula bahanara niyalma kai, sini anggala mujakū niyalma be inu tukiyefi jui bufi sadun jafafi banjimbi, simbe sini da banjihaci geli wesimbufi, mini uju jergi ambasai gese ujirakū doro bio. si ume afara, afaci mini coohai niyalma i gabtaha sirdan simbe takabio. yasa akū sirdan de goici bucembi kai. hūsun isirakū bade daharakū afaci, bucehe seme ai tusa, okdome tucifi dahaci mini cooha dosindarakū, sini kadalaha cooha be si yooni bahafi bargiyambi kai. mini cooha dosika de hecen i juse hehe golofi samsimbikai, tuttu oci doro ajigen ombikai. si aikabade mini gisun be ume akdarakū ojoro, bi sini ere emu hecen be baharakū oci, ere cooha ilimbio. ufaraha manggi, jai aliyaha seme ai tusa, hecen i dorgi amba ajigan hafasa cooha irgen suwe hecen nisihai dahaci juse sargan niyaman hūncihin fakcarakū ohode, suwende inu amba urgun kai, dahara daharakū be suwe inu ambula seolehede sain kai. emu majige andan i jili de mende akdarakū, ere weile be ume efulere, daha seme bithe buhe[30].

漢文

十五日晨，往圍撫順城，執一人齎書與遊擊李永芳令之降。書曰：因爾明國兵助葉赫，故來征之，量爾撫順遊擊戰亦不勝。今欲服汝輒深向南下，汝設不降，誤我前進。若不戰而降，必不擾爾所屬軍民，仍以原禮優之。況爾乃多識見人也，不特汝然，縱至微之人，猶超拔之，結為婚姻，豈有不超陞爾職與吾大臣相齊之理乎？汝勿戰，若戰，則吾兵所發之矢，豈有目能識汝乎？倘中則必死矣。力既不支，雖戰死，亦無益。若出降，吾兵亦不入城，汝所屬軍民，皆得保全。假使吾兵攻入，城中老幼必致驚散，爾之祿位亦卑薄矣，勿以吾言為不足信。汝一城若不能拔，朕何以興兵為？失此機會，後悔無及，其城中大小官員軍民等果舉城納降，父母妻子親族，俱不使離散，是亦汝等之福也。降與不降，汝等熟思，慎勿以一朝之忿而不信，遂失此機也。

　　將《大清太祖武皇帝實錄》滿文與《滿洲實錄》滿文互相比較後，可知兩者相近，其中 "fušun soo"，《滿洲實錄》滿文作 "fušun šo"；"coohai niyalmai gabtaha sirdan"，《滿洲實錄》滿文作 "coohai niyalma i gabtaha sirdan"；"seolehe de"，《滿洲實錄》滿文作 "seolehede"。其餘文字俱相同。兩者漢文則頗有出入。其中「大明兵」，《滿洲實錄》漢文作「明國兵」；「夜黑」，《滿洲實錄》漢文作「葉赫」；「父母妻子親族」，滿文作 "juse sargan niyaman hūncihin"，意即「婦孺親族」，滿漢文義略有出入；「是亦汝等之福也」，滿文作 "suwende inu amba urgun kai"，意即「亦汝等之大喜也」。

30　《滿洲實錄》，卷四，見《清實錄》（一），頁204。

3-3：《滿文原檔》

滿文

羅馬拼音

tofohon i cimari han i beye iogi hergen i hafan i tehe fusi hecembe kame generede, heceni tulergici jasei dolo jafaha nikan de bithe jafabufi unggihe, bithei gisun, suweni nikan cooha jase tucifi tehei turgunde, bi dailambi, fusi hecen i ejen iogi si afaha seme eterakū kai. bi dosika inenggi dosi ambula geneki sembi. si daharakūci, dosi generengge tookambikai. si afarakū dahahade sini kadalaha cooha, sini amba dorobe umai acinggiyarakū, kemuni sini fe doroi ujire, si ai jakabe gemu ambula bahanara sure niyalma kai. sini anggala, mujakū niyalmabe inu. bi tukiyefi jui bufi sadun jafafi banjimbi. simbe bi sini da banjihaci geli wesimbufi, mini uju jergi ambasai gese ujirakū doro bio. si ume afara, afaci coohai niyalmai gabtaha sirdan simbe takambio. yasa akū sirdan de goici, bucembikai. afaci hūsun isirakū bade, daharakū afaci buceci, tere ai tusa, okdome tucifi dahaci meni cooha dosindarakū, sini kadalaha cooha be si bahafi yoni bargiyambikai. okdome daharakūci, meni cooha dosika manggi, gašan i juse hehe golofi samsimbikai. tuttu oci, doro ajigen ombikai. si aikabade mini gisumbe ume akdarakū ojoro. bi sini ere emu hecembe baharakūci, ere cooha ilimbio. ufaraha manggi, jai aliyaha seme ai tusa. heceni dorgi amba asihan hafasa, coohai niyalma, geren irgen suwe hecen nisihai dahaci, juse sargan niyaman honcihin fakcarakū ohode, suwende inu amba urgun kai, dahara daharakūbe suwe inu ambula seolehede sain kai, emu majige andan i jili de mende akdarakū, ere weilebe ume efulere, daha seme bithe buhe[31].

漢文

十五日晨，汗親自往圍遊擊官所駐撫順城時，由城外執邊內漢人遣其齎書與遊擊官令之降。書曰：因爾明兵出邊駐守，故我來征討，爾撫順城主遊擊雖戰，亦不勝也。我進入之日即欲深入，爾設不降，則誤我進入。爾若不戰而降，則不擾爾所屬兵丁，爾之大禮並不更動，仍以原禮養之，況爾乃多識見聰明人也。不特爾也，縱至微之人亦超擢之，以女妻之，結為婚姻，豈有不擢陞爾職，與我大臣相齊之理乎？爾勿戰，若戰，則我兵所發之矢，豈能識爾？倘中無目之矢，則必死矣。雖戰，力既不支，不降而戰死，亦有何益？若出

---

31 《滿文原檔》，第一冊，荒字檔，頁83。

城迎降，我兵亦不入城，爾所屬兵丁皆得保全矣。假使不肯迎降，我兵攻入後，村中婦孺必致驚散，如此，禮亦卑微矣。爾勿以我言為不足信，我若不能得爾此一城，此兵豈能罷休也？失此機會，後悔何益？城中大小官員、軍民人等果舉城納降，妻子親族不使離散，是亦爾等之大喜也。降與不降，爾等亦宜熟思，勿以一朝之忿而不信我，遂失此機也。

3-4：《內閣藏本滿文老檔》

滿文

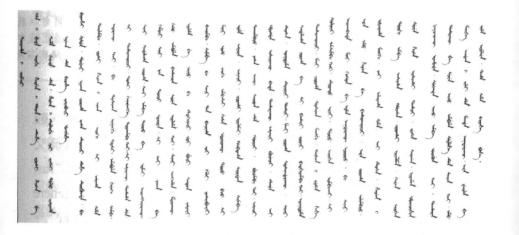

羅馬拼音

tofohon i cimari han i beye iogi hergen i hafan i tehe fusi hecembe kame generede, heceni tulergici jasei dolo jafaha nikan de bithe jafabufi unggihe, bithei gisun, suweni nikan cooha jase tucifi tehei turgunde, bi dailambi, fusi hecen i ejen iogi si afaha seme eterakū kai. bi dosika inenggi dosi ambula geneki sembi. si daharakūci, dosi generengge tookambikai. si afarakū dahahade sini kadalaha cooha, sini amba dorobe umai acinggiyarakū, kemuni sini fe doroi ujire, si ai jakabe gemu ambula bahanara sure niyalma kai. sini anggala, mujakū niyalmabe inu. bi tukiyefi jui bufi sadun jafafi banjimbi. simbe bi sini

da banjihaci geli wesimbufi, mini uju jergi ambasai gese ujirakū doro
bio. si ume afara, afaci coohai niyalmai gabtaha sirdan simbe takambio.
yasa akū sirdan de goici, bucembikai. afaci hūsun isirakū bade,
daharakū afafi buceci, tere ai tusa, okdome tucifi dahaci meni cooha
dosindarakū, sini kadalaha cooha be si bahafi yoni bargiyambikai.
okdome daharakūci, meni cooha dosika manggi, gašan i juse hehe
golofi samsimbikai. tuttu oci, doro ajigen ombikai. si aikabade mini
gisumbe ume akdarakū ojoro. bi sini ere emu hecembe baharakūci, ere
cooha ilimbio. ufaraha manggi, jai aliyaha seme ai tusa. heceni dorgi
amba asihan hafasa, coohai niyalma, geren irgen suwe hecen nisihai
dahaci, juse sargan niyaman honcihin fakcarakū ohode, suwende inu
amba urgun kai, dahara daharakūbe suwe inu ambula seolehede sain kai,
emu majige andan i jili de mende akdarakū, ere weilebe ume efulere,
daha seme bithe buhe[32].

漢文

十五日晨，汗親自往圍遊擊官所駐撫順城時，由城外執邊內漢人遣
其齎書與遊擊官令之降。書曰：因爾明兵出邊駐守，故我來征討，
爾撫順城主遊擊雖戰，亦不勝也。我進入之日即欲深入，爾設不降，
則誤我進入。爾若不戰而降，則不擾爾所屬兵丁，爾之大禮並不更
動，仍以原禮養之，況爾乃多識見聰明人也。不特爾也，縱至微之
人亦超擢之，以女妻之，結為婚姻，豈有不擇陞爾職，與我大臣相
齊之理乎？爾勿戰，若戰，則我兵所發之矢，豈能識爾？倘中無目
之矢，則必死矣。雖戰，力既不支，不降而戰死，亦有何益？若出
城迎降，我兵亦不入城，爾所屬兵丁皆得保全矣。假使不肯迎降，
我兵攻入後，村中婦孺必致驚散，如此，禮亦卑微矣。爾勿以我言
為不足信，我若不能得爾此一城，此兵豈能罷休也？失此機會，後
悔何益？城中大小官員、軍民人等果舉城納降，妻子親族不使離
散，是亦爾等之大喜也。降與不降，爾等亦宜熟思，勿以一朝之忿
而不信我，遂失此機也。

　　《滿文原檔》滿文與《內閣藏本滿文老檔》滿文的不同，較常
見的是滿文虛字連寫或不連寫的習慣，彼此不同。譬如：《滿文原

---

[32] 《內閣藏本滿文老檔》，第二函，第六冊，頁260。

檔》滿文 “fusi hecembe”，《內閣藏本滿文老檔》滿文作 “fusi hecen be”；“generede”，《內閣藏本滿文老檔》滿文作 “genere de”；“tulergici”，《內閣藏本滿文老檔》滿文作 “tulergi ci”。

　　《滿文原檔》滿文虛字連寫的習慣，頗爲常見。其次，由於讀音的差異，而有出入。譬如：《滿文原檔》滿文 “yoni”；《內閣藏本滿文老檔》滿文作 “yooni”；“niyaman honcihin”，《內閣藏本滿文老檔》滿文作 “niyaman hūncihin”。兩者的內容，並無不同。將《大清太祖武皇帝實錄》滿文與《滿文原檔》滿文互相對照，有助於了解彼此的異同。《滿文原檔》滿文 “fusi hecen”，《大清太祖武皇帝實錄》滿文作 “fušun soo hecen”；“iogi hergen i hafan”，《大清太祖武皇帝實錄》滿文作 “iogi hafan li yung fang”；“nikan cooha”，《大清太祖武皇帝實錄》滿文作 “daiming gurun i cooha”；“jase tucifi tehei turgunde”，《大清太祖武皇帝實錄》滿文作 “jase tucifi yehei gurun de dame tehe turgunde”；“si ai jakabe gemu ambula bahanara sure niyalma kai”，《大清太祖武皇帝實錄》滿文作 “si ai jaka be ambula bahanara niyalma kai”；“gašan i juse hehe”，《大清太祖武皇帝實錄》滿文作 “hecen i juse hehe”；“amba asihan hafasa”《大清太祖武皇帝實錄》滿文作 “amba ajigan hafasa”。經過對照後，可知《大清太祖武皇帝實錄》滿文本的纂修，主要是取材於《滿文原檔》，保存了珍貴的史料。工欲善其事，必先利其器。為了充實滿文基礎教學，編寫滿文教材，本書輯錄《大清太祖武皇帝實錄》滿文，編為五十個篇目，分別譯註，對於初學滿文者，或可提供一定的參考價值。

　　保存史料，是修史的主要目的。探討文獻，還原歷史，不能忽視滿文的檔案文獻，《大清太祖武皇帝實錄》滿文本，保存了豐富的滿文史料。探討《大清太祖武皇帝實錄》滿文本的分佈地區、原藏地點、寫本異同、史料價值，是掌握滿文文獻的基礎工作。

　　北京中國第一歷史檔案館藏《大清太祖武皇帝實錄》滿文本，全四卷，四冊。北京國家圖書館藏本，存三卷，三冊。臺北國立故宮博物院藏北平圖書館本，存三卷，三冊。日本《東方學紀要》影印滿文北京圖書館本，存三卷，三冊。此外，美國國會圖書館藏本，存三卷，三冊。在各種寫本中，美國國會圖書館藏本，與臺北國立故宮博物院藏北平圖書館本是相同寫本。日本《東方學紀要》本，與臺北國立故宮博物院藏北平圖書館本，原藏地點相同，其滿文內容相同，字體書法相近，而滿文虛字連寫或不連寫的習慣，彼此不同，是兩種不同寫本。

　　現藏《滿洲實錄》繪寫本，分別成書於天聰、乾隆年間。將《大清太祖武皇帝實錄》與乾隆年間繪寫本《滿洲實錄》滿漢文人名、地名互相對照後，可知滿文人名及滿文地名，彼此大致相同，所不同的是在漢文部分。《大清太祖武皇帝實錄》中的漢文人名，俚俗不雅者，屢見不鮮。譬如：滿文"erdeni baksi"，《大清太祖武皇帝實錄》漢文本譯作「榜識厄兒得溺」，《滿洲實錄》漢文改譯爲「巴克什額爾德尼」。滿文"hūrgan hiya"，《大清太祖武皇帝實錄》漢文譯作「虎慇兒」，《滿洲實錄》漢文改譯爲「扈爾漢轄」。漢文地名，或因俚俗，或因譯音不合，多有改譯。譬如：滿文"hetu ala"，《大清太祖武皇帝實錄》漢文作「黑禿阿喇」，《滿洲實錄》漢文改譯爲「赫圖阿拉」。滿文"suksuhu bira"，《大清太祖武皇帝實錄》漢文作「蘇蘇河」，滿、漢文讀音不合。《滿洲實錄》改譯爲「蘇克素護河」，滿、漢讀音相近。

　　滿文的創製，對滿洲民族共同體的形成，產生了凝聚的作用。《大清太祖武皇帝實錄》滿文本與《滿洲實錄》滿文本有關清太祖創製滿文經過的記載，其滿文內容，彼此相同。清太祖以七宗惱恨興兵伐明，《滿文原檔》、《大清太祖武皇帝實錄》滿文本、《滿洲實錄》滿文本、《內閣藏本滿文老檔》等檔案官書所載七宗惱恨的滿文內容，大致相同。《滿文原檔》、《內閣藏本滿文老檔》中的"nikan"（明）、"jušen"（諸申），《大清太祖武皇帝實錄》、《滿洲實錄》俱作"daiming"（大明）、"manju"（滿洲），其餘內容文字出入不大。清太祖率兵圍攻撫順城時，曾致書遊擊李永芳。「撫順城」，《滿文原檔》、《內閣藏本滿文老檔》俱作"fusi hecen"，《大清太祖武皇帝實錄》滿文本作"fušun soo hecen"。「遊擊李永芳」，《滿文原檔》、《內閣藏本滿文老檔》滿文俱作"iogi hergen i hafan"，《大清太祖武皇帝實錄》滿文作"iogi hafan li yung fang"。《大清太祖武皇帝實錄》滿文"daiming gurun i cooha jase tucifi yehei gurun de dame tehe turgunde"，漢文作「大明兵助夜黑」。《滿文原檔》滿文作"nikan cooha jase tucifi tehei turgunde"，句中"tehei"，《內閣藏本滿文老檔》滿文作"tehe"。由於《大清太祖武皇帝實錄》滿文本的纂修，主要是取材於《滿文原檔》等原始檔案，而保存了珍貴的第一手資料，對研究清朝前史提供了重要的參考史料，文獻足徵。

八、同音異譯——以二體《滿洲實錄》為中心的比較說明

《滿洲實錄》是研究滿洲崛起、由小變大的重要開國史料。現存《滿洲實錄》包括：三體《滿洲實錄》及二體《滿洲實錄》。1986年11月，北京，中華書局影印出版《清實錄》，在影印說明中指出，《滿洲實錄》共有四部，每頁三欄，用滿、漢、蒙三體文字書寫，並有圖。第一部繪寫本成書於清太宗天聰九年（1635），第二、三部繪寫於乾隆四十四年（1779），第四部繪寫於乾隆四十六年（1781）。四部實錄分別收藏在乾清宮、上書房、盛京、避暑山莊。其中上書房本，收藏在北京中國第一歷史檔案館，中華書局即據原

藏上書房本三體《滿洲實錄》影印出版。

遼寧省檔案館保存的《滿洲實錄》包括：滿、漢、蒙三體《滿洲實錄》，是乾隆四十四年（1779）奉旨重新繪寫本，計二函八冊，每頁分上、中、下三欄，上欄為滿文，中欄為漢文，下欄為蒙文，俱精工手寫；滿、漢二體《滿洲實錄》，書中未載繪寫年月，從開本的大小、形式、字體等方面來看，與三體《滿洲實錄》並無二致。

2012 年 6 月，瀋陽遼寧教育出版社影印出版二體《滿洲實錄》上、下。在出版說明中指出二體《滿洲實錄》的特徵如下：

一、二體《滿洲實錄》同滿、漢、蒙三體《滿洲實錄》在冊數、開本、裝幀、紙質、新舊程度、字體等方面完全一致，為原本的照寫本，保存了原本的面貌。

二、二體《滿洲實錄》無插圖，但附有插圖目錄。未附插圖而又有插圖目錄，這說明底本是有插圖的。

三、二體《滿洲實錄》每個頁面均分成上、下兩欄，上欄書寫滿文，下欄書寫漢文，因滿、漢文字形式不同，故滿文部分所佔頁面多於漢文部分。

四、二體《滿洲實錄》滿文字體和滿、漢、蒙三體《滿洲實錄》的滿文字體如出一轍，均屬乾隆時期檔案文獻的典型字體，在滿文中個別字仍保留某些老滿文的寫法，因為底本成書時正是老滿文向新滿文過渡時期。

在出版說明中進一步指出，二體《滿洲實錄》具有非常重要的史料價值，其要點如下：

一、三體《滿洲實錄》和二體《滿洲實錄》這兩種版本的內容幾乎完全一致，祇在一些語句上用字略有不同，二體《滿洲實錄》顯得更為原始。

二、二體《滿洲實錄》中的滿文，有一些字的寫法保留著老滿文的形式，在一些字句上保存著較為明顯的口語特徵，為研究滿族的語言文字提供了依據。

三、與三體《滿洲實錄》不同之處是，二體《滿洲實錄》在用於避諱的黃簽下寫有名字，為研究清朝前期人物提供了準確的依據。

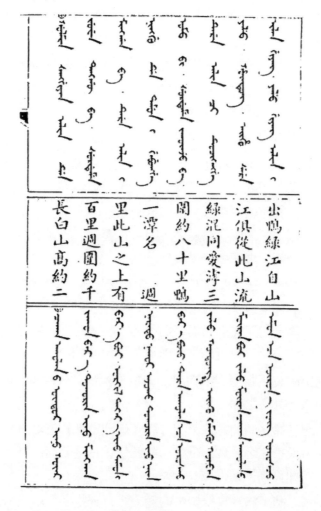

滿、漢、蒙三體《滿洲實錄》，北京，中華書局，卷一。

ᠮᠠᠨᠵᡠ ᡳ ᠶᠠᡵᡤᡳᠶᠠᠨ ᡴᠣᠣᠯᡳ · 滿洲實錄

瀉出向西流直入

出鴨綠江自山南

三江俱從此山流

里鴨綠混同愛滹

閩門週圍約八十

山之上有一潭名

里週圍約千里此

長白山高約二百

長白山

滿、漢二體《滿洲實錄》，瀋陽，遼寧教育出版社，卷一。

為了便於說明，可將實錄中的漢文、滿文，分別舉例列表如下。

一、實錄中漢文詞彙對照表

順次	武皇帝實錄	高皇帝實錄	三體《滿洲實錄》	二體《滿洲實錄》	備註
1	他們	閶門	閶門	闔門	
2	布兒湖里	布爾湖里	布勒瑚里	布爾湖里	
3	布庫里	布庫里	布庫哩	布庫里	
4	佛古倫	佛庫倫	佛庫倫	佛庫倫	

5	愛新覺落	愛新覺羅		愛新覺羅	
6	鰲莫惠	俄漠惠	鄂謨輝	俄漠惠	
7	鰲朵里	俄朵里	鄂多理	俄朵里	
8	布庫里英雄	布庫里雍順	布庫哩雍順	布庫里雍順	
9	范嚓	范察	樊察	范察	

10	蘇蘇河	蘇克蘇滸	蘇克素護河	藘克藘滸	
11	虎攔哈達	虎攔哈達	呼蘭哈達	虎欄哈達	
12	黑禿阿喇	赫圖阿喇	赫圖阿拉	赫圖阿喇	
13	除烟	褚宴	褚宴	褚宴	
14	拖落	妥羅	妥羅	妥羅	

15	脱一莫	妥義誤	妥義謀	妥義謀	
16	石報奇	錫寶齊篇古		錫寶齊篇古	
17	德石庫	德世庫	德世庫	德世庫	
18	劉詣	劉闐	瑠闐	劉闐	
19	曹常剛	索長阿	索長阿	索長阿	

20	豹郎剛	包朗阿	寶朗阿	包朗阿	
21	豹石	寶寶	寶寶	寶寶	
22	覺里乂	覺爾察	覺爾察	覺爾察	
23	河洛剛善	河洛噶善	和洛噶善	河洛噶善	
24	尼麻蘭	尼麻喇	尼瑪蘭	尼麻喇	

25	張家	章甲	章佳	章甲	
26	蘇黑臣代夫	蘇赫臣代夫	蘇赫臣代夫	蘵赫臣代夫	
27	談吐	譚圖	譚圖	譚圖	
28	娘古	尼陽古篇古	尼揚古篇古	尼陽古篇古	
29	祿胡臣	陸虎臣	祿瑚臣	陸虎臣	

30	麻寧格	馬寧格	瑪寧格	馬寧格	
31	門土	門圖	們圖	門圖	
32	李太	李泰	禮泰	李泰	
33	武太	吳泰	武泰	吳泰	
34	綽氣阿朱古	綽奇阿注庫	綽奇阿珠庫	綽奇阿注庫	

35	非英敦	飛永敦	斐揚敦	非永敦	
36	寺敦把土魯	禮敦巴圖魯	禮敦巴圖魯	禮敦巴圖魯	
37	厄里衰	額爾衰	額爾衰	額爾衰	
38	界坎	界堪	喬堪	界堪	
39	塔乂	塔察篇古	塔察	塔察	

40	稜得恩	稜敦	稜敦	稜敦	
41	阿都接	阿篤齊	阿篤齊	阿篤齊	
42	朶里火接	多爾郭齊	多爾和齊	多爾郭齊	
43	灼沙納	碩色納	碩色納	碩色納	
44	厄兒機	額爾機	額爾機	額爾機	

45	沙葺達	薩克達	薩克達	薩克達
46	束果部	董鄂部	棟鄂部	董鄂部
47	阿布塔力嶺	阿布達里嶺	阿布達哩嶺	阿布達里嶺
48	厄吐阿祿	額吐阿祿	額圖阿嚕	額吐阿祿
49	兆里兇	卓禮克圖	卓里克圖	卓里克圖

| 50 | 卿把土魯 | 青巴圖魯 | 青巴圖魯 | 青巴圖魯 | |

資料來源:《大清太祖武皇帝實錄》,臺北,國立故宮博物院;《大清太祖高皇帝實錄》,北京,中華書局;三體《滿洲實錄》,北京,中華書局;二體《滿洲實錄》,瀋陽,遼寧教育出版社。

　　簡表中將《大清太祖武皇帝實錄》、《大清太祖高皇帝實錄》、三體《滿洲實錄》、二體《滿洲實錄》卷一中的人名、地名列舉五十個詞彙,分別製成漢文、滿文對照表。其中漢文部分,因《大清太祖武皇帝實錄》成書較早,尚未規範,其詞彙較為俚俗原始。可以二體《滿洲實錄》為中心,分別與各實錄互相對照,其中「布庫里」、「虎欄哈達」兩個詞彙,二體《滿洲實錄》與《大清太祖武皇帝實錄》一致,僅佔百分之四。表中「闥門」、「布爾湖里」、「布庫里」、「佛庫倫」、「愛新覺羅」、「俄莫惠」、「俄朵里」、「布庫里雍順」、「范察」、「蘇克蘇滸」、「赫圖阿喇」、「褚宴」、「妥羅」、「錫寶齊篇古」、「德世庫」、「劉闡」、「索長阿」、「包朗阿」、「寶實」、「覺爾察」、「河洛噶善」、「尼麻喇」、「章甲」、「蘇赫臣代夫」、「譚圖」、「尼陽古篇古」、「陸虎臣」、「馬寧格」、「門圖」、「李泰」、「吳泰」、「綽奇阿注庫」、「禮敦巴圖魯」、「額爾袞」、「界堪」、「稜敦」、「阿篤齊」、「多爾郭齊」、「碩色納」、「額爾機」、「薩克達」、「董鄂部」、「阿布達里嶺」、「額吐阿祿」、「青巴圖魯」等四十五個詞彙,二體《滿洲實錄》與《大清太祖高皇帝實錄》一致,佔百分之九十。表中「妥義謀」、「塔察」、「卓里克圖」三個詞彙，二體《滿洲實錄》與《大清太祖高皇帝實錄》不一致，而與三體《滿洲實錄》一致，佔百分之六。就漢文部分而言，可知二體《滿洲實錄》確實是顯得更為原始。

　　乾隆年間，據《滿文原檔》重抄的本子有兩種：一種是依照乾隆年間通行的規範滿文繕寫並加簽注的重抄本；一種是倣照無圈點老滿文及過渡期字體抄錄而刪其重複的重抄本。為了便於說明，可將《大清太祖武皇帝實錄》、三體《滿洲實錄》、二體《滿洲實錄》中的人名、地名列出簡表如下。

二、實錄中滿文詞彙對照表

順次	武皇帝實錄	三體《滿洲實錄》	二體《滿洲實錄》	備註
1	tamun	tamun	tamun	
2	bulhūri	bulhūri	bulhūri	
3	bukūri	bukūri	bukūri	

4	enggulen	enggulen	enggülen	
5	jenggulen	jenggulen	jenggülen	
6	fekulen	fekulen	fekülen	
7	bukūri yongšon	bukūri yongšon	bukūri yongšon	
8	odoli	odoli	odoli	
9	fanca	fanca	fanca	
10	suksuhu	suksuhu	suksuhü	

11	hūlan hada	hūlan hada	hūlan hada
12	hetu ala	hetu ala	hetu ala
13	cuyan	cuyan	cuyan
14	tolo	tolo	tolo
15	toimo	toimo	toimo
16	sibeoci fiyanggū		sibeoci fiyanggū

17	desiku	desiku	desikü	
18	liocan	liocan	liocan	
19	soocangga	soocangga	soocangga	
20	boolangga	boolangga	boolangga	
21	boosi	boosi	boosi	
22	giorca	giorca	giorca	
23	holo gašan	holo gašan	holo gašan	

24	nimalan	nimalan	nimalan	
25	janggiya	janggiya	janggiya	
26	suhecen daifu	suhecen daifu	sühecen daifu	
27	tantu	tantu	tantu	
28	niyanggu fiyanggū	niyanggu fiyanggū	niyanggū fiyanggū	
29	luhucen	luhucen	luhücen	
30	maningge	maningge	maningge	

31	mentu	mentu	mentu	
32	litai	litai	litai	
33	utai	utai	utai	
34	coki ajugu	coki ajugu	coki ajugū	
35	fiongdon	fiongdon	fiongdon	
36	lidun baturu	lidun baturu	lidun baturu	
37	erguwen	erguwen	ergüwen	

38	jaikan	jaikan	jaikan	
39	taca fiyanggū	taca fiyanggū	taca fiyanggū	
40	lengden	lengden	lengden	
41	aduci	aduci	aduci	
42	dorhoci	dorhoci	dorgoci	
43	šosena	šosena	šosena	
44	sakda	sakda	sakda	

45	donggoi aiman	donggoi aiman	donggoi aiman	
46	abdari	abdari	abdari	
47	etu aru	etu aru	etu aru	
48	joriktu	joriktu	joriktu	
49	cing baturu	cing baturu	cing baturu	
50	nurhanci		nurgaci	

資料來源:《大清太祖武皇帝實錄》,北京,民族出版社;三體《滿洲實錄》,北京,中華書局;二體《滿洲實錄》,瀋陽,遼寧教育出版社。

　　所謂「同音異譯」，主要是指從滿文音譯漢字而言。其中人名、地名的同音異譯，頗為常見，以致往往一人兩傳。前表中所列《大清太祖武皇帝實錄》、三體《滿洲實錄》、二體《滿洲實錄》滿文詞彙，其字形、讀音，基本一致。譬如：「他們」、「闥門」，滿文俱讀作 "tamun"；「布兒湖里」、「布勒瑚里」、「布爾湖里」，滿文俱讀作 "bulhūri"；「布庫里英雄」、「布庫哩雍順」、「布庫里雍順」，滿文俱讀作 "bukūri yongšon"；「虎欄哈達」、「呼蘭哈達」、「虎攔哈達」，滿文俱讀作 "hūlan hada"；「黑禿阿喇」、「赫圖阿拉」、「赫圖阿喇」，滿文俱讀作 "hetu ala"；「尼麻蘭」、「尼瑪蘭」、「尼麻喇」，滿文俱讀作 "nimalan"；「沙革達」、「薩克達」，滿文俱讀作 "sakda"。

　　對照滿漢文，或還原滿文，有助於理解其詞義。譬如：「蘇克素護河」、「蘇克蘇滸河」，滿文讀作 "suksuhu bira"；是滿洲盛京東方的河名。句中 "suksuhu"，意即「魚鷹」。「虎欄哈達」，或作「呼蘭哈達」，滿文讀作 "hūlan hada"，意即「灶突山」，又作「烟筒峰」，在永陵對面。「赫圖阿喇」，或作「赫圖阿拉」，滿文讀作 "hetu ala"，意即「橫崗」。「尼麻蘭」，或作「尼瑪蘭」，滿文讀作 "nimalan"，意即「桑樹」。

　　前列簡表中二體《滿洲實錄》與《大清太祖武皇帝實錄》、三體《滿洲實錄》不同之處，是書寫過渡期的滿文，譬如："enggulen"（恩古倫）、"jenggule"（正古倫），二體《滿洲實錄》書寫過渡期滿文，依次讀作 "enggülen"、"jenggülen"。表中 "suksuhü"、"desikü"、"niyanggü"、"luhücen"、"ajugü"、"ergüwen" 等都是過渡期滿文，其字形、讀音，與現存《滿文原檔》中的過渡期滿文，基本一致。可將二體《滿洲實錄》、《滿文原檔》各影印於後，以供對照。

滿洲源流

滿洲原起于長白

山之東北布庫里

山下一泊名布爾

湖里初天降三仙

女浴於泊長名恩

古倫次名正古倫

三名佛庫倫浴畢

上岸有神鵲啣一

《滿文原檔》，臺北，國立故宮博物院，天聰九年五月初六日，記事。

《大清太祖武皇帝實錄》
滿文編譯

一、長白山

golmin šanggiyan alin den juwe tanggū ba, šurdeme minggan ba. tere alin i ninggude tamun i gebungge omo bi. šurdeme jakūnju ba. tere alin ci tucikengge yalu, hūntung. aihu sere ilan giyang. yalu giyang alin i julergici tucifi, wasihūn eyefi liyoodung ni julergi mederi de dosikabi. hūntung giyang alin i amargici tucifi amasi eyefi amargi mederi de dosikabi. aihu bira wesihun eyefi dergi mederi de dosikabi. ere ilan giyang de boobai tana, genggiyen nicuhe tucimbi. šanggiyan alin edun mangga, ba šahūrun ofi juwari erin oho manggi, šurdeme alin i gurgu gemu šanggiyan alin de genefi bimbi. šun dekdere ergi

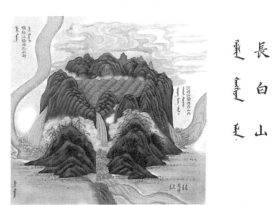

長白山高二百里，週圍千里。此山之上有一潭名闥門，週圍八十里。鴨綠、混同、愛滹三江，俱從此山流出。鴨綠江自山南瀉出，向西流直入遼東之南海；混同江自山北瀉出，向北流直入北海；愛滹河向東流直入東海。此三江出產寶貝東珠、明珠。白山風勁地寒，夏日環山之獸，俱投憩白山中，

长白山高二百里，周围千里。此山之上有一潭名闼门，周围八十里。鸭绿、混同、爱滹三江，俱从此山流出。鸭绿江自山南泻出，向西流直入辽东之南海；混同江自山北泻出，向北流直入北海；爱滹河向东流直入东海。此三江出产宝贝东珠、明珠。白山风劲地寒，夏日环山之兽，俱投憩白山中，

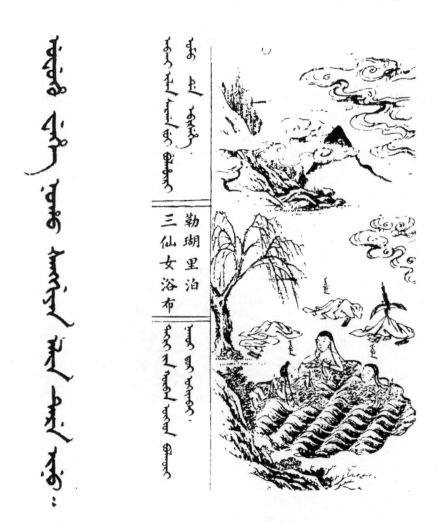

三仙女浴布
勒瑚里泊

ufuhu　wehe　noho
šanggiyan　alin　tere
inu.

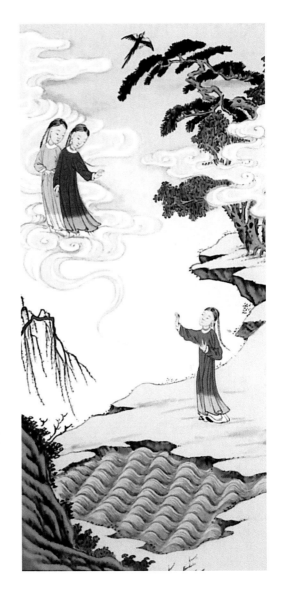

此山盡是浮石[1]，乃東
北一名山也[2]。

此山尽是浮石，乃东
北一名山也。

---

[1] 浮石，滿文讀作 "ufuhu wehe"，意即「肺石」。
[2] 東北，滿文讀作 "šun dekdere ergi"，意即「日升方向」、「東方」，滿漢文意不合。

二、三仙女

manju gurun i da, golmin šanggiyan alin i šun dekdere ergi bukūri gebungge alin, bulhūri gebungge omoci tucike. tere bukūri alin i dade bisire bulhūri omo de abkai sargan jui enggulen, jenggulen, fekulen ilan nofi ebišeme jifi, muke ci tucifi etuku etuki sere de, fiyanggū sargan jui etukui dele enduri saksaha i sindaha fulgiyan tubihe be bahafi na de sindaci hairame angga de ašufi etuku eture de, ašuka tubihe bilga de šuwe dosifi gaitai andan de beye de ofi, wesinhun geneci ojorakū hendume, mini beye kušun ohobi, adarame tutara sehe manggi. juwe eyun hendume muse lingdan

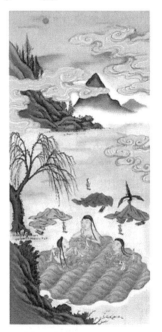

勒瑚里泊

三仙女浴布

滿洲源流，滿洲原起於長白山之東邊布庫里山湖泊名布爾湖里。仙女恩古倫、正古倫、佛庫倫三人來至布庫里山下布爾湖里泊沐浴。浴畢上岸欲着衣時，季女獲得衣上神鵲所置朱果，愛之不忍置於地，遂含口中着衣時，所含之果直入喉中，瞬間有孕，不能上昇曰：「吾身重，奈何？」二姊曰：「吾等

滿洲源流，滿洲原起于長白山之東邊布庫里山湖泊名布爾湖里。仙女恩古倫、正古倫、佛庫倫三人來至布庫里山下布爾湖里泊沐浴。浴畢上岸欲着衣時，季女獲得衣上神鵲所置朱果，愛之不忍置于地，遂含口中着衣時，所含之果直入喉中，瞬間有孕，不能上升曰：「吾身重，奈何？」二姊曰：「吾等

okto jeke bihe, bucere kooli akū, sinde fulin bifi kušun
ohobidere. beye weihuken oho manggi jio seme hendufi genehe.

fekulen tereci uthai haha
jui banjiha. abkai fulinggai
banjibuha jui ofi uthai
gisurembi. goidaha akū
ambakan oho manggi, eme
hendume, jui simbe abka
facuhūn gurun be dasame
banjikini seme banjibuhabi.
si genefi facuhūn gurun be
dasame toktobume banji
seme hendufi, abkai
fulinggai banjibuha turgun
be giyan giyan i tacibufi,
weihu bufi, ere bira be
wasime gene sefi, eme
uthai abka de wesike.

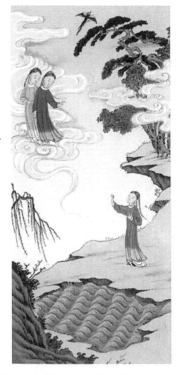

曾服丹藥，諒無死理，爾有天命腹重，俟身輕上昇。」言畢
別去。佛庫倫遂即生一男，因係奉天命所生之子，故生而能
言，倏爾長成，母告子曰：「天生汝以定亂國，汝往平定亂國。」
將奉天命所生緣由一一詳說，乃與一舟，順此河而往，言訖，
母即昇天。

曾服丹药，谅无死理，尔有天命腹重，俟身轻上升。」言毕别
去。佛库伦遂即生一男，因系奉天命所生之子，故生而能言，
倏尔长成，母告子曰：「天生汝以定乱国，汝往平定乱国。」
将奉天命所生缘由一一详说，乃与一舟，顺此河而往，言讫，
母即升天。

三、三姓爭長

tereci tere jui weihu de tefi eyen be dahame wasime genehei muke juwere dogon de isinafi, dalin de akūnafi, burha be bukdafi, suiha be sujafi mulan arafi, mulan i dele tefi bisire de.

tere fonde tere ba i ilan hala i niyalma gurun de ejen ojoro be temšenume, inenggi dari becendume afandume bisire de. emu niyalma muke ganame genefi tere jui be sabufi ferguweme tuwafi, amasi jifi becendure bade isaha geren i baru alame, suwe becendure be naka. musei muke ganara dogon de dembei ferguwecuke fulingga banjiha emu haha jui jifi tehebi seme

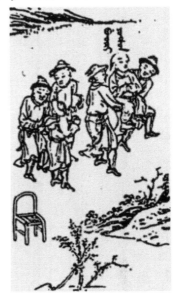

卻說其子乘舟順流而下，至於運水渡口，登岸，折柳條，支艾蒿為坐具，端坐其上。是時其地有三姓人爭為國主，終日互相殺傷。有一人來取水，見其子，見而異之。回至爭鬥之處，告眾曰：「汝等勿爭，有奉天命所生奇男子來坐於吾等取水渡口。」

却说其子乘舟顺流而下，至于运水渡口，登岸，折柳条，支艾蒿为坐具，端坐其上。是时其地有三姓人争为国主，终日互相杀伤。有一人来取水，见其子，见而异之。回至争斗之处，告众曰：「汝等勿争，有奉天命所生奇男子来坐于吾等取水渡口。」

alaha manggi, becendure bade isaha geren niyalma gemu genefi tuwaci, yala ferguwecuke fulingga jui mujangga. geren gemu ferguweme fonjime, enduringge jui si ainaha niyalma. tere jui ini emei tacibuha gisun i songkoi alame, bi abkai enduri bihe. bukūri alin i dade bisire bulhūri omo de abkai sargan jui enggulen, jenggulen, fekulen ilan nofi ebšeme jihebihe. abkai han suweni facuhūn be safi gurun be toktobukini seme, mini beye be fulgiyan tubihe obufi, emu enduri be saksaha i beye ubaliyambufi

fulgiyan tubihe be gamafi, bulhūri omo de ebišeme genehe fiyanggū sargan jui etuku de sindafi jio seme takūrafi, tere enduri saksaha fulgiyan tubihe be saifi

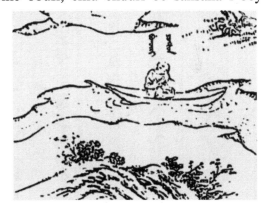

<hr>

爭鬥處所聚眾人皆往觀之，果非常天命之子。眾人皆異而詰之：「聖童汝何許人？」其子照伊母所囑之言告之曰：「我乃天神，布庫里山下有布爾湖里泊，天女恩古倫、正古倫、佛庫倫三人來沐浴。天帝知汝等之亂，欲定此國，以我自身為朱果，差遣一神變為鵲身，攜朱果置於前往布爾湖里泊沐浴季女衣上，此神鵲銜來朱果

<hr>

争斗处所聚众人皆往观之，果非常天命之子。众人皆异而诘之：「圣童汝何许人？」其子照伊母所嘱之言告之曰：「我乃天神，布库里山下有布尔湖里泊，天女恩古伦、正古伦、佛库伦三人来沐浴。天帝知汝等之乱，欲定此国，以我自身为朱果，差遣一神变为鹊身，携朱果置于前往布尔湖里泊沐浴季女衣上，此神鹊衔来朱果

gajifi fiyanggū sargan jui etukui dele sindafi, fiyanggū sargan jui
muke ci tucifi etuku etuki serede tere tubihe be bahafi na de
sindaci hairame angga de ašufi, bilga de dosifi bi banjiha. mini
eme abkai sargan jui, gebu fekulen, mini hala abka ci wasika
aisin gioro, gebu bukūri yongšon seme alaha manggi. geren
gemu ferguweme ere jui be
yafahan gamara jui waka seme,
juwe niyalma i gala be ishunde
joolame jafafi galai dele tebufi
boo de gamafi ilan hala i
niyalma acafi hebedeme, muse
gurun de ejen ojoro be
temšerengge nakaki. ere jui be
tukiyefi musei gurun de beile
obufi, beri gege be sargan buki
seme gisurefi.

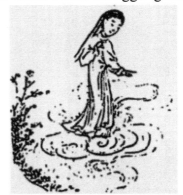

置季女衣上，季女浴畢上岸，欲着衣時，獲得其果，愛之不
忍置於地，遂含口中，進入喉中而生我。我母乃天女，名佛
庫倫。我姓天降愛新覺羅，名布庫里雍順[3]。」眾人皆驚異曰：
「此子不可使之徒行。」二人遂交手為輿令其乘坐於上迎至
家。三姓之人合議奉為我國主，息爭，遂定議推此子為我國
貝勒，以百里格格妻之。

置季女衣上，季女浴毕上岸，欲着衣时，获得其果，爱之不
忍置于地，遂含口中，进入喉中而生我。我母乃天女，名佛
库伦。我姓天降爱新觉罗，名布库里雍顺。」众人皆惊异曰：
「此子不可使之徒行。」二人遂交手为舆令其乘坐于上迎至
家。三姓之人合议奉为我国主，息争，遂定议推此子为我国
贝勒，以百里格格妻之。

---

[3]布庫里雍順，《大清太祖武皇帝實錄》，漢文本，卷一，頁2，作「布庫
里英雄」。

uthai beri gebungge sargan jui be sargan bufi, gurun de beile obuha. bukūri yongšon šanggiyan alin i šun dekdere ergi omohoi gebungge bihan i odoli gebungge hecen de tefi facuhūn be toktobufi gurun i gebu be manju sehe. tere manju gurun i da mafa inu.

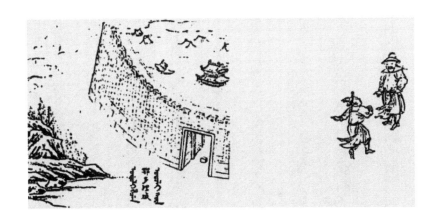

即妻以名百里之女，奉為國之貝勒。布庫里雍順居長白山東俄漠惠之野俄朶里城，其亂乃定，國號曰滿洲，彼乃滿洲國始祖也。

即妻以名百里之女，奉为国之贝勒。布库里雍顺居长白山东俄漠惠之野俄朶里城，其乱乃定，国号曰满洲，彼乃满洲国始祖也。

四、赫圖阿喇

tereci ududu jalan oho manggi. amala banjure juse omosi gurun irgen be jobobure jakade, gurun irgen gemu ubašafi, ninggun biya de, tehe odoli hecen be kafi afafi bukūri yongšon i uksun mukūn be suntebume wara de. bukūri yongšon i enen fanca gebungge jui tucifi šehun bihan be burlame genere be, batai coohai niyalma amcara de, emu enduri saksaha deyeme jifi, tere fanca gebungge jui ujui dele dooha. amcara coohai niyalma gūnime, niyalma de geli saksaha doombio, mukdehen aise seme hendume gemu amasi bederehe. tereci fanca guwefi tucike. tuttu ofi manju gurun i amaga jalan i juse omosi gemu saksaha be

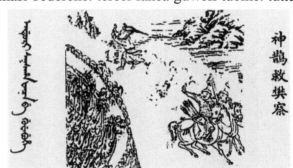

神鵲救樊察

歷數世後，因其子孫暴虐國人，國人俱叛，於六月間攻圍所居俄朵里城，盡殺布庫里雍順闔族。布庫里雍順後嗣幼兒名范察脫出，逃往曠野。敵兵追人時，有一神鵲飛來棲於幼兒名范察頭上，追兵想人首豈有鵲棲之理，疑為枯木，俱返回。於是范察獲免得出，因此滿洲國後世子孫俱以鵲

历数世后，因其子孙暴虐国人，国人俱叛，于六月间攻围所居俄朵里城，尽杀布库里雍顺阖族。布库里雍顺后嗣幼儿名范察脱出，逃往旷野。敌兵追人时，有一神鹊飞来栖于幼儿名范察头上，追兵想人首岂有鹊栖之理，疑为枯木，俱返回。于是范察获免得出，因此满洲国后世子孙俱以鹊

mafa seme warakū bihe. fanca tucifi beye be somime banjiha.
fanca i amaga jalan i omolo dudu mengtemu erdemungge banjifi
ini nendehe mafari be waha kimungge niyalma i juse omosi dehi
niyalma be, ini mafai tehe omohoi bihan i odoli hecen ci šun
tuhere ergide emu minggan sunja tanggū ba i dubede suksuhu

bira, hūlan hada hetu ala
gebungge bade jalidame
gajifi, dulin be ini
mafari kimun bata seme
waha. dulin be jafafi ini
ahūn deo i boigon be
joolime gaifi sindafi
unggihe. tereci dudu
mengtemu tere hūlan
hada hetu ala i bade
uthai tehe.

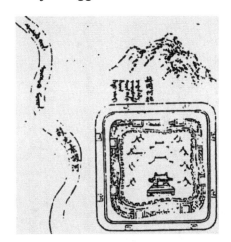

為祖，故不加害。范察脫出隱身以終。范察後世孫都督孟特
穆生有智略，將殺其先祖仇人之子孫四十六人計誘至其祖所
居俄漠惠之野俄朵里城西一千五百里蘇克蘇滸河，虎攔哈達
名赫圖阿喇地方，殺其半以雪祖仇，執其半以索其兄弟產業，
既得，遂釋之。於是都督孟特穆即居於虎攔哈達赫圖阿喇。

为祖，故不加害。范察脱出隐身以终。范察后世孙都督孟特
穆生有智略，将杀其先祖仇人之子孙四十六人计诱至其祖所
居俄漠惠之野俄朵里城西一千五百里苏克苏浒河，虎拦哈达
名赫图阿喇地方，杀其半以雪祖仇，执其半以索其兄弟产业，
既得，遂释之。于是都督孟特穆即居于虎拦哈达赫图阿喇。

ᠮᠠᠨᠵᡠ

五、努爾哈齊

ningguntai giocangga duicin i duici jui taksi i gaiha amba fujin i hala hitara. gebu emeji, agu dudu gebungge amban i sargan jui. tere fujin de banjihangge ilan jui. amba jui gebu nurhanci. tukiyehe gebu sure beile, tere manju gurun i taidzu genggiyen han inu. jacin jui gebu šurhanci, tukiyehe gebu darhan baturu. ilaci jui gebu yargaci. jai fujin i hala nara. gebu kenje. hadai gurun i wan han i gaifi ujihe uksun i sargan jui, tere fujin de banjihangge bayara. tukiyehe gebu joriktu. buya fujin de banjihangge murhaci. tukiyehe gebu cing baturu. taidzu nurhanci han ojoro fulin bifi, eme amba fujin emeji beye de ofi

---

寧古塔[4]覺常剛第四子塔克石嫡夫人，姓喜塔喇，名厄墨氣，乃阿古都督長女。此夫人生三子，長子名努爾哈齊[5]，號淑勒貝勒，是為滿洲國太祖明汗。次子名舒爾哈齊[6]，號達爾汗巴圖魯。三子名雅爾哈齊。次夫人姓納喇，名揹姐，乃哈達國萬汗所養族女，此夫人生巴雅喇，號卓禮克圖。側夫人生穆爾哈齊，號青巴圖魯。太祖秉天命為帝，母嫡夫人厄墨氣孕

宁古塔觉常刚第四子塔克石嫡夫人，姓喜塔喇，名厄墨气，乃阿古都督长女。此夫人生三子，长子名努尔哈齐，号淑勒贝勒，是为满洲国太祖明汗。次子名舒尔哈齐，号达尔汗巴图鲁。三子名雅尔哈齐。次夫人姓纳喇，名揹姐，乃哈达国万汗所养族女，此夫人生巴雅喇，号卓礼克图。侧夫人生穆尔哈齐，号青巴图鲁。太祖秉天命为帝，母嫡夫人厄墨气孕

---

[4] 寧古塔，規範滿文作 "ningguta"，此作 "ninggunta"，異。
[5] 努爾哈齊，〈大清福陵神功聖德碑〉滿文作 "nurhaci"，此作 "nurhanci"，異。
[6] 舒爾哈齊，規範滿文作 "šurhaci"，此作 "šurhanci"，異。

ᠮᡠᠵᡳᠯᡝᠨ ᠪᡝ ᠪᠠᡥᠠᠪᡳ ᠰᡝᠮᡝ᠈ ᠮᡝᠨᡳ ᠪᠠᡳ᠈ ᠮᡝᠨᡳ ᠪᠠᡩᡝᠯᡳ᠈

ᠮᡳᠨᡳ ᡤᡠᠨᡳᠨ ᡳ ᠮᡠᠵᡳᠯᡝᠨ ᠪᡝ ᠪᠠᡥᠠᠪᡳᡥᠠ᠈ ᠵᠠᠮᡠᠨ ᠪᡝ ᠵᠠᡳᠨ᠈

ᠵᡳᠨᡤᠰᡳᡳ ᡤᠠ ᡳ ᠰᡳᠨᡳ ᡨᠠᠮᡤᠠᠨ ᠪᡝ᠈ ᠯᡝᠣᡳᡥᡝ ᠮᠠᠨᡳ᠈ ᡤᡝᠨᡝᡥᡝ ᠮᠠᠨᡳ᠈

ᠰᡠᡩᡠᠨ ᡤᠠᠯᡨᠠᠮᠠ ᡩᠠᡳᠵᡳᠯᠠᡥᠠ᠈ ᠮᡠᠰᡝᠯ ᠮᠠᠨᡝ᠈ ᠰᡳᠨᡳ ᠮᡠᠨᡤᡡᠨ᠈

ᠮᡝᠨᡳ ᠯᠠᠰᡥᠠᠯᠠᠮᡝ ᡨᡝᠮᡤᡝᡨᡠᠯᡝ᠈

ᠮᡝᠨᡳ ᠮᡠᠵᡳᠯᡝᠨ ᡝᡳᠮᡝ᠈ ᠰᠠᠯᠠᠮᠠᠨ᠈ ᡥᡝᠨᡩᡠᠮᡝᠨᡳ

ᠵᡳᠪᠠᠯᡝ ᠪᡝ ᡨᡝᠮᡤᡝᡨᡠᠯᡝᠮᡝ᠈ ᠵᠠᡩᠠᠨ ᠵᠠᠴᠠ᠈ ᠵᡠᠨᡝ ᠵᡝ

juwan ilaci biya de, nikan i daiming gurun i jiya jing han i gūsin jakūci, sohon honin aniya banjiha. tere fonde sara niyalma gisureme, manju gurun de fulingga niyalma tucifi, babai facuhūn be toktobume, gurun be dahabufi han tembi sehe. tere gisun be niyalma ulame donjifi, bi bi han ombidere seme mujakū niyalma erenume gūniha. taidzu sure beile mutuha manggi, beye den, amban. giranggi muwa. derei fiyan genggiyen gui adali. fucihi šan, funghūwang ni yasa. gisurere jilgan tomorgon bime yargiyan getuken, emgeri donjiha be onggorakū, dartai saha be takambi. tere ilire de ujen jingji, arbun giru geren ci temgetu. muduri tuwara,

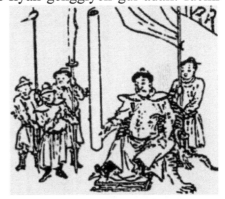

十三月，大明嘉靖三十八年，己未年生。是時有識見之人，言滿洲國將有天命之人出，戡定各處暴亂，招撫諸國而履帝位，人皆傳聞此言，各各妄自期許可為帝。太祖淑勒貝勒既長，身體高聳，骨骼粗壯，面如明玉，佛耳鳳眼。言詞明確，聲音響亮，一聽不忘，一見即識。舉止莊重，儀表出眾，威武如同龍行[7]，

十三月，大明嘉靖三十八年，己未年生。是时有识见之人，言满洲国将有天命之人出，戡定各处暴乱，招抚诸国而履帝位，人皆传闻此言，各各妄自期许可为帝。太祖淑勒贝勒既长，身体高耸，骨骼粗壮，面如明玉，佛耳凤眼。言词明确，声音响亮，一听不忘，一见即识。举止庄重，仪表出众，威武如同龙行，

---

[7] 龍行，滿文讀作 "muduri tuwara"，意即「龍視」。

tasha yabure adali horon mangga. mujilen tondo, kengse lasha.
sain be saha de tukiyere be kenehunjerakū. ehe be saha de
bederebure be jibgenjerakū, coohai erdemu, gabtara niyamniyara
baturu hūsun jalan ci lakcahabi. arga bodogon šumin, cooha
baitalarangge enduri gese. tuttu ofi genggiyen han sehe. taizdu
sure beilei juwan se de. banjiha eme akū ofi. sirame eme oshon
ehe. ama taksi sargan i gisun de dosifi jui be juwan uyun se baha

manggi. delhebure de aha ulga be
ambula buhekū. amala jui
erdemungge sain be safi neneme
buhekū aha ulga be gaisu seci. sure
beile gaihakū.

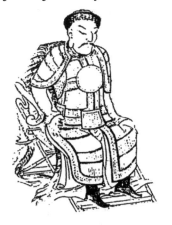

虎步。心性忠誠果斷，任賢不貳，去邪無疑。武藝騎射超群，
英勇蓋世，深謀遠略，用兵如神，因此號為明汗。太祖淑勒
貝勒十歲時，生母亡故，繼母兇惡，父塔克石惑於妻言，於
子十九歲分居時不多給奴僕牲口，後知子有才智，雖將先前
未給之奴僕牲口與之，淑勒貝勒辭不受。

虎步。心性忠诚果断，任贤不贰，去邪无疑。武艺骑射超群，
英勇盖世，深谋远略，用兵如神，因此号为明汗。太祖淑勒
贝勒十岁时，生母亡故，继母凶恶，父塔克石惑于妻言，于
子十九岁分居时不多给奴仆牲口，后知子有才智，虽将先前
未给之奴仆牲口与之，淑勒贝勒辞不受。

ᠮᠠᠩᡤᠠ ᠰᡝᠴᡳᠯᡝᡥᡝ ᠮᠠᠨ ᠰᡝᠮᡝ᠈ ᡝᡥᡝᠨ ᡝᠮᡠ ᠴᠣᠣᡥᠠᠨᠠᠮᠪᡳ ᠰᡝᠮᡝ᠈ ᠨᠠᡩᠠᠨ ᡤᡝᠪᡳᠶᡝᠯᡝᠮᡝ᠈ ᠪᠠᡳᡥᠠ

六、創製滿文

juwe biyade, taidzu sure beile monggo bithe be kūbulime, manju gisun i araki seci, erdeni baksi g'ag'ai jargūci hendume, be monggoi bithe be taciha dahame sambi dere. julgeci jihe bithe be te adarame kūbulibumbi seme marame gisureci. taidzu sure beile hendume, nikan gurun i bithe be hūlaci, nikan bithe sara niyalma sarkū niyalma gemu ulhimbi, monggo gurun i bithe be hūlaci, bithe sarkū niyalma inu gemu ulhimbikai. musei bithe be monggorome hūlaci, musei gurun i bithe sarkū niyalma ulhirakū kai. musei gurun i gisun i araci adarame mangga. encu

二月，太祖淑勒貝勒欲以蒙古字編成滿語，巴克什額爾德尼、扎爾固齊噶蓋辭曰[8]：「我等習蒙古字而知之，自古以來之字今如何編製。」太祖淑勒貝勒曰：「漢人念漢字，習漢字之人與未習漢字之人皆知之；蒙古之人念蒙古字，雖未習蒙古字之人，亦皆知之。我國之人念蒙古字，未習蒙古字之人則不能知矣，如何以我國之語編製為難，

二月，太祖淑勒贝勒欲以蒙古字编成满语，巴克什额尔德尼、扎尔固齐噶盖辞曰：「我等习蒙古字而知之，自古以来之字今如何编制。」太祖淑勒贝勒曰：「汉人念汉字，习汉字之人与未习汉字之人皆知之；蒙古之人念蒙古字，虽未习蒙古字之人，亦皆知之。我国之人念蒙古字，未习蒙古字之人则不能知矣，如何以我国之语编制为难，

[8] 巴克什，滿文作"baksi"，係蒙文"baγsi"借詞，意即「師傅」。額爾德尼，滿文作"erdeni"，係蒙文"erdeni"借詞，意即「寶貝」。扎爾固齊，滿文作"jargūci"，係蒙文"jarγūči"借詞，意即「斷事官」。噶蓋，滿文作"g'ag'ai"，疑係蒙文"γaqai"借詞，意即「豬、亥」。

ᠮᠠᠨᡯᠠᠨ
ᠪᠠᠩᠰᠠᡩᡝᡠ
ᠮᠪᡝᠩ ᠮᡝᡩᡝᠮ

[manchu script text in vertical columns]

monggo gurun i gisun adarame ja seme henduci. g'ag'ai jarkūci erdeni baksi jabume, musei gurun i gisun i araci sain mujangga, kūbulime arara be meni dolo bahanarakū ofi marambi dere. taidzu sure beile hendume, a sere hergen ara, a i fejile ma sindaci ama wakao. e sere hergen ara, e i fejile me sindaci eme wakao. mini dolo gūnime wajiha, suwe arame tuwa ombikai seme, emhun marame monggorome hūlara bithe be, manju gisun i kūbulibuha. tereci taidzu sure beile, manju bithe be fukjin deribufi manju gurun de selgiyehe.

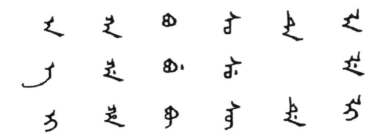

ᠮᡳᠨᡳ ᡥᡝᠨᡩᡠᡥᡝᠩᡤᡝ ..

ᠮᡳᠨᡳ ᠮᠠᠯᡳᠮᠠᠨᡩᠠᡯᡳᠨ ᡥᡝᡳ ᠮᠤᡩᠠᠨ ᠪᡝ ᠰᠠᡳ ᠰᠠᡳ ᠮᠠᠨᠵᠠ

ᡳᠮᠪᡝ ᠮᠠᠯᡳᠮᠠᠨᡩᠠᡯᡳᠨ ᡥᡝᡳ ᠮᠤᡩᠠᠨ ᠪᡝ ᠰᠠᡳ ᠰᠠᡳ ᠰᠠᡳᠯᠠᠪᡠᠮᠠ

ᡳᠮᠪᡝ ᠮᠠᠯᡳᠮᠠᠨᡩᠠᡯᡳᠨ ᡥᡝᡳ ᠮᠤᡩᠠᠨ ᠪᡝ ᠰᠠᡳ ᠰᠠᡳ ᠰᠠᡳᠯᠠᠪᡠᠮᠠ

ᡳᠮᠪᡝ ᠮᠠᠯᡳᠮᠠᠨᡩᠠᡯᡳᠨ ᡥᡝᡳ ᠮᠤᡩᠠᠨ ᠪᡝ ᠰᠠᡳ ᠰᠠᡳ ᠰᠠᡳᠯᠠᠪᡠᠮᠠ

ᡳᠮᠪᡝ ᠮᠠᠯᡳᠮᠠᠨᡩᠠᡯᡳᠨ ᡥᡝᡳ ᠮᠤᡩᠠᠨ ᠪᡝ ᠰᠠᡳ ᠰᠠᡳ ᠰᠠᡳᠯᠠᠪᡠᠮᠠ

ᡳᠮᠪᡝ ᠮᠠᠯᡳᠮᠠᠨᡩᠠᡯᡳᠨ ᡥᡝᡳ ᠮᠤᡩᠠᠨ ᠪᡝ ᠰᠠᡳ

七、牛彔額眞

tere aniya, manju gurun i taidzu sure beile, ini isabuha gurun be dasame ilan tanggū haha be, emu niru obufi, niru toome ejen sindaha. terei onggolo dain dailara, aba abalara de geren komso be bodorakū, uksun uksun i gašan gašan i yabumbihe. dade manju gurun i niyalma aba abalame, aba sarambihe de niyalma toome niru jafafi, juwan niyalma de emu ejen sindafi, tere juwan niyalma be kadalame meni meni teisu be jurcerakū yabumbihe. tere sindaha niyalma be nirui ejen sembihe. tuttu ofi kadalara hafan i gebu uthai nirui ejen toktoho.

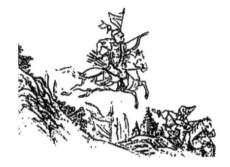

是年，滿洲國太祖淑勒貝勒復將其所聚之國人，每三百丁為一牛彔，每牛彔設一額真。前此凡遇行師出獵，不計人之多寡，各隨族黨屯寨而行。滿洲國人出獵撒圍之際，每人各出箭一枝，十人中設一長，統領十人，各照方向而行，不許錯亂。其所設之長稱為牛彔額真，因此即以統領之官名定為牛彔額真。

是年，滿洲国太祖淑勒贝勒复将其所聚之国人，每三百丁为一牛彔，每牛彔设一额真。前此凡遇行师出猎，不计人之多寡，各随族党屯寨而行。满洲国人出猎撒围之际，每人各出箭一枝，十人中设一长，统领十人，各照方向而行，不许错乱。其所设之长称为牛彔额真，因此即以统领之官名定为牛彔额真。

八、善言善對

niowanggiyan tasha aniya duin biyade, daiming gurun i wanli han ini beiguwen sio be se be holtome amba hafan arafi kiyoo de tefi jakūn niyalma be tukiyebufi han i bithe de hengkile seme horon sindame gelebume hacin hacin i ehe gisun i julgei ufaraha jabšaha kooli be bithe arafi gisurere de, taidzu kundulen han

hendume, sini gelebure bithe de, bi ainu hengkilembi seme ehe gisun de ehe gisun, sain gisun de sain gisun karulame gisurefi, tuwahakū unggihe.

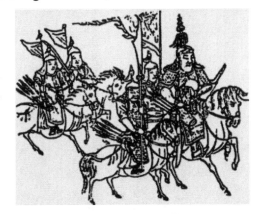

甲寅年四月，大明國萬曆帝遣備禦蕭伯芝來詐稱大臣，乘八人轎，作威福，強令拜旨，述書中古來興廢之故，種種不善之言。太祖崑都崙汗曰[9]：「爾嚇我之書，何為下拜？惡言惡對，善言善對。」言畢，竟不覽其書，遣之回。

甲寅年四月，大明国万历帝遣备御萧伯芝来诈称大臣，乘八人轿，作威福，强令拜旨，述书中古来兴废之故，种种不善之言。太祖昆都仑汗曰：「尔吓我之书，何为下拜？恶言恶对，善言善对。」言毕，竟不觉其书，遣之回。

---

[9] 崑都崙，滿文讀作 "kundulen"，係蒙文 "kündülen" 借詞，意即「尊敬的」；或蒙文 "köndelen" 借詞，意即「橫跨的」、「中間的」

ᠮᠠᠩᡤᠠ ᠴᠣᠣᡥᠠ ᠪᡝ᠈ ᡥᠠᡵᠠᠨ ᠰᠠᡩᠠᠨ ᠪᡝ᠈

ᠠᠮᠪᠠ ᠴᠣᠣᡥᠠ ᠪᡝ᠈ ᠨᡳᠶᠠᠯᠮᠠᠶᠠᠨ ᠣᠨ᠈

ᡳᠯᠠᠨ ᠮᡳᠩᡤᠠᠨ ᠴᠣᠣᡥᠠ ᠪᡝ᠈ ᠠᡳᠰᡳᠨ ᡳ᠈

ᠪᠠᠶᠠᠨ ᠪᡝ᠈ ᠠᠮᠪᠠ ᠴᠣᠣᡥᠠ ᠪᡝ᠈

ᠨᠠᡵᡥᡡᠨ ᠪᡝ᠈ ᠰᠠᡳᠨ ᠪᡝ᠈ ᠪᠠᠶᠠᠨ ᠪᡝ᠈

九、為國之道

taidzu kundulen han geren beise ambasai baru hendume, gurun i banjire doro de mujilen tondo, hebe akdun šajin fafun cira sain. akdun hebe be efulere, šajin fafun be heoledere, tenteke niyalma doro de baitakū, gurun de hutu kai. mini gisurehe gisun gemu uru ombio. aikabade fudasihūn gisun oci beise ambasa suwe dere ume banjire, emu niyalmai gūniha anggala, suweni geren i gisun uru akū doro bio. bahanaha babe beise ambasa suwe hafulame hendu sehe.

太祖崑都崙汗謂諸貝勒大臣曰：「為國之道，心貴忠，謀貴密，法令貴嚴。至於洩密謀，慢法令，此等之人，無益於至道，乃國之鬼祟也。吾所言安能皆是歟？若有拂戾之語，汝等貝勒大臣勿面從。一人之智慮有限，汝等眾論豈無足取乎？汝等貝勒大臣各有所見，其盡言無隱。」

太祖昆都仑汗谓诸贝勒大臣曰：「为国之道，心贵忠，谋贵密，法令贵严。至于泄密谋，慢法令，此等之人，无益于至道，乃国之鬼祟也。吾所言安能皆是欤？若有拂戾之语，汝等贝勒大臣勿面从。一人之智虑有限，汝等众论岂无足取乎？汝等贝勒大臣各有所见，其尽言无隐。」

ᠮᡠᠵᡳᠯᡝᠨ ᠪᠠᡥᠠᠪᡳ ᠰᡝᠮᠪᡳ ᠨ᠊᠊᠊᠊᠊᠊᠊ ᠮᡝᠨ ᠰᡝᠮᡝᠨ ᠨ᠊᠊᠊᠊᠊᠊᠊

ᠪᠠ ᠮᠨᡳᠩᡤᠠᠨ ᠮᠨᡳᠩᡤᠠᠨ ᠮᡝᠨ ᠮᠨᡳᠩ

ᡝᠮᡠ ᡝᠮᡠ ᠮᡝᠨ ᠮᡝᠨ ᠨ᠊᠊᠊᠊᠊᠊᠊

十、取水伐木

taidzu kundulen han i juwe jui manggūltai beile, hong taiji beile bira be doofi afaki seci. han hendume, suwe muke be oilori waidara adali ume gisurere, fere be heceme gisurecina. amba moo be uthai bilaci bijambio, suhei sacime giyatarame narhūn obufi, bilaci bijambi dere. teherehe amba gurun be emu mudan de wacihiyaki seci wajimbio. tulergi gurun be gemu arhiyame gaiki. amba hecen i canggi funcefi tulergi gurun gemu gaibufi, aha wajici ejen adarame bimbi. jušen wajici beile adarame banjimbi seme hendume oho akū. tere ninggun hoton be gemu efulefi boo jeku be gemu tuwa sindafi, bedereme jime fulha gebungge dohon de ing iliha.

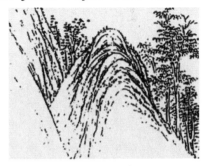

太祖崑都崙汗二子莽古爾泰貝勒、皇太極貝勒欲渡河擊之。汗曰：「汝等言毋若浮面取水，言當探其底裏耳。欲伐大木，豈能遽折，必以斧斤伐之漸至微細，然後能折。勢均力敵之大國，欲一舉取之，豈能盡滅乎？且將所屬外城盡削平之，獨存所居大城，外城盡下，則無僕何以為主，無民何以為居？」遂盡燬其六城，盡焚其廬舍糗糧，回至伏爾哈渡口安營。

太祖昆都仑汗二子莽古尔泰贝勒、皇太极贝勒欲渡河击之。汗曰：「汝等言毋若浮面取水，言当探其底里耳。欲伐大木，岂能遽折，必以斧斤伐之渐至微细，然后能折。势均力敌之大国，欲一举取之，岂能尽灭乎？且将所属外城尽削平之，独存所居大城，外城尽下，则无仆何以为主，无民何以为居？」遂尽毁其六城，尽焚其庐舍糗粮，回至伏尔哈渡口安营。

ᠮᡝᠨᡩᡝᡴᡝ ᠠᡝᠷᡝᡴ ᠰᡝᠩᡤᡝ ᠰᡝᠩᡤᡝ ᠮᡝᠩᡤᡝᠨ᠄

ᠮᡝᠩᡩᡝᡴᡝ ᠮᡝᠷᡤᡝ ᠰᡝᡴᡝ ᠰᡝᠷᡤᡝ ᠮᡝᠩᡤᡝ ᠰᡝᠩᡤᡝᠨ ᠮᡝᠩᡤᡝᠨ ᠰᡝᠩᡤᡝ᠄

ᠮᡝᠩᡩᡝᡴᡝ᠄

ᠰᡝᠩᡩᡝᡴᡝ ᠮᡝᠷᡤᡝ ᠰᡝᠩᡤᡝ ᠰᡝᡴᡝ ᠮᡝᠩᡤᡝ ᠰᡝᠩᡤᡝᠨ ᠮᡝᠩᡤᡝᠨ᠄

ᠰᡝᠩᡩᡝᡴᡝ ᠰᡝᠷᡤᡝ ᠮᡝᡴᡝ ᠰᡝᠩᡤᡝ ᠮᡝᠩᡤᡝᠨ᠄

ᠮᡝᠩᡩᡝᡴᡝ ᠰᡝᠷᡤᡝ ᠮᡝᡴᡝ ᠰᡝᠩᡤᡝ ᠰᡝᠩᡤᡝᠨ᠄

ᠰᡝᠩᡩᡝᡴᡝ ᠮᡝᡴᡝ ᠰᡝᠩᡤᡝ ᠮᡝᠩᡤᡝᠨ᠄

十一、煮曬人參

niohon meihe aniya ilan biyade hecen i tulergi be šurdeme amba
hecen sahaha alban i niyalma de ihan honin wafi sunja jergi
sarilaha. julge daci daiming gurun de orhoda uncambihe de
madabufi usihin uncame, daiming gurun i hūdai niyalma jortai
gaijarakū ohode orhoda niyambi seme ebšeme uncame ofi, hūda
ambula baharakū bihe. taidzu sure beile bujufi walgiyafi uncaki
seci, beise ambasa marame bujufi adarame walgiyambi seci
taidzu sure beile emhun marame orhoda be bujufi walgiyafi
olgoho manggi, elhei uncame deribufi hūda ulin ambula bahame
oho.

乙巳年三月，環城外復築大城，宰牛羊犒賞夫役五次。曩時
賣人參與大明國，以水浸潤出售，大明國商人佯不欲買，國
人恐人參朽敗而急售之，價又甚廉。太祖淑勒貝勒欲煮熟曬
乾出售，諸貝勒大臣辭以如何煮曬而不從。太祖淑勒貝勒獨
排眾議，遂煮熟曬乾後，開始徐徐發賣，所得價錢倍常。

乙巳年三月，环城外复筑大城，宰牛羊犒赏夫役五次。曩时
卖人参与大明国，以水浸润出售，大明国商人佯不欲买，国
人恐人参朽败而急售之，价又甚廉。太祖淑勒贝勒欲煮熟晒
干出售，诸贝勒大臣辞以如何煮晒而不从。太祖淑勒贝勒独
排众议，遂煮熟晒干后，开始徐徐发卖，所得价钱倍常。

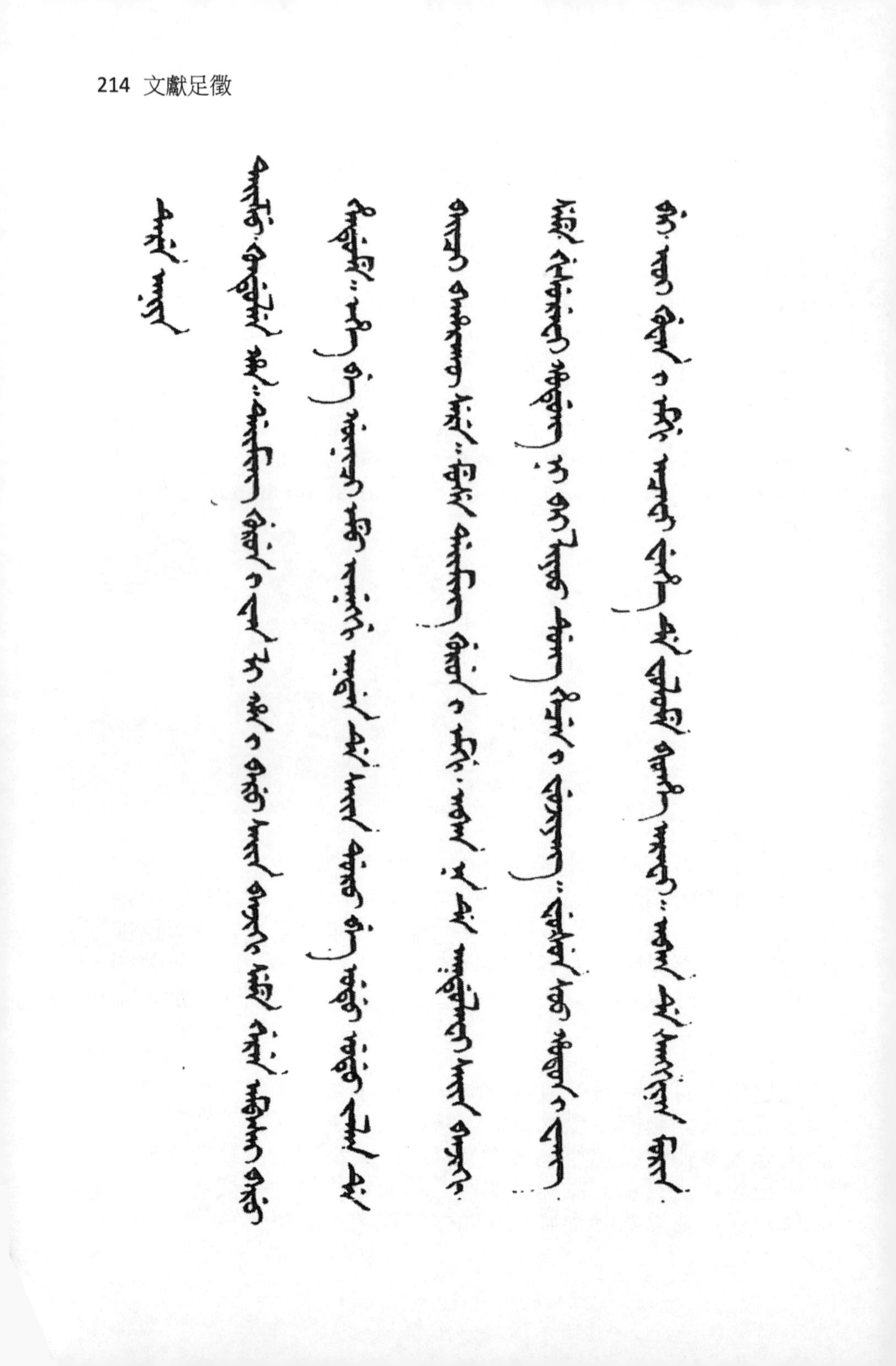

十二、同歸於好

tere aniya, taidzu kundulen han. daiming gurun i wan li han i baru sain banjiki seme geren ambasai baru hendume, ehe be gūnici emu inenggi andan de sain, doro be udu udu jalan de baici baharakū sere. muse daiming gurun i emgi, abka na de akdulafi sain banjiki seme gisurefi hodung ni bai liyoo dung hecen i fujiyang, fušun soo hoton i wang bei ioi guwan i emgi acafi wehe de folome bithe arafi. abka de šanggiyan morin

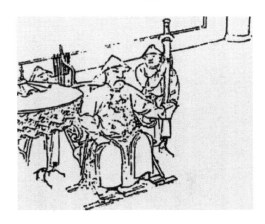

是年，太祖崑都崙汗，欲與大明國萬曆帝通好，謂群臣曰：「語云，一朝念惡而有餘，終身為善而不足。吾欲與大明國昭告天地以通和好。」言畢，遂會河東地方遼東城副將、撫順所王備禦官刻誓辭於碑，宰白馬祭天，

是年，太祖昆都仑汗，欲与大明国万历帝通好，谓群臣曰：「语云，一朝念恶而有余，终身为善而不足。吾欲与大明国昭告天地以通和好。」言毕，遂会河东地方辽东城副将、抚顺所王备御官刻誓辞于碑，宰白马祭天，

ᠲᠣᠣᠯᠢ ᠨᠢᠭᠡᠨ ᠬᠣᠶᠠᠷ ᠵᠢᠯ ᠬᠢᠭᠰᠡᠭᠡᠷ ᠮᠦᠨ ᠦᠭᠡᠢ ᠪᠣᠯᠬᠣᠷ ᠨᠢᠭᠡᠨ ᠬᠣᠶᠠᠷ ᠵᠢᠯ᠂

ᠲᠡᠭᠦᠨ ᠠᠴᠠ ᠨᠠᠰᠢᠭᠢ ᠲᠡᠮᠳᠡᠭ ᠲᠣᠣ᠂ ᠲᠡᠷᠡ ᠪᠦᠷᠢ ᠤᠴᠢᠷ ᠨᠢ ᠡᠷᠬᠡᠪᠰᠢ᠂

ᠬᠡᠳᠦᠨ ᠳᠡᠭᠡᠷ᠎ᠡ᠂ ᠲᠡᠭᠦᠨ ᠦ ᠳᠣᠲᠣᠷ᠎ᠠ ᠬᠠᠭᠤᠴᠢᠨ ᠴᠠᠭ ᠤᠨ ᠲᠡᠮᠳᠡᠭᠯᠡᠯ᠂

ᠲᠡᠭᠦᠨ ᠡᠴᠡ ᠲᠡᠮᠳᠡᠭᠯᠡᠨ ᠪᠢᠴᠢᠭᠰᠡᠨ᠂ ᠲᠡᠷᠡ ᠴᠠᠭ ᠤᠨ ᠤᠴᠢᠷ᠂

ᠮᠠᠨ ᠤ ᠡᠨᠡ ᠳᠡᠪᠲᠡᠷ ᠳᠤ ᠲᠡᠮᠳᠡᠭᠯᠡᠨ᠂ ᠲᠡᠭᠦᠨ ᠢ ᠦᠵᠡᠵᠦ᠂

ᠠᠩᠬᠠᠷᠤᠭᠰᠠᠨ᠂ ᠨᠠᠷᠢᠨ ᠰᠢᠨᠵᠢᠯᠡᠨ᠂ ᠲᠡᠳᠡ ᠨᠠᠷ ᠤᠨ ᠲᠡᠮᠳᠡᠭᠯᠡᠯ ᠢ᠂

wafi gashūha. tere gashūha bithei gisun. han i jase be nikan manju, yaya hūlhame dabaci dabaha niyalma be saha niyalma waki. safi warakūci, waha akū niyalma de sui isikini. ere gisun be daiming gurun aifuci. daiming han i guwangning ni dutang dzung bing guwan, liyoo dung ni dooli, fujiyang, k'ai yuwan i dooli, sanjiyang ere ninggun amban yamun i hafasa de ehe sui isikini. manju aifuci manju de ehe sui isikini seme wehei bithe be jasei jakarame baba de ilibume gashūha.

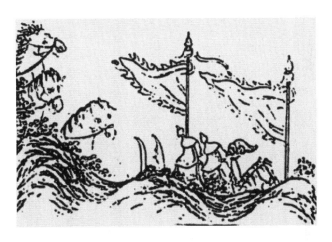

立誓，其誓辭曰：「漢滿各守皇帝邊境，敢有竊踰者，見人即殺，若見而不殺，殃及於不殺之人。大明國若負此盟，其大明帝廣寧都堂、總兵官、遼東道、副將、開原道、參將，此六臣衙門官員均受其殃。若滿洲負此盟，滿洲必受其殃。」誓畢，沿邊諸地立碑以為誓。

立誓，其誓辞曰：「汉满各守皇帝边境，敢有窃踰者，见人即杀，若见而不杀，殃及于不杀之人。大明国若负此盟，其大明帝广宁都堂、总兵官、辽东道、副将、开原道、参将，此六臣衙门官员均受其殃。若满洲负此盟，满洲必受其殃。」誓毕，沿边诸地立碑以为誓。

十三、中宮皇后

tere aniya bolori uyun biyade, manju gurun i taidzu sure beilei dulimbai amba fujin nimeme urihe. fujin i hala nara. gebu monggojeje. yehei gurun i yangginu beilei sargan jui. juwan duin se de. taidzu sure beile de holboho. banjin fiyan saikan jaluka biyai adali, hojo bime, banin mujilen onco urgun. ujen ginggun, sure mergen, gisun dahasu. saišaha seme balai urgunjerakū. ehe gisun be donjiha seme, da banin i urgun i fiyan be gūwaliyandarakū. angga ci ehe gisun tucirakū, haldaba saišabukū be yebelerakū. acuhiyan koimali be saišarakū. hetu weile, facuhūn gisun be donjirakū. mujilen be wacihiyame,

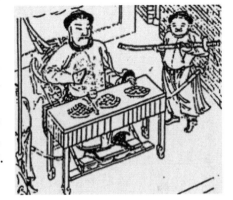

是年秋九月，滿洲國太祖淑勒貝勒中宮大福金病薨。福金姓納喇，名孟古姐姐[10]，乃葉赫國楊吉砮貝勒之女，年十四，適太祖淑勒貝勒。面如滿月，丰姿妍麗，器量寬洪，莊敬聰慧，詞氣婉順，譽之而不喜，聞惡言而色不變，口無惡言，不好諂諛，不悅讒佞，耳無妄聽，殫精竭慮，

是年秋九月，满洲国太祖淑勒贝勒中宫大福金病薨。福金姓纳喇，名孟古姐姐，乃叶赫国杨吉砮贝勒之女，年十四，适太祖淑勒贝勒。面如满月，丰姿妍丽，器量宽洪，庄敬聪慧，词气婉顺，誉之而不喜，闻恶言而色不变，口无恶言，不好诌谀，不悦谗佞，耳无妄听，殚精竭虑，

---

[10] 孟古姐姐，滿文讀作"monggojeje"，《滿文原檔》作"jeje"，異。

taidzu sure beilei gūnin de acabume daci dubentele sain be akūmbufi ufaraha, endebuhe ba akū. taidzu sure beile haji fujin ofi delheme yadame. fujin i takūraha duin sain hehe be dahabuha. morin tanggū, ihan tanggū wame nadan waliyaha. taidzu sure beile emu biya funceme arki nure omirakū, yali jeterakū, inenggi dobori akū songgome, giran be hūwai dolo sindafi sinagalame, ilan aniya oho manggi. giran be hūwa ci tucibufi, niyaman alin gebungge munggan de eifu be sindaha.

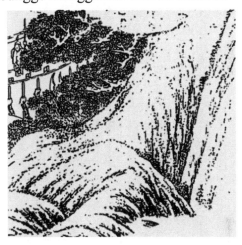

膈合太祖淑勒貝勒之心，始終盡善，毫無過失。太祖淑勒貝勒愛福金不能捨，將福金四婢殉之，宰馬百、牛百，燒紙致祭[11]。太祖淑勒貝勒月餘不飲酒、不吃肉，日夜痛泣，將靈停於院內，越三載始葬於尼雅滿山陵墓。

膈合太祖淑勒贝勒之心，始终尽善，毫无过失。太祖淑勒贝勒爱福金不能舍，将福金四婢殉之，宰马百、牛百，烧纸致祭。太祖淑勒贝勒月余不饮酒、不吃肉，日夜痛泣，将灵停于院内，越三载始葬于尼雅满山陵墓。

---

[11] 燒紙致祭，滿文讀作 "nadan waliyaha"，意即「上墳燒紙祭掃」。

ᠮᠠᠨᠵᡠ ᠨᠢᠶᠠᠯᠮᠠ ᠪᡝ ᠠᠯᡳᠰᠠᠮ ᠪᠠᠢᠮᠠ ᠪᡝ ᠵᠠᠰᠠᡴᡳᠶᠠ ᡴᡝᠰᡝᠮᠪᡳ ᠮᠠᠩᡤᠠ᠃

ᠮᠠᠨᠵᡠᡳᠶᠠᠨ ᠵᠠᠢ ᠵᡠᠷᠠᠮ ᠰᠠᠢ ᠮᠠᡳ᠃ ᠰᡳᠨᡩᠠᡴᡳ ᠴᠠᠮᡴᠠᡳ ᡤᡝᠨᡝ ᠪᡝ ᠠᠮᠪᠠᡴᠠ᠃

ᠵᠠᠯᠠᡤᠠᡳᠶᠠᠨ ᠪᠠᡩᠠᡤᠠ ᡳᠨᠡᡴᡳ᠃ ᠰᡝᡴᡝᡴᡳ ᠠᠨᠠᡴᠠ ᠵᡝᠴᡳ ᠶ ᠠᠯᡳᠰᡝ᠂ ᡴᠠᠢ ᠶ ᡝᠯᡝᡴᠰᡝᠮ᠃

ᠮᠠᡤᠰᡳᡵᠠᡴᡳ ᠨᡝᡴᡝᡵ᠂ ᠪᡳᡵᡝᠯ ᠵᡝᡝ ᡳᡵᡝᡩᡝᡳ᠂ ᡝᠮᠠ ᡴᠠᠢ ᠰᠠᠯᠠᡩᠠᡳ ᠠᠨᠠᠢᡳᡵᠠᡴᠠ ᠰᡝ ᡳᡝ ᡝᠮᠠᡤᡝᡳᠡ᠃

ᠰᡝᡴᠠᡳᠮᠠᡴᠠ᠃

tereci taidzu sure beile haji fujin, eme be acaki seci unggihe akū de korsofi, niowanggiyan muduri aniya, aniya biyai ice jakūn i inenggi, yehe be dailame cooha jurafi, juwan emu de, yehei jang, akiran gebungge juwe hoton be afame gaifi. tere goloi nadan gašan be gaiha juwe minggan olji be bahafi cooha bederehe.

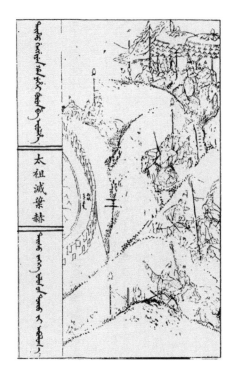

於是太祖淑勒貝勒恨不令所愛福金與母相會，遂於甲辰年正月初八日率兵往攻葉赫。十一日，攻克葉赫張、阿氣蘭二城，收其七寨人畜二千餘而班師。

于是太祖淑勒贝勒恨不令所爱福金与母相会，遂于甲辰年正月初八日率兵往攻叶赫。十一日，攻克叶赫张、阿气兰二城，收其七寨人畜二千余而班师。

ᠮᠣᠩᠭᠣᠯ

十四、滿蒙聯姻

duin biyai tofohon de monggo gurun i jarut tatan i jongnon beile ini sargan jui be taidzu kundulen han i jacin jui gu yeng baturu beile de sargan benjire de gu yeng baturu beile okdome genefi dorolome amba sarin sarilame gaiha. orin de monggo gurun i jarut tatan i neici han i non be taidzu kundulen han i ilaci jui manggūldai beile de sargan benjire de manggūldai beile okdome genefi dorolome amba sarin sarilame gaiha. monggo gurun i korcin i manggos beilei sargan jui be taidzu kundulen han i duici jui hong taici[taiji] beile de sargan benjire de. hong taici[taiji] beile okdome genefi hoifai gurun i tehe hūrki hadai hoton i bade acafi dorolome amba sarin sarilame gaiha.

四月十五日，蒙古國扎魯特衛鍾嫩貝勒送女與太祖崑都崙汗次子古英巴圖魯貝勒為妻，古英巴圖魯貝勒往迎，大宴以禮受之。二十日，蒙古國扎魯特衛內齊汗送妹與太祖崑都崙汗三子莽古爾泰貝勒為妻，莽古爾泰貝勒往迎，大宴以禮受之。蒙古國科爾沁莽古思貝勒送女與太祖崑都崙汗四子皇太極貝勒為妻[12]，皇太極貝勒往迎，至輝發國扈爾奇山城處，大宴以禮受之。

四月十五日，蒙古国扎鲁特卫锺嫩贝勒送女与太祖昆都仑汗次子古英巴图鲁贝勒为妻，古英巴图鲁贝勒往迎，大宴以礼受之。二十日，蒙古国扎鲁特卫内齐汗送妹与太祖昆都仑汗三子莽古尔泰贝勒为妻，莽古尔泰贝勒往迎，大宴以礼受之。蒙古国科尔沁莽古思贝勒送女与太祖昆都仑汗四子皇太极贝勒为妻，皇太极贝勒往迎，至辉发国扈尔奇山城处，大宴以礼受之。

---

[12] 莽古思，滿文讀作 "manggos"，係蒙文 "mangɣus" 借詞，意即「魔鬼」。

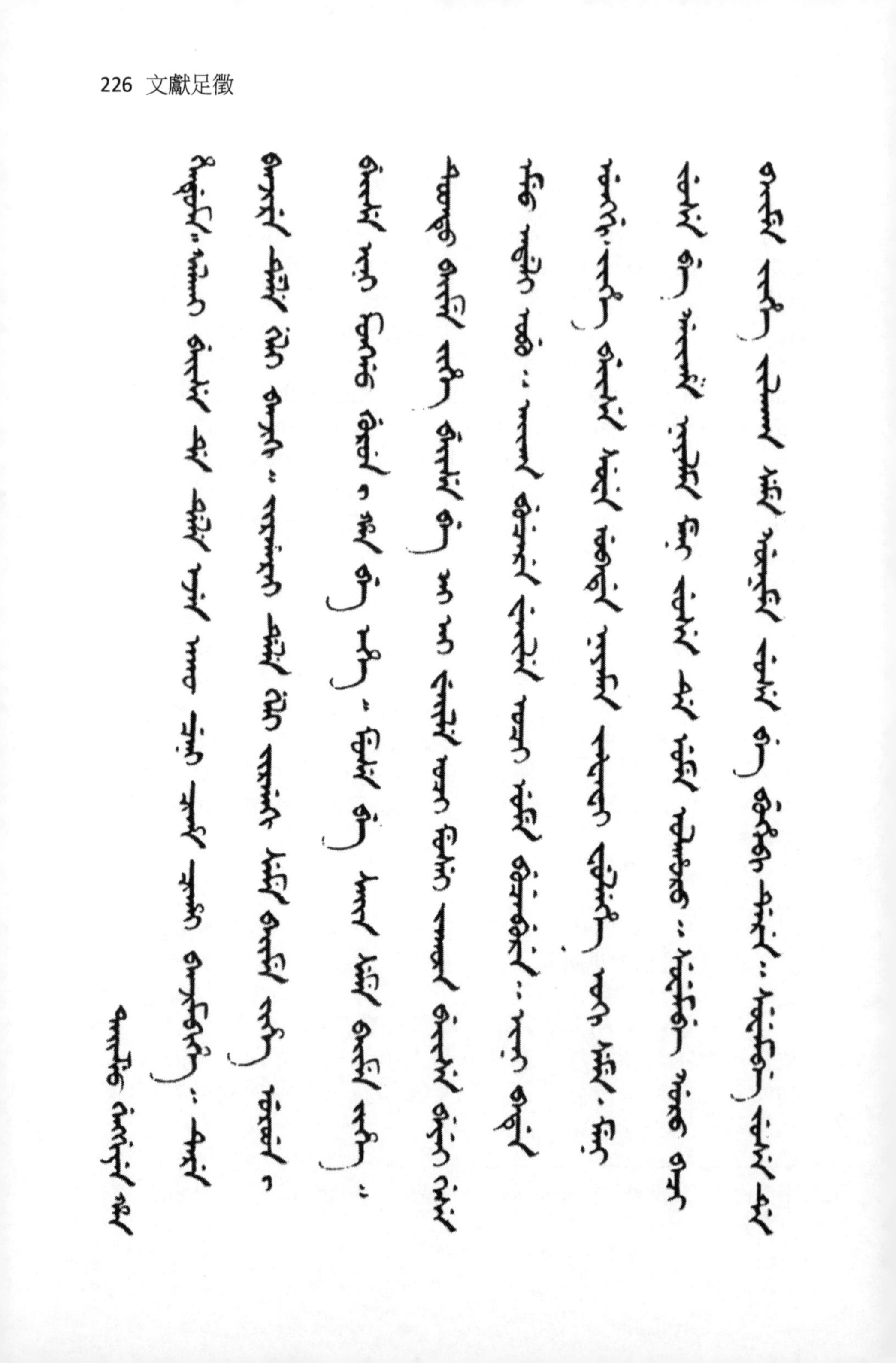

十五、蒙古額駙

taidzu genggiyen han hendume. kalkai beise de dele ejen akū ceni ciha cihai banjimbihe. tere banjire dele geli banjiki jirgarai dele geli jirgaki seme baime jihe. urut i beise ini monggo gurun i han be ehe, muse be sain seme baime jihe, tuttu baime jihe beise be ai ai weile oci musei jakūn beise beyei gese emu adali obu. aika bucere weile oci ume bucebure. ini bade unggi, jihe beise suwe ubade niyaman jafafi fulehe oki seme meni juse be gaiha niyalma meni juse de ume olhoro. suwembe goro baci baime jihe jilakan seme gūnime juse be buhebi dere. suwembe juse de

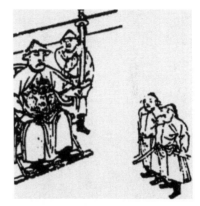

太祖明汗曰：「喀爾喀貝勒原無皇上，任意獨行，無所約束。今來歸附，乃因安益求安，逸而更求其逸也。至兀魯特貝勒因蒙古國汗殘暴不仁，故慕我而來歸也。此等歸附貝勒等凡有罪過，當以我八貝勒一體視之。倘有罪當誅，勿論死，令還其地可也。爾等歸附諸貝勒居我國，結婚姻立家業，娶我諸女者，勿以我諸女為畏也。因念汝等遠來歸附，故妻以女，豈令汝等受制於女乎？

太祖明汗曰：「喀尔喀贝勒原无皇上，任意独行，无所约束。今来归附，乃因安益求安，逸而更求其逸也。至兀鲁特贝勒因蒙古国汗残暴不仁，故慕我而来归也。此等归附贝勒等凡有罪过，当以我八贝勒一体视之。倘有罪当诛，勿论死，令还其地可也。尔等归附诸贝勒居我国，结婚姻立家业，娶我诸女者，勿以我诸女为畏也。因念汝等远来归附，故妻以女，岂令汝等受制于女乎？

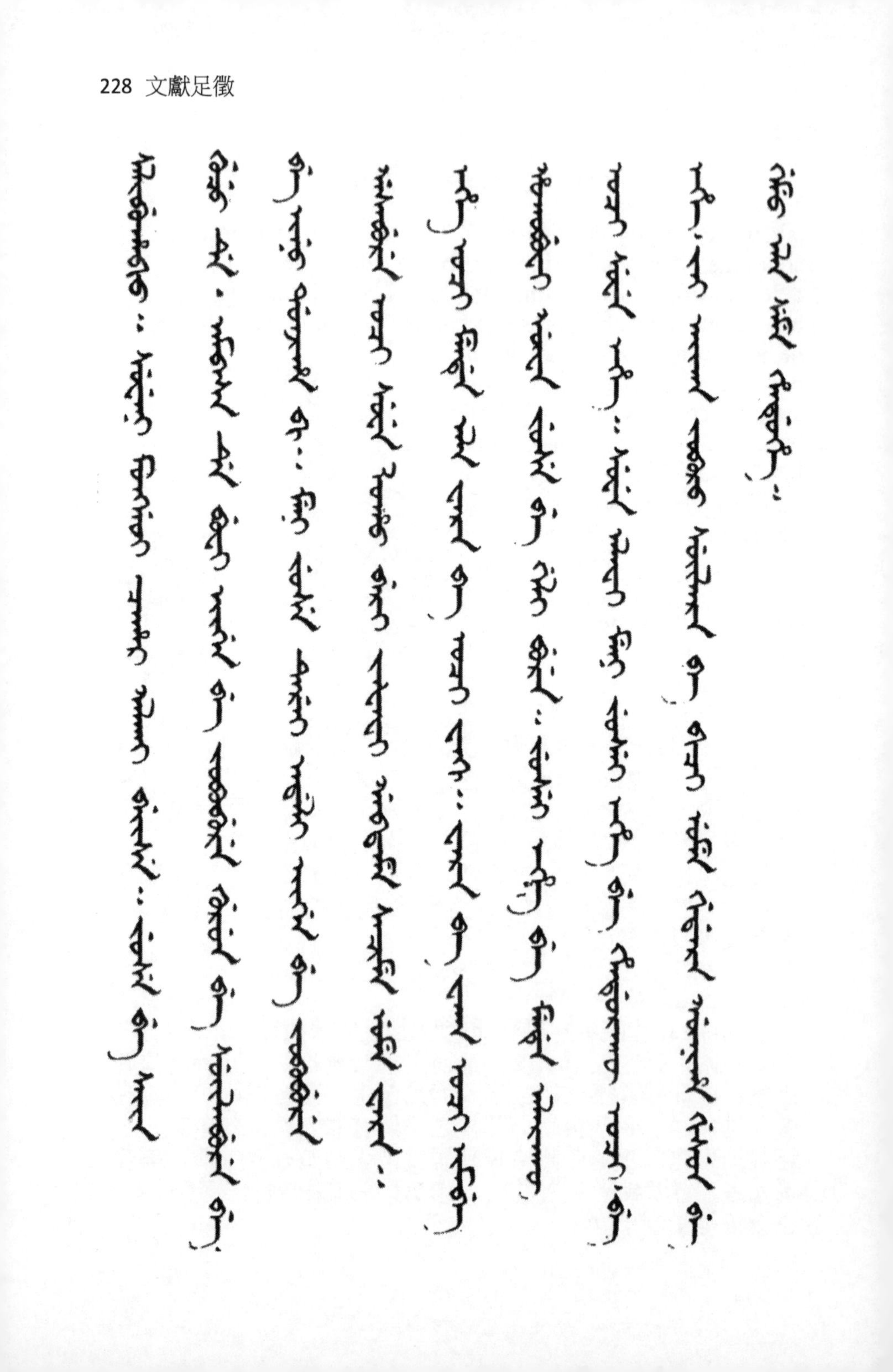

salibuhabio. suweni monggoi cahar kalkai beise. juse be sain
gucu de, ambasa de bufi eigen be jobobure gurun be suilabure be.
be inu donjiha bi. meni juse terei adali eigen be jobobure
gasabure oci suwe loho beri jafafi gabtame sacime ume wara.
ehe oci mende ala wara ba
oci waki. wara ba waka oci
imbe hokobufi gūwa juse
be geli bure. jusei ehe be
mende alarakū oci suwe
ehe. suwe alafi meni jusei
ehe be hendurakū oci, be
ehe, jai aika joboro suilara
ba bici ume gidara gūniha
gisun be gemu ala seme
henduhe.

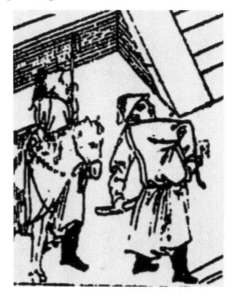

我嘗聞蒙古察哈爾喀爾喀諸貝勒以女妻侍從及大臣，每陵其
夫，擾害其國人。若我諸女中有如彼之人陵其夫者，汝等毋
輒殺傷，必告於我，罪至死，則誅之。罪不至死，則廢之，
另以別女妻焉。或有不賢而不告我，咎在汝等，告之而不加
懲治，咎在於我。凡有艱苦之情，切毋自諱，各有心事，當
直告可也。

我尝闻蒙古察哈尔喀尔喀诸贝勒以女妻侍从及大臣，每陵其
夫，扰害其国人。若我诸女中有如彼之人陵其夫者，汝等毋
辄杀伤，必告于我，罪至死，则诛之。罪不至死，则废之，
另以别女妻焉。或有不贤而不告我，咎在汝等，告之而不加
惩治，咎在于我。凡有艰苦之情，切毋自讳，各有心事，当
直告可也。

ᠮᠠᠨᠵᡠ ᠮᠣᠩᡤᠣ᠈ ᠪᡳᡨᡥᡝ ᠠᡵᠠᡥᠠ᠂ ᠮᠠᠨᠵᡠ ᡤᡳᠰᡠᠨ ᠪᡳᡨᡥᡝ᠂ ᠪᠠᡳᡨᠠ ᠪᡝ ᠠᡵᠠᠮᠪᡳ᠄

ᠮᠠᠨᠵᡠᡳ ᠪᡳᡨᡥᡝᡳ ᠠᡵᠠᡥᠠᠩᡤᡝ᠂ ᡤᡝᠮᡠ ᡤᡳᠰᡠᠨ ᡳ ᠠᡵᠠᡥᠠ᠈ ᠮᠣᠩᡤᠣ ᡤᡳᠰᡠᠨ ᡳ ᡤᡝᠨᡝᠮᠪᡳ᠄

ᠮᠣᠩᡤᠣ ᠪᡳᡨᡥᡝ ᠠᡵᠠᡥᠠᠩᡤᡝ᠂ ᠪᡳᡨᡥᡝᡳ ᠠᡵᠠᡥᠠ ᡤᡳᠰᡠᠨ᠈ ᠮᠠᠨᠵᡠ ᡤᡳᠰᡠᠨ ᠪᡳᠨᠰᡝ ᠰᡝᠮᠪᡳ᠄

ᡝᠨᡝ ᠪᡳᡨᡥᡝ ᠠᡵᠠᡥᠠᠩᡤᡝ᠈ ᠮᠠᠨᠵᡠ ᡤᡳᠰᡠᠨ ᠪᡳᡨᡥᡝ ᠠᡵᠠᠮᠪᡳ᠂ ᠮᠣᠩᡤᠣ ᡤᡳᠰᡠᠨ ᠪᡳᡨᡥᡝ ᠠᡵᠠᠮᠪᡳ᠄

十六、務農積儲

han geli ojorakū hendume, nikan cooha ini jase be tucifi yehe de dafi tuwakiyame tehe be abka toktome tuwakini. aniya ambula goidakini. yehe muse encu manju gurun kai. nikan abkai fejergi gurun de i ejen sembi, ejen oci gubci gurun de gemu uhereme ejen dere, mini canggi de ainu emhun ejen, waka uru be duilefi beiderakū, bodofi darakū balai uttu hūsun durime, abka de eljere gese, abkai wakalaha yehe de dafi cooha tuwakiyame teci tekini, suwe ume ebšere, muse te nikan be dailaci, musei uru de abka muse be gosimbi kai.

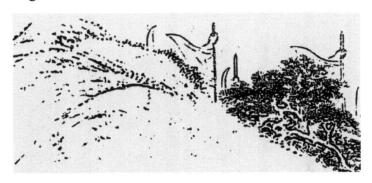

汗又不允曰：「明兵出邊而衛葉赫，自有天鑒之，任其年久。葉赫與我滿洲均異國也。明既稱為君臨天下各國，即為六合共主，何獨為吾一身之主，不審是非，乃恃勢橫加侵奪如逆天。反遣兵衛天不佑之葉赫，吾且聽之，汝等又何急焉？我今征明，天以我為是，天必佑我。

汗又不允曰：「明兵出边而卫叶赫，自有天鉴之，任其年久。叶赫与我满洲均异国也。明既称为君临天下各国，即为六合共主，何独为吾一身之主，不审是非，乃恃势横加侵夺如逆天。反遣兵卫天不佑之叶赫，吾且听之，汝等又何急焉？我今征明，天以我为是，天必佑我。

ᠮᠠᠨᠵᡠ
ᠪᡳᡨᡥᡝ

abka gosici muse ainci bahambikai. baha seme tere olji niyalma ulga de ai ulebumbi. muse de jeku i ku akū kai. dailafi baha seme baha niyalma ulga de ulebure anggala, musei fe niyalma hono bucembi kai. ere siden de musei gurun be neneme bargiyaki, babe bekileme, jase furdan jafaki, usin weilefi jeku i ku gidame gaiki seme hendufi, dain deribuhekū. tereci emu nirui juwanta haha, duite ihan be tucibufi, sula bade alban i usin tarime jeku i ku gidaha. tere jeku be ejeme gaijara, salame burede juwan ninggun amban, jakūn bithesi be sindaha.

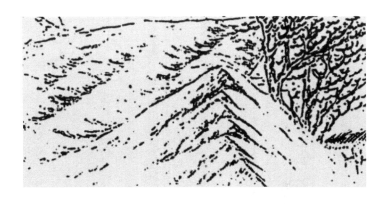

天既佑我，則我可得矣。但我國儲積未充，雖得其人畜，何以養之？無論不足以養所得人畜，即我國舊人且待斃矣。惟及是時，先撫輯吾國，固疆圉，修邊關，務農事，裕積貯。」遂不動兵，乃諭每牛彔各出十人、牛四頭，於曠野處屯田積貯倉廩。於是設倉官十六員，筆帖式八員，執掌出入。

天既佑我，则我可得矣。但我国储积未充，虽得其人畜，何以养之？无论不足以养所得人畜，即我国旧人且待毙矣。惟及是时，先抚辑吾国，固疆圉，修边关，务农事，裕积贮。」遂不动兵，乃谕每牛彔各出十人、牛四头，于旷野处屯田积贮仓廪。于是设仓官十六员，笔帖式八员，执掌出入。

ᠪᠠᠶᠢᠨ ᠠᠮᠢᠳᠤᠷᠠᠭᠰᠠᠨ ᠦᠷ᠎ᠡ ᠶᠢᠨ᠃

ᠬᠡᠤᠬᠡᠳ ᠤᠨ ᠡᠴᠡ ᠬᠦᠷᠳᠡᠯ᠎ᠡ ᠠᠨᠤ᠄᠄ ᠪᠠᠶᠠᠷ ᠤᠨ ᠬᠡᠷᠡᠭ ᠡᠷᠳᠡᠨᠢ ᠶᠢᠨ ᠴᠢᠯᠠᠭᠤᠨ ᠤ

ᠬᠡᠷᠡᠭ ᠤᠨ ᠳᠤ᠄ ᠮᠠᠨᠤ ᠵᠢᠷᠤᠮᠯᠠᠭᠰᠠᠨ ᠦᠷ᠎ᠡ ᠶᠢᠨ ᠬᠤᠷᠢᠶᠠᠩᠭᠤᠢ ᠶᠢᠨ ᠨᠢ

ᠬᠠᠷᠢᠭᠤ ᠶᠢᠨ ᠳᠤ ᠪᠦᠷ ᠪᠤᠶᠠᠨ ᠳᠠᠯᠠᠢ ᠶᠢᠨ ᠴᠢᠯᠠᠭᠤᠨ ᠤ ᠪᠦᠷ ᠤᠨ

ᠮᠡᠳᠡᠭᠳᠡᠬᠦ ᠶᠢᠨ ᠳᠤ ᠮᠡᠳᠡᠯᠭᠡ ᠶᠢᠨ ᠬᠠᠷᠢᠭᠤ ᠶᠢᠨ ᠳᠤ ᠮᠡᠳᠡᠭᠳᠡᠬᠦ ᠶᠢᠨ᠄ ᠠᠷᠢᠭᠤᠨ

ᠮᠠᠨᠤ ᠶᠢᠨ ᠵᠢᠷᠤᠮᠯᠠᠭᠰᠠᠨ ᠤᠳᠤᠷᠢᠳᠤᠯᠭ᠎ᠠ ᠶᠢᠨ ᠬᠤᠷᠢᠶᠠᠩᠭᠤᠢ ᠳᠤ ᠪᠦᠷ ᠮᠡᠳᠡᠯᠭᠡ

ᠪᠦᠳᠦᠭᠡᠯ ᠪᠤᠯᠭᠠᠵᠤ᠄᠄ ᠪᠠᠶᠠᠷ ᠤᠨ ᠬᠡᠷᠡᠭ ᠪᠤᠳᠠᠯᠭ᠎ᠠ ᠶᠢᠨ ᠳᠤ ᠮᠡᠳᠡᠭᠳᠡᠬᠦ

十七、心貴正大

han ambasai baru hendume, julgei kooli be donjici mujilen tondo onco be dele sehebi. bi gūnici onco tondo mujilen ci dele akū. ambasa suweni niyaman hūncihin be duleme gūwa mujakū niyalma be adarame tukiyere seme ume gūnire, fulehe be ume tuwara mujilen onco tondo sain be tuwame tukiyekidere. giran be ume tuwara erdemu be tuwame amban obuki dere. doro dasara de emu bade baitalaci ojoro niyalma abide bi. doro de aisilaci ojoro niyalma bici tere be uthai tukiyekidere seme henduhe.

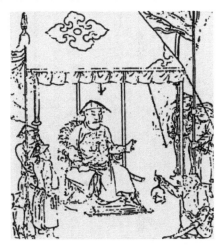

汗謂群臣曰：「嘗聞古訓，心貴正大。余竊思之，心之所貴者，莫過於正大也。爾諸臣薦人勿曰：『吾何為使踈者，反踰親也。』切莫拘根基，擇其心術正大者薦之。莫因仕族之多，輒為援引，擇有才者舉之。凡在位為政，得一材一藝猶難，若有可以資政之人，即薦之可也。」

汗谓群臣曰：「尝闻古训，心贵正大。余窃思之，心之所贵者，莫过于正大也。尔诸臣荐人勿曰：『吾何为使踈者，反踰亲也。』切莫拘根基，择其心术正大者荐之。莫因仕族之多，辄为援引，择有才者举之。凡在位为政，得一材一艺犹难，若有可以资政之人，即荐之可也。」

ᠭᠡᠳᠦᠰᠦᠯᠡᠨ᠂ ᠲᠡᠷᠡ ᠪᠠᠷ ᠡᠳᠦᠷ ᠢᠶᠡᠷ ᠤᠳᠠᠭᠠᠨ ᠰᠠᠭᠤᠵᠤ ᠬᠦᠷᠲᠡᠯᠡ ᠨᠢᠭᠡ ᠳᠠᠭᠠᠨ ᠬᠦᠨᠳᠦᠯᠡᠨ᠃

ᠲᠡᠷᠡ ᠪᠠᠷ ᠬᠦᠯᠢᠶᠡᠭᠰᠡᠨ "ᠰᠠᠭᠤᠬᠤ" ᠪᠡᠷ ᠬᠦᠷᠲᠡᠯᠡ ᠨᠢᠭᠡ ᠳᠠᠭᠠᠨ ᠬᠦᠨᠳᠦᠯᠡᠨ ᠬᠠᠭᠤᠴᠢᠨ ᠵᠠᠮ ᠢᠶᠠᠷ ᠮᠡᠳᠡᠭᠳᠡᠵᠦ ᠪᠠᠶᠢᠨ᠎ᠠ᠃

ᠲᠡᠷᠡ ᠪᠠᠷ ᠳᠤᠭᠤᠢᠯᠠᠩ "ᠰᠠᠶᠢᠨ" ᠬᠡᠮᠡᠨ ᠳᠠᠭᠤᠳᠠᠭᠰᠠᠨ ᠤ ᠳᠠᠷᠠᠭ᠎ᠠ ᠨᠢᠭᠡ ᠵᠢᠯ ᠢᠶᠡᠷ ᠤᠳᠠᠵᠤ ᠰᠠᠭᠤᠭᠠᠳ ᠬᠦᠷᠲᠡᠯᠡ᠃

ᠲᠡᠷᠡ ᠪᠠᠷ ᠲᠣᠭᠲᠠᠨ ᠰᠠᠭᠤᠵᠤ "ᠲᠡᠭᠦᠰ" ᠬᠡᠮᠡᠨ ᠳᠠᠭᠤᠳᠠᠵᠤ᠂ ᠨᠢᠭᠡ ᠳᠡᠭᠡᠷ᠎ᠡ ᠰᠠᠭᠤᠯᠭᠠᠨ ᠬᠦᠨᠳᠦᠯᠡᠭᠰᠡᠨ᠃

ᠲᠡᠷᠡ ᠪᠠᠷ ᠬᠤᠨᠳᠠᠭ᠎ᠠ "ᠰᠠᠶᠢᠨ" ᠭᠡᠵᠦ ᠳᠠᠭᠤᠳᠠᠵᠤ᠂ ᠨᠢᠭᠡ ᠳᠡᠭᠡᠷ᠎ᠡ ᠰᠠᠭᠤᠯᠭᠠᠨ ᠬᠦᠨᠳᠦᠯᠡᠭᠰᠡᠨ ᠤᠴᠢᠷ᠃

ᠲᠡᠷᠡ ᠪᠠᠷ ᠬᠤᠨᠳᠠᠭ᠎ᠠ᠂ ᠬᠤᠭᠤᠯᠠ "ᠰᠠᠶᠢᠨ" ᠭᠡᠮᠡᠨ ᠳᠠᠭᠤᠳᠠᠵᠤ᠂ ᠨᠢᠭᠡ ᠳᠡᠭᠡᠷ᠎ᠡ ᠰᠠᠭᠤᠯᠭᠠᠨ ᠬᠦᠨᠳᠦᠯᠡᠭᠰᠡᠨ ᠶᠤᠮ᠃

十八、隨材用人

han ini juse, geren beisei baru tacibume hendume, sain tondo
niyalma be tukiyerakū wesimburakū oci, sain tondo niyalma ai
de yendembi. ehe niyalma be wasimburakū warakū oci, ehe
niyalma ai de isembi. bahara be ume nemšere tondo be nemše.
ulin be ume gūnire, erdemu be gūni. abkai fejile banjire amba
gurun i doro de tondo erdemu ci dele ai bi. mini dolo daci tondo
be elerakū banjiha. juse suwembe ejekini seme taciburengge ere
inu seme henduhe. han hendume, yooni sain erdemungge
niyalma udu bi. emu niyalmai beye emu jakabe bahanaci, emu
jakabe bahanarakū. emu bade sain oci, emu bade ehe. dain de
baturu niyalma gašan de banjire de baitakū moco. gašan de
banjire de baitangga niyalma dain de baitakūngge geli bikai
seme, niyalmai teisu acara be tuwame weile de afabuha.

汗訓諸子、眾貝勒曰：「賢者不舉，則賢者何由而進？不肖者
不黜之誅之，則不肖者何由而懲？毋嗜利而宜嗜忠直，毋好
貨而宜好德。蓋天下大國之道，莫貴於忠直德義。我夙好忠
直，行之不怠，汝等識之，我所以訓汝等者惟此而已。」汗
曰：「全才者有幾，一人之身，有所知，即有所不知，有所能，
即有所不能。故臨陣勇敢者，平時未必見長；而平時有用之
人，於戰陣則無用矣。自後用人，務各隨其材。」

汗训诸子、众贝勒曰：「贤者不举，则贤者何由而进？不肖者
不黜之诛之，则不肖者何由而惩？毋嗜利而宜嗜忠直，毋好
货而宜好德。盖天下大国之道，莫贵于忠直德义。我夙好忠
直，行之不怠，汝等识之，我所以训汝等者惟此而已。」汗曰：
「全才者有几，一人之身，有所知，即有所不知，有所能，
即有所不能。故临阵勇敢者，平时未必见长；而平时有用之
人，于战阵则无用矣。自后用人，务各随其材。」

ᠰᡠᠮᠠᠯᠠ ᠬᡡᠰᡠᠨᡴ᠋ᠣᠨ ᠵᡠᡳᠨ ᠪᠣᠮᡳᠨ᠎᠎

ᠮᡳᠨᡳ ᠵᠠᡴᠠ ᠬᡡᠰᡠᠨᡴ᠋ᠣᠨ᠎ ᠰᠠᠴᡳᠮᠠ ᠰᡠᠴᡠ ᠬᡡᠰᡠᠨᠮᡝᡵᡝ᠎᠎ ᠵᡠᡳᠨ ᠪᠣᠮᠣᠣ ᠴᡳᠪᡳᡥᠠ᠎ ᠰᡳᠨᡳᠮᡝᠨ ᠮᡠᠨ

十九、知人善任

han ambasai baru hendume, abka sindaci han, han sindaci ambasa kai. ambasa suwe afabuha gebu be gūnime, gurun i doro de baitalaci acara sain niyalma be saci, ume gidara. gurun de ai hacin i baita akū. sain niyalma ambula oci teisu teisu baita de afabuki dere. gurun i doro dasara geren cooha be kadalara de amban komso oci, abide isinambi. dain de baturu niyalma oci, gung šang buki. gurun i doro dasarade tusa arara tondo sain niyalma oci, ton de dosimbufi doro de aisilabuki. julgei banjiha jabšaha ufaraha sain kooli be sara niyalma oci. sara sain kooli be alabume baitalaki. sarin de baitangga niyalma oci, sarin de baitalaki. golo goloi buya gašan ci aname baicacina seme henduhe.

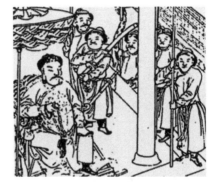

汗謂群臣曰：「君，天所立也；臣，君所任也。爾諸臣當念所任之職，有能理國政者，知之勿隱。國事繁瑣，須多得賢人，各任之以事，倘治國統軍者少，則何以濟事？若有臨陣英勇者，賜以宮賞。有治國忠良者，用以佐理國政。有博古通今者，用以講古。有才堪宴賓客者，當各處隨地搜羅可也。」

汗谓群臣曰：「君，天所立也；臣，君所任也。尔诸臣当念所任之职，有能理国政者，知之勿隐。国事繁琐，须多得贤人，各任之以事，倘治国统军者少，则何以济事？若有临阵英勇者，赐以宫赏。有治国忠良者，用以佐理国政。有博古通今者，用以讲古。有才堪宴宾客者，当各处随地搜罗可也。」

ᠮᠤᠩᠭᠣᠯ ᠦᠰᠦᠭ᠂ ᠬᠢᠲᠠᠳ ᠦᠰᠦᠭ ᠢᠶᠡᠷ ᠪᠢᠴᠢᠭᠰᠡᠨ ᠪᠢᠴᠢᠭ᠃

二十、尼堪外蘭

li ceng liang de acanjifi atai janggin i gurei hoton be kaha. tere
hoton i ejen atai janggin de manju gurun i taidzu sure beile i
mafa giocangga i jui lidun baturu i sargan jui be buhe bihe. tere
cooha jihe medege be manju gurun i taidzu sure beilei mafa
giocangga donjifi, ini omolo sargan jui be daiming ni cooha de
gaiburahū seme, ini duici jui taksi be gamame genefi, gurei

hoton de isinafi. li ceng
liyang ni cooha jing afara
dulimbade, jui taksi be hoton
i tule ilibufi, ini beye hoton
de dosifi, omolo sargan jui be
tucibufi gajiki seci. atai
janggin unggirakū bisire de,
jui taksi

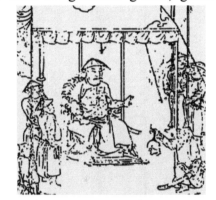

與李成梁合兵，圍阿太章京古勒城，其城主阿太章京娶滿洲
國太祖淑勒貝勒之祖覺常剛子禮敦之女為妻，滿洲國太祖淑
勒貝勒祖覺常剛聞兵來之信，恐孫女被大明兵所陷，偕其四
子塔克石往救。既至古勒城，見李成梁兵方攻城中，遂令子
塔克石候於城外，獨身入城，欲攜孫女出城，阿太章京不從，
子塔克石

与李成梁合兵，围阿太章京古勒城，其城主阿太章京娶满洲
国太祖淑勒贝勒之祖觉常刚子礼敦之女为妻，满洲国太祖淑
勒贝勒祖觉常刚闻兵来之信，恐孙女被大明兵所陷，偕其四
子塔克石往救。既至古勒城，见李成梁兵方攻城中，遂令子
塔克石候于城外，独身入城，欲携孙女出城，阿太章京不从，
子塔克石

ᠪᠢᠴᠢᠭᠡᠰᠦ ᠢᠨᠦ ᠠᠭᠤ ᠬᠠᠨ ᠪᠥᠭᠡᠳ ᠂ ᠡᠯᠡᠰᠦᠨ ᠴᠠᠭᠠᠨ ᠂
ᠵᠡᠭᠦᠨ ᠭᠠᠷ ᠳᠤᠷ ᠂ ᠠᠨᠤ ᠭᠣᠣᠯ ᠂ ᠪᠠᠷᠠᠭᠤᠨ
ᠭᠠᠷ ᠳᠤᠷ ᠂ ᠰᠥᠨᠢᠳ ᠂ ᠬᠠᠷᠠᠴᠢᠨ
ᠡᠯᠡᠰᠦᠨ ᠂ ᠴᠠᠭᠠᠨ ᠡᠯᠡᠰᠦ ᠳᠤᠷ ᠣᠷᠣᠰᠢᠪᠠᠢ ᠃
ᠡᠪᠦᠭᠡᠳ ᠥᠭᠦᠯᠡᠬᠦ ᠨᠢ ᠂ ᠡᠷᠲᠡᠨ ᠦ ᠴᠠᠭ ᠲᠤᠷ ᠂ ᠡᠨᠡ
ᠭᠠᠵᠠᠷ ᠲᠤᠷ ᠂ ᠠᠭᠤ ᠶᠡᠬᠡ ᠬᠣᠲᠠ ᠪᠠᠶᠢᠭᠰᠠᠨ ᠠᠵᠠᠢ ᠃ ᠲᠡᠷᠡ
ᠬᠣᠲᠠ ᠶᠢᠨ ᠨᠡᠷᠡᠢᠳᠦᠯ ᠢ ᠪᠤᠤ ᠮᠡᠳᠡ ᠃ ᠡᠳᠦᠭᠡ
ᠪᠥᠭᠡᠳ ᠂ ᠲᠡᠷᠡ ᠬᠣᠲᠠ ᠶᠢᠨ ᠦᠯᠡᠳᠡᠭᠳᠡᠯ ᠰᠠᠭᠤᠷᠢ
ᠪᠠᠢᠨᠠᠮ ᠃ ᠮᠥᠨ ᠬᠠᠷᠠᠴᠢᠨ ᠦ ᠨᠤᠲᠤᠭ ᠲᠤᠷ ᠂ ᠮᠠᠰᠢ
ᠡᠷᠲᠡᠨ ᠦ ᠬᠣᠲᠠ ᠶᠢᠨ ᠰᠠᠭᠤᠷᠢ ᠪᠠᠢᠨᠠᠮ ᠃ ᠲᠡᠷᠡ ᠨᠢ
ᠴᠤ ᠶᠡᠬᠡ ᠬᠣᠲᠠ ᠠᠵᠠᠢ ᠃ ᠡᠨᠡ ᠬᠣᠶᠠᠷ ᠬᠣᠲᠠ ᠶᠢᠨ
ᠨᠡᠷᠡᠢᠳᠦᠯ ᠢ ᠴᠤ ᠪᠤᠤ ᠮᠡᠳᠡ ᠃ ᠡᠨᠡ ᠮᠡᠲᠦ ᠪᠡᠷ

ama be goidambi seme geli hoton de dosika. tereci li ceng liyang gurei hoton be kafi afaci, tere hoton alin i ninggude sahafi akdun ofi atai janggin cooha gaifi bekileme tuwakiyafi, duka tucifi hoton bitume afara cooha be sacime udu udu jergi waha. li ceng liyang afame muterakū cooha ambula kokirabure jakade, nikan wailan be hafirame si šusihiyefi gajifi mini cooha kokiraha seme jafaki sere de, nikan wailan golofi hendume, bi hūlame dahabume tuwara sefi, hoton i niyalma i baru jalidame hūlame ere amba gurun i cooha jifi suwembe sindafi genembio. coohai niyalma suwe atai be wafi daha, jihe coohai ejen i hendurengge

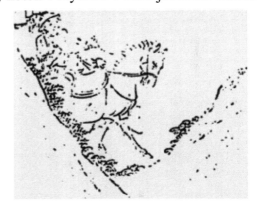

候父良久，亦入城。李成梁圍攻古勒城，其城於山上砌築，甚為堅固，阿太章京率兵固守，屢次出門繞城斬殺李成梁兵。李成梁攻城不能克，其兵損傷甚眾，因責尼堪外蘭挑唆損失我兵之罪，欲縛之。尼堪外蘭懼曰：「我招撫試試看。」遂給城中人呼曰：「大國之兵既來，豈捨汝而去？凡士卒能殺爾阿太來降，來兵主將有命，

候父良久，亦入城。李成梁围攻古勒城，其城于山上砌筑，甚为坚固，阿太章京率兵固守，屡次出门绕城斩杀李成梁兵。李成梁攻城不能克，其兵损伤甚众，因责尼堪外兰挑唆损失我兵之罪，欲缚之。尼堪外兰惧曰：「我招抚试试看。」遂给城中人呼曰：「大国之兵既来，岂舍汝而去？凡士卒能杀尔阿太来降，来兵主将有命，

ᠮᠠᠨᠵᡠ ᡥᡝᡵᡤᡝᠨ ᠰᡝᠮᡝ ᠶᠠᠴᡳᠨ ᠮᠠᠩᡤᠠ ᠮᠠᠨᠵᡠ ᡥᡝᡵᡤᡝᠨ᠈

atai be waha niyalma be uthai ere hecen de ejen obure sembi
seme hūlara jakade, hoton i dorgi niyalma akdafi ini ejen atai
janggin be wafi li ceng liyang de dahaha. li ceng liyang, hoton i
niyalma be jalidame tucibufi hehe juse ci aname gemu wara de,
nikan wailan daiming ni cooha be šusihiyefi manju gurun i

taidzu sure beilei mafa
giocangga, ama taksi be
emgi suwaliyame waha.
taidzu sure beile daiming
gurun i ambasai baru, mini
mafa ama be umai weile
akū ai turgunde waha seme
gisurere jakade, daiming
wan li han, taidzu sure
beile de, sini mafa ama be
cohome waha weile waka.
endebuhe

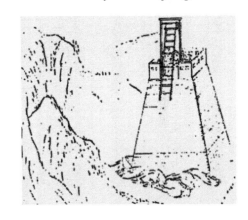

凡能殺阿太之人，即令為此城之主。」城中人信其言，遂殺
其主阿太章京，而降李成梁。李成梁誘城內人出，不分男婦
老幼，盡屠之。尼堪外蘭唆使大明兵併殺滿洲國太祖淑勒貝
勒祖覺常剛、父塔克石。太祖淑勒貝勒謂大明國大臣曰：「我
祖父無罪，何故殺之？」大明萬曆帝謂太祖淑勒貝勒：「汝祖
父非因罪有意殺害，

凡能杀阿太之人，即令为此城之主。」城中人信其言，遂杀其
主阿太章京，而降李成梁。李成梁诱城内人出，不分男妇老
幼，尽屠之。尼堪外兰唆使大明兵并杀满洲国太祖淑勒贝勒
祖觉常刚、父塔克石。太祖淑勒贝勒谓大明国大臣曰：「我祖
父无罪，何故杀之？」大明万历帝谓太祖淑勒贝勒：「汝祖父
非因罪有意杀害，

ᠲᠡᠷᠢᠭᠦᠨ ᠠᠭᠤᠯᠠ ᠃

ᠤᠳᠤᠭᠠᠨ ᠤᠷᠤᠯ᠂ ᠨᠡᠷᠡᠲᠦ ᠵᠠᠮ ᠢ ᠤᠢᠯᠠᠭᠠᠨ ᠳᠤᠷᠠᠳᠴᠤ ᠂ ᠬᠠᠷᠠᠭᠰᠠᠨ ᠢ ᠤᠷᠤᠭ᠌ ᠬᠦᠮᠦᠨ ᠠᠴᠠ᠂ ᠮᠢᠨᠦ ᠨᠡᠷᠡ ᠤᠢᠯᠠᠭᠠᠨ᠂ ᠬᠡᠳᠦᠨ ᠵᠤᠢᠯ ᠢ ᠤᠢᠯᠠᠭᠠᠨ᠂ ᠬᠡᠳᠦᠨ ᠵᠤᠢᠯ ᠢ ᠤᠢᠯᠠᠭᠠᠨ ᠃

seme ama mafai giran. gūsin ejehe gūsin morin benjihe. jai geli nememe dudu ejehe benjihe manggi, sure beile hendume, mini mafa ama be wa seme šusihiyehe nikan wailan be jafafi minde gaji sere jakade, daiming gurun i niyalma hendume, sini mafa ama be cohome deribuhe weile waka. endebuhe seme, neneme gūsin ejehe, gūsin morin buhe. te geli dudu ejehe buhe. weile emgeri wajiha kai. uttu fudaraci, be nikan wailan de dafi giyaban gebungge bade hoton arafi bufi, nikan wailan be suweni manju gurun de han obumbi sere jakade, tere gisun de manju gurun i niyalma gemu akdafi nikan wailan de dahaha.

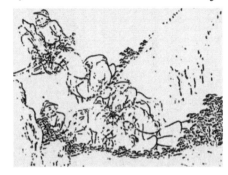

誤耳。」遂還父祖之屍[13]，送來敕書三十道，馬三十匹，復給都督敕書。淑勒貝勒曰：「但執唆使殺我祖父之尼堪外蘭與我，乃已。」大明國之人曰：「爾祖父之死非因罪有意殺害，誤耳。前給與敕書三十道，馬三十匹，今又給都督敕書，事已完矣，悖逆如是，我等當助尼堪外蘭築城於甲版，令尼堪外蘭為爾滿洲國汗。」於是滿洲國人皆信之，而歸尼堪外蘭。

誤耳。」遂还父祖之尸，送来敕书三十道，马三十匹，复给都督敕书。淑勒贝勒曰：「但执唆使杀我祖父之尼堪外兰与我，乃已。」大明国之人曰：「尔祖父之死非因罪有意杀害，误耳。前给与敕书三十道，马三十匹，今又给都督敕书，事已完矣，悖逆如是，我等当助尼堪外兰筑城于甲版，令尼堪外兰为尔满洲国汗。」于是满洲国人皆信之，而归尼堪外兰。

---

[13] 遂還父祖之屍，滿文讀作 "ama mafai giran"，意即「父祖之屍」。句中「遂還」，滿文缺譯。

ᠰᠠᠷᠠᡳ ᠂᠂ ᠵᠠᠯᠠᠨ ᠵᠠᠩᡤᡳᠨ ᠂ ᠪᠠᡵᡤᠠᡳᠶᠠᠮᠪᡳ ᠨᠠᠰᠠ ᠪᠣᠨᠵᠣᠨ ᠂ ᠮᡝᠶᡝᠨ ᠵᠠᠩᡤᡳᠨ ᠶᠠᠯᠠ ᠪᠠᡵᡤᠠᠮᠪᡳ

sure beilei emu uksuni ningguntai sunja mafai juse omosi sure
beile be wafi geli nikan wailan de dahaki seme tangse de
gashūha. nikan wailan geli sure beile be inde daha sere jakade.
sure beile hendume, nikan wailan si mini amai jušen i ton bihe.
sinde dahafi tanggū se bahambio seme korsome bisire de, nikan
wailan, daiming gurun i fu šun
soo hecen i hafan de beleme
alafi suksuhu birai aiman i
sargūi hoton i ejen nominai
ahūn gūwara gebungge niyalma
be ura dure jakade. deo nomina.
suksuhu birai aiman i giyamuhū
gašan i ejen gahašan

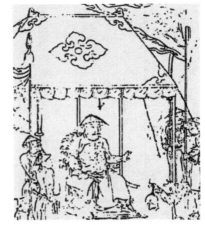

淑勒貝勒同族寧古塔五祖子孫至堂子立誓，亦欲殺害淑勒貝
勒以歸尼堪外蘭。尼堪外蘭又迫淑勒貝勒往附之，淑勒貝勒
曰：「尼堪外蘭乃吾父部下之人，反令順爾，人豈能百歲不死
乎？」終懷恨不服。尼堪外蘭譖於大明國撫順所城官員，責
治蘇克蘇滸河部撒爾湖城主諾米納之兄瓜喇，其弟諾米納與
蘇克蘇滸河部嘉木湖寨主噶哈善、

淑勒贝勒同族宁古塔五祖子孙至堂子立誓，亦欲杀害淑勒贝
勒以归尼堪外兰。尼堪外兰又迫淑勒贝勒往附之，淑勒贝勒
曰：「尼堪外兰乃吾父部下之人，反令顺尔，人岂能百岁不死
乎？」终怀恨不服。尼堪外兰谮于大明国抚顺所城官员，责
治苏克苏浒河部撒尔湖城主诺米纳之兄瓜喇，其弟诺米纳与
苏克苏浒河部嘉木湖寨主噶哈善、

ᠪᠠᠷᠠᠨᡳ᠂ ᠰᡝᡴᡳᠶᡝᠨ ᡨᡝᠶᡝᡶ ᠊ ᠪᡝᠶᡝᡨ ᠨᠠᠪᠠᠪᡠᡥᠠ ᠰᡝᠶᡠᠨ ᡝᡥᡝ ᠪᡠᡶᡠᠶᡠ ᠰᠠᠪᡠᠶᠠᠪᡠᠮᠪᡳᠶᡝ᠈

ᠰᡝᡴᡳᠶᡝᠨ᠂ ᠨᠠᠪᠠᡶ ᠴᡳᡥᠠᠶᡝᡥᡝ᠈ ᡤᡝᠪᡠᡶᡳ ᠶᡝᡥᡝᠶ ᠶᠠ ᠰᡝᡶᡝ ᡥᡝᡥᡝ ᠴᡝᠶᠠᠪᠤᡴᡳᠨ ᡥᡝᠶᡝ᠈

ᠰᠠᠪᠠᠶ ᠊ ᠴᡥᡝ ᠰᡝᠶᡠ ᡥᠠ ᡝᡥᡝᠪᡠᠪᡠᡥᡝ᠈᠈

ᡴᡝᠪᡝᠶᡝᠶ ᡳᠪᡥᡝᡥᡝᡴ ᡝ

ᡴᡝᠨᠠᡥᠠ᠊ ᠴᡥᡝᠪᡝᡳᠶ ᠴᡥᡝ ᡥᠠ ᡝ ᡥᡝᡴᡝᠶᡳᠨ ᡥᠠ ᡥᡝᠶᠠᠪᠠᠶᡳᠨ ᡠᡝᡶ ᡥᡝᡥᠠᡥᡝᠨ᠈᠈

ᡝᡴᡝᡥᡝᡶᡳ ᠊ ᡤᡝᠶᠠᡶ ᡝ ᠶᠠᠨᡶᡝᠶ ᡝᡥᠠ ᡥᠠ᠊ ᡴᡝᠶᡠ ᠴᡥᡥᡝᡴᡥᡝᡴ ᠴᡝᠪᡝᠪᡳᡥᡝᡥᠨᠶ᠈᠈

ᡴᡠᡥᡝᠶᡶ᠈᠈ ᡴᡝᡴᡥ ᠊ ᡝ ᡝ ᡥᡝᠪᠶ ᡝᠨᠶᡝᠶ ᠊ ᡥᡝᡥᠶᡝ ᠊ ᠴᡥᡥᡝᡴᡳᠶ᠈ ᡝᡴᡝᡝᡴᡝᠶ ᡝᡥᡝᠶ ᡳᡥᠨᡥ ᠴᡥᡝᡝ ᠶᡝᠶᡝᡥᡝᡥᡝᠶ

hashū, jan i birai gašan i ejen cangšu, yangšu, ahūn deo gemu korsofi hebešeme mujakū niyalma be tuwame banjire anggala. aisin gioro halangga ningguntai beise be tuwame banjiki seme gisurefi. sure beile de dahame jifi ihan wame abka de gashūre de, taidzu sure beilei baru duin amban hendume, membe yaya ci neneme dahame jihe be gūnici, jušen ume obure, ahūn deo i gese gosime uji seme hendufi gashūha.

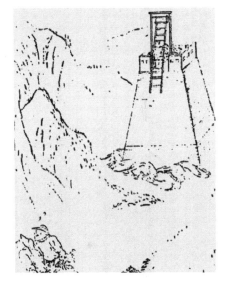

哈思虎、沾河寨主常書、楊書兄弟俱忿恨，相議曰：「與其仰望此等人，不如仰望愛新覺羅寧古塔貝勒。」議定，遂來附淑勒貝勒，殺牛祭天立誓，四大臣言於太祖淑勒貝勒曰：「念我等首先來歸，毋視為邊氓，望愛如兄弟手足。」遂以此言盟誓。

哈思虎、沾河寨主常书、杨书兄弟俱忿恨，相议曰：「与其仰望此等人，不如仰望爱新觉罗宁古塔贝勒。」议定，遂来附淑勒贝勒，杀牛祭天立誓，四大臣言于太祖淑勒贝勒曰：「念我等首先来归，毋视为边氓，望爱如兄弟手足。」遂以此言盟誓。

ᠠᠨᠠᡤᠠᠨ ᠨᡳᠶᠠᠯᠮᠠ ᠪᠠᠨᡥᠠᠨᠪᡳ᠈᠈

ᠪᠠᠩᡥᠠ ᠨᡳᠶᠠᠯᠮᠠ ᠪᠠᠨᡥᠠᠨᠪᡳ᠈᠈ ᠠᠯᡳᠨ ᠰᡳᠰᠠᠨ ᠪᡳ ᠰᡠᠯᠠᠨ ᠮᡠᠰᡝᠯᡝᠮᠪᡳ ᠨᠠᡥᠠᠨ᠈ ᠰᡝᠯᡝᠮᠪᡳ ᠰᠠᠨ ᠨᡳᠶᠠᠯᠮᠠ

ᠨᠠᠨ

ᠨᠠᠨ᠈ ᠪᠠᠨᡥᠠᠨᠪᡳ ᠪᠠᡤᠠᠰᠠ ᠨᡳᠶᠠᠯᠮᠠ ᠪᠠᠨᡥᠠᠨᠪᡳ᠈᠈ ᠰᡝᠯᡝᠮᠪᡳ ᠨᠠ ᠰᡝᠯᡝᠮᠪᡳ ᠨᠠ ᠰᠠᠯᡳᠰᠠᠯᡳᠨ᠈᠈᠈

ᠨᠠᠪᠠᠨᠪᡳ ᠨᠠ ᠪᠠᠨᡤᠠ ᠨᡳᠶᠠᠯᠮᠠ ᠪᠠᠨᡥᠠᠨᠪᡳ᠈ ᠰᡝᠯᡝᠮᠪᡳ ᠰᠠᠨ ᠰᡝᠯᡝᠮᠪᡳ ᠨᠠ ᠰᠠᠯᠠᠨ ᠨᠠ ᠰᡝᠯᡝᠮᠪᡳ ᠨᠠᡥᠠ᠈᠈

ᠠᠨᠠᡤᠠᠨ ᠨᡳᠶᠠᠯᠮᠠ ᠨᠠ ᠰᡝᠯᡝᠮᠪᡳ ᠨᠠᡥᠠ᠈ ᠰᡝᠯᡝᠮᠪᡳ ᠰᠠᠨ ᠰᡝᠯᡝᠮᠪᡳ ᠰᠠᠨ ᠰᠠᠯᠠᠨ ᠨᠠ ᠰᡝᠯᡝᠮᠪᡳ ᠪᠠᠨᡤᠠ᠈᠈

ᠠᠨᠠᡤᠠᠨ ᠨᡳᠶᠠᠯᠮᠠ ᠰᠠᠨ ᠰᡝᠯᡝᠮᠪᡳ ᠰᠠᠨ᠈ ᠰᠠᠯᠠᠨ ᠰᡝᠯᡝᠮᠪᡳ ᠨᠠᡥᠠᠨ᠈᠈᠈

二十一、氣貫月中

suwayan morin abkai fūlinggai taidzu genggiyen han i ilaci
aniya, aniya biyai juwan ninggun i cimari, tuhere biyai dulimba
be hafu suwayan genggiyen siren gocika bihe. tere siren onco
juwe ci. golmin biya ci wesihun ninggun da, fusihūn juwe da
funceme bihe. tere siren be
safi han, beise ambasai
baru hendume, suwe te
ume kenehunjere. mini
dolo gūnime wajiha. ere
aniya bi ainaha seme
nakarakū, daiming gurun
be urunakū dailambi seme
henduhe.

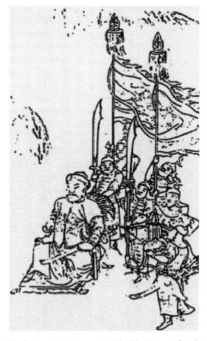

戊午天命太祖明汗三年，正月十六日晨，月將落時，有青黃
二色氣直貫月中。其光寬二尺，月之上約長三丈，月之下約
丈餘。汗見其光，謂貝勒大臣曰：「汝等勿疑，吾意已決，今
歲吾必征大明國。」

戊午天命太祖明汗三年，正月十六日晨，月将落时，有青黄
二色气直贯月中。其光宽二尺，月之上约长三丈，月之下约
丈余。汗见其光，谓贝勒大臣曰：「汝等勿疑，吾意已决，今
岁吾必征大明国。」

ᠮᠠᠨᠵᡠ ᡳᡵᡤᡝᠨ ᠪᡝ ᡝᠮᡝ ᡳᠯᡳᠪᡠᡥᠠ᠈

ᠮᠠᠨᠵᡠᡵᠠᠮᠪᡳ ᠰᡝᠮᡝ᠈ ᡝᡵᡝ ᠮᠠᠨᠵᡠ ᡤᡳᠰᡠᠨ ᠪᡝ ᡤᡝᠮᡠ ᠮᡝᡩᡝᡵᡳ

ᡠᡵ ᠮᠠᡵᠠᠨ ᡝᡴᡝ ᠮᡝᠯᡩᡝᠪᡠᠮᡝ᠈ ᡤᡳᠰᡠᠨ ᡝᠮᡝ ᡝᠮᠪᡳ ᠪᡝ ᡩᠠᠮᠪᡳ ᡝᡩᡝᡵᡝ

ᡥᠠᠨᡩᠠᡥᠠᠪᠠ ᠮᠠᡵᠠᠨ᠈ ᡝᡵᡝ ᠪᡝ ᡩᠠᠮᠪᡳ ᠪᡝ ᠪᠠᡳ ᡥᡝᡩᡝᡵᡝ ᠮᠠᡵᠠᠨ᠈ ᠪᡝᡴᡳ

ᡤᠠᠯᠮᠠᡥᠠᡵᠠ ᡳᠨᡝᠩᡤᡳ᠈ ᠪᡝᡳ ᡝᠮᡝᡝ ᠪᡝ ᡥᠠᠮᠪᡳ ᠪᡝ ᡳᠯᠪᡳᡥᠠ ᠮᠠᡵᠠᠨ᠈

ᡥᡝᡳ ᡳᡴᡝᠨ ᡳᠯ ᡩᡝᠮᡝᡩᡝ᠈ ᠮᠠᡵᠠᠨ ᠪᡝ ᡥᡝᡩᡝᡵᡝ ᠪᡝᡥᡝ ᡴᡝᡥᡝ ᡳᠪᡝᡳ

ᡝᡵᡝ ᡳᠰᡝᠪᡳ᠈ ᡳᠯ ᡴᠠᡥᠠᠪᠠᡳ ᠪᡝ ᠪᡝᡥᡝ ᡳᠯᡝᡥᡝ ᠪᡝ ᡴᡳ ᡴᠠᡩᡝᠪᡳ ᠪᡝ ᡥᡝᡩᡝᡥᡝ ᠪᡝᡩᡝᡵᡝ᠈

二十二、暗修攻具

han hendume, daiming gurun de mini korsohongge nadan amba koro bi. tereci funcehe buya koro be ya be hendure. daiming gurun be dailaki seme beise ambasa i emgi hebedeme toktofi, hecen be afara wan arara moo sacire be, geren be ulhirahū seme beise i morin horire guwan arara moo saci seme hūlafi, nadan tanggū niyalma be unggifi wan arara moo sacibuha. ilan biyade uksin saca coohai agūra, be dasa morin targūbu seme hūlaha. wan arara moo be daiming ni tungse aika baita de jime sahade sererehū seme morin horire heren arabuha.

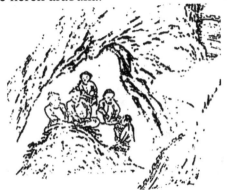

汗曰：「吾與大明國成釁，有七大恨，其餘小忿，更難枚舉。」因欲征大明國而與貝勒大臣議定，若伐木治攻城之梯，恐為眾所覺，乃以繕治諸貝勒馬廄為名，遂遣七百人伐木造梯。三月，傳諭將士治甲冑，修軍械，餵馬匹。造梯之木，恐大明通事或以事來見易洩，遂用以蓋馬廄。

汗曰：「吾与大明国成衅，有七大恨，其余小忿，更难枚举。」因欲征大明国而与贝勒大臣议定，若伐木治攻城之梯，恐为众所觉，乃以缮治诸贝勒马厩为名，遂遣七百人伐木造梯。三月，传谕将士治甲冑，修军械，餵马匹。造梯之木，恐大明通事或以事来见易泄，遂用以盖马厩。

ᠮᠣᠩᡤᠣ ᠪᡳᡨᡥᡝ ᡳ ᡩᠣᡵᠣᠯᠣᠨ ᠪᡝ ᡩᠠᠪᠠᠯᡳ ᠠᡵᠠᡥᠠ᠂ ᠮᠠᠨᠵᡠᡵᠠᡴᠠ ᠪᠣᡩᠣ ᡴᠣᠣᠯᡳ ᠪᡝ ᠮᡝᠨᡳ ᠮᡠᡨᡝᡥᡝ

ᠰᡝᠮᡝ ᡥᡝᠨᡩᡠᡵᡝᠪᡠ᠄ ᡩᡝ᠌ᡵᡝ᠂ ᡝᠮᡠ ᠪᠠᠰᠠ ᠪᡝ ᠪᠠᡳᠮᡝ᠄ ᠶᠠᠶᠠ ᠨᡳᠶᠠᠯᠮᠠ ᠪᡝ

ᠪᠠᡳᠮᡝ᠂ ᠠᠨ ᡳ ᡥᡠᠰᡠᠨ ᠪᡝ ᠠᠰᠠᡵᠠᠮᡝ᠄ ᠮᠠᠨᠵᡠᡵᠠᡴᠠ ᠪᠣᡩᠣ ᠪᡝ ᠰᠠᡵᡴᠠ᠄

ᠮᠠᠨᠵᡠ ᠪᡳᡨᡥᡝ ᠪᡝ ᡩᠣᡵᠣᠯᠣᠨ ᠪᡝ ᡩᠠᠪᠠᠯᡳ᠂ "ᡨᡝᠰᡝ ᠮᠠᠩᡤᠠ" ᠰᡝᠮᡝ᠂ ᠪᡝ ᡝᠮᡠ

ᠪᠠᠰᠠ ᠪᡝ ᠪᠠᡳᠮᡝ᠂ ᠶᠠᠶᠠ ᠪᡝ ᠪᠠᡳᠮᡝ᠂ "ᠪᠠᠰᠠ ᠠᡵᠠ ᠠᠰᠠᡵᠠ᠂" ᠰᡝᠮᡝ᠂ ᠪᡝ ᡥᡝᠨᡩᡠᡵᡝᠪᡠ᠄

ᠰᠠᡵᡴᠠ ᠮᠠᠩᡤᠠ ᠮᠠᠨᠵᡠ ᠪᡳᡨᡥᡝ ᠪᡝ᠂ "ᡝᠮᡠ ᠠᠮᠪᠠ ᠪᠠᠰᠠ᠂" ᠰᡝᠮᡝ᠂

ᠮᠠᠨᠵᡠ ᠪᡳᡨᡥᡝ ᠪᡝ᠂ ᠶᠠᠶᠠ ᠨ ᠪᠠᠰᠠ ᠪᡝ ᠪᠠᡳᠮᡝ᠂ "ᠠᠰᠠᡵᠠ ᠠᡵᠠ᠂" ᠰᡝᠮᡝ᠂ ᠪᡝ ᡥᡝᠨᡩᡠᡵᡝᠪᡠ᠄

ᠰᠠᡵᡴᠠ ᡝᠮᡠ ᠪᠠᠰᠠ ᠪᡝ ᠪᠠᡳᠮᡝ᠂ "ᠶᠠᠶᠠ ᠨᡳᠶᠠᠯᠮᠠ᠂" ᠪᡝ᠂ ᠪᠠᠰᠠ ᠠᠰᠠᡵᠠ᠂ ᠰᡝᠮᡝ᠂ ᡥᡝᠨᡩᡠᡵᡝᠪᡠ᠄

ᠰᠠᡵᡴᠠ ᠮᠠᠨᠵᡠ ᠪᡳᡨᡥᡝ ᠪᡝ᠂ ᡝᠮᡠ ᠰᡝᠮᡝ᠂ "ᠠᠰᠠᡵᠠ ᠪᠠᠰᠠ᠂" ᠰᡝᠮᡝ᠂ ᠪᠠᠰᠠ ᡥᡝᠨᡩᡠᡵᡝᠪᡠ᠂ ᠮᠠᠨᠵᡠ

二十三、固山行軍

taidzu kundulen han ba babe toktobufi ilan tanggū haha de emu nirui ejen, sunja niru de emu jalan i ejen, sunja jalan de emu gūsai ejen, gūsai ejen i hashū ici juwe ashan de emte meiren i ejen sindaha. dade suwayan fulgiyan lamun šanggiyan duin boco tu bihe, duin boco tu be kubume jakūn boco tu obufi uheri jakūn gūsa obuha. dain cooha tucike de, ba onco oci jakūn gūsa teksileme adafi jakūn jurgan i jalan si sindafi yabumbi. ba hafirahūn oci jakūn gūsa emu jurgan i si sindafi yabumbi. coohai niyalma be jilgan jamaraburakū encu jalan, encu gūsa de facuhūn yabuburakū. dain cooha be acafi afara de golmin jiramin uksin etuhe, gida jangkū jafaha niyalma be juleri afabume.

 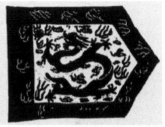

太祖崑都崙汗既削平各處，於是每三百人設一牛录額真，五牛录設一甲喇額真，五甲喇設一固山額真，每固山額真左右兩側，各設一梅勒額真。原旗有黃、紅、藍、白四色，將此四色旗鑲之為八色旗，共為八固山。行軍時，若地廣，則八固山並列，分八路而行，中有節次；地狹則八固山合一路而行，節次不亂。軍士禁喧嘩，行伍禁攙越。當兵刃相接時，披重鎧執長矛大刀者為前鋒，

太祖昆都仑汗既削平各处，于是每三百人设一牛录额真，五牛录设一甲喇额真，五甲喇设一固山额真，每固山额真左右两侧，各设一梅勒额真。原旗有黄、红、蓝、白四色，将此四色旗镶之为八色旗，共为八固山。行军时，若地广，则八固山并列，分八路而行，中有节次；地狭则八固山合一路而行，节次不乱。军士禁喧哗，行伍禁揽越。当兵刃相接时，披重铠执长矛大刀者为前锋，

ᠮᠠᠨᠵᡠ

weihuken sirata uksin etuhe gabtara mangga niyalma be amargici gabtame dosimbume, siliha sain cooha be morin ci ebuburakū. encu ilibufi hūsun hamirakū jobošoro bade dame afabume, etere anabure arga bodogon be doigon de tulbime, afaha dari urunakū eteme, hecen hoton be gaiha. talai cooha be gidaha manggi. amban, coohai gung gebu be yargiyalame ilgame. weilengge niyalma be niyaman hūncihin seme dere banirakū urunakū šajin i gamame. gungge niyalma be bata kimun seme gūnirakū urunakū šangname wesimbume cooha baitalarangge enduri gese ofi amban cooha meni meni gung gebu be tucibuki seme dailambi coohalambi sehede urgunjeme,

hecen hoton be gaijara de neneme tafara be temšeme, talai cooha be afara de juleri

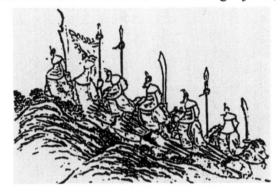

披輕甲善射者從後衝鋒射擊，精兵不令下馬，立於他處，勢有不及處，即相機接應。預籌勝負謀略，戰無不勝，克城破敵之後，察核軍功必以實。有罪者，雖至親不貰，必以法治之；有功者，雖仇敵不遺，必加陞賞。用兵如神，將士各欲建功立名，一聞攻戰，無不懽忻；攻城則爭先，戰則奮勇，

披轻甲善射者从后冲锋射击，精兵不令下马，立于他处，势有不及处，即相机接应。预筹胜负谋略，战无不胜，克城破敌之后，察核军功必以实。有罪者，虽至亲不贳，必以法治之；有功者，虽仇敌不遗，必加升赏。用兵如神，将士各欲建功立名，一闻攻战，无不欢忻；攻城则争先，战则奋勇，

dosiki seme fafuršame, horon hūsun amban, akjan talkiyan i adali, edun sui gese dartai andan de etembi. gurun i doro dasara weile beidere de sunja amban, juwan jargūci be sindafi, han ini beye sunja inenggi dubede urunakū yamun de tucifi abka de hiyan dabufi, gurun be tacibure sain gisun i jabšaha ufaraha kooli bithe hūlabufi, yaya weile be neneme juwan jargūci duilefi, sunja amban de alambi. sunja amban beidefi, beise de alambi.

tuttu geren i toktobufi habšara niyalma be han ini juleri niyakūrabufi neneme ilan jalan i beidehe gisun be alabufi, geli gisun dalibuhabi ayo seme habšara niyalma de dacilame kimcime fonjifi weilei waka uru be yargiyalafi tuttu beideme ofi dergi

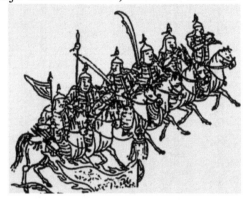

威如雷霆，勢如風飆，凡遇戰陣，一鼓而勝。又置理國政聽訟大臣五員，扎爾固齊十員。汗本人必五日一朝，焚香告天，宣讀嘉言及古來成敗之書，以曉諭國人。凡有聽斷之事，先經扎爾固齊十員審理，然後言於五臣，五臣鞫問，然後言於諸貝勒，如此眾議既定，令訟者跪於汗前，先奏聞三覆審之事，然後聽訟者之言，猶恐有冤抑，更詳問之，將是非剖析核實，如此究問，

威如雷霆，势如风飙，凡遇战阵，一鼓而胜。又置理国政听讼大臣五员，扎尔固齐十员。汗本人必五日一朝，焚香告天，宣读嘉言及古来成败之书，以晓谕国人。凡有听断之事，先经扎尔固齐十员审理，然后言于五臣，五臣鞫问，然后言于诸贝勒，如此众议既定，令讼者跪于汗前，先奏闻三覆审之事，然后听讼者之言，犹恐有冤抑，更详问之，将是非剖析核实，如此究问，

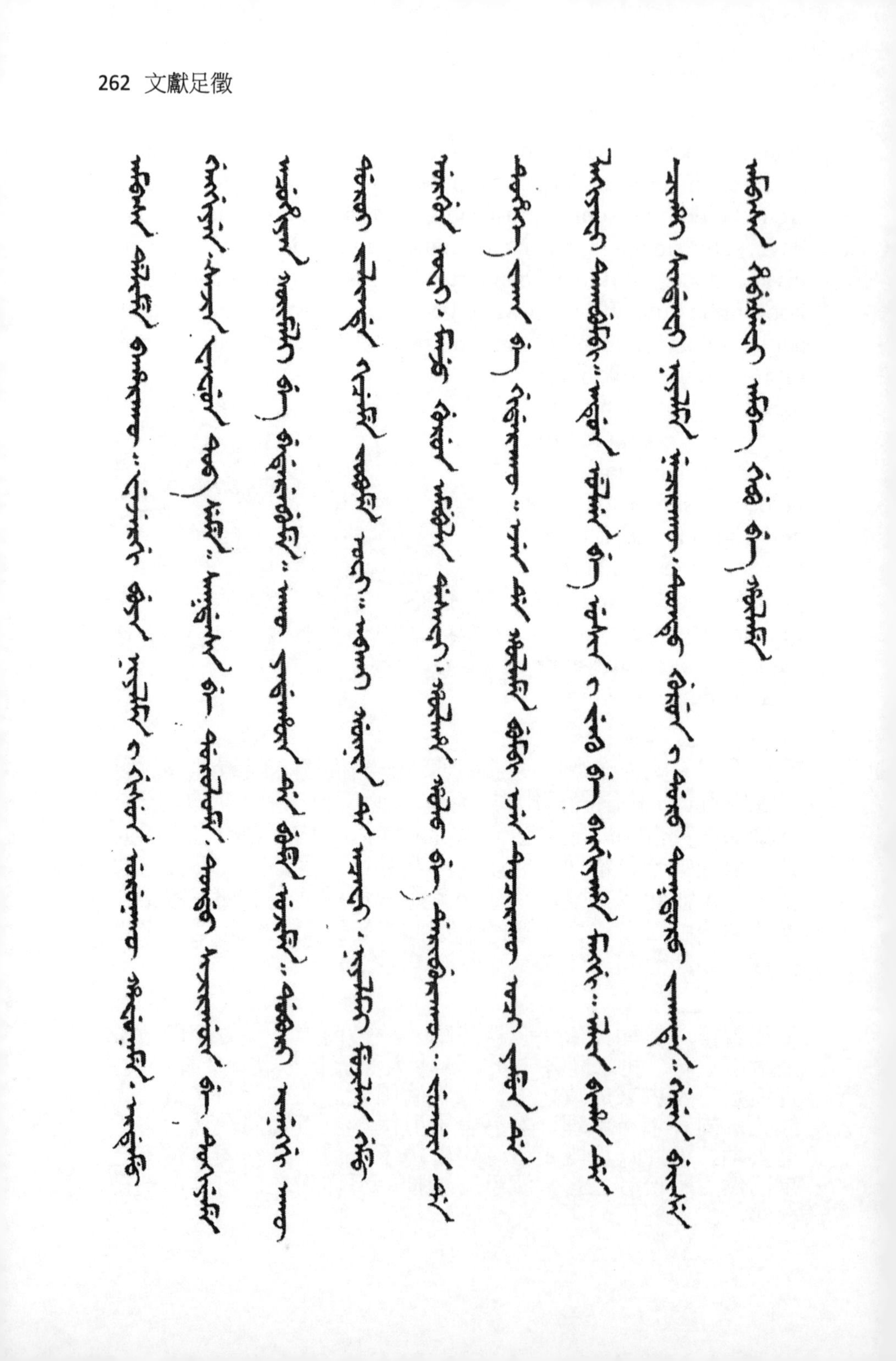

ambasa dalime baharakū. fejergi buya niyalma i gisun urunakū hafuname, erdemu genggiyen, šajin fafun tob seme, sakdasa be dorolome, tondo sijirgūn be tukiyeme, acuhiyan koimali be bederebume. akū yadahūn de bume ujime. dobori inenggi akū doroi jalinde kiceme jobome ofi, abkai gūnin de acafi, niyalmai mujilen gemu urgun ofi, manju gurun ambula dasafi, hūlha holo be deriburakū, jugūn de tuheke jaka be gidarakū, ejen de hūlame bumbi, ejen tucirakū oci yamun de lakiyafi takabumbi. adun ulga be usin i jeku be bargiyaha manggi, alin bihan de cihai sindafi niyalma necirakū. tuttu gurun i doro toktoro jakade, geren beise ambasa hebešefi amba gebu be hūlame

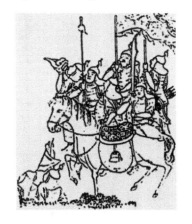

故臣下不敢欺隱，民情皆得上聞，明德祥刑，禮老尊賢，舉用忠直，黜讒遠佞，憐恤孤寡，賑養貧乏。為國事日夜焦思，皆上合天心，下洽民意，於是滿洲國大治，盜賊不生。遺物於道而不匿，必歸其主，若不得其主，則懸於衙門，令人認領。五穀收穫既畢，始縱牲畜於山野，無敢竊害者。由是國體已定，眾貝勒大臣集議，稱尊號，

故臣下不敢欺隐，民情皆得上闻，明德祥刑，礼老尊贤，举用忠直，黜谗远佞，怜恤孤寡，赈养贫乏。为国事日夜焦思，皆上合天心，下洽民意，于是满洲国大治，盗贼不生。遗物于道而不匿，必归其主，若不得其主，则悬于衙门，令人认领。五谷收获既毕，始纵牲畜于山野，无敢窃害者。由是国体已定，众贝勒大臣集议，称尊号，

ᠠᠨ ᠨ ᠴᠣᠣᠵᠢ ᠨᠠᠷᠠᠨ ᠰᠠᠰᠠᠨ ᠭᠡᠷ ᠬᠠᠰᠠᠷ ᠰᠤᠬᠠᠷ ᠷᠠᠭᠠᠷ᠂ ᠨᠬᠠᠯᠠᠨ ᠬᠠᠰᠠᠷ ᠬᠠᠵᠤᠬᠠᠷ ᠴᠢᠨᠠᠬᠠᠨ ᠬᠠᠰᠤ ᠷ ᠬᠠᠰᠠᠷ ᠷᠠᠭ

ᠬᠠᠰᠠᠨ ᠷᠣᠷ ᠬᠠᠷᠠᠨᠵᠣᠷ ᠨᠬᠠᠬᠠᠰ ᠰᠢᠬᠠᠭᠣᠷ ᠷᠠᠷᠠᠬᠠ᠃

ᠬᠠᠬᠠᠷᠬᠠᠰ ᠬᠠᠰᠤᠬᠠᠯᠢᠷᠤᠷᠤ᠂ ᠬᠠᠰᠠᠨ ᠰᠤᠷᠣᠨ ᠷᠷ ᠬᠠᠬᠠᠯᠠᠬᠠ ᠷᠣᠶᠣᠷᠤᠷ ᠬᠠᠬᠠᠷ ᠷᠠᠯᠤᠬᠠᠰ

ᠬᠠᠨ ᠷᠢᠬᠠᠯ ᠷᠢᠷ ᠬᠠᠯᠢᠷᠠᠬᠠᠰ ᠰᠠᠬᠠᠷᠠᠨ᠃᠃ᠬᠠᠰᠠᠨ ᠰᠤᠷᠣᠨ ᠷᠷ ᠬᠠᠬᠠᠷᠠᠬᠠᠰ ᠬᠠᠶᠤᠬᠠᠷ ᠬᠠᠵᠤᠬᠠᠷ ᠷᠠᠯ ᠬᠠᠯᠢᠨ ᠷᠤ

ᠬᠠᠵᠢᠷ ᠰᠠᠬᠠᠶᠤᠨ ᠬᠠᠰᠣᠬᠠᠰᠤᠨ

ᠨᠬᠠᠷᠠᠷᠤᠷ ᠬᠠᠰᠤᠬᠠᠷ ᠬᠠᠬᠠᠷᠠᠰ ᠬᠠᠵᠤᠶᠤᠷ᠂ ᠬᠠᠶᠤᠬᠠᠷ ᠵᠢᠷᠠᠷ ᠷᠣ ᠬᠠᠰᠤᠷᠠᠬᠠᠰ ᠷᠣᠬᠠᠬᠠ᠃᠃

ᠬᠠᠨ ᠷ ᠷᠠᠬᠠᠷᠠᠷ ᠷᠠᠬᠠ ᠬᠠᠰ ᠬᠠᠯᠢᠷᠠᠬᠠᠰ ᠷᠠᠨᠠᠷ᠂ ᠰᠠᠨᠠᠷ ᠬᠠᠶᠤᠷᠤ ᠷᠠᠷᠤ ᠷᠠᠵᠠᠷ ᠷᠢᠷ ᠬᠠᠰᠠᠷᠠᠷ ᠷᠠᠰᠤᠨ

ᠬᠠᠨ ᠷ ᠬᠠᠰᠠᠷᠠᠷ ᠷᠣᠷ ᠬᠠᠬᠠᠬᠠᠷᠠᠬᠠᠷᠠᠷ ᠷᠢᠷᠢᠷᠤ ᠬᠠᠰᠤᠷᠤ ᠰᠠᠬᠠᠰᠤᠨ᠃᠃

han i doro be toktobuki seme bithe arafi, han i susai jakūn se de
fulgiyan muduri aniya, aniya biyai ice de niowanggiyan bonio
inenggi jakūn gūsai beise ambasa geren be gaifi amba yamun de
isafi jakūn dere arame faidafi, han yamun de tucifi soorin de
tehe manggi, jakūn gūsai beise ambasa geren be gaifi niyakūraha.
jakūn amban faidan ci tucifi julesi ibefi niyakūrafi bithe be
tukiyeme jafafi alibuha manggi, han i juwe ergi ashan de iliha
adun hiya, erdeni baksi okdome genefi bithe be

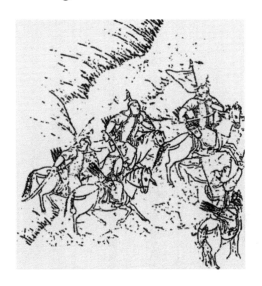

具表定汗儀。汗五十八歲丙辰歲正月初一日甲申日，八固山
貝勒大臣率眾臣集於大殿前分八方排班，汗陞殿登御座。八
固山貝勒大臣率眾臣跪，八大臣出班跪呈表章。汗兩側侍立
阿敦侍衛，額爾德尼巴克什迎前

具表定汗仪。汗五十八岁丙辰岁正月初一日甲申日，八固山
贝勒大臣率众臣集于大殿前分八方排班，汗升殿登御座。八
固山贝勒大臣率众臣跪，八大臣出班跪呈表章。汗两侧侍立
阿敦侍卫，额尔德尼巴克什迎前

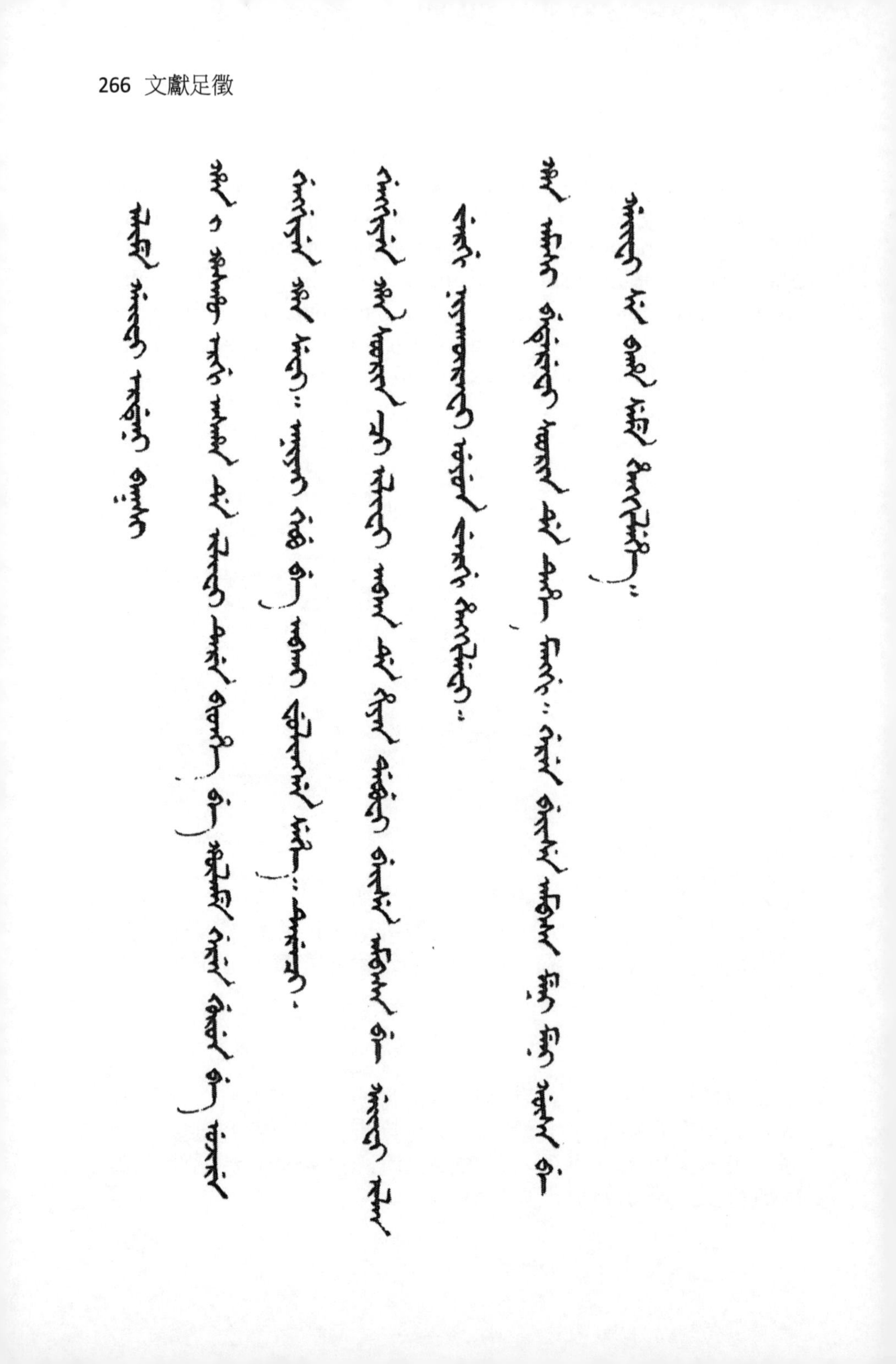

alime gaifi, erdeni baksi han i hashū ergi ashan de ilifi tere bithe
be hūlame geren gurun be ujire genggiyen han sefi, aniyai gebu
be abkai fulingga sehe. tereci genggiyen han soorin ci ilifi abka
de hiyan dabufi beise ambasa be gaifi ilan jergi niyakūrafi uyun
jergi hengkilefi, han amasi bederefi soorin de tehe manggi, geren
beise ambasa meni meni gūsa be gaifi se baha seme hengkilehe.

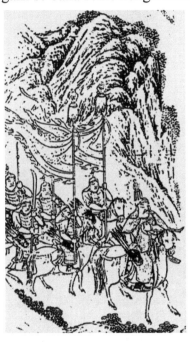

接表，額爾德尼巴克什立於汗左側宣讀表文，頌為覆育列國
明汗，建元天命。於是明汗離御座當天焚香，率貝勒諸臣行
三跪九叩首禮；汗復陞御座，眾貝勒大臣率本固山叩賀正旦。

接表，额尔德尼巴克什立于汗左侧宣读表文，颂为覆育列国
明汗，建元天命。于是明汗离御座当天焚香，率贝勒诸臣行
三跪九叩首礼；汗复升御座，众贝勒大臣率本固山叩贺正旦。

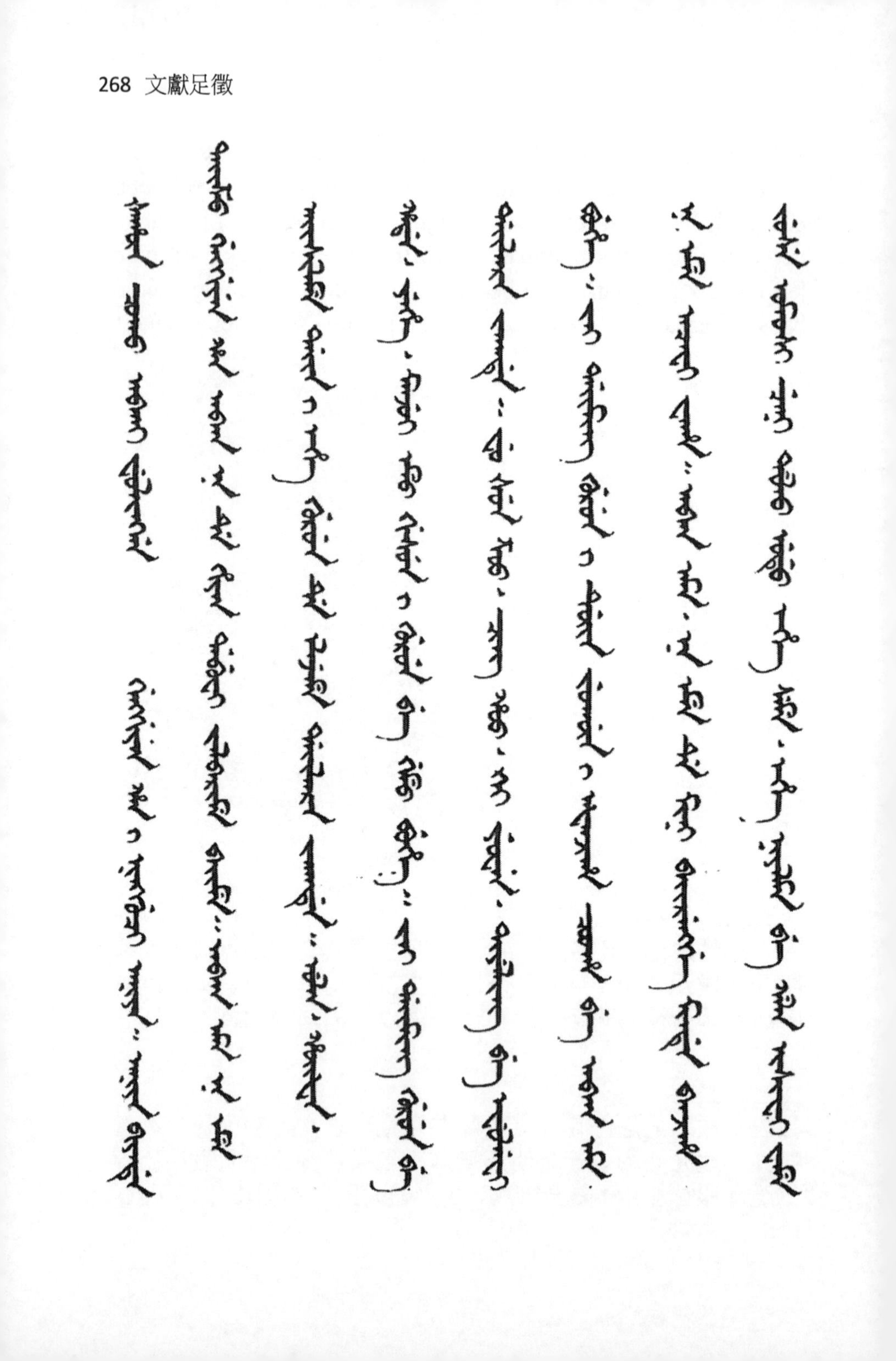

二十四、同一語音

šahūn coko abkai fulingga genggiyen han i ningguci aniya, aniya biyade taidzu genggiyen han akba na de hiyan dabufi jalbarime baime, abka ama na eme aisilame dain i ehe gurun de eljeme dailara jakade, ula, hoifa, hada, yehe, manjui emu gisun i gurun be gemu buhe. jai daiming gurun be dailara jakade, fu šun dzoo,

cing hoo, k'ai yuwan, tiyeling be efulefi buhe. jai daiming gurun i duin jugūn i afanjiha cooha be abka ama na eme acafi waha. abka ama, na eme de mini bairengge minde banjiha juse omosi ceni dolo udu ehe seme, ehe niyalma be gala isifi wame

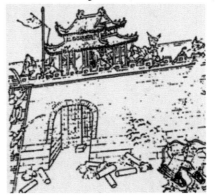

辛酉天命明汗六年正月，太祖明汗對天地焚香祝曰：「蒙天地父母垂祐，與暴國為敵而征之，烏喇、輝發、哈達、葉赫與滿洲同一語音之國，俱為我有。繼而征大明國，又得撫順所[14]、清河、開原、鐵嶺諸城。又蒙天父地母默助，破大明國四路來侵之兵，盡殲其眾。今禱求天父地母我所生子孫中，縱有不善，勿令刑傷不善之人，

辛酉天命明汗六年正月，太祖明汗对天地焚香祝曰：「蒙天地父母垂佑，与暴国为敌而征之，乌喇、辉发、哈达、叶赫与满洲同一语音之国，俱为我有。继而征大明国，又得抚顺所、清河、开原、铁岭诸城。又蒙天父地母默助，破大明国四路来侵之兵，尽歼其众。今祷求天父地母我所生子孙中，纵有不善，勿令刑伤不善之人，

---

[14] 撫順所，滿文當讀作 "fu šun soo"，此作 "fu šun dzoo"，異。

ᠬᠠᠢᠯᠠᠷᠢᠶᠠᠨ ᠳᠤᠷᠤᠨᠠ ᠵᠦᠭᠲᠦ ᠨᠤᠲᠤᠭᠯᠠᠬᠤ ᠪᠠᠷᠭᠤ ᠮᠣᠩᠭᠣᠯᠴᠤᠳ᠂ ᠶᠠᠭ ᠡᠷᠭᠦᠨ᠎ᠡ ᠮᠥᠷᠡᠨ ᠦ ᠣᠷᠴᠢᠮ ᠠ᠃

ᠡᠷᠭᠦᠨ᠎ᠡ ᠮᠥᠷᠡᠨ ᠦ ᠵᠡᠭᠦᠨ ᠬᠣᠶᠢᠳᠦ ᠡᠷᠭᠢ ᠳᠡᠭᠡᠷ᠎ᠡ᠂ ᠤᠤᠯ ᠤᠨ ᠪᠠᠷᠭᠤ

ᠮᠣᠩᠭᠣᠯᠴᠤᠳ ᠤᠨ ᠨᠤᠲᠤᠭᠯᠠᠵᠤ ᠪᠠᠢᠭᠰᠠᠨ ᠭᠠᠵᠠᠷ᠂ ᠶᠠᠭ ᠣᠳᠣ ᠶ᠋ᠢᠨ

ᠮᠠᠨᠵᠤᠤᠷ ᠤᠨ ᠤᠯᠠᠭᠠᠨ ᠬᠣᠲᠠ ᠠ᠃ ᠡᠷᠭᠦᠨ᠎ᠡ ᠮᠥᠷᠡᠨ ᠤ ᠬᠣᠶᠢᠳᠤ

ᠡᠷᠭᠢ ᠳ᠋ᠡᠬᠢ ᠪᠠᠷᠭᠤ ᠮᠣᠩᠭᠣᠯᠴᠤᠳ ᠤᠨ ᠨᠤᠲᠤᠭᠯᠠᠵᠤ ᠪᠠᠢᠭᠰᠠᠨ

ᠭᠠᠵᠠᠷ᠂ ᠣᠳᠣ ᠶ᠋ᠢᠨ ᠣᠷᠣᠰ ᠬᠣᠯᠪᠣᠭᠠᠲᠤ ᠤᠯᠤᠰ ᠤᠨ ᠨᠤᠲᠤᠭ

ᠳᠡᠪᠢᠰᠭᠡᠷ ᠲᠦ ᠪᠠᠢᠵᠤ᠂ ᠣᠳᠣ ᠶ᠋ᠢᠨ ᠴᠢᠲᠠ ᠬᠣᠲᠠ ᠶ᠋ᠢᠨ

ᠣᠷᠴᠢᠮ ᠳᠤ ᠪᠠᠢᠳᠠᠭ᠂ ᠬᠡᠮᠡᠨ ᠳᠣᠭᠲᠠᠭᠠᠵᠤ ᠪᠣᠯᠤᠨ᠎ᠠ᠃

ume kooli banjibure. ehe niyalma be abka wakini. abkai wara be aliyarakū, gala isifi waki seme gūnire ehe mujilengge niyalma oci. abka sini sarkū ai bi. tenteke ehe mujilengge niyalma be abka na suwe neneme safi. tere ehe niyalma be se jalgan de isiburakū aldasi bucebu. ahūn deo i dolo ehe facuhūn weile araha niyalma be same waki seme gūnirakū, gemu doronggo sain mujilen jafafi ehe mentuhun niyalma be mujilen bahabume tacibume hendume banjici. abka ama na eme wehiyeme jilame ujire, geren enduri suwe gemu gosifi, mini juse omosi be tanggū jalan

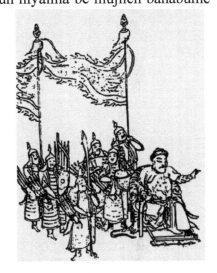

以開殺戮之端。不善之人，天可誅之。若不待天誅，存殺戮之念，天豈不知之。若存不善心，天地先汝知之。其不善之人，則奪其算，不克永年。昆弟之中，有所行悖亂者，雖明知之，而不加殺戮，俱懷理義之心，以化導其愚頑。伏願天父地母眷祐之，眾神俱呵護之，俾我子孫祚永百世，

以开杀戮之端。不善之人，天可诛之。若不待天诛，存杀戮之念，天岂不知之。若存不善心，天地先汝知之。其不善之人，则夺其算，不克永年。昆弟之中，有所行悖乱者，虽明知之，而不加杀戮，俱怀理义之心，以化导其愚顽。伏愿天父地母眷祐之，众神俱呵护之，俾我子孙祚永百世，

ᠰᠢᠨ ᠨᠢ ᠲᡝ ᠠᠯᠠᡴᠠᠨ ᠪᠣᠯᠮᡝ ᠅

ᠪᠣᠯᠣᠨ ᠪᠠ ᠲᠠᠰᡳ ᠠᠯᠠᡴᠠᠨ ᠮᠣᠪᠣᠨ ᠂ ᠮᠣᠭᠣᠨ ᠲᡝᠮᠣᠨ ᠲᡝ ᡴᠠᠴᠢᠨ ᠪᠣ ᠲᠠᠰᡳ ᠪᡝ

ᠪᠣᠯᠣᠨ ᠂ ᠮᠣᠪᠣᠨ ᠪᠣᠯᠠᡳ ᠠᠨᡳ ᠰᡴᠠᠰᡳ ᠂ ᠰᠢᠨᡳ ᠰᠠᠨ ᠮᠣᠭᠣ ᠂ ᠮᠣᠭᠣ ᠂ ᠪᠣᠨ ᠲᠠᠰᡳ

ᠪᠣᠯᠣᠨ ᠪᠠ ᠲᠠᠰᡳ ᠠᠨᡳ ᠪᠣᠨ ᠂ ᠰᠢᠨᡳ ᠲᠠᠰᡳ ᠂ ᠪᠣᠨ ᠲᠠᠰᡳ ᠂ ᠪᠣᠨ ᠂ ᠮᠣᠭᠣ ᠂ ᠰᠢᠨᡳ

ᠪᠣᠯᠮᡝ ᠪᠠ ᠲᠠᠰᡳ ᠠᠨᡳ ᠮᠣᠪᠣᠨ ᠂ ᠪᠣᠨ ᠂ ᠰᠢᠨᡳ ᠂ ᠮᠣᠭᠣᠨ ᠅ ᠰᡳᠨ ᠨᡳ ᠲᡝ ᠠᠯᠠᡴᠠᠨ

tumen aniya de isitala enteheme banjire be buyeme, abka na de
jalbarime bairengge ere inu. daišan, amin, manggūltai, hong taiji,
degelei, jirgalang, ajige, yoto, aniya biyai juwan juwe i inenggi
gashūha. gashūha inenggi ci nendehe weile be ume dabure.
gashūha inenggi ci amasi weile be dabu seme abka na de
jalbarime baiha.

以及萬年，祈禱天地者此也。與代善、阿敏、莽古爾泰、皇
太極、德格類、濟爾哈朗、阿濟格、岳託，於正月十二日盟
誓，自盟誓之日起不咎既往，惟鑒將來。」

以及万年，祈祷天地者此也。与代善、阿敏、莽古尔泰、皇
太极、德格类、济尔哈朗、阿济格、岳托，于正月十二日盟
誓，自盟誓之日起不咎既往，惟鉴将来。」

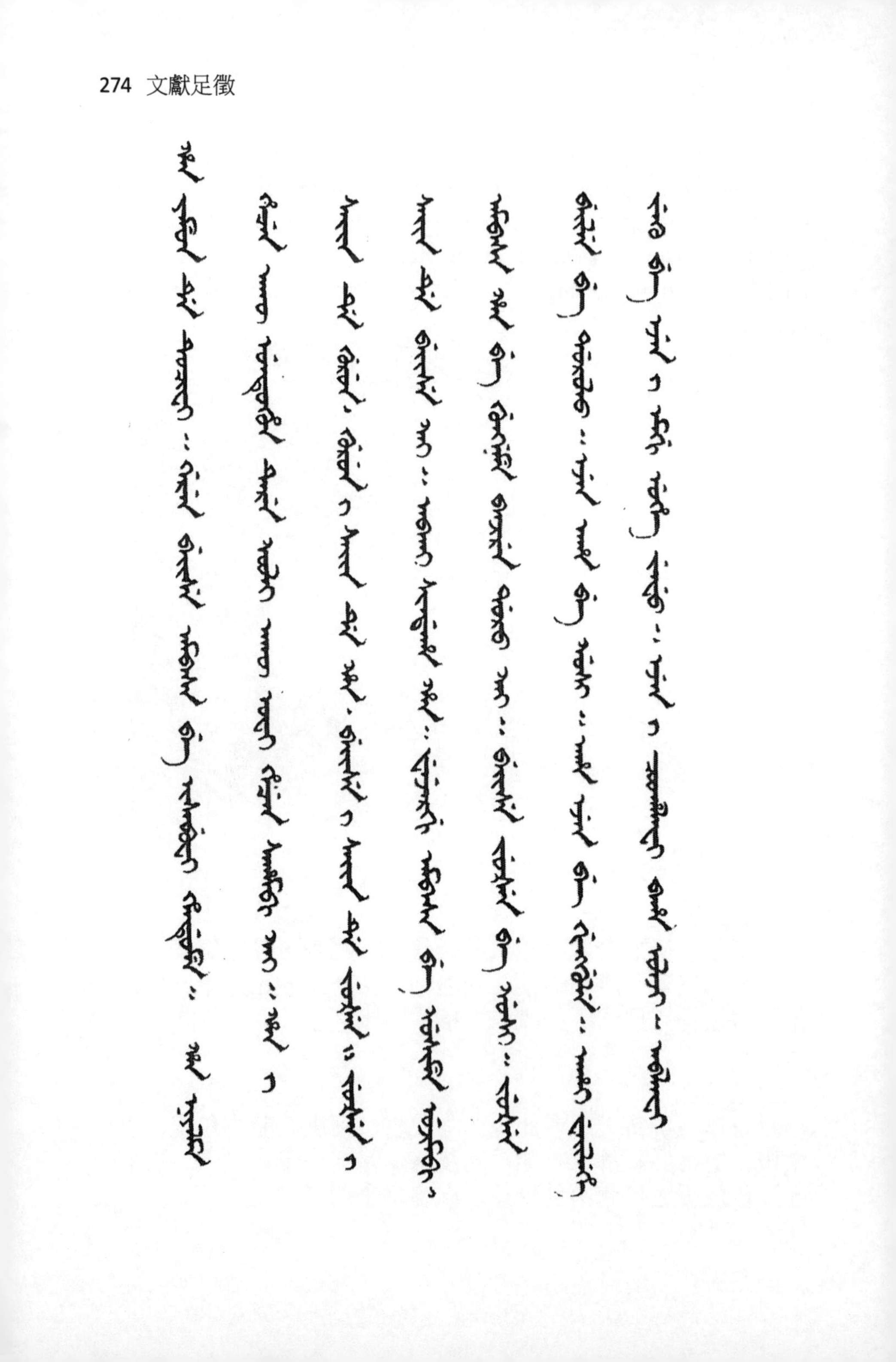

二十五、築城定居

han yamun de tucifi, geren beise ambasa be isabufi hendume, han niyalma hecen akū untuhun tere kooli akū ofi hecen sahambi kai. han i sain de gurun, gurun i sain de han, beise i sain de jušen, jušen i sain de beise kai. abkai sindaha han, fejergi ambasa be gosime ujimbi. ambasa han be gungneme banjire doro kai. beise jušen be gosi, jušen beile be dorolo. ejen aha be gosi, aha ejen be ginggule. ahai weilehe jeku be ejen i emgi uhe jefu. ejen i coohalafi baha olji, abalafi

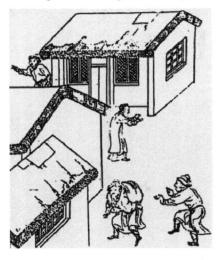

帝陞殿集諸貝勒大臣曰:「人君因無無城野處之理,故築城以居。君賢而後有國,國治而後有君。貝勒安而後民安,民安而後有貝勒,故天作之君,恩養其下大臣,大臣敬君,禮也。貝勒愛民,民尊貝勒,為主者恤其僕,僕敬其主。僕所事之糧與主共食,而主出兵所獲人畜,

帝升殿集诸贝勒大臣曰:「人君因无无城野处之理,故筑城以居。君贤而后有国,国治而后有君。贝勒安而后民安,民安而后有贝勒,故天作之君,恩养其下大臣,大臣敬君,礼也。贝勒爱民,民尊贝勒,为主者恤其仆,仆敬其主。仆所事之粮与主共食,而主出兵所获人畜,

ᠮᠠᠨᠵᡠ ᡤᡳᠰᡠᠨ ᠮᠣᠩᡤᠣᠯ ᠪᡳᡨᠬᡝ

baha yali be ahai emgi uhe etu, uhe jefu. tuttu ishunde gosime hairame banjici, abka de saišabume, niyalma de buyebume banjirengge yaya de gemu urgun kai. hecen sahara wehe moo sahara bade biheo. alin hada be feteme sacime juweme gajiha wehe kai. weji šuwa de sonjome sacifi gajiha moo kai. tere wehe moo be goro baci gajime joboho, te geli hecen sahame jobombikai. geren ambasa suweni booi ulin tucirakū oki seme tuttu dere, daiming be dailaci jurgan i dailambi dere. musei hecen weilere niyalma de

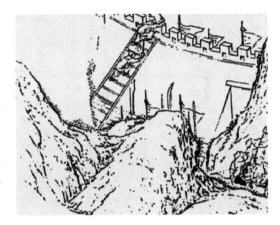

畋獵獸肉，與僕共衣共食。如是互相關切，天悅人愛，豈不各成歡慶哉！如築城之木石，豈出於築城之地耶？鑿挖於山巔而運來之石也。擇採於森林而運來之木也。其木石自遠處運來，既已勞苦，而今又築城，其勞苦更甚矣。爾等眾大臣不欲出自家之財故耳，不知征大明當以大義舉之，若為犒築城人夫之故

畋猎兽肉，与仆共衣共食。如是互相关切，天悦人爱，岂不各成欢庆哉！如筑城之木石，岂出于筑城之地耶？凿挖于山巅而运来之石也。择采于森林而运来之木也。其木石自远处运来，既已劳苦，而今又筑城，其劳苦更甚矣。尔等众大臣不欲出自家之财故耳，不知征大明当以大义举之，若为犒筑城人夫之故

ᠵᠠᠷᠯᠢᠭ ᠂ ᠪᠢᠴᠢᠭ᠌ ᠳᠡᠯᠭᠡᠷᠡᠭᠦᠯᠦᠭᠰᠡᠨ ᠂ ᠪᠤᠯᠠᠢ ᠠᠮᠤᠷ ᠬᠠᠭᠠᠨ ᠤ

ᠴᠠᠭ ᠤᠨ ᠲᠡᠷᠢᠭᠦᠨ ᠬᠠᠨ ᠂ ᠡᠷᠡᠰ ᠶᠠᠪᠤᠭᠰᠠᠨ ᠳᠠᠭᠠᠨ᠃

ᠡᠭᠦᠨ ᠡᠴᠡ ᠬᠤᠢᠰᠢ ᠂ ᠲᠡᠭᠷᠢ ᠶᠢᠨ ᠰᠣᠶᠣᠷᠬᠠᠯ ᠢᠶᠠᠷ ᠂

ᠡᠯᠢᠶ᠎ᠡ ᠂ ᠪᠣᠯᠠᠢ ᠠᠮᠤᠷ

ᠴᠢᠮᠡᠭᠡ ᠂ ᠡᠷᠬᠢᠮ ᠳᠡᠭᠡᠳᠦ

ᠡᠮᠦᠨ᠎ᠡ ᠂ ᠳᠡᠭᠡᠳᠦ ᠬᠠᠭᠠᠨ ᠳᠤ ᠡᠷᠭᠦᠭᠰᠡᠨ ᠠᠯᠪᠠ ᠪᠠᠨ ᠡᠷᠭᠦᠨ ᠶᠠᠪᠤᠭᠰᠠᠨ ᠨᠢ

ulebure jalin de ihan ganame dailaci acarakū seme hendume
bisire de, meiren i ejen fujiyang hergen i borjin gebungge amban
amala jihe manggi. han fonjime, si abide bihe. si yafahan jihe
aise ainu fodombi seme henduhe manggi. borjin jabume bi
hecen weilere baci jihe. han hendume, si untuhun beye jime
šadaci wehe jerguwen juwefi hecen sahara niyalma šadarakūn
seme hendufi, hecen weilere alban i niyalma de neigen isibume
ihan dabsun šangname buhe.

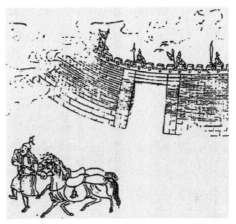

而掠取其牛，甚不可也。」正言間，適有梅勒額真副將博爾
晉後至。汗問曰：「爾適才在何處？爾徒步來耶？為何如是喘
息？」博爾晉對曰：「臣自築城處來。」汗曰：「爾空身行走
尚且困乏如是，其運木石而築城之夫，寧不勞累乎？」遂以
牛鹽均賞築城夫役。

而掠取其牛，甚不可也。」正言间，适有梅勒额真副将博尔晋
后至。汗问曰：「尔适才在何处？尔徒步来耶？为何如是喘
息？」博尔晋对曰：「臣自筑城处来。」汗曰：「尔空身行走尚
且困乏如是，其运木石而筑城之夫，宁不劳累乎？」遂以牛
盐均赏筑城夫役。

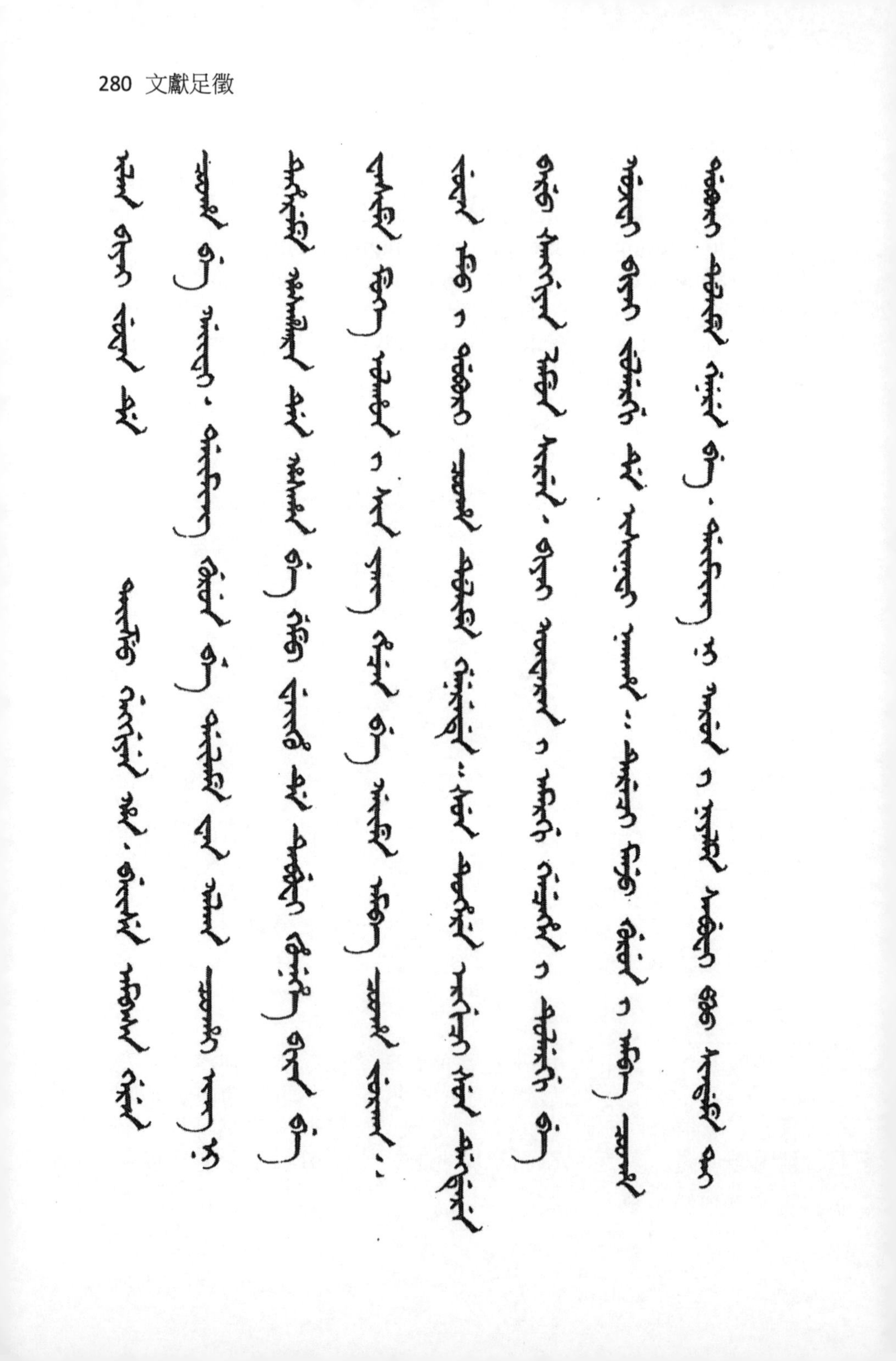

二十六、攻取瀋陽

ilan biyai juwan de, taidzu genggiyen han, beise ambasa geren cooha be gaifi, daiming gurun be dailame wan kalka coohai ing ni tehereme hashalara den hashan be gemu weihu de tebufi hunehe bira be wasime, muke olhon i sin yang hecen be gaime amba cooha juraka. juwan emu i dobori cooha dulime generede. šun tuhere ergici šun dekdere baru šanggiyan lamun siren, biyai kūwaran i amargi gencehen i tulergi be gojifi[gocifi] biyai julergi de isinafi nakaha. tereci manju gurun i amba cooha dobori dulime genere be, daiming ni karun i niyalma sabufi, poo sindame tai

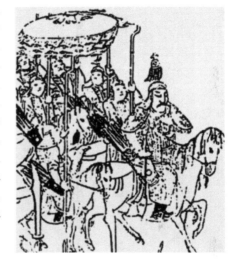

三月初十日，太祖明汗率貝勒諸臣領大兵征大明國，將雲梯、楯牌及兵營立柵欄之具，悉載以舟，順渾河而下，水陸並進，大兵啟程取瀋陽城。十一日，兵夜行中，有白、藍二氣自西向東，繞月暈之北至月之南面而止。大明哨探見滿洲國大兵連夜行走，於是放礮，

三月初十日，太祖明汗率贝勒诸臣领大兵征大明国，将云梯、楯牌及兵营立栅栏之具，悉载以舟，顺浑河而下，水陆并进，大兵启程取沈阳城。十一日，兵夜行中，有白、蓝二气自西向东，绕月晕之北至月之南面而止。大明哨探见满洲国大兵连夜行走，于是放炮，

holdon ulan ulan i dulebufi deyerei gese feksime jifi, jai ging ni uju de sin yang hecen de isinjifi, hecen tuwakiyaha ejen dzung bing guwan hergen i hoo si siyan, iosi gung de alara jakade. hoo si siyan se ambula golofi uthai cooha be dendefi hecen i ninggureme faidaha. manju gurun i amba cooha juwan juwe de muduri erin de sin yang hecen de isinafi, hecen i šun dekdere ergi nadan bai dubede bakcilame moo i hoton arafi ing ilifi deduhe. jai cimari muduri erin de, manju gurun i hecen be afara cooha wan kalka faidafi hecen i šun dekdere ergi dere be afame

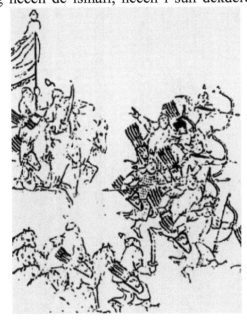

沿臺輾轉舉烽火，二更飛也似地馳至瀋陽，稟報守城主將總兵官賀世賢、尤世功。賀世賢等大驚，遂分兵佈署於城上。十二日辰時，滿洲國大兵至，於城東七里築木城為營駐宿。次日辰時，滿洲國攻城兵布列雲梯、楯車，攻其東面，

沿台辗转举烽火，二更飞也似地驰至沈阳，禀报守城主将总兵官贺世贤、尤世功。贺世贤等大惊，遂分兵布署于城上。十二日辰时，满洲国大兵至，于城东七里筑木城为营驻宿。次日辰时，满洲国攻城兵布列云梯、楯车，攻其东面，

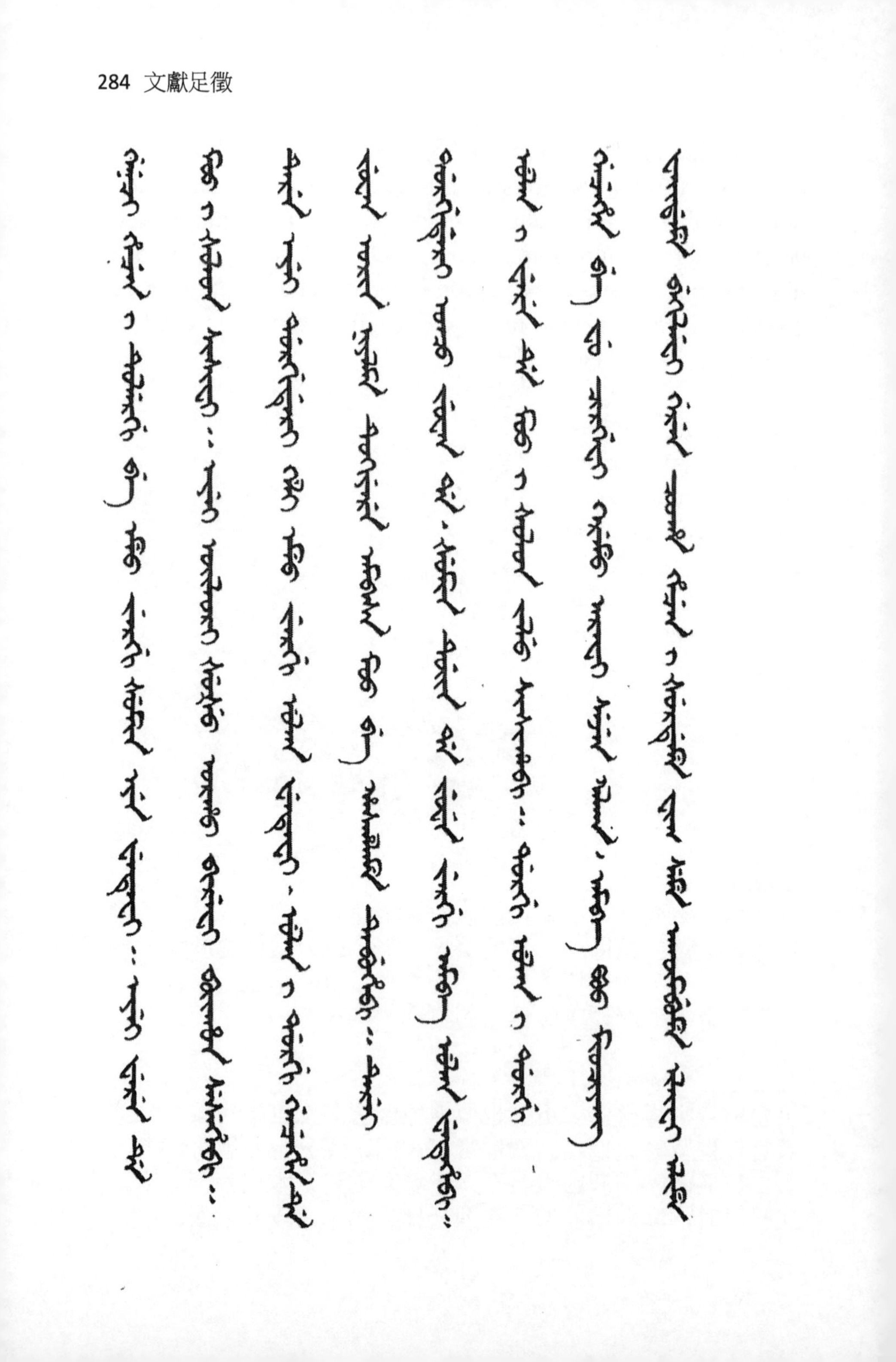

geneci hecen i tulergi be emu jergi šumin eye fetefi, eyei fere de
moo i šolon sisifi, eyei oilori šušu orho birefi boihon sesehebi.
tere eyei dorgideri geli emu jergi ulan fetefi, ulan i dorgi
gencehen de juwan orin niyalma tukiyere ambasa moo be
hashalame tebuhebi. terei dorgideri onco juwan da, šumin duin
da juwe jergi amba ulan fetehebi. ulan i fere de moo i šolon jalu

sisihabi. dorgi ulan i dorgi
gencehen be fu cirgefi
keremu arafi sejen kalka,
amba poo miociyang
faidame bekilefi, geren
cooha hecen i šurdeme fik
seme akūmbume ilifi alime

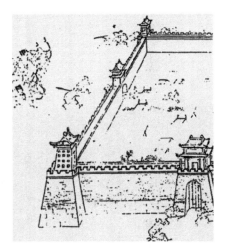

城外掘一道深塹，塹內插尖樁，上覆黍秸，以土掩之。內復
浚壕一道，壕內豎立十人二十人擡大木排柵。其內又浚大濠
二道，闊五丈，深二丈，密佈尖樁於內，更築攔馬牆一道，
留垛口礮眼，排列楯車、大礮鳥鎗，眾兵環城衛守甚嚴，

城外掘一道深塹，塹內插尖桩，上覆黍秸，以土掩之。内复
浚壕一道，壕内竖立十人二十人抬大木排栅。其内又浚大濠
二道，阔五丈，深二丈，密布尖桩于内，更筑拦马墙一道，
留垛口炮眼，排列楯车、大炮鸟鎗，众兵环城卫守甚严，

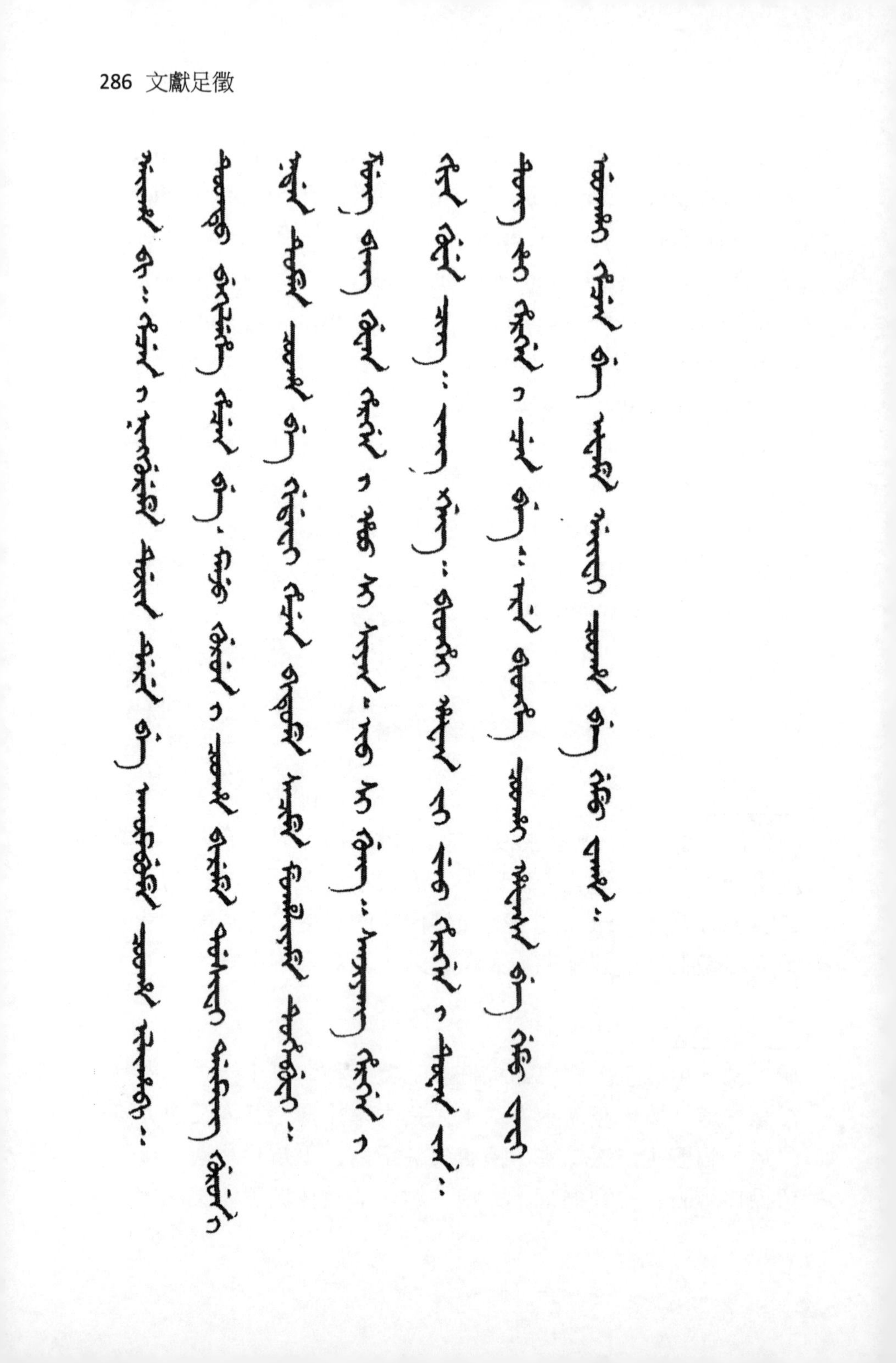

gaiha bi. hecen i ninggureme duin dere be akūmbume cooha ilihabi. tuttu bekilehe hecen be, manju gurun i cooha bireme dosifi daiming gurun i nadan tumen cooha be gidafi hecen bitume sacime muhaliyame tuhebufi. dzung bing guwan hergen i hoo si siyan, io si gung, sanjiyang hergen i hiya guwe cing, jang g'ang, bithei hafan ji jeo hergen i tuwan[duwan] jan, tung jy hergen i cen be, ere bithe coohai hafasa be gemu wafi, uthai hecen be afame gaifi cooha be gemu waha.

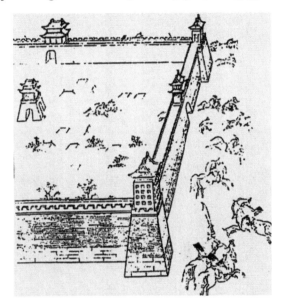

城上四面列兵堅守，滿洲國之兵奮勇衝入，大明國七萬兵俱敗，繞城掩殺，覆屍如堆，陣斬總兵官賀世賢、尤世功，參將夏國卿、張綱，文職知州段展、同知陳伯等文武官員，遂拔其城，盡殺其兵。

城上四面列兵坚守，满洲国之兵奋勇冲入，大明国七万兵俱敗，绕城掩杀，覆尸如堆，阵斩总兵官贺世贤、尤世功，参将夏国卿、张纲，文职知州段展、同知陈伯等文武官员，遂拔其城，尽杀其兵。

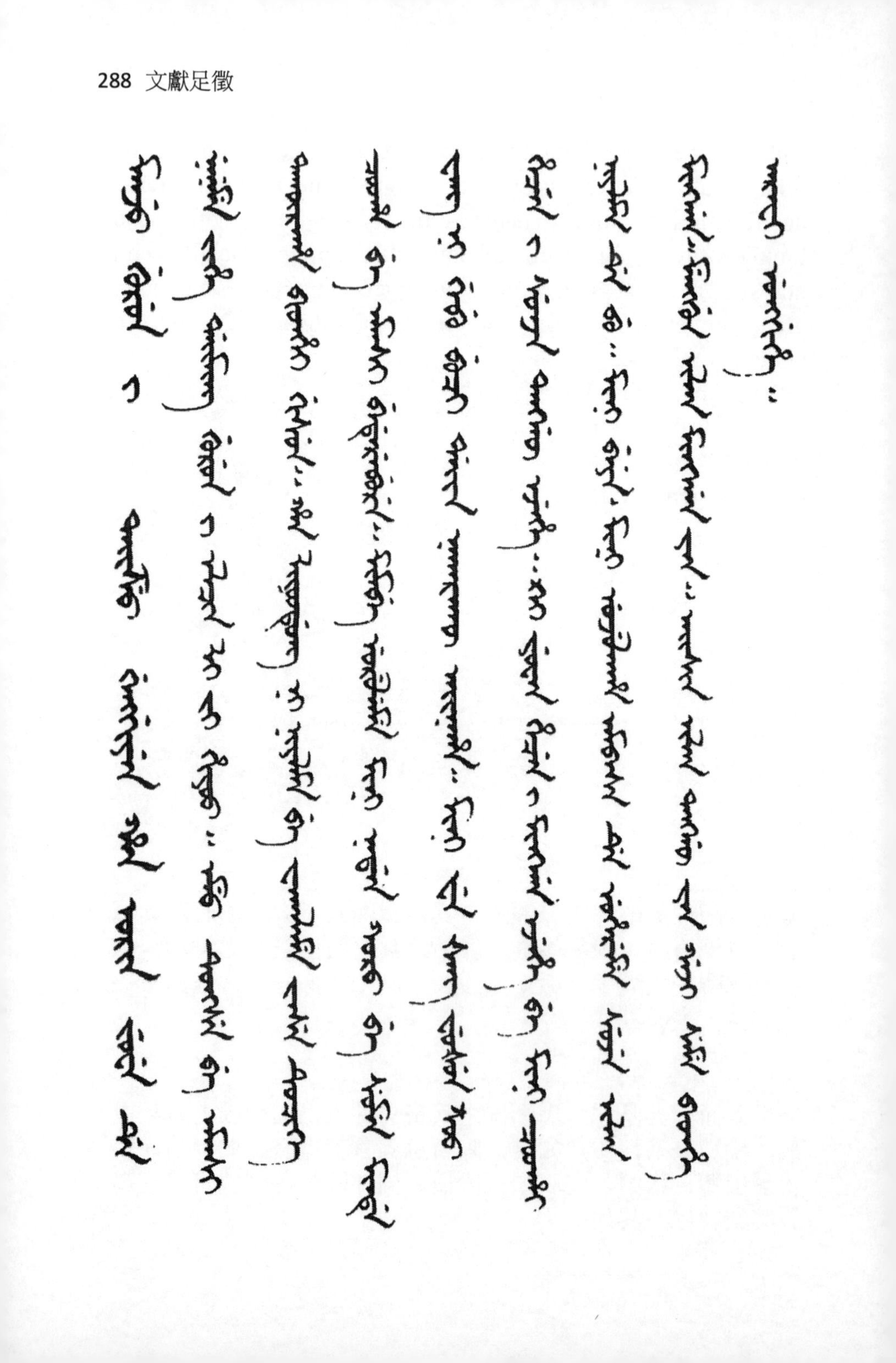

二十七、通事齎書

manju gurun i taidzu genggiyen han orin juwe de, neneme jihe daiming gurun i elcin li ji hiyoo, emu tungse be amasi takūraha bithei gisun. han liyoodung ni niyalma be wakalame jase tucike cooha be amasi bederebure. mimbe uruleme mini nadan koro be sume minde wang ni gebu buci, dain nakarakū ainaha. mini fe šang, fušun ts'oo hecen i sunja tanggū ejehe, k'ai yuwan hecen i minggan ejehe be mini coohai niyalma de bu. mini beye, mini ujulaha ambasa de uhereme suje ilan minggan, menggun ilan minggan yan, aisin ilan tanggū yan gaji seme bithe arafi unggihe.

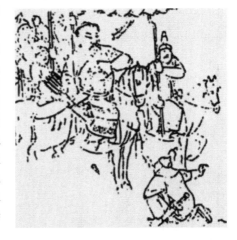

滿洲國太祖明汗於二十二日令先前到來大明國使者李繼學及通事一人齎書還。其書曰:「皇帝若譴責遼人之罪,撤回出邊之兵,以我為是,釋我七恨,與我王名,豈不罷兵。再將我原賞及撫順所城原有敕書五百道,開原城原有敕書千道仍給我兵丁。再輸我自身及為首大臣統共緞三千疋、銀三千兩、金三百兩。」

滿洲国太祖明汗于二十二日令先前到来大明国使者李继学及通事一人齎书还。其书曰:「皇帝若谴责辽人之罪,撤回出边之兵,以我为是,释我七恨,与我王名,岂不罢兵。再将我原赏及抚顺所城原有敕书五百道,开原城原有敕书千道仍给我兵丁。再输我自身及为首大臣统共缎三千疋、银三千两、金三百两。」

ᠪᠣᠯᠠᠢ ᠬᠢᠯ ᠰᠠᠢᠨ ᠪᠠᠢᠵᠤ ᠪᠠᠢᠬᠤ᠃ ᠡᠭᠦᠨ ᠪᠠᠢᠳᠠᠯ᠃᠃ ᠨᠢᠭᠡᠨ ᠪᠠᠢᠳᠠᠯ ᠪᠠᠢᠬᠤ ᠵᠢᠨ

ᠡᠭᠦᠨ ᠬᠣᠶᠠᠷ ᠪᠠᠢᠵᠤ ᠪᠠᠢᠬᠤ᠃᠃ ᠪᠠᠢᠬᠤ᠃᠃ ᠪᠠᠢᠯᠠᠢ ᠪᠠᠢᠵᠤ ᠪᠠᠢᠬᠤ᠃᠃ ᠪᠠᠢᠬᠤ ᠪᠠᠢᠳᠠᠯ

ᠡᠭᠦᠨ ᠡᠭᠦᠨ ᠬᠣᠶᠠᠷ ᠪᠠᠢᠵᠤ ᠪᠠᠢᠬᠤ ᠪᠠᠢᠯᠠᠢ᠃᠃ ᠪᠠᠢᠬᠤ ᠪᠠᠢᠳᠠᠯ ᠪᠠᠢᠬᠤ ᠨᠢᠭᠡᠨ ᠪᠠᠢᠬᠤ

ᠪᠠᠢᠳᠠᠯ ᠪᠠᠢᠵᠤ ᠪᠠᠢᠬᠤ᠃᠃ ᠡᠭᠦᠨ ᠪᠠᠢᠳᠠᠯ ᠪᠠᠢᠬᠤ ᠪᠠᠢᠵᠤ ᠪᠠᠢᠬᠤ᠃᠃

ᠡᠭᠦᠨ ᠪᠠᠢᠳᠠᠯ ᠪᠠᠢᠵᠤ ᠪᠠᠢᠬᠤ ᠪᠠᠢᠳᠠᠯ ᠪᠠᠢᠬᠤ᠃᠃

ᠡᠭᠦᠨ ᠪᠠᠢᠬᠤ ᠪᠠᠢᠳᠠᠯ ᠪᠠᠢᠵᠤ ᠪᠠᠢᠬᠤ ᠪᠠᠢᠳᠠᠯ ᠪᠠᠢᠬᠤ ᠪᠠᠢᠵᠤ ᠪᠠᠢᠬᠤ᠃᠃ ᠪᠠᠢᠬᠤ ᠪᠠᠢ

ᠡᠭᠦᠨ ᠪᠠᠢᠳᠠᠯ ᠪᠠᠢᠵᠤ ᠪᠠᠢᠬᠤ ᠪᠠᠢᠳᠠᠯ ᠪᠠᠢᠬᠤ᠃᠃

ᠡᠭᠦᠨ ᠪᠠᠢᠬᠤ ᠪᠠᠢᠳᠠᠯ ᠪᠠᠢᠵᠤ ᠪᠠᠢᠬᠤ ᠪᠠᠢᠳᠠᠯ ᠪᠠᠢᠬᠤ᠃

二十八、虎爾哈部

juwan juwe de, dergi mederi goloi hūrgai aiman i nakada gebungge amban ujulafi tanggū boigon be gajime dahame jimbi seme donjifi, juwe tanggū niyalma be okdome unggifi gajime jime, orin de isinjiha, taidzu genggiyen han yamun de tucifi tehe manggi. dahame jihe hūrgai aiman i niyalma, han de hengkileme acame wajiha manggi, amba sarin sarilafi, enteheme boigon gajime jihe niyalma be emu ergi de, boigon gajihakū ini bade amasi genere niyalma be emu ergi de ilibufi, boigon gajime ujulafi jihe jakūn amban de aha juwanta juru, morin juwanta, ihan juwanta, tuweri eture

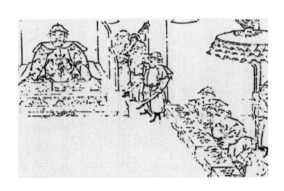

十二日，聞東海路虎爾哈部長納喀答率民百戶來降，遣二百人迎之。二十日至，太祖明汗御殿，來降之虎爾哈部之人，叩見汗畢，設大宴，令攜家口來歸願留居者立一處，未攜家口欲還家者另立一處，賜攜家口為首來歸八人奴僕各十對，馬各十匹，牛各十頭，冬衣

十二日，闻东海路虎尔哈部长纳喀答率民百户来降，遣二百人迎之。二十日至，太祖明汗御殿，来降之虎尔哈部之人，叩见汗毕，设大宴，令携家口来归愿留居者立一处，未携家口欲还家者另立一处，赐携家口为首来归八人奴仆各十对，马各十匹，牛各十头，冬衣

ᠲᠠᠲᠠᠨ ᠰᠠᠪᠠᠨᠢᠶᠤᠨ᠃

ᠨᠢᠭᠡᠨ᠃ ᠬᠠᠨᠳᠤᠯᠮᠠ᠃ ᠲᠡᠭᠦᠨ ᠳᠦ ᠬᠠᠷᠠᠭᠠᠯᠵᠠᠯ ᠰᠠᠢᠨᠠᠷ ᠲᠠᠭᠠᠨ ᠳᠤ ᠨᠠᠢᠳᠠᠭᠠᠷ ᠬᠤ ᠲᠡᠭᠡᠷ᠌ᠡ ᠨᠠᠢᠳᠠᠭᠠᠷ ᠪᠢᠯᠡ

ᠬᠠᠮᠤᠭᠴᠢᠨ ᠲᠠᠭᠤᠲᠠᠨ ᠰᠠᠨᠠᠨᠳᠤ ᠰᠡᠭᠦᠳᠡᠷᠯᠡᠨ ᠠᠮᠢᠳᠤ ᠲᠠᠨᠢᠭᠠᠯᠵᠠᠨ᠃ ᠨᠢᠭᠡᠨ᠃ ᠲᠡᠭᠡᠷ᠌ᠡ ᠪᠡᠶ᠌ᠡᠲᠡᠢ

ᠬᠤᠲᠠᠨ᠃ ᠲᠠᠨᠢᠨᠤᠨᠳᠤᠯ ᠲᠠᠨᠢᠭᠠᠯᠵᠠᠨ᠃ ᠨᠢᠭᠡᠨ᠃ ᠲᠡᠭᠡᠷ᠌ᠡ ᠰᠡᠭᠦᠳᠡᠷᠯᠡᠨ

ᠲᠠᠨᠢᠭᠠᠯᠵᠠᠨ᠃ ᠳᠡᠭᠡᠨ ᠳᠤ ᠰᠡᠭᠦᠳᠡᠷᠯᠡᠨ ᠬᠤ ᠬᠠᠷᠠᠭᠠᠯᠵᠠᠯ ᠬᠠᠨᠳᠤᠯᠮᠠ ᠲᠠᠭᠠᠨ᠃ ᠪᠢᠯᠡ ᠲᠠᠭᠤᠲᠠᠨ ᠬᠤ ᠲᠤᠭᠤᠯᠮᠠᠨ ᠲᠠᠨᠢᠭᠠᠷ ᠬᠤ

ᠨᠠᠨᠢᠨᠤᠨᠳᠤᠯ ᠰᠡᠭᠦᠳᠡᠷᠯᠡᠨ ᠰᠠᠪᠠᠨᠢᠶᠤᠨ᠃ ᠬᠠᠨᠳᠤᠯᠮᠠ᠃ ᠨᠢᠭᠡᠨ᠃ ᠲᠡᠭᠡᠷ᠌ᠡ ᠨᠠᠢᠳᠠᠭᠠᠷ ᠪᠢᠯᠡ

ᠬᠤᠲᠠᠨ᠃ ᠲᠠᠭᠤᠲᠠᠨ ᠰᠡᠭᠦᠳᠡᠷᠯᠡᠨ ᠬᠠᠷᠠᠭᠠᠯᠵᠠᠯ ᠪᠢᠯᠡ ᠲᠠᠭᠤᠲᠠᠨ ᠬᠤ ᠲᠤᠭᠤᠯᠮᠠᠨ᠃ ᠰᠠᠪᠠᠨᠢᠶᠤᠨ᠃ ᠨᠢᠭᠡᠨ᠃ ᠲᠡᠭᠡᠷ᠌ᠡ ᠨᠠᠢᠳᠠᠭᠠᠷ ᠪᠢᠯᠡ

ᠨᠠᠨᠢᠨᠤᠨᠳᠤᠯ ᠲᠠᠭᠤᠲᠠᠨ ᠰᠡᠭᠦᠳᠡᠷᠯᠡᠨ ᠬᠠᠷᠠᠭᠠᠯᠵᠠᠯ ᠰᠠᠪᠠᠨᠢᠶᠤᠨ᠃ ᠬᠠᠨᠳᠤᠯᠮᠠ᠃ ᠲᠠᠨᠢᠭᠠᠯᠵᠠᠨ᠃ ᠨᠢᠭᠡᠨ᠃ ᠰᠡᠭᠦᠳᠡᠷᠯᠡᠨ ᠬᠤ ᠲᠠᠭᠤᠲᠠᠨ᠃ ᠪᠢᠯᠡ

gecuheri burgiyen i jibca dahū, bolori eture gecuheri goksi kuremu, duin erin de eture etuku, tere boo, tarire usin, ai ai jakabe gemu neigen jalukiyame buhe. tere buhe be safi ini bade amasi genembi sehe niyalma genehekū ambula tehe. tere tehe niyalma, genere niyalma de jasime, gurun i coohai niyalma muse be dailame wafi olji araki, ulin bahaki seme gūnimbini. han i mujilen gurun be elbime niyalma be isabufi ujifi gucu obuki seme gūnimbini. muse be uttu ujimbi seme gūnihakū. musei bade bisire ahūn deo i niyalma be gemu gajime jio seme jasifi unggihe.

蟒緞皮裘皮紈，秋衣蟒袍小褂[15]、四季衣服、住房、耕田等物畢具[16]。其欲還者見之留而不去者甚眾，乃附信與還家者曰：「國之兵丁欲攻伐以殺我等，圖我人畜財物，汗以撫聚人民為念，收為羽翼，不意如此施恩於我等，我處所居弟兄人等可皆率來也。」

蟒緞皮裘皮紈，秋衣蟒袍小褂、四季衣服、住房、耕田等物毕具。其欲还者见之留而不去者甚众，乃附信与还家者曰：「国之兵丁欲攻伐以杀我等，图我人畜财物，汗以抚聚人民为念，收为羽翼，不意如此施恩于我等，我处所居弟兄人等可皆率来也。」

---

[15] 小褂，規範滿文讀作 "goksi kurume"，此作 "goksi kuremu"，異。

[16] 等物畢具，滿文讀作 "ai ai jakabe gemu neigen jalukiyame"，意即「一應物品，皆平均充足供給。」

ᠨᠢᠭᠡᠨ ᠮᠥᠷᠥ ᠪᠡᠷ᠄ ᠬᠣᠶᠠᠷ ᠪᠠᠶᠢᠭ᠎ᠠ ᠶᠢᠨ ᠦᠭᠡᠢ ᠦ᠃ ᠲᠡᠷᠡ ᠮᠥᠷᠥᠨ

ᠵᠦᠢᠯ ᠮᠡᠲᠦᠴᠢᠯᠡᠨ ᠬᠡᠪ ᠦᠨ ᠬᠥᠷᠦᠩᠭᠡ ᠶᠢᠨ ᠡᠳᠦᠷ ᠳᠠᠷᠠᠭ᠎ᠠ

ᠲᠠᠯᠠᠪᠠᠢ ᠶᠢᠨ ᠬᠡᠮᠵᠢᠶ᠎ᠡ ᠪᠠᠷ ᠨᠢᠭᠡᠨ ᠵᠠᠭᠤᠨ ᠤᠳᠠᠭ᠎ᠠ

ᠠᠵᠢᠯ᠂ ᠬᠠᠷᠠᠭᠤᠯ ᠨᠢ ᠳᠠᠷᠠᠭ᠎ᠠ᠄ ᠬᠡᠷᠡᠭ᠌ ᠤ ᠲᠡᠮᠳᠡᠭ ᠲᠡᠢ᠃

ᠴᠡᠷᠢᠭ ᠦᠨ ᠬᠡᠷᠡᠭᠯᠡᠯ᠄ ᠬᠡᠷᠭᠢ᠂ ᠨᠢᠭᠡᠨ ᠳᠡᠭᠡᠷ᠎ᠡ᠂ ᠦᠭᠡᠢ

ᠬᠠᠷᠠᠭᠤᠯ ᠤ ᠬᠠᠳᠠᠭᠤᠷᠢ ᠨᠢ᠂ ᠬᠡᠷᠡᠭ᠌ ᠲᠡᠢ ᠬᠡᠮᠵᠢᠶ᠎ᠡ

ᠨᠢᠭᠡᠨ ᠬᠠᠷᠠᠭᠤᠯ ᠤ ᠳᠡᠭᠡᠷ᠎ᠡ ᠬᠢᠭᠡᠳ ᠵᠠᠭᠤ ᠳ᠃

二十九、割耳執書

uyun biyai orin sunja de, daiming gurun i fu šun dzoo hecen i amargi hūi an pu i babe tabcilame cooha dosifi niyalma ambula waha, minggan olji baha. tere baha olji ilan tanggū haha be, daiming gurun i fušun guwan furdan de wafi, emu niyalma de bithe jafabufi sindafi unggihe. tere bithei gisun, mini tondo uru be daburakū afambi seci, cooha boljofi jase tucifi, juwan tofohon dedume, hoton hecen be efuleme afacina. tuttu akūci

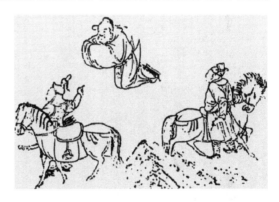

九月二十五日，遣兵搶掠大明國撫順所城北會安堡，殺人甚眾，俘人畜一千，其所俘人畜中將三百男丁斬於大明國撫順關，留一人令其執書放回。其書曰：「若不以我之直為直，以我之是為是，欲戰，可約定兵期出邊，或十日，或十五日駐宿，攻拆城鎮，否則

九月二十五日，遣兵抢掠大明国抚顺所城北会安堡，杀人甚众，俘人畜一千，其所俘人畜中将三百男丁斩于大明国抚顺关，留一人令其执书放回。其书曰：「若不以我之直为直，以我之是为是，欲战，可约定兵期出边，或十日，或十五日驻宿，攻拆城镇，否则

mini tondo uru be, uru arame ulin bume weile wajicina. amba gurun i han i cooha buyarame hūlhame, mini usin weilere aha be tanggū waci, suweni usin weilere aha be bi minggan waha. suweni daiming gurun i usin be hecen i dolo weilembio seme bithe arafi, tere bithe gamara niyalmai juwe šan be faitafi unggihe.

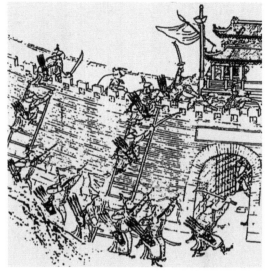

必以我為直，以我為是，可給金帛以了此事。爾大國皇帝之兵乃行苟且盜襲之事。爾若殺我種田奴僕一百，我殺爾種田奴僕一千。爾大明國能於城內種田乎？」遂將執書之人割其雙耳遣去。

必以我为直，以我为是，可给金帛以了此事。尔大国皇帝之兵乃行苟且盗袭之事。尔若杀我种田奴仆一百，我杀尔种田奴仆一千。尔大明国能于城内种田乎？」遂将执书之人割其双耳遣去。

ᠬᠣᠶᠠᠷ ᠰᠠᠶᠢ ᠶᠠᠪᠣᠳᠠᠯ ᠮᠠᠭᠣᠳᠠᠭᠰᠠᠨ ᠮᠠᠨᠣᠰᠠᠶᠣᠷ᠂ ᠡᠨᠳᠡᠷ ᠂ ᠬᠡᠷᠡᠭ ᠃

ᠡᠨᠳᠡᠷ ᠶᠠᠪᠣᠳᠠᠯ ᠭᠠᠵᠠᠷ ᠶᠣᠭᠣ ᠬᠡᠪᠡᠭᠰᠡᠨ ᠰᠠᠶᠢᠯᠭᠣ ᠂᠂ ᠡᠨᠳᠡᠷ ᠳ᠋ ᠬᠡᠳᠣ ᠬᠡᠪᠡᠭ ᠮᠠᠨᠣᠰᠠᠶᠣᠯ ᠮᠠᠨᠣᠰᠠᠶᠣᠯ ᠨᠠᠷ

ᠮᠠᠨᠣᠡᠬᠡ ᠶᠠᠪᠣᠳᠠᠯ ᠭᠠᠵᠠᠷ ᠶᠣᠭᠣ ᠬᠡᠪᠡᠭᠰᠡᠨ ᠰᠠᠶᠢᠯᠭᠣ ᠂᠂ ᠮᠠᠨᠣᠡᠬᠡ ᠶᠠᠪᠣᠳᠠᠯ ᠭᠠᠵᠠᠷ ᠶᠣᠭᠣ ᠬᠡᠪᠡᠭᠰᠡᠨ ᠰᠠᠶᠢᠯᠭᠣ ᠂᠂

ᠭᠣᠶᠣᠰᠣ ᠬᠡᠪᠡᠭ ᠰᠠᠶᠢᠬᠡᠷ ᠪᠠᠶᠠᠷ ᠭᠠᠵᠠᠷ ᠬᠡᠯᠳᠡᠭᠰᠡᠨ ᠭᠣᠪᠢᠨᠳᠠᠷ ᠶᠠᠪᠣᠳᠠᠯ ᠭᠠᠵᠠᠷ ᠶᠣᠭᠣ ᠬᠡᠪᠡᠭᠰᠡᠨ ᠰᠠᠶᠢᠯᠭᠣ ᠂᠂

ᠮᠠᠨᠣᠡᠬᠡᠶᠣᠷ ᠮᠠᠨᠣᠶᠣᠯ ᠂ ᠮᠠᠨᠣᠳᠣᠨᠳᠣ ᠮᠠᠨᠣᠳᠣ ᠬᠡᠳᠣ ᠬᠣᠨ ᠬᠡᠪᠡᠯᠣᠶᠣᠷ ᠬᠣᠨ ᠨᠠᠷ ᠮᠠᠨᠣᠳᠠᠷ ᠂

ᠮᠠᠨᠣᠪᠡᠯ ᠂ ᠰᠠᠶᠢᠷ ᠂ ᠡᠨᠳᠡᠷ ᠂ ᠬᠡᠪᠡᠭᠣ ᠨᠠᠨᠣᠰᠣᠨ ᠬᠡᠪᠡᠭ ᠬᠡᠳᠣᠶᠣᠷ ᠬᠡᠳᠣᠨ ᠮᠠᠨᠣᠳᠠᠷ ᠂

ᠮᠠᠨᠣᠳᠠᠷ ᠳ᠋ ᠬᠣᠨ ᠮᠠᠨᠣᠶᠣᠷ ᠬᠡᠳᠣᠶᠣᠪᠣ ᠨᠠᠨᠣᠰᠣᠨ ᠬᠣᠨ ᠮᠠᠨᠣᠰᠠᠶᠣᠨ ᠬᠡᠳᠣ ᠬᠣᠨ

ᠮᠠᠨᠣᠭᠣ ᠬᠡᠪᠡᠯ ᠂   ᠮᠠᠨᠣᠪᠣᠭ ᠬᠡᠨᠣᠰᠠᠶᠣᠷ ᠰᠠᠶᠢᠷ ᠂ ᠬᠡᠪᠡᠯᠣᠭ ᠬᠡᠨᠳᠡᠷ ᠂

三十、秋成收穫

manju gurun i taidzu genggiyen han, hunehe bira, jaifiyan i birai acaha giyamuhū gebungge bai toksoi jeku be dure de, narin, yendei gebungge juwe niyalma be ejen arafi, tacibume hendume, inenggi oci jeku be bošome dubu. dobori oci mujakū bade akdun alin de jailafi julergi alin de emu dobori deduci, amargi alin de emu dobori dedu. dergi alin de emu dobori deduci, wargi alin de emu dobori dedu. dain i bade olhoba serebe niyalma ci dele akū seme tacibufi afabuha. narin, yendei, han i gisun be

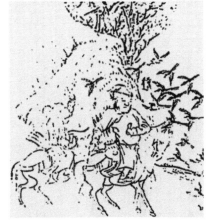

滿洲國太祖明汗因渾河、界凡河合流之嘉木湖地方莊屯秋成，命納鄰、音德二人為主，訓誡之曰：「晝則督農夫刈獲，夜則避於山谷險隘處。今宿南山一夜，明宿北山一夜；今宿東山一夜，明宿西山一夜。於受敵之處而能謹慎之人，斯為貴耳。」納鄰、音德違汗之言，

滿洲国太祖明汗因浑河、界凡河合流之嘉木湖地方庄屯秋成，命纳邻、音德二人为主，训诫之曰：「昼则督农夫刈获，夜则避于山谷险隘处。今宿南山一夜，明宿北山一夜；今宿东山一夜，明宿西山一夜。于受敌之处而能谨慎之人，斯为贵耳。」纳邻、音德违汗之言，

ᠪᠣᠯᠠᠢ᠂᠂ ᠰᠠᠪᠳᠠ ᠰᠠᠢᠰᠠᠩᠨᡳᠮ ᡴᠣᠪᠴᡳᠨᠢ ᠣᠨ ᠰᠢᠨᠠᡵᠠ ᠶ᠋ᠢ ᡴᠣᠰᠣᠩᠯᠠ ᠰᠢᠮᠠᠨ ᠠᠶᠢᠰᠢᠪᠠ ᠠᠰᡴᠣᠨ

ᠪᠠᠷᠳᠠᠨ᠂᠂ ᠰᠢᠨᠠᡵᠠ ᠶ᠋ᠢ ᠬᠣᠳᠣᠰᠢᠨᠠᡵ ᠣᠨ᠂ ᠵᠢᠩᡤᠠ ᠰᠢᠰᠠᠢᠰᠠᠨ᠂᠂ ᠬᠣᠪᠴᡳᠨᠢ ᡴᠣᠰᠣᠩᠯᠠ ᠣᠨ ᠤᠪᡠᠰᠣ᠊ᠣᠮᠠᠪᡴᠠᡵ

ᠮᠠᠨᡴᠠᠨ᠂᠂ ᠰᠢᠨᠠᡵᠠ ᠰᠢᠨᠠᡵᠠᡵ ᠣᠨ ᠰᠠᠷ ᠶ᠋ᠢ ᠵᠠᠮᠳᠠᡵ ᠣᠨ ᠬᠣᠳᠣᠰᡴᠠᡳᠨᡵ ᠰᠢᠰᠠᠢ ᠰᠢᠨᠠᡴᠠᠷ

ᠬᠣᠪᠴᡳᠨᠢᡴᠢᠣ ᠨᠢᠰᠠᠢᠰᠢᠨ ᠳᠠᠮᠠᠰᠠᡵ ᠨᠣᠪᠠ ᠨᠣᠶᠢᠰᠠᠢᠨᠢ ᠨᠠᠮᠠᠢᠰᡳᠨ᠂᠂ ᠪᠢᡴᠠᠷ ᠰᠠᠷᠠᠨᡳᠣ ᠶᠡᠪᠳᠠᡵᠳᠠᡵ ᡴᠣᠰᠣᡵᠮᠠᡵ ᠬᠣᠪᠳᠣᠮᠠᡵ

ᡴᠣᠪᠠᡳᠨ ᠨᠠᠮᠠᠢᠰᡳᠣ ᠨᠣᠶᠢᠷᡴᠠᡵ ᠬᠢᠣ ᠮᠠᡳᠰᠠᠢᠰᡳᠨ ᠵᠣᠶᡳᠰᡴᠣ ᠨᠠᡵᠵᡳᠪᡴᠠᡵ ᠬᠣᠨ ᠬᠣᠰᠣᠨ ᠬᠣᠪᡤᠠᡳᠨᡵ

ᡴᠣᠪᡳᠣ ᠨ ᠬᠣᠢᠰᠣᠨ ᠣᡴᠠ ᡴᠠᡳᠮᠠᡵ ᠵᡳᡵ ᠶ ᠬᠢᠨ᠂ ᠰᠠᠮᠠᠰᠠᡵ ᠬᠣᠳᠣᠰᡳᠨᡵ ᠰᠢᠨᠠᡵᠠ ᠶ᠋ᠢ ᠵᡳᡤᠠ ᡴᠠᠪᠠᡵ

ᠰᠢᠨᠠᡵ ᠬᠣᠪᠳᠠ ᡴᠣᠨᠣᡴ ᠬᠢᠨᠣᠯᡴᠠᠷ ᡴᠣᠨᠳᠠᡴᠠᠯᠠᠨ᠂᠂ ᠨᠢᠰᠠᠢ ᠬᠣᠰᠣᠨᠠᡳᠨ᠂ ᠰᠢᠨᠠᡵᠠ ᠶ᠋ᠢ ᡴᠠᡳᠳᠠᡵ ᠬᡠᡴ ᠪᠣᠪᠳᠠᠮᠠᡵ

᠊ᡴᠠᡴᠳᠠᠢᠰᠠᠨ ᠬᠣᠪᠣᠪᠳᠣᠨ ᠬᠣᠯᠣᠢᠰᡴᠠᠨ ᠬᠣᠳᠣᠯᠠᠰᠠᠢᠮᠠ᠂᠂ ᠬᠣᠳᠣᠬᡴᠠᠨ ᡴᠣᠪᡳᠣ ᠶ᠋ᠢ ᠰᠠᠮᠠᠢᠰᡳᠨ ᠨᠣᠪᠳᠠᠷ ᠶ᠋ᠢ ᠵᡴᡳᡴᠠᡵ᠂

jurcefi dobori jailafi deduhekū. daiming gurun i coohai karun i niyalma, juwe ilan jergi hūlhame tuwanjifi, uyun biyai ice duin de, daiming gurun i dzung bing guwan li žu be, cooha unggifi, narin i jeku dure duin tanggū niyalma de afanjifi, nadanju niyalma be wafi gerendere onggolo uthai cooha bederehe. ilan tanggū gūsin niyalma burlame tucike. narin, yendei be han i gisun be jurcehe seme weile arafi, narin i boigon be gemu talaha, yendei boigon be hontoholome talaha, karun sindaha yegude be dain i cooha jici sahakū seme

夜間未易地避宿，被大明國兵偵卒數次潛窺。九月初四日，大明國總兵官李如栢遣兵攻打納鄰督農夫收穫四百人，殺七十人，天亮之前即回兵，三百三十人脫出。治納鄰、音德違汗言之罪，納鄰家產俱籍沒，音德家產籍其半，放哨之葉古德敵兵至而不知，

夜间未易地避宿，被大明国兵侦卒数次潜窥。九月初四日，大明国总兵官李如栢遣兵攻打纳邻督农夫收获四百人，杀七十人，天亮之前即回兵，三百三十人脱出。治纳邻、音德违汗言之罪，纳邻家产俱籍没，音德家产籍其半，放哨之叶古德敌兵至而不知，

ᠣᠷᠣᠰᠺᠢᠯ᠎ᠠᠷᠢᠨ ᠬᠡᠪᠯᠡᠯ᠂᠂ ᠡᠬᠢᠨᠡᠷ ᠠᠷᠪᠠᠨ ᠴᠤ ᠡᠮᠡᠷ ᠵᠢᠯᠢᠩ᠃᠃

ᠬᠡᠩᠬᠡᠷᠢᠨ ᠬᠤᠪᠢᠶᠠᠷ ᠠᠯᠠᠭᠠᠷ ᠬᠠᠯᠬᠠ᠂ ᠴᠠᠭᠠᠭᠠᠨᠢ᠂᠂ ᠬᠡᠪᠡᠷ ᠬᠡᠯᠡᠭᠡᠷᠢᠨ ᠬᠤ ᠬᠠᠷᠣᠬᠣᠨᠲᠤᠷ ᠰᠠᠣᠰᠣᠷ

ᠬᠡᠪᠡᠭ ᠬᠡᠪᠯᠡᠭᠡᠷᠢᠨ ᠣᠣᠪᠠᠷᠲᠠᠨ ᠬᠡᠩᠬᠡᠷᠲᠦᠷ ᠨ ᠬᠡᠪᠡᠨ ᠵᠠᠨᠬᠠᠨ ᠰᠠᠳᠳᠤᠷᠣᠩ ᠬᠡᠪᠡᠩᠷᠢᠲ

ᠲᠡᠪᠡᠯᠲ ᠨᠠᠷᠠᠨ ᠴᠠᠪᠯᠠᠬᠣᠨᠢ᠂᠂ ᠬᠡᠪᠡᠷ ᠨᠠ ᠬᠡᠪᠡᠷ ᠨ ᠬᠡᠪᠡ ᠮᠡᠬᠦᠮᠡᠷᠲ ᠬᠡᠬᠡᠷᠲᠤᠩ ᠵᠠᠩᠬᠠᠷ ᠳ

ᠮᠠᠷᠲ ᠴᠠᠪᠠᠰᠣᠷ ᠬᠡᠳᠡᠴᠢᠷᠢᠨ᠂᠂ ᠴᠠᠬᠠᠷᠲ ᠮᠡᠳᠡᠶᠡᠷᠢᠨ ᠬᠤᠷᠲ ᠴᠠᠪᠣᠷᠲ ᠬᠡᠬᠦᠷᠢᠩ ᠬᠡᠪᠡᠷᠲ᠂᠂ ᠬᠤ

ᠮᠡᠳᠡᠷᠠᠬᠣᠨ ᠣᠣᠪᠠᠷ ᠴᠤᠬᠢᠷᠲ᠂ ᠬᠡᠬᠦᠬᠡᠷᠢᠨ ᠬᠡᠪᠡᠷ ᠬᠠᠷ ᠴᠠᠬᠠᠷᠲ ᠷᠠᠬᠠᠨᠢ᠂᠂ ᠬᠡᠪᠡᠷ ᠬᠡᠪᠡᠳᠠᠷ ᠣᠣᠪᠡ

ᠲᠡᠬᠡᠷ ᠨᠠᠪᠤᠷ ᠬᠤ ᠬᠡᠷᠬᠦᠩ ᠣᠷᠲ ᠬᠣᠩᠳᠤ᠂᠂   ᠮᠡᠳᠡᠶᠠᠷᠢ ᠴᠠᠪᠠᠷᠠᠬᠣᠨᠢᠷᠲ ᠬᠡᠷᠲ᠂᠂ᠴᠠᠬᠠᠷᠲ

ᠮᠡᠳᠡᠷᠢᠨ ᠬᠡᠬᠦᠷᠢᠲᠠᠷ ᠬᠤ ᠬᠡᠷᠲ ᠨᠠᠭᠣᠷ ᠴᠠᠪᠲᠠᠷ ᠬᠤᠷ ᠬᠤ ᠬᠡᠷ ᠴᠠᠮᠡᠷ ᠬᠢᠷ ᠴᠠᠩᠬᠡᠷᠢᠲᠦᠷ᠃᠃

terei boigon be ilan ubu sindafi, emu ubu be šajin de gaiha, juwe ubu be yegude de buhe. taidzu genggiyen han, beise ambasai baru hendume, daiming gurun de dain ofi, muse dorgi bade tefi cooha yabuci, dergi dubede tehe coohai niyalmai morin, ba goro ofi suilambi. morin be jecen i bade adulaki. daiming gurun i baru wasihūn ibefi jaifiyan i bade hoton arafi teki seme hebešeme toktofi, hecen sahara babe dasafi, wehe jerguwen be isabume wajifi abka beikuwerehe manggi, hecen sahara be taka nakaha.

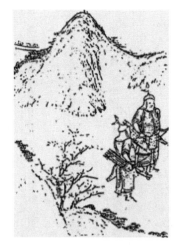

其家產分為三分：一分入官[17]；二分給葉古德。太祖明汗與諸貝勒大臣議曰：「今與大明國為敵，我居內地西向行兵[18]，則東邊駐紮兵丁馬匹，因地遠疲苦，可將馬匹牧於邊境，西近大明國於界凡地方築城居住。」議定，遂經營築城基址，收聚木石，因天寒，暫止築城。

其家产分为三分：一分入官；二分给叶古德。太祖明汗与诸贝勒大臣议曰：「今与大明国为敌，我居内地西向行兵，则东边驻扎兵丁马匹，因地远疲苦，可将马匹牧于边境，西近大明国于界凡地方筑城居住。」议定，遂经营筑城基址，收聚木石，因天寒，暂止筑城。

---

[17] 一分入官，句中「入官」，滿文讀作 "šajin de gaiha"，係舊清語，意即「依法取得」。

[18] 居內地西向行兵，滿文讀作 "dorgi bade tefi cooha yabuci"，意即「居內地行兵」，「西向」，未譯出滿文。

三十一、風撲礮火

han tere gisun be mujangga seme hendufi, geren cooha be gaifi
geneci, daiming gurun i cooha alin i ninggude ilan bade ilan ing
ilifi, ulan fetefi poo miyociyang be faidafi ilihabi. tere faidan de,
manju gurun i jakūn gūsai cooha faidafi bireme dosinara de,
neneme wesihun daha edun, cooha i hanci isiname edun uthai
forgošome buraki toron tucime, daiming ni coohai baru gidame
daha. daiming ni cooha poo miyociyang emdubei sindame afara
de, manjui cooha gabtame sacime afame dosire jakade. daiming
ni cooha, manjui coohai horon be alime gaici ojorakū uthai
burlaha. manju i cooha daiming gurun i ilan ing ni cooha be
uthai gidafi hetu undu cireme[cirume] tuhebufi, dzung bing
guwan jang ceng in, fujiyang poo ting hiyang, ts'anjiyang

汗然其言，遂率大兵前進，大明國兵於山上分三處立營掘壕
布列鎗礮以待。其列陣時，滿洲國八固山兵列陣奮勇衝擊。
初風自西起[19]，即兵臨近時，其風驟轉向，塵土撲向大明兵
營，大明兵連放鎗礮，滿洲兵奮勇射擊砍殺，攻入大明兵營。
滿洲兵威銳不可當，大明兵遂敗走，大明國三營兵皆為滿洲
兵所破，死者伏屍相枕，陣斬總兵張承胤、副將頗廷相、參將

汗然其言，遂率大兵前进，大明国兵于山上分三处立营掘壕
布列鎗炮以待。其列阵时，满洲国八固山兵列阵奋勇冲击。
初风自西起，即兵临近时，其风骤转向，尘土扑向大明兵营，
大明兵连放鎗炮，满洲兵奋勇射击砍杀，攻入大明兵营。满
洲兵威锐不可当，大明兵遂败走，大明国三营兵皆为满洲兵
所破，死者伏尸相枕，阵斩总兵张承胤、副将颇廷相、参将

---

[19] 初風自西起，滿文讀作 "neneme wesihun daha edun"，意即「初風向
東吹」。

ᠮᠣᠩᠭᠣᠯ ᠂᠂ ᠠᠯᠪᠠᠨ ᠣᠶᠣᠨᠲᠠ ᠂᠂ ᠠᠯᠪᠠᠨ ᠣᠷᠣᠭᠤᠯ ᠲᠠᠢ ᠂ ᠳᠣᠲᠣᠷ ᠬᠢᠭᠡᠳ ᠳᠦᠷᠪᠡᠨ ᠤᠯᠤᠰ ᠢᠶᠠᠷ ᠃

ᠠᠯᠪᠠᠨ ᠳᠤᠮᠳᠠ ᠬᠠᠭᠠᠨ ᠠᠷᠪᠠᠨ ᠳᠣᠯᠣᠭᠠᠨ ᠂ ᠬᠢᠲᠠᠳ ᠤᠨ ᠤᠯᠤᠰ ᠃᠃

ᠳᠠᠯᠠᠢ ᠬᠠᠭᠠᠨ ᠨᠢ ᠰᠠᠶᠢᠨ ᠦ ᠳᠠᠭᠤᠤ ᠬᠢᠭᠡᠳ ᠂᠂ ᠳᠠᠷᠤᠭ᠎ᠠ ᠠᠯᠪᠠᠨ ᠤ ᠳᠠᠷᠤᠭ᠎ᠠ ᠃

ᠳᠤᠮᠳᠠᠳᠤ ᠂ ᠳᠠᠷᠤᠭᠠᠷ ᠨᠢ ᠳᠠᠷᠤᠭ᠎ᠠ ᠬᠢᠭᠡᠳ ᠳᠠᠷᠤᠭᠠᠷ ᠂ ᠳᠠᠷᠤᠭ᠎ᠠ ᠤ ᠳᠠᠷᠤᠭ᠎ᠠ ᠃᠃

ᠵᠢᠷᠭᠤᠭᠠᠨ ᠂ ᠳᠠᠷᠤᠭᠠᠷ ᠨᠢ ᠳᠠᠷᠤᠭ᠎ᠠ ᠬᠢᠭᠡᠳ ᠂᠂ ᠳᠠᠷᠤᠭ᠎ᠠ ᠤ ᠳᠠᠷᠤᠭ᠎ᠠ ᠃

ᠳᠠᠯᠠᠢ ᠬᠠᠭᠠᠨ ᠂ ᠳᠠᠷᠤᠭᠠᠷ ᠨᠢ ᠳᠠᠷᠤᠭ᠎ᠠ ᠬᠢᠭᠡᠳ ᠂᠂ ᠳᠠᠷᠤᠭ᠎ᠠ ᠤ ᠳᠠᠷᠤᠭ᠎ᠠ ᠃

⑧ ᠨᠢ ᠠᠯᠪᠠᠨ ᠂᠂ ᠳᠠᠷᠤᠭᠠᠷ ᠨᠢ ᠂ ᠳᠠᠷᠤᠭ᠎ᠠ ᠬᠢᠭᠡᠳ ᠂᠂ ᠳᠠᠷᠤᠭ᠎ᠠ ᠤ ᠳᠠᠷᠤᠭ᠎ᠠ ᠃

pu si fang, sunja iogi ciyan dzung, badzung susai funceme waha.
dehi bade isitala bošome unduri tuhebume wafi cooha bederehe.
tere cooha juwan i dolo emke juwe tucike, uyun minggan morin,
nadan minggan uksin, coohai agūra ambula baha. tere afara de,
manjui dubei coohai niyalma juwe bucehe, tereci bedereme jifi
jasei jakade, ing ilifi coohai beise ambasa juleri dosika, hūsun
tucime afaha be jergi bodome, feye baha coohai niyalma be
feyei ujen weihuken be tuwame
šangname bufi, orin ilan de, cooha
bedereme siyeri gebungge bihan
de isinjifi ing ilifi deduhe. tere
yamji šun tuhere ergici, šun
dekdere baru hetu lasha sahaliyan.
lamun siren gocika bihe, tereci
bedereme jifi orin ninggun de,
amba hecen de dosika.

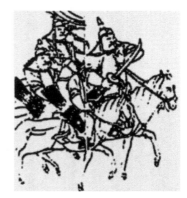

蒲世芳，遊擊五人，千總、把總五十餘員，追殺四十里而還，
沿途死屍絡繹不絕。其兵脫出者十僅一、二。獲馬九千匹，
甲七千副，兵械無算。是役，滿洲止陣亡小卒二人。於是回
至邊境駐營，軍中諸貝勒大臣奮勇先進者，論其功之大小，
兵丁受傷者，按其傷害之輕重，分別賞恤。二十三日，兵還
駐謝里甸。是夕，自西向東有黑、藍氣二道橫亙於天，於是
回兵。二十六日，進入大城。

蒲世芳，游击五人，千总、把总五十余员，追杀四十里而还，
沿途死尸络绎不绝。其兵脱出者十仅一、二。获马九千匹，
甲七千副，兵械无算。是役，满洲止阵亡小卒二人。于是回
至边境驻营，军中诸贝勒大臣奋勇先进者，论其功之大小，
兵丁受伤者，按其伤害之轻重，分别赏恤。二十三日，兵还
驻谢里甸。是夕，自西向东有黑、蓝气二道横亘于天，于是
回兵。二十六日，进入大城。

ᠮᠢᠨᠦ ᠪᠡᠶᠡᠳᠦ ᠮᠢᠩᠭᠠᠨ ᠤ ᠰᠠᠶᠢᠳᠦ ᠲᠡᠷᠢᠭᠦᠨ ᠰᠠᠶᠢᠰᠢᠶᠠᠯᠳᠦ᠂ ᠵᠠᠶᠠᠭᠠᠲᠦ ᠵᠢᠨ ᠰᠠᠶᠢᠨ ᠬᠤᠪᠢᠳᠦ᠃

ᠬᠢᠭᠡᠳ ᠬᠢᠭᠡᠳ ᠮᠦᠩᠬᠡ ᠶᠢᠨ ᠬᠦᠰᠡᠯ ᠲᠡᠷᠡ ᠬᠡᠨ ᠬᠠᠶᠢᠷᠠᠲᠦ ᠮᠢᠨᠦ᠃

ᠬᠠᠮᠢᠭᠠᠰᠢᠳᠠ ᠬᠢᠭᠡᠳ ᠬᠡᠨ ᠵᠠᠶᠠᠭ ᠲᠠᠢ ᠪᠠᠶᠢᠨ ᠲᠡᠶᠢᠮᠦᠭᠡᠨ᠃

ᠬᠢᠰᠤᠩ ᠬᠡᠮᠡᠨ ᠬᠡᠶᠢᠰᠬᠡᠬᠦ ᠶᠢᠨ ᠪᠡᠶᠡ᠂ ᠪᠡᠶ᠎ᠡ ᠬᠡᠶᠢᠰᠬᠡᠬᠦ ᠶᠢᠨ ᠶᠢᠨ ᠣ ᠬᠠᠰᠤᠨ ᠰᠠᠶᠢᠨ ᠬᠡᠰᠡᠭ᠃

ᠬᠢᠭᠡᠳ ᠬᠠᠲᠠᠷ᠂ ᠬᠡᠬᠡᠷᠡᠯ ᠬᠢᠩ ᠬᠠᠶᠢᠷ᠎ᠠ ᠶᠢᠨ᠂ ᠲᠡᠶᠢᠮᠦᠷ ᠰᠡᠳᠬᠢᠯ᠂ ᠲᠡᠶᠢᠮᠦᠷ ᠶᠢᠨ᠂ ᠮᠡᠳᠡᠬᠦᠶᠢᠴᠡ ᠪᠠᠶᠢᠨ ᠬᠡᠰᠡᠭ᠃

ᠬᠢᠩ ᠤ ᠶᠢᠨ ᠬᠢᠩ ᠲᠡᠭᠡᠳ ᠲᠦᠷᠦᠭᠡᠨ ᠡᠷᠬᠢᠯᠡᠬᠦ ᠮᠡᠳᠡᠭᠦᠶᠢᠴᠡ ᠮᠡᠳᠡᠬᠦ ᠬᠢᠭᠡᠳ᠂ ᠲᠡᠶᠢᠮᠦᠷ᠂ ᠲᠡᠶᠢᠮᠦᠷ᠂ ᠲᠡᠶᠢᠮᠦᠷ᠃

ᠬᠡᠨ ᠤ ᠬᠠᠶᠢᠷᠠᠲᠦ ᠶᠢᠨ ᠣ ᠬᠡᠶᠢᠰᠬᠡᠬᠦᠶᠢᠴᠡ᠃᠃ ᠬᠢᠭᠡᠳ ᠪᠡᠶᠡ ᠬᠠᠶᠢᠷᠠᠲᠦ ᠮᠡᠳᠡᠬᠦᠶᠢᠴᠡ ᠬᠡᠶᠢᠰᠬᠡᠬᠦ᠂ ᠬᠡᠶᠢᠰᠬᠡᠬᠦ᠃

ᠬᠠᠮᠢᠭᠠᠳᠦ ᠶᠢᠨ ᠣ ᠬᠢᠩ ᠬᠡᠶᠢᠰᠬᠡᠬᠦ ᠬᠡᠬᠡᠷᠡᠯ᠂ ᠬᠡᠮᠡᠨ᠂ ᠬᠡᠬᠡᠷᠡᠯᠳᠦ ᠬᠡᠶᠢᠰᠬᠡᠬᠦ᠂ ᠬᠡᠶᠢᠰᠬᠡᠬᠦᠶᠢᠴᠡ᠂ ᠬᠢᠩᠳᠦ ᠮᠡᠳᠡᠬᠦ᠃

fušun soo hecen ci dahabufi gajiha minggan boigon i niyalmai
ama jui ahūn deo eigen sargan be faksalahakū. dain de samsifi
acahakū niyaman hūnchin, booi aha be boo de jifi gemu baicafi
acabume bufi, tere boo, tarire usin, takūrara ihan morin, jetere
jeku, eture etuku, ujire ujima, tetun agūra ai ai jakabe yooni
jalukiyame bufi, ini daiming gurun i kooli amba ajigan hafan
sindafi, li yung fang de bufi kadalabuha. han ini jui abatai taiji
de banjiha sargan jui gege be, li yung fang de sargan bufi omolo
hojigon obufi, dzung bing guwan hergen buhe.

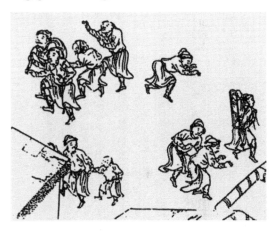

從撫順所城帶回降民千戶，父子兄弟夫婦勿令離散，其親戚
家奴於陣中失散者，皆察歸本主，並給以住屋、耕田、牛馬、
食糧、衣服、牲畜、器皿等物，仍照其大明國制度設大小官
屬，令李永芳統轄。汗復以其子阿巴泰台吉之女妻李永芳，
為孫婿，授為總兵官。

从抚顺所城带回降民千户，父子兄弟夫妇勿令离散，其亲戚
家奴于阵中失散者，皆察归本主，并给以住屋、耕田、牛马、
食粮、衣服、牲畜、器皿等物，仍照其大明国制度设大小官
属，令李永芳统辖。汗复以其子阿巴泰台吉之女妻李永芳，
为孙婿，授为总兵官。

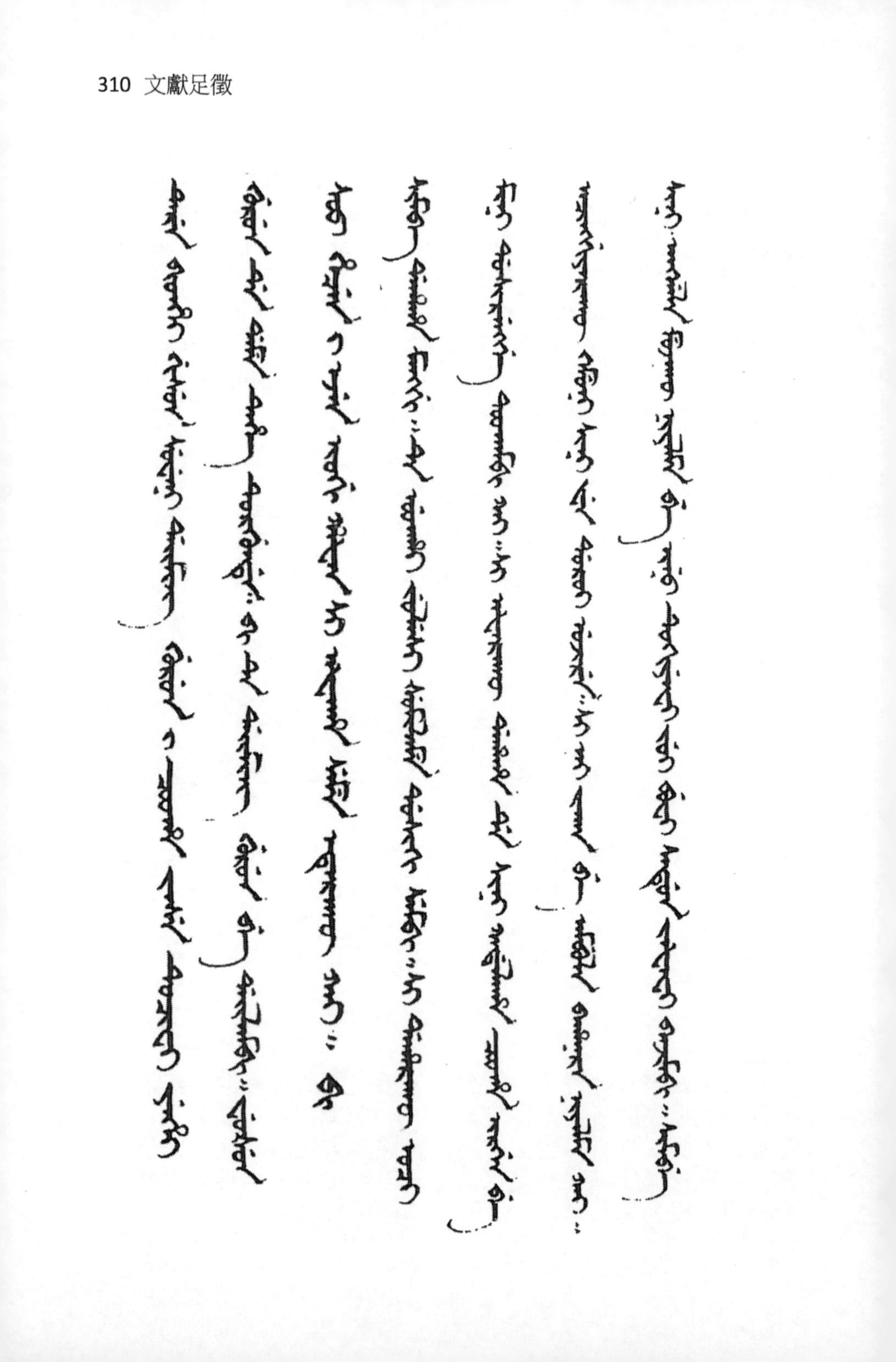

三十二、撫順遊擊

tere bithei gisun, suweni daiming gurun i cooha jase tucifi yehei
gurun de dame tehe turgunde, bi te daiming gurun be dailambi.
fušun soo hecen i ejen iogi hafan si afaha seme eterakū kai. bi
simbe dahaha manggi, te uthai julesi šumilame dosiki sembi. si
daharakū oci mini dosirengge tookambi kai. si afarakū dahaha
de sini kadalaha cooha irgen be acinggiyarakū, kemuni sini fe
doroi ujire, si ai jaka be ambula bahanara niyalma kai. sini
anggala mujakū niyalma be inu tukiyefi, jui bufi sadun jafafi
banjimbi. simbe

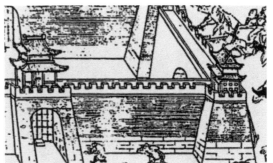

其書曰：「因爾大明國兵出邊助葉赫駐守，我今乃征大明國。
爾撫順所城主遊擊戰亦不勝。我今降服爾後，即欲南下深入。
爾若不降，誤我進入也。爾不戰而降，必不擾爾所屬兵民，
仍以爾舊禮優養，況爾乃多識見之人也。不特爾也，即至微
之人亦超拔之，結為婚姻，

其书曰：「因尔大明国兵出边助叶赫驻守，我今乃征大明国。
尔抚顺所城主游击战亦不胜。我今降服尔后，即欲南下深入。
尔若不降，误我进入也。尔不战而降，必不扰尔所属兵民，
仍以尔旧礼优养，况尔乃多识见之人也。不特尔也，即至微
之人亦超拔之，结为婚姻，

sini da banjihaci geli wesimbufi mini uju jergi ambasai gese
ujirakū doro bio. si ume afara, afaci mini coohai niyalma i
gabtaha sirdan simbe takambio. yasa akū sirdan de goici
bucembikai. hūsun isirakū bade daharakū afaci bucehe seme ai
tusa, okdome tucifi dahaci mini cooha dosindarakū. sini
kadalaha cooha be si yooni bahafi bargiyambikai. mini cooha
dosika de hecen i juse hehe golofi samsimbikai. tuttu oci doro
ajigen ombikai. si aikabade mini gisun be ume akdarakū ojoro,
bi sini ere emu hecen be baharakū oci ere

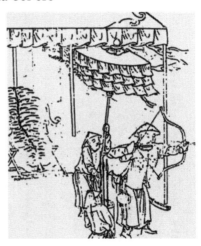

豈有不超陞爾原職與我一等大臣竝列之理乎？爾勿戰，若戰
則我兵丁所發之矢能識爾耶？倘中無眼之矢則必死矣，力既
不支雖不降而戰死亦無益。若出城迎降，則我兵亦不入城，
爾所屬之兵，爾俱得保全。若我兵攻入，則城中婦孺必致驚
散，是以不利於爾矣。爾勿以我言為不足信，爾一城若不能拔，

豈有不超升尔原职与我一等大臣并列之理乎？尔勿战，若战
则我兵丁所发之矢能识尔耶？倘中无眼之矢则必死矣，力既
不支虽不降而战死亦无益。若出城迎降，则我兵亦不入城，
尔所属之兵，尔俱得保全。若我兵攻入，则城中妇孺必致惊
散，是以不利于尔矣。尔勿以我言为不足信，尔一城若不能拔，

ᠪᠣᠯᠠᠢ᠂ ᠲᠠᠳᠡᠷ ᠠᠳᠠᠯ ᠵᠢᠷᠤᠮ ᠬᠡᠮᠡᠬᠦ ᠪᠣᠢ᠃

ᠲᠣᠳᠣᠷᠠᠬᠤ᠂ ᠬᠠᠮᠢᠶᠠᠨ ᠳᠣᠷ ᠠᠳᠠᠯ᠂ ᠳᠡᠭᠡᠷᠠ ᠳᠣᠷᠠᠢ ᠲᠠᠳᠡᠷ ᠡᠪᠦᠯᠵᠢ ᠡᠨᠠ ᠪᠠᠢ

ᠠᠳᠠᠯᠢᠪᠠᠢ᠂ ᠡᠭᠦᠨ ᠳᠦ᠂ ᠳᠡᠭᠡᠷᠠᠳᠡᠬᠢ ᠪᠣᠷᠣ ᠰᠠᠯᠬᠢᠨ ᠡᠷᠢᠯᠳᠦ ᠳᠠᠢ ᠠᠳᠠᠯᠢ ᠪᠣᠯᠠᠢ

ᠠᠳᠠᠯᠢᠢᠨ᠂ ᠬᠠᠮᠢᠶᠠᠳᠤ᠂ ᠲᠡᠳᠡᠨ ᠦ ᠵᠢᠷᠤᠮ ᠲᠡᠭᠦᠰ ᠬᠡᠮᠡᠨ ᠳᠠᠷᠠᠭᠠᠬᠢ ᠪᠣᠯᠠᠢ᠃

ᠠᠳᠠᠯᠢᠢᠨ᠂ ᠨᠣᠮᠣᠬᠠᠨ ᠳᠠᠷᠠᠭᠠᠯᠠᠨ᠂ ᠡᠭᠦᠨ ᠳᠦᠷ᠂ ᠲᠡᠷᠡ ᠠ ᠪᠣᠷᠤ ᠳ᠋ᠠᠷᠠᠢ

cooha ilimbio. ufaraha manggi, jai aliyaha seme ai tusa. hecen i dorgi amba ajigan hafasa cooha irgen suwe hecen nisihai dahaci juse sargan niyaman hūncihin fakcarakū ohode, suwende inu amba urgun kai. dahara daharakū be suwe inu ambula seolehede sain kai. emu majige andan i jili de mende akdarakū, ere weile be ume efulere daha seme bithe buhe.

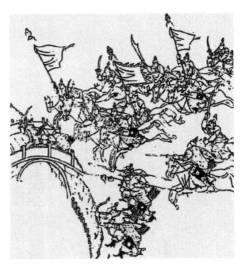

何用興兵哉！失此機會，後悔何益？爾城中大小官員兵民等果舉城納降，妻子兒女親族俱不使離散，是亦汝等大喜也。降與不降，爾等亦善為熟思，慎勿以一朝之忿而不信我言，遂失事機也。」

何用兴兵哉！失此机会，后悔何益？尔城中大小官员兵民等果举城纳降，妻子儿女亲族俱不使离散，是亦汝等大喜也。降与不降，尔等亦善为熟思，慎勿以一朝之忿而不信我言，遂失事机也。」

ᠴᠢᠮᠠᠷᠢ ᠂ ᠨᠠᠮᠠᡳᠢ ᠨᠠᠮᠠᡳᠢ ᠰᡳᠮᠠᠷᠠᠮᠪᡳ᠂ ᡠᠰᡳᠬᠠᠨ ᠰᠠᠷᠠᠨ ᡝᠢ᠂ ᠰᡳᠮᠠᠷᠠᠮᠪᡳ ᠠᡴᡡ᠄

三十三、出其不意

tere inenggi dobori, abka ser seme agara galandara oho manggi, han geren beise ambasai baru hendume, ere aga de cooha dosici ojorakū, bedereki sehe manggi, amba beile hendume, muse daiming gurun i emgi tuttala aniya sain banjifi ini ehe de, te dain deribufi cooha ilifi aššame jabdufi jasei jakade isinjifi cooha bedereci, muse jai daiming gurun i baru sain banjimbio. dain ombio. cooha iliha be we gidambi, abka agaci musei coohai niyalma i beye de nereku bi, beri sirdan de gemu yaki ucikan bi. ai usihirahū seme jobombi. ere agarangge, daiming gurun i niyalma be dulba obume, musei cooha dosire be sereburakū agambi kai.

是日夜，天微雨，陰晴不定。汗謂諸貝勒大臣曰：「天雨不便進兵，欲回兵。」大貝勒曰：「我與大明國和好多年[20]，今因不道，是以興兵，既已至其境，若遽回兵，我將與大明國復修和好乎？抑為敵乎？既已起兵，誰能隱之？天雖雨，我之兵丁皆有雨衣可披，弓矢各有備雨之具，更慮何物霑濡乎？且天降此雨，乃懈大明國之人，使我進兵出其不意耳。

是日夜，天微雨，阴晴不定。汗谓诸贝勒大臣曰：「天雨不便进兵，欲回兵。」大贝勒曰：「我与大明国和好多年，今因不道，是以兴兵，既已至其境，若遽回兵，我将与大明国复修和好乎？抑为敌乎？既已起兵，谁能隐之？天虽雨，我之兵丁皆有雨衣可披，弓矢各有备雨之具，更虑何物沾濡乎？且天降此雨，乃懈大明国之人，使我进兵出其不意耳。

---

[20] 和好多年，句中「多年」，滿文當讀作 "tutala aniya"，此作 "tuttala aniya"，異。

ere aga musede sain, daiming gurun de ehe kai sehe manggi, han tere gisun be saišafi cooha yabu seme, dobori ulgiyan erin de cooha teni aššarangge, abka uthai gehun galafi biya tucike. tereci dobori dulime fušun guwan furdan i jase be geren cooha teisu teisu dosifi onco tanggū bai dube adafi, tu kiru šun be dalifi, tofohon i cimari, daiming gurun i fušun soo hecen be kame genere de, emu niyalma be jafafi bithe jafabufi, fušun soo hecen i iogi hafan li yung fang be daha seme takūraha.

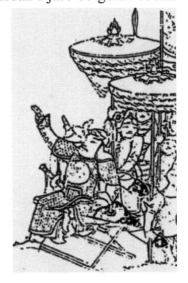

此雨有利於我，不利於大明國。」汗善其言，遂於夜時進兵[21]，兵方起行，天忽晴霽，月亮出來。眾兵遂分隊連夜進撫順關邊，兵布百里，旌旗蔽空。十五日晨，往圍撫順所城，一人齎書與撫順所城遊擊李永芳令之降。

此雨有利于我，不利于大明国。」汗善其言，遂于夜时进兵，兵方起行，天忽晴霁，月亮出来。众兵遂分队连夜进抚顺关边，兵布百里，旌旗蔽空。十五日晨，往围抚顺所城，一人赍书与抚顺所城游击李永芳令之降。

---

[21] 夜時進兵，句中「夜時」，滿文讀作 "dobori ulgiyan erin"，意即「夜亥時」。

ᠶᠠ ᠰᠠᠶᠢᠨ᠂ ᠲᠡᠷᠡ ᠠᠨᠠᠭᠠᠷ ᠨᠢ ᠪᠠᠰᠠ ᠶᠡᠬᠡ ᠰᠠᠶᠢᠨ ᠵᠠᠭᠤᠷ᠎ᠠ᠃ ᠲᠡᠷᠡ ᠴᠠᠭ ᠲᠤ ᠪᠠᠶᠢᠭᠰᠠᠨ ᠠᠨᠠᠭᠠᠷ ᠪᠣᠯ᠃

ᠰᠠᠶᠢᠨ᠂ ᠲᠡᠷᠡ ᠨᠢ ᠪᠠᠰᠠ ᠶᠡᠬᠡ ᠰᠠᠶᠢᠨ ᠵᠠᠭᠤᠷ᠎ᠠ᠃

ᠲᠡᠷᠡ ᠠᠨᠠᠭᠠᠷ ᠨᠢ ᠪᠠᠰᠠ ᠶᠡᠬᠡ ᠰᠠᠶᠢᠨ᠃

ᠪᠠᠰᠠ ᠶᠡᠬᠡ ᠰᠠᠶᠢᠨ ᠵᠠᠭᠤᠷ᠎ᠠ᠃

ᠲᠡᠷᠡ ᠠᠨᠠᠭᠠᠷ ᠨᠢ ᠪᠠᠰᠠ ᠶᠡᠬᠡ᠃

ᠰᠠᠶᠢᠨ ᠵᠠᠭᠤᠷ᠎ᠠ᠃ ᠲᠡᠷᠡ ᠴᠠᠭ ᠲᠤ᠃

ᠪᠠᠶᠢᠭᠰᠠᠨ ᠠᠨᠠᠭᠠᠷ ᠪᠣᠯ᠃

三十四、撫順獻城

hecen i ejen iogi li yung fang doroi etuku etufi dahambi seme hoton i julergi duka de ilifi gisurembime, ini coohai niyalma be afara aika jaka be dakirara be sabufi, manjui cooha hecen de wan sindafi afame, emu erin hono oho akū, hecen de uthai tafaka manggi, li yung fang teni dahame doroi etuku etuhei

morin yalufi hecen ci tucike manggi. gūsai ejen adun gebungge amban gajime jifi han de acabure de li yung fang morin ci ebufi niyakūrame acara de, han morin i dele ishun gala tukiyeceme doro araha. tere hecen i dorgi niyalma afara de

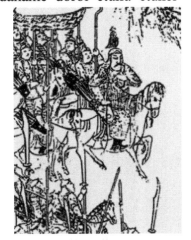

城主遊擊李永芳穿著禮服，立城南門上言納降事，又見其兵民備攻具[22]，滿洲兵遂樹雲梯進攻。不移時即登城，李永芳始穿着禮服乘馬出城降。固山額真阿敦引李永芳下馬跪見汗，汗於馬上拱手答禮。其城中人攻打時，

城主游击李永芳穿着礼服，立城南门上言纳降事，又见其兵民备攻具，满洲兵遂树云梯进攻。不移时即登城，李永芳始穿着礼服乘马出城降。固山额真阿敦引李永芳下马跪见汗，汗于马上拱手答礼。其城中人攻打时，

---

[22] 備攻具，句中「備」，規範滿文當作 "dagilara"，此作 "dakirara"，異。

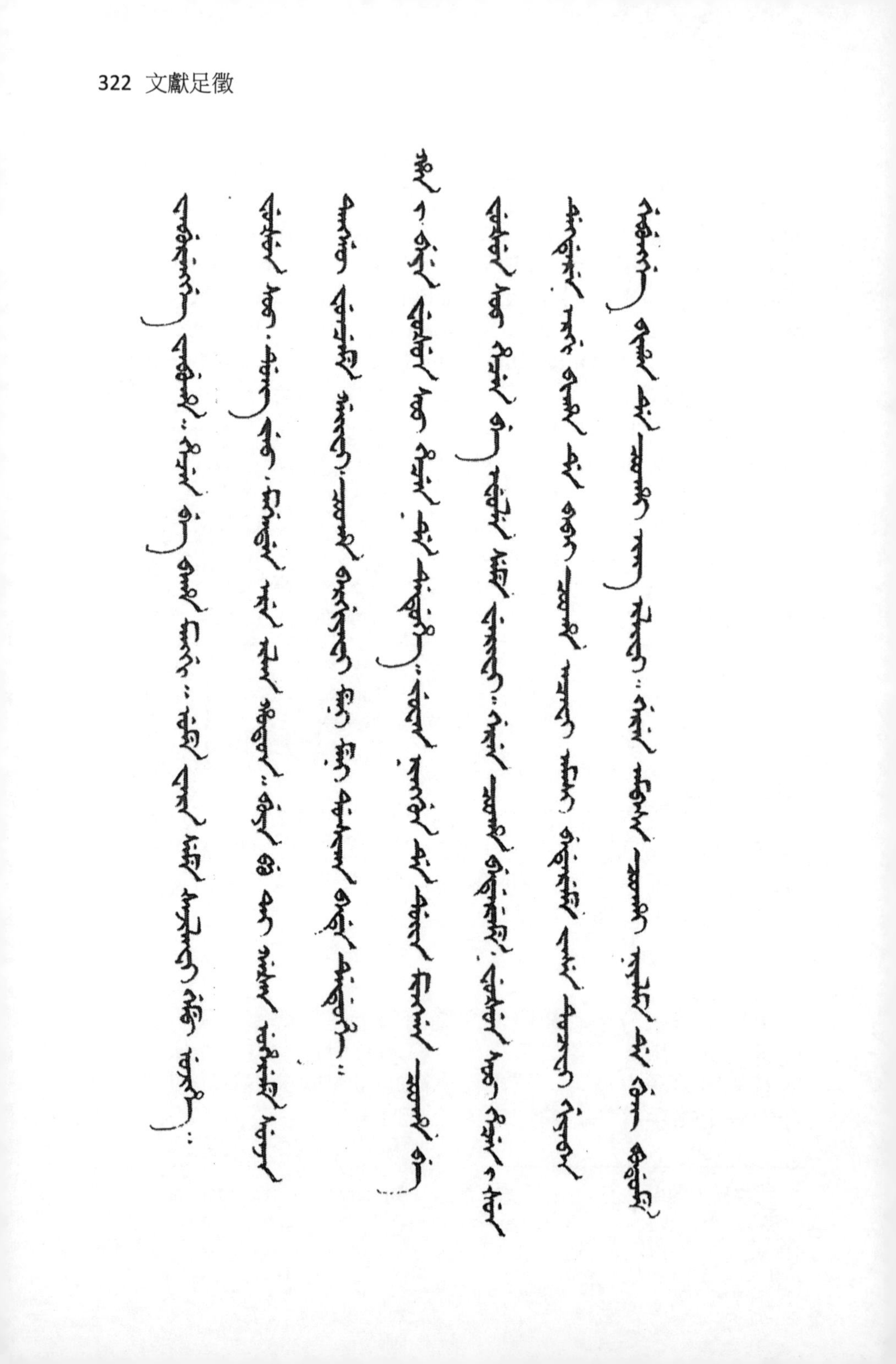

waburengge wabuha. hecen be baha manggi, ume wara seme šajilafi gemu ujihe. fušun soo, dung jeo, magendan ere ilan hoton, buya pu tai gašan uhereme sunja tanggū funceme gaifi, cooha bargiyafi meni meni dosika bade deduhe. han i beye fušun soo hecen de deduhe. juwan ninggun de, duin minggan cooha be fušun soo hecen be efule seme werifi. geren cooha bedereme,

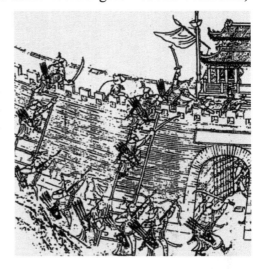

fušun soo hecen i šun dekdere ergi bihan de babai cooha acafi amasi bedereme, jase tucifi giyaban gebungge bihan de coohai ing ilifi. geren ambasa coohai niyalma de gung bodome

被殺者已矣，克城後，傳令勿殺，皆撫養之。此役下撫順所、東州、馬根單三城及小臺堡村寨共五百餘處，乃收兵各於所進之處安歇，汗本人駐宿撫順所城。十六日，留兵四千拆毀撫順所城，大兵回至撫順所城東曠野處，會集各營兵出邊至甲版曠野安營，諸臣兵民論功

被杀者已矣，克城后，传令勿杀，皆抚养之。此役下抚顺所、东州、马根单三城及小台堡村寨共五百余处，乃收兵各于所进之处安歇，汗本人驻宿抚顺所城。十六日，留兵四千拆毁抚顺所城，大兵回至抚顺所城东旷野处，会集各营兵出边至甲版旷野安营，诸臣兵民论功

ᠴᠠᠭᠠᠨ ᠰᠠᠷᠠᠶᠢᠨ ᠬᠤᠨᠤᠭ ᠪᠡᠷ ᠠᠷᠪᠠᠨ ᠨᠢᠭᠡᠳᠦᠭᠡᠷ ᠃

ᠬᠤᠷᠢᠨᠳᠤᠭᠠᠷ ᠬᠤᠷᠢᠨᠳᠤᠭᠠᠷ ᠬᠦᠮᠦᠨ ᠳᠦ ᠨᠢᠭᠡ ᠬᠡᠮᠡᠨ ᠃

ᠲᠡᠷᠡ ᠬᠦᠮᠦᠨ ᠳᠦ ᠃ ᠲᠡᠷᠡ ᠬᠦᠮᠦᠨ ᠳᠦ ᠬᠦᠮᠦᠨ ᠃

ᠨᠢᠭᠡ ᠬᠦᠮᠦᠨ ᠳᠦ ᠃ ᠲᠡᠷᠡ ᠬᠦᠮᠦᠨ ᠳᠦ ᠃

ᠲᠡᠷᠡ ᠬᠦᠮᠦᠨ ᠳᠦ ᠃ ᠲᠡᠷᠡ ᠬᠦᠮᠦᠨ ᠳᠦ ᠃

šangnafi, gūsin tumen olji be geren cooha de dendeme bufi, dahaha niyalma be emu minggan boigon araha. jai sandung, sansi, hoodung, hoosi, su jeo, hang jeo, i jeo jakūn goloci hūda jifi, fušun soo hecen de bihe, juwan ninggun niyalma de jugūn de jetere menggun ambula bufi, nadan amba koro gisun i bithe be jafabufi amasi sindafi unggihe. fušun soo hecen be efule seme werihe duin minggan cooha isinjiha manggi, ninggun tumen cooha be dahabuha boigon i niyalma baha olji be gamame juleri jurambufi boo de unggihe.

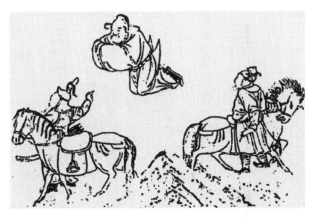

行賞，將所獲人畜三十萬分給各兵，其歸降人民編為一千戶。有山東、山西、河東、河西、蘇州、杭州、益州等八省來撫順所城貿易商賈十六人，皆厚給盤費銀兩，書七大恨之言付之遣還。其為拆毀撫順所城所留下四千兵亦至，遂令兵六萬率降民及所獲人畜前行返家。

行赏，将所获人畜三十万分给各兵，其归降人民编为一千户。有山东、山西、河东、河西、苏州、杭州、益州等八省来抚顺所城贸易商贾十六人，皆厚给盘费银两，书七大恨之言付之遣还。其为拆毁抚顺所城所留下四千兵亦至，遂令兵六万率降民及所获人畜前行返家。

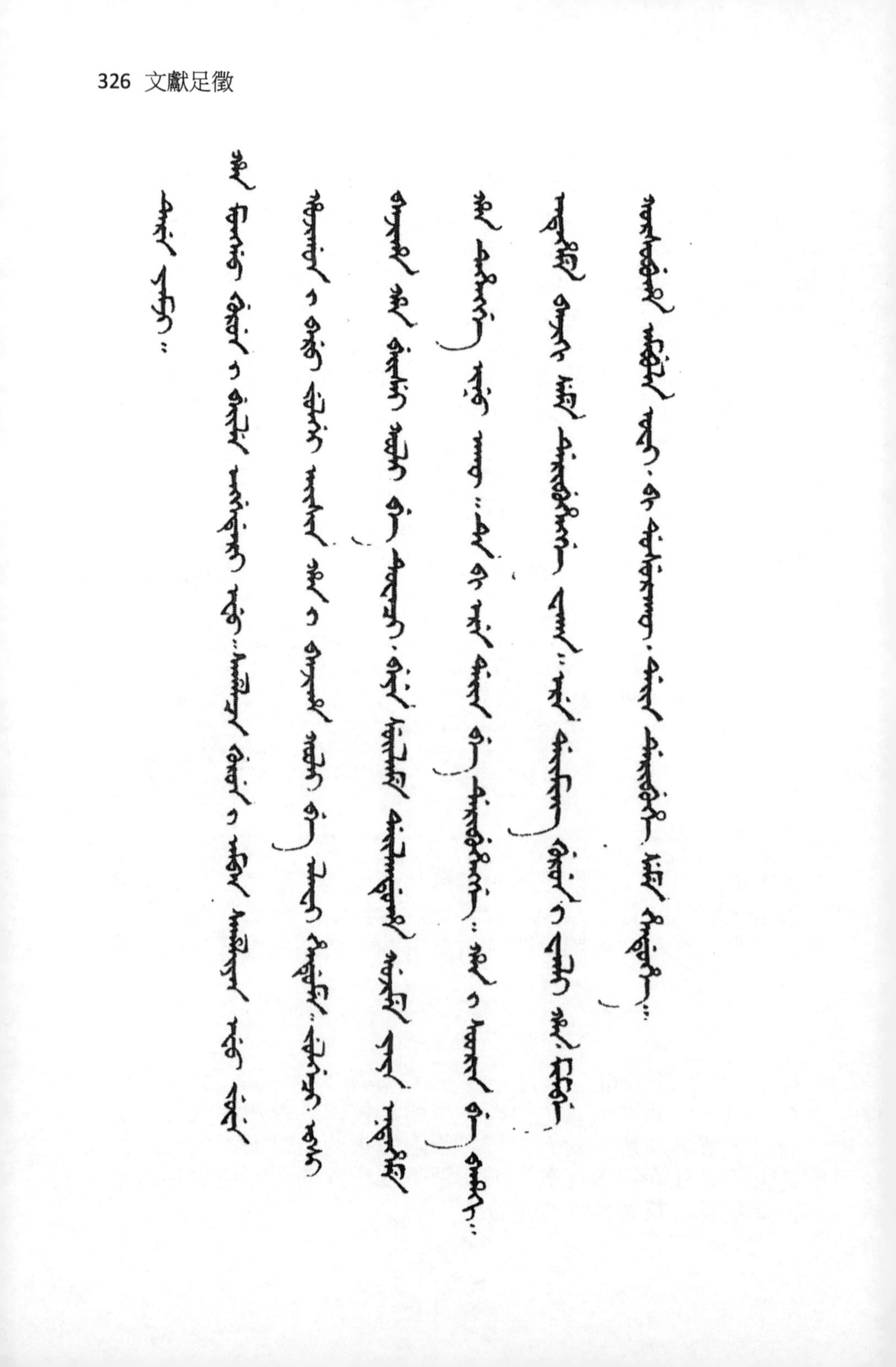

三十五、金朝往事

tere yamji, han monggo gurun i beile enggederi efu, sahalca
gurun i amban sahaliyan efu juwe hojigon i baru julgei aisin han

i banjiha kooli de alafi
hendume, julgeci ebsi banjiha
han beisei kooli be tuwaci,
beye suilame dailanduha
gojime yaya enteheme han
tehengge inu akū. te bi ere
dain be deribuhengge. han i
soorin be bahaki. enteheme
banjiki seme deribuhengge
waka. ere daiming gurun i
wanli han, mimbe korsobuha
ambula ofi, bi dosurakū, dain
deribuhe seme henduhe.

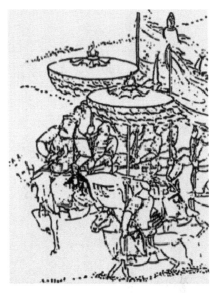

是晚，汗將從前金汗往事向蒙古國貝勒恩格德爾額駙、薩哈
爾察國臣薩哈連額駙二壻講述曰：「我看自古帝王，雖身經征
戰之苦，亦未有永享其帝位之尊者，今我興此兵，非欲圖大
位而永享之也。但因大明國萬曆皇帝屢致我忿恨，我容忍不
過[23]，不得已而興兵也。」

是晚，汗將从前金汗往事向蒙古国贝勒恩格德尔额驸、萨哈
尔察国臣萨哈连额驸二壻讲述曰：「我看自古帝王，虽身经征
战之苦，亦未有永享其帝位之尊者，今我兴此兵，非欲图大
位而永享之也。但因大明国万历皇帝屡致我忿恨，我容忍不
过，不得已而兴兵也。」

---

[23] 容忍不過，規範滿文當作"dosorakū"，此作"dosurakū"，異。

ᠠᠮᠪᠠ ᠪᠣᠯᠠᡳ᠂᠂

ᠵᠠᠰᠠᡳ ᠵᠠ ᡳ ᠠᠯᠪᠠᠨ ᠣᠢ ᠠᠯᠪᠠᠨᠵᠠᠰᠠᠯᠠᡵᠠ ᠠᠮᠪᠠ ᠵᠠᡵᡤᠣ

ᠨ ᠵᠠᠰᠠᠯᠠᡵᠠ ᠠᠯᠪᠠᠨ ᠣᡳ ᠠᠯᠪᠠᠨ ᠣᡳ ᠵᠠᠰᠠᠮ ᠣᡵ ᠣᡳ

ᠨ ᠵᠠᠰᠠᠯᠠᡵᠠ ᠠᠮᠪᠠ ᠵᠠᡵᡤᠣ ᠵᠠᠰᠠᠵᠠᡳᠠᠨ ᠵᠠᠰᠠᠯᠠᡵᠠ ᠠᠯᠪᠠᠨ

ᠵᠠᠰᠠᠵᠠᡳᠠᠨ ᠠᠯᠪᠠᠨ ᠣᠢ ᠠᠯᠪᠠᠨᠵᠠᠰᠠᠯᠠ ᠵᠠ ᠵᠠᡵᡤᠣ ᠵᠠᠰᠠᠵᠠᡳ᠂᠂

ᠶᠠ ᠠᠯᠪᠠᠨ ᠣᠢ ᠵᠠᠰᠠᠯᠠᠨ ᠵᠠᡵᡤᠣ ᠵᠠᠰᠠᠯᠠ ᠵᠠᠰᠠᠵᠠᡳᠠᠨᠵᠠ᠂᠂

ᠪᠠᡳᠠ ᠠᠯᠪᠠᠨ ᠣᡳ ᠵᠠᡵᡤᠣ ᠵᠠᠰᠠᠯᠠᡵᠠ ᠵᠠᡵᡤᠣ ᠵᠠᠰᠠᠵᠠᡳᠠᠨ᠂

三十六、邊外立碑

tere fonde daiming gurun i wanli han guwangning hecen i dzung
bing guwan hergen i jang ceng in be jase bitume tuwa seme
unggifi, jang ceng in jase bitume tuwafi, amasi bederehe manggi,
manju gurun de tungse dung guwe yun be takūrafi hendume,
meni jasei tulergi suweni tehe babe meni ba obumbi, te ice
wehei bithe ilibumbi. suweni caiha, fanaha, sancara ere ilan
goloi tariha jeku be ume gaijara, suweni jecen i bai irgen be

bargiyafi, gurun i tehe babe
amasi bederene te seme
takūraha manggi, taidzu
kundulen han hendume, meni
ududu jalan halame tehe boo

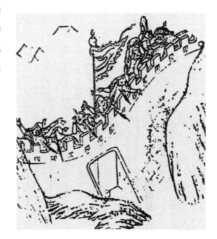

是時，大明國萬曆皇帝遣廣寧城總兵官張承胤巡邊。張承胤
巡邊返回，遣滿洲國通事董國胤曰：「汝所居我界外地皆為我
地，今欲更立石碑。其柴河、撫安、三岔三路所種之田，汝
勿刈獲，可收汝邊民，退居汝國。」太祖崑都崙汗曰：「我累
世祖居廬室

是时，大明国万历皇帝遣广宁城总兵官张承胤巡边。张承胤
巡边返回，遣满洲国通事董国胤曰：「汝所居我界外地皆为我
地，今欲更立石碑。其柴河、抚安、三岔三路所种之田，汝
勿刈获，可收汝边民，退居汝国。」太祖昆都仑汗曰：「我累
世祖居庐室

tariha usin be waliya seme gisurerengge, suweni mujilen gūwaliyafi gisurembi dere. bi donjici, julgei mergesei henduhengge mederi muke debenderakū han i mujilen gūwaliyandarakū sehebi. han i mujilen gūwaliyafi, jasei tulergi yehe de dafi, mini jasei jakade tehe irgen i tariha jeku be gaiburakū bedere seci, han i gisumbe maraci ombio. taifin doro be buyerakū, ehe be gūnici, mini ajige gurun majige joboci, sini amba gurun inu ambula jobombidere. mini ai ambula gurun, bi bederebure. sini amba gurun be si adarame bargiyame mutebumbi. dain oci bi emhun joborakū kai. sini gurun be amba. cooha be geren seme mimbe gidašambikai.

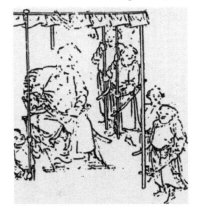

耕種田地，今令棄之，想爾心變，故出此言也。吾聞昔賢云：『海水不溢，帝心不變。』帝心既變，助邊外葉赫，又令我境內居民所種田穀不容刈穫而令退居，帝之言，豈敢違？但不願太平，而起惡念，我小國若受其害，則汝大國亦受大害矣。我非大國，我欲退即退，汝係大國，汝如何能收拾？若搆兵成仇，非獨我一身之患也。汝以大國兵眾，而欺凌我，

耕种田地，今令弃之，想尔心变，故出此言也。吾闻昔贤云：『海水不溢，帝心不变。』帝心既变，助边外叶赫，又令我境内居民所种田谷不容刈获而令退居，帝之言，岂敢违？但不愿太平，而起恶念，我小国若受其害，则汝大国亦受大害矣。我非大国，我欲退即退，汝系大国，汝如何能收拾？若构兵成仇，非独我一身之患也。汝以大国兵众，而欺凌我，

ᠪᠠᡳᡩᠠᡴᠠ ᡝᠨᡨᠡᠴᡝᠮᡝ ᠰᡳᠮᡝ ᡴᡳᡴᡝᠮᠪᠠᡳ ᠰᡳᠮᡝᠪᡝ ᠵᠠᡩᠠᠮᠪᡳᡴᠠᠨ ᠮᠠᠰᠠᠪᡳ ᡴᠠᠶ᠊᠊᠊᠊᠊᠊᠊᠊᠊᠊᠊᠊᠊᠊᠊᠊᠊᠊᠊᠊ ᠰᠠᡳᠮᠠᠴᡳ ᠵᠠᡩᠠᠮᠪᡳᡴᠠᠨ ᠮᠠᡳᠮᠠᡳ ᡴᠠᠴᠠᠮᠪᡳᡴᠠᠨ ᠮᠠᡳᠮᠠ᠊᠊᠊᠊᠊᠊᠊᠊᠊᠊

ᠰᠠᠮᠪᡳᡴᠠᠨ ᠮᠠᠰᠠᠪᡳ ᡝᠨᡨᡝᠮᡝ ᠮᠠᡳᠮᠠᠮᠪᡳᡴᠠᠨ ᠮᠠᠰᠠᠪᡳ᠂ ᡝᠨᡨᡝᠮᡝ ᠵᠠᠮᠪᡳᡴᠠᠨ ᠮᠠᠰᠠᠪᡳ᠂ ᠵᠠᡳ᠊᠊᠊᠊᠊᠊᠊᠊᠊᠊

ᠰᠠᠮᠪᡳᡴᠠᠨ ᠮᠠᠰᠠᠪᡳ ᡝᠨᡨᡝᠮᡝ ᠮᠠᡳᠮᠠᠮᠪᡳᡴᠠᠨ ᠮᠠᠰᠠᠪᡳ᠂ ᠰᠠᠮᠪᡳᡴᠠᠨ ᠮᠠᠰᠠᠪᡳ᠂ ᠵᠠᡳᠮᠠ᠊᠊᠊᠊᠊᠊᠊᠊

ᠰᠠᠮᠪᡳᡴᠠᠨ ᠮᠠᠰᠠᠪᡳ ᡝᠨᡨᡝᠮᡝ ᠮᠠᡳᠮᠠᠮᠪᡳᡴᠠᠨ ᠮᠠᠰᠠᠪᡳ᠂ ᠰᠠᠮᠪᡳᡴᠠᠨ ᠮᠠᠰᠠᠪᡳ᠂ ᠵᠠᡳᠮᠠᠪᡳᠮᠠ᠂᠂

amba gurun be ajige obuci, ajige gurun be amban obuci gemu abkai ciha kai. sini emu hecen de tumen cooha teci sini gurun dosurakū[dosorakū]. minggan cooha teci hecen i niyalma cooha gemu minde olji ombikai seme hendure jakade. tungse dung guwe yun ere gisun jaci amban kai seme hendufi genehe. tereci wanli han babe durime jasei tule ududu bade wehei bithe ilibunjiha.

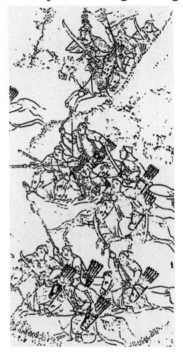

然大國成小，小國成大，皆由天意。汝若一城屯兵一萬，汝國勢亦不能，若止屯兵一千，則城中兵民，皆為我所俘矣。」通事董國胤曰：「此言太過矣。」遂去。自此萬曆皇帝遂侵占疆土，於邊外數處立石碑為界。

然大国成小，小国成大，皆由天意。汝若一城屯兵一万，汝国势亦不能，若止屯兵一千，则城中兵民，皆为我所俘矣。」通事董国胤曰：「此言太过矣。」遂去。自此万历皇帝遂侵占疆土，于边外数处立石碑为界。

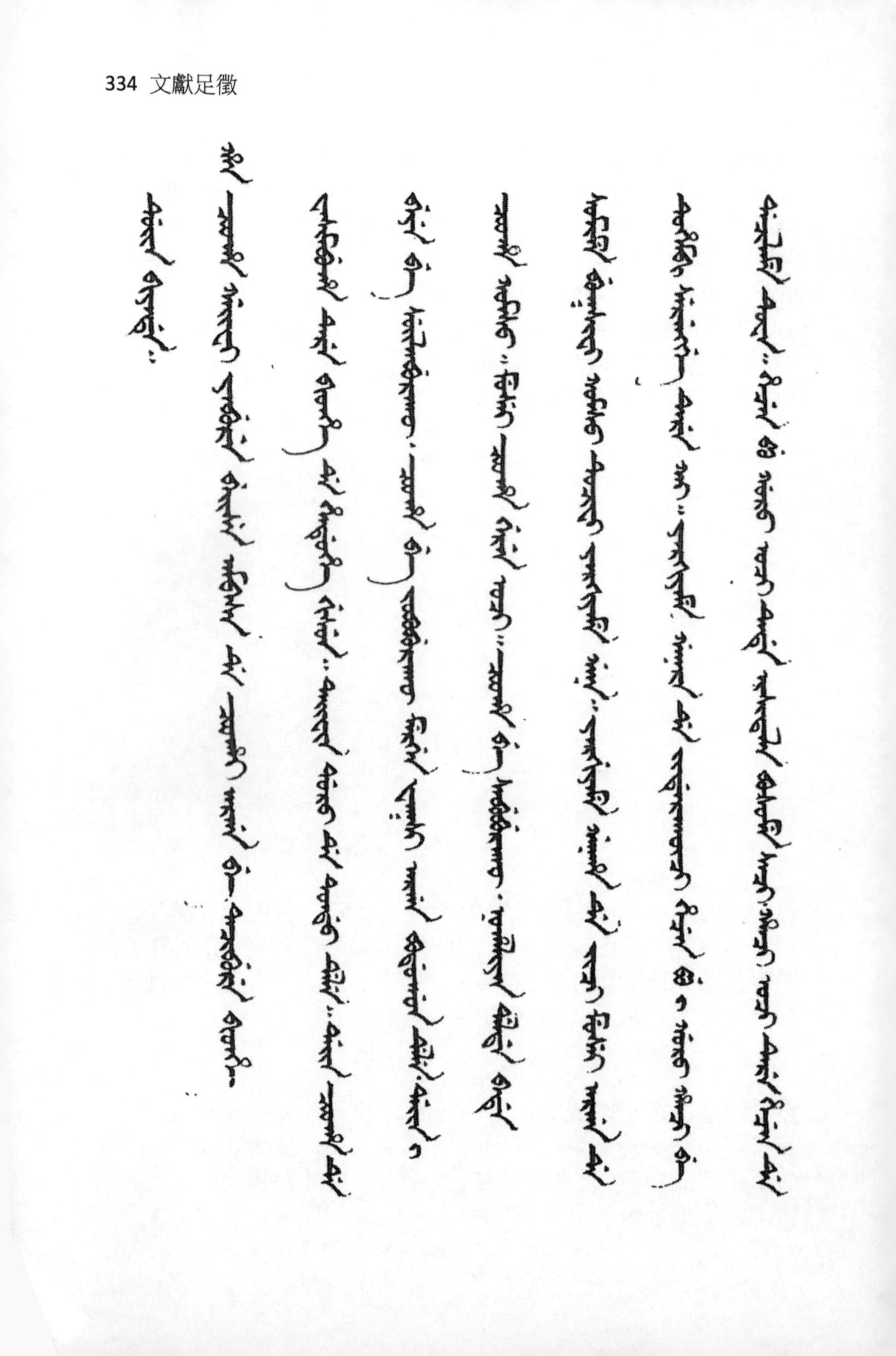

三十七、訓練兵法

duin biyade, han cooha gaifi yabure beise ambasa de coohai arga be tacibure bithe wasimbuha. tere bithe de henduhe gisun, taifin doro de tondo dele, dain cooha de beye be suilaburakū, cooha be joboburakū mergen faksi arga bodogon dele, dain i cooha komso, musei cooha geren oci, cooha be sabuburakū, nohaliyan dalda bade somime buksifi, komso tucifi yarkiyame gana, yargiyame ganaha de jici musei arga de tuhembi serengge tere kai. yarkiyame ganara de jiderakūci hecen pu i goro hanci be dacilame tuwa, hecen pu goro oci tede isitala bošome saci, hanci oci tere hecen de

---

四月,汗頒訓練兵法之書於領兵貝勒諸臣,其書中之辭曰:「太平之時,以正為上,軍中用兵,以不勞己,不頓兵智巧謀略為上。若我兵眾敵兵寡[24],不令見我兵,而伏於隱僻處[25],少遣兵誘之,誘之而來,是中吾計也。若誘而不來,即詳察其城堡之遠近,相距若遠,則盡力追擊,近則直薄其城,

---

四月,汗颁训练兵法之书于领兵贝勒诸臣,其书中之辞曰:「太平之时,以正为上,军中用兵,以不劳己,不顿兵智巧谋略为上。若我兵众敌兵寡,不令见我兵,而伏于隐僻处,少遣兵诱之,诱之而来,是中吾计也。若诱而不来,即详察其城堡之远近,相距若远,则尽力追击,近则直薄其城,

---

[24] 敵兵寡,句中「敵兵」,滿文讀作 "dain i cooha",意即「征戰之兵」。按「敵兵」,滿文當作 "bata i cooha"。

[25] 隱僻處,滿文讀作 "nohaliyan dalda bade somime buksifi",句中 "nohaliyan",規範滿文讀作 "nuhaliyan",意即「低窪隱蔽處」。

ᠪᠠᡳᡴᠠᠨ ᡝᡴᡝᡥᡝᡴᡝ ᡥᡡᠨ ᡨᡝᡳᠯᡝ ᡴᠠᡴᠠ ᡴᡝᡴᡝ ᡥᡡᠰᠠ ᠮᡝᠨ
ᡨᡝᡳ ᡵᡝ ᡴᠠᡴᠠ ᡥᡡᠨᡝᡴᡝ ᡥᡡᠰᠠ ᠮᡝᠨ ᠰᡝ ᡥᠠᠨᠠ ᡝᠴᡝᡴᡝ

dositala duka be fihebume saci. dain i cooha geren, musei emu gūsa, juwe gūsai cooha de ucaraci daci hanci ume latubure, doigon ci bederefi musei geren cooha be baime acancu. geren cooha, batai coohai bisire baru baime acana, juwe ilan bai cooha acafi seole, bihan de acaha cooha de afara šajin ere inu. hecen hoton oci bahara bade cooha be latubu afabu, baharakū ba oci daci ume latubure afafi, baharakū bedereci gebu ehe. musei cooha be suilaburakū dain be eteci, mergen faksi arga bodogon unenggi coohai ejen serengge tere kai. cooha be jobobume suilabume dain be etehe baha seme tere ai tusa. dain dailara cooha coohalara de,

使自擁塞於門，而掩殺之。倘敵眾我寡，我兵止一、二固山遇敵兵，勿令遽近，宜預退以覓我大兵。大兵既集，然後尋敵所在。若止二、三處兵，須酌量進退，此乃遇敵野戰之法也。至於攻城鎮，當觀其勢，勢可下則令兵攻之，否則勿攻，倘攻之不克而回，反損名矣。夫不勞兵力而克敵者，乃足稱智巧謀略，誠為軍中主帥也。若勞兵力，雖勝何益？當征戰之際，

使自拥塞于门，而掩杀之。倘敌众我寡，我兵止一、二固山遇敌兵，勿令遽近，宜预退以觅我大兵。大兵既集，然后寻敌所在。若止二、三处兵，须酌量进退，此乃遇敌野战之法也。至于攻城镇，当观其势，势可下则令兵攻之，否则勿攻，倘攻之不克而回，反损名矣。夫不劳兵力而克敌者，乃足称智巧谋略，诚为军中主帅也。若劳兵力，虽胜何益？当征战之际，

ᠰᠠᡳᠨ ᠪᠠᡳᡨᠠ ᠪᡝ ᡵᡝᡥᡝᡩᠠᡶᠠᠨ ᠨᠠᡩᠠᠨ ᠸᠠᠰᡳᠮᠪᡠᡵᠠ ᠮᡝ ᠪᡳᡨᡥᡝ

museingge be gūwa de gaiburakū, dain be eteci tere yaya ci dele. emu nirude juwete wan arabufi, orita uksin i cooha be tucibufi. hecen de afabu. boo ci tucike inenggi ci boo de isinjitala coohai niyalma meni meni nirui tuci ume fakcara, tu ci fakcaha niyalma be jafafi dacilame fonji. sunja niru i ejen, han i tacibuha šajin fafun i gisun be geren de tacibume alarakūci, sunja nirui ejen de emu morin, nirui ejen de emu morin gaimbi. sunja nirui ejen, nirui ejen henduci donjirakū, fakcafi yabuci yabuha niyalma be wambi. sunja nirui ejen, nirui ejen yaya niyalma ai ai weile be afabure de, beye muteci afabure weile be alime gaisu, muterakūci afabure weile be ume alime gaijara. si muterakū bime alime

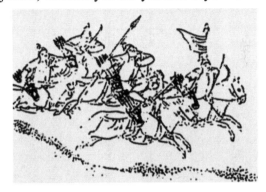

最上者莫過於不損己兵而能勝敵者也。每一牛彔各造二雲梯，出甲兵二十名，以備攻城。自出兵日至班師日，各軍士勿離本牛彔旗，有離本旗之人，執而詳問其由。五牛彔之主，若不以汗所頒法令訓誡於眾，則罰五牛彔主馬一匹，本牛彔主馬一匹。若五牛彔之主、本牛彔主諭之不聽，即殺梗令之人。五牛彔之主與本牛彔主，凡有委任之事，若能勝其任則受委任，若不能勝任，則勿受，

最上者莫过于不损己兵而能胜敌者也。每一牛彔各造二云梯，出甲兵二十名，以备攻城。自出兵日至班师日，各军士勿离本牛彔旗，有离本旗之人，执而详问其由。五牛彔之主，若不以汗所颁法令训诫于众，则罚五牛彔主马一匹，本牛彔主马一匹。若五牛彔之主、本牛彔主谕之不听，即杀梗令之人。五牛彔之主与本牛彔主，凡有委任之事，若能胜其任则受委任，若不能胜任，则勿受，

gaici, sini emu beyei jalinde waka kai, tanggū niyalma be kadalara niyalma oci, tanggū niyalmai baita tookambi. minggan niyalma be kadalara niyalma oci, minggan niyalmai baita tookambikai. tere baita serengge gurun i amba baita kai. hecen hoton de afara de neneme emken juwei dosika be daburakū, neneme emken juwe dosici koro bahambikai. neneme dosifi feye baha seme šangnarakū, bucehe seme gung burakū. hecen be efuleme nenehe niyalma be neneme dosika de arambi. neneme efuleme wajiha niyalma gūsai ejen de alanju. tehereme afara niyalma gemu efuleme wajiha manggi, gūsai ejen buren burde, buren i jilgan be donjiha de baba de afara niyalma gemu sasa dosi seme bithe wasimbuha.

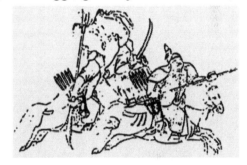

不能勝任而強為之者，其關係非止一身，若率百人，則誤百人之事，率千人則誤千人之事，其事乃國之大事也。至於攻取城邑，不在一、二人先進，若一、二先進，必致損傷，先進者雖受傷，亦不行賞，即殞身不為功。其先拆城先進者即為首功，其先拆者可報固山額真。待環攻之人俱拆畢，然後固山額真吹螺，各處攻城之人聽螺聲，同時並進。」此諭。

不能胜任而强为之者，其关系非止一身，若率百人，则误百人之事，率千人则误千人之事，其事乃国之大事也。至于攻取城邑，不在一、二人先进，若一、二先进，必致损伤，先进者虽受伤，亦不行赏，即殒身不为功。其先拆城先进者即为首功，其先拆者可报固山额真。待环攻之人俱拆毕，然后固山额真吹螺，各处攻城之人听螺声，同时并进。」此谕。

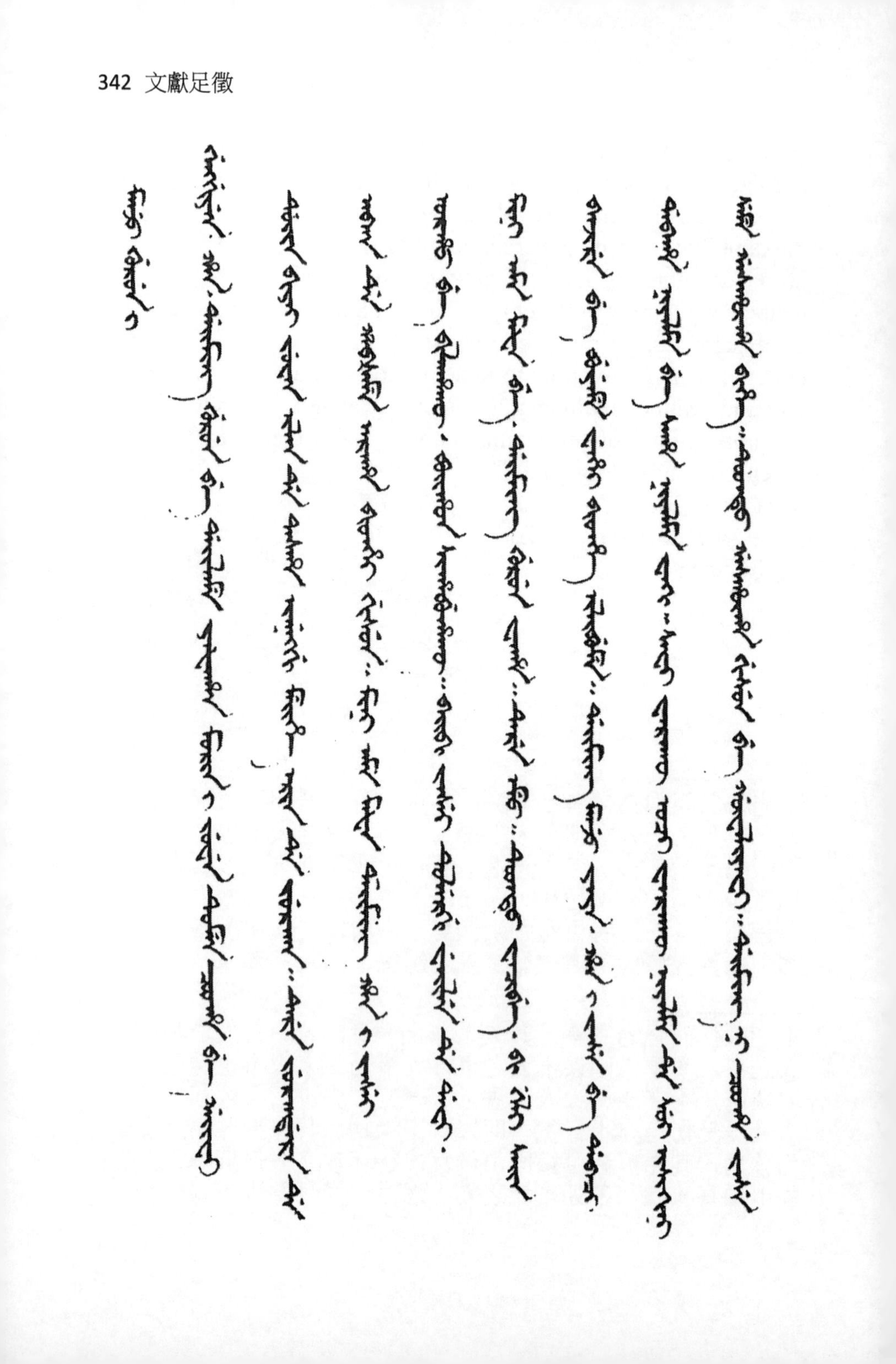

三十八、興兵七恨

manju gurun i genggiyen han, daiming gurun be dailame yafahan morin i juwe tumen cooha be gaifi, duin biyai juwan ilan de tasha inenggi meihe erin de juraka. tere jurandara de abka de habšame araha bithei gisun. mini ama mafa daiming han i jasei orho be bilahakū, boihon sihabuhakū. baibi jasei tulergi weile de dafi, mini ama mafa be, daiming gurun waha, tere emu, tuttu wacibe, bi geli sain banjire be buyeme wehei bithe ilibume. daiming manju yaya, han i jase be dabaci dabaha niyalma be saha niyalma waki. safi warakū oci warakū niyalma de sui isikini seme gashūha bihe. tuttu gashūha gisun be gūwaliyafi. daiming ni cooha jase

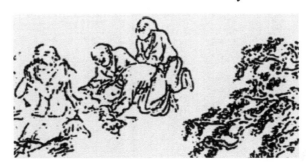

滿洲國明汗率步騎兵二萬征大明國，四月十三日寅日巳時啟程，臨行撰寫告天書，書曰：「我之父祖於大明帝邊，一草不折，寸土不擾，秋毫未犯，無端生事於邊外，大明國殺我父祖，此其一也。雖有父祖被殺之事，我尚欲修好，曾立石碑盟誓，凡大明與滿洲，皆勿越帝邊，敢有越者，見之即殺，見而不殺，殃及於不殺之人。如此盟言，大明背之，令兵出邊，

滿洲国明汗率步骑兵二万征大明国，四月十三日寅日巳时启程，临行撰写告天书，书曰：「我之父祖于大明帝边，一草不折，寸土不扰，秋毫未犯，无端生事于边外，大明国杀我父祖，此其一也。虽有父祖被杀之事，我尚欲修好，曾立石碑盟誓，凡大明与满洲，皆勿越帝边，敢有越者，见之即杀，见而不杀，殃及于不杀之人。如此盟言，大明背之，令兵出边，

ᠰᡝᠷᡝ ᠪᠠᡳᡨᠠ᠂ ᠠᡳᠮᠠᡴᠠ ᠮᡝᠨᡳ ᠪᠠ

tucifi yehe de dafi tuwakiyame tehebi. tere juwe koro. jai cingho ci julesi giyang dalin ci amasi aniya dari, daiming gurun i niyalma hūlhame jase tucifi, manju i ba be durime cuwangname nungnere jakade, da gashūha gisun bihe seme jase tucike niyalma be waha mujangga. tuttu waha manggi, da gashūha gisumbe daburakū, ainu waha seme, guwangning de hengkileme genehe, mini gangguri, fanggina be jafafi sele futa hūwaitafi mimbe albalame mini juwan niyalma be gamafi jase de wa seme wabuha. tere ilan koro. jase tucifi cooha tuwakiyame tefi, mini jafan buhe sargan jui be monggo de buhe. ere duin koro. udu udu jalan halame han i jase tuwakiyame tehe, caiha, fanaha, sancira ere ilan golo i manju i

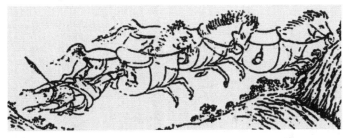

助葉赫駐守，其恨二也。再自清河之南，江岸之北，每歲大明國之人竊出邊，入滿洲地肆其攘奪，我以原誓言殺其出邊之人是實。彼負原誓言，是以殺之，彼責我擅殺，拘我往謁廣寧使者綱古里、方吉納，以鐵索繫之，逼令我取十人，殺之邊境，其恨三也。遣兵出邊駐守，致使我已聘之女轉嫁蒙古，其恨四也。將我世守帝邊之柴河、撫安、三岔三路

助叶赫驻守，其恨二也。再自清河之南，江岸之北，每岁大明国之人窃出边，入满洲地肆其攘夺，我以原誓言杀其出边之人是实。彼负原誓言，是以杀之，彼责我擅杀，拘我往谒广宁使者纲古里、方吉纳，以铁索系之，逼令我取十人，杀之边境，其恨三也。遣兵出边驻守，致使我已聘之女转嫁蒙古，其恨四也。将我世守帝边之柴河、抚安、三岔三路

ᠴᠣᠬᠤᠯᠠ᠃ ᠰᠣᠩᡤᠣᠵᠣ ᠪᠣᡩᠣᡵᠣᠬᠣᠨ ᠮᠠᠨᠵᠣᠰᠠᠪᡠᠮᠠᠨᠵᠣ᠃ ᠲᠡᡵᡝ ᠲᡠᠰᠠ ᠲᡝᠪᡝᡵ ᠪᠣ

ᡥᡝᠨ ᠴᠠᠰᠠᠰᠠ ᡥᡝᠨ ᡤᠣᠨᡳ ᠴᠠᠰᠠᠰᠠ ᠣ ᠲᠠᠰᡳᡵᠠ ᡝᠯᡝᠬᡝᠰᡠ᠃ ᠪᠣᡵᠣᡥᠣᠨᠠ ᠰᠣᠨᡤᠣᠵᠣ ᠮᠠᠨᠵᠣᠰᠠᠪᡠ

ᡥᡝᠨ ᡳ ᠲᠠᠰᡳᡵᠠ ᠣ ᠪᠣᡵᠣᡥᠣᠨᠠ ᠲᡝᠪᡝᡵ ᠮᠠᠨᠵᠣᠰᠠᠪᡠ ᠲᡝᡵᡝ ᠲᡠᠰᠠ᠃ ᠲᡝᠪᡝᡵ

ᠰᠣᠨᡤᠣ᠃ ᠣ ᠪᠣᡵᠣᡥᠣᠨᠠ ᠲᡝᠪᡝᡵ᠃ ᠮᠠᠨᠵᠣᠰᠠᠪᡠ ᡳ ᠲᠠᠰᡳᡵᠠ ᠪᠣᡵᠣᡥᠣᠨᠠ ᠲᡝᠪᡝᡵ ᠮᠠᠨᠵᠣᠰᠠᠪᡠ᠃ ᠣ

ᠲᡝᡵᡝ ᠴᠠᠰᠠᠰᠠ ᠣ ᠣᡵᠣᠨ ᠮᠠᠨᠵᠣᠰᠠᠪᡠ ᠲᡝᠪᡝᡵ ᠮᠠᠨᠵᠣᠰᠠᠪᡠ᠃ ᠰᠣᠨᡤᠣ ᠣᡵᠣᠨ᠃ ᠮᠠᠨᠵᠣᠰᠠᠪᡠ

ᠰᠣᠨᡤᠣ᠃ ᠲᡝᡵᡝ ᠴᠠᠰᠠᠰᠠ ᠣ ᠮᠠᠨᠵᠣᠰᠠᠪᡠ ᠲᡝᠪᡝᡵ ᠮᠠᠨᠵᠣᠰᠠᠪᡠ᠃ ᠲᡝᡵᡝ ᠲᡠᠰᠠ᠃ ᠲᡝᠪᡝᡵ ᠰᠣᠨᡤᠣ

ᠰᠣᠨᡤᠣ᠃ ᠮᠠᠨᠵᠣᠰᠠᠪᡠ ᠲᡝᠪᡝᡵ ᠣ ᠪᠣᡵᠣᡥᠣᠨᠠ ᠰᠣᠨᡤᠣ ᠲᡝᠪᡝᡵ᠃ ᠲᡝᡵᡝ ᠲᡠᠰᠠ ᠮᠠᠨᠵᠣᠰᠠᠪᡠ ᠲᡝᠪᡝᡵ᠃

tarifi yangsaha jeku be gaiburakū. daiming gurun i cooha tucifi
bošoho. tere sunja koro. jasei tulergi abkai wakalaha yehei gisun
be gaifi ehe gisun hendume, bithe arafi niyalma takūrafi mimbe
hacin hacin i koro arame giribuhe, tere ninggun koro. hadai
niyalma yehe de dafi minde juwe jergi cooha jihe bihe. bi karu
dailara jakade, abka hada be minde buhe. abkai buhe hada be
daiming han geli hada de dafi, mimbe ergeleme ini bade unggi

seme unggibuhe. mini
unggihe hada i niyalma be
yehei cooha ududu jergi
sucufi gamaha. abkai fejile
yaya gurun i niyalma ishunde
dailambikai, abkai wakalaha
niyalma anabumbi bucembi,
abkai urulehe niyalma etembi
banjimbikai. dain de waha
niyalma be

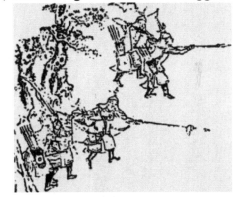

耕種田穀，不容收穫，遣兵驅逐，其恨五也。邊外葉赫，獲
罪於天，乃偏聽其言，以惡語責備，遣人書寫種種不善之語，
肆行凌辱，其恨六也。哈達助葉赫，二次出兵侵我，我返兵
征之，天將哈達授我，天與之哈達，大明帝又助哈達，逼令
我以還其國，葉赫將我所釋哈達之人擄掠數次。夫天下列國
之人互相征伐，存逆天意者敗而亡，合天心者勝而存，何能
使死於兵者復活？

耕种田谷，不容收获，遣兵驱逐，其恨五也。边外叶赫，获
罪于天，乃偏听其言，以恶语责备，遣人书写种种不善之语，
肆行凌辱，其恨六也。哈达助叶赫，二次出兵侵我，我返兵
征之，天将哈达授我，天与之哈达，大明帝又助哈达，逼令
我以还其国，叶赫将我所释哈达之人掳掠数次。夫天下列国
之人互相征伐，存逆天意者败而亡，合天心者胜而存，何能
使死于兵者复活？

ᠮᠠᠨᠤ
ᠪᠠᠨ
ᠵᠣᠷᠢᠭᠣᠷᠠᠮᠰᠢ
ᠠᠪᠠᠷᠢᠨ
ᠠᠰᠠᠷᠠᠵᠤᠨ᠁

ᠨᠣᠯᠬᠣᠨ᠂
ᠪᠠ
ᠬᠣᠵᠤᠨᠬᠠᠰᠠᠷᠠᠨ᠁
ᠨᠣᠨᠵᠤᠷᠣᠨ
ᠬᠢᠨᠠᠷᠤᠨ
ᠨᠠᠮᠠᠬᠢ
ᠬᠢᠨᠠᠵᠤᠷᠠᠨ
ᠬᠠᠪᠤᠷᠠᠨ
ᠵᠢᠷᠤᠬᠣᠨᠵᠢᠷᠤᠬᠣᠨ
ᠮᠠᠨᠤᠬᠠᠰᠤᠨ᠁

weijubure. baha olji be bederebure kooli bio. abkai sindaha
amba gurun i han seci, gubci gurun de gemu uhereme ejen dere,
mini canggi de ainu emhun ejen. neneme hūlun gemu emu ici ofi,
mimbe dailaha, tuttu dain deribuhe, hūlun be abka wakalaha,
mimbe abka urulehe. ere daiming han abka de eljere gese, abkai

wakalaha yehe de dafi,
waka be uru, uru be waka
seme ainu beidembi. tere
nadan koro. ere daiming
gurun mimbe gidašaha
giribuhe ambula ofi, bi
dosurakū[dosorakū], ere
nadan amba koro de dain
deribumbi seme, bithe arafi
abka de hengkileme, bithe
dejihe.

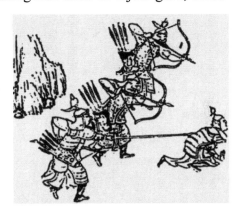

既得之人畜，豈有令復還之理乎？天降大國之君，即為天下
共主，豈獨只是我之主。先因扈倫諸部合兵侵我，是故興兵，
天厭扈倫，天以我為是而佑我。大明帝如同逆天，而助天譴
之葉赫，以非為是，以是為非，妄為剖斷，其恨七也。大明
國凌辱我至極，我實難容忍，故以此七大恨興兵。」書表拜
天畢，焚其表[26]。

既得之人畜，岂有令复还之理乎？天降大国之君，即为天下
共主，岂独只是我之主。先因扈伦诸部合兵侵我，是故兴兵，
天厌扈伦，天以我为是而佑我。大明帝如同逆天，而助天谴
之叶赫，以非为是，以是为非，妄为剖断，其恨七也。大明
国凌辱我至极，我实难容忍，故以此七大恨兴兵。」书表拜天
毕，焚其表。

---

[26] 焚其表，句中「焚」，規範滿文讀作 "deijihe"，此作 "dejihe"，異。

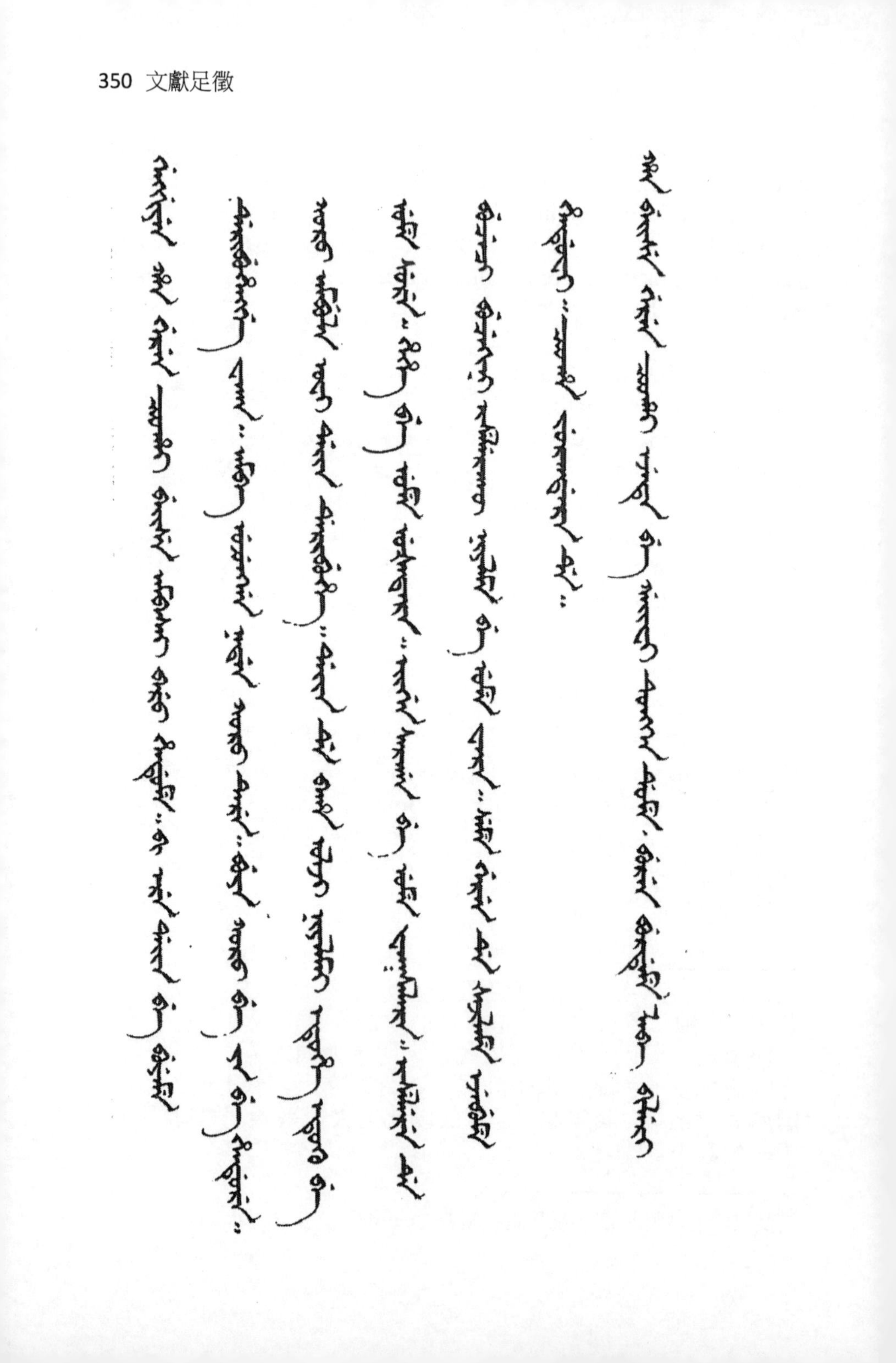

三十九、進兵撫順

genggiyen han geren coohai beise ambasai baru hendume, bi ere dain be buyeme deribuhengge waka. amba ujungga nadan koro tere. buya koro be ya be hendure. koro ambula ofi dain deribuhe. dain de baha olji niyalmai etuhe etuku be ume sure, hehe be ume ušatara, eigen sargan be ume faksalara, iselere de buceci bucekini, iselerakū niyalma be ume wara seme, geren de šajilame ejebume hendufi. cooha jurandara de, han beise geren coohai ejete be gaifi, tungken dume, buren burdeme, laba bileri

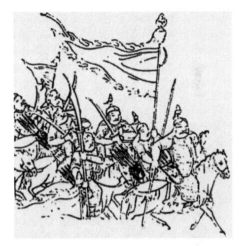

明汗謂軍中諸貝勒大臣曰：「此兵我非樂舉，首因七大恨，其餘小忿難盡言，忿恨已極，用是興兵。然陣中所俘虜之人，勿剝其衣服，勿淫其婦，勿離其夫妻，拒敵者殺之，不拒敵者勿妄殺。」嚴諭眾人既畢，兵將啟行時，汗遂與諸貝勒，暨領兵諸將等擊鼓、鳴螺、吹喇叭、

明汗谓军中诸贝勒大臣曰：「此兵我非乐举，首因七大恨，其余小忿难尽言，忿恨已极，用是兴兵。然阵中所俘虏之人，勿剥其衣服，勿淫其妇，勿离其夫妻，拒敌者杀之，不拒敌者勿妄杀。」严谕众人既毕，兵将启行时，汗遂与诸贝勒，暨领兵诸将等击鼓、鸣螺、吹喇叭、

ᠮᠢᠨᠣ ᠬᠦᠳᠡᠷ ᠮᠠᠨᠳᠣᠬᠠ ᠰᠢᠨᠵᠢᠯᠠᠬᠤ ᠪᠠᠶᠢᠨ ᠲᠠᠢᠵᠢ ᠬᠡᠮᠡᠬᠦ ᠤᠷᠭᠠᠨ ᠰᠠᠨᠠᠭᠣ ᠵᠠᠩᠬᠢᠶ᠎ᠠ᠃

ᠮᠠᠨᠤ ᠰᠠᠳᠤᠬᠠ ᠬᠡᠮᠡᠬᠦ ᠪᠠ ᠵᠠᠩᠬᠢᠶ᠎ᠠ᠂ ᠨᠠᠭᠠᠨ ᠰᠠᠶᠢᠬᠠᠨ ᠪᠠᠶᠢᠭᠣᠣᠯᠣᠭᠰᠠᠨ ᠬᠡᠷᠡᠭ ᠲᠣᠷ᠃

ᠰᠠᠩᠬᠤ ᠰᠠᠨᠠᠭᠠᠨ ᠤ ᠪᠠᠨ ᠵᠣᠷᠢᠬ᠂ ᠰᠠᠶᠢᠨ ᠰᠠᠳᠬᠢᠯ ᠢᠶᠠᠷ ᠢᠶᠠᠨ ᠶᠠᠪᠣᠬᠣ ᠪᠣᠯᠬᠣᠷ᠃

ᠰᠠᠶᠢᠬᠠᠨ ᠬᠦᠮᠣᠨ ᠪᠣᠯᠬᠣ ᠶᠢᠨ ᠲᠣᠯᠠ᠂ ᠨᠠᠭᠠᠨ ᠰᠠᠶᠢᠬᠠᠨ ᠰᠠᠳᠬᠢᠯ ᠢᠶᠠᠷ ᠪᠠᠨ ᠶᠠᠪᠣᠵᠣ᠂ ᠰᠠᠨᠠᠭ᠎ᠠ ᠪᠠᠨ ᠵᠢᠷᠤᠮᠯᠠᠨ᠂ ᠰᠠᠶᠢᠨ ᠰᠠᠳᠬᠢᠯ ᠢᠶᠠᠷ ᠪᠠᠨ ᠶᠠᠪᠣᠬᠣ ᠶᠢᠨ ᠣᠴᠢᠷ ᠲᠣᠷ᠃

fulgiyeme, tangse de hengkilefi, amba cooha jurafi gure
gebungge bade isinafi ing ilifi deduhe. jai inenggi amba cooha
juwe jugūn i dosime, hashū ergi duin gūsai cooha be. dung jeo,
magendan be gaisu seme unggihe, ici ergi duin gūsai ing ni
cooha, jakūn gūsai siliha bayarai cooha be han beise gaifi fušun
guwan furdan be dosime geneme, wahūn omoi gebungge bihan
de dedume ing iliha.

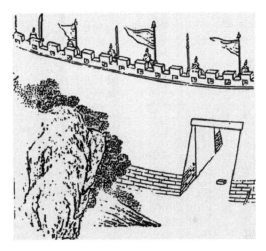

謁堂子後，大兵啟行，至古勒地方立營駐宿。次日，大兵分
兩路前進，令左側四固山兵取東州、馬根單。汗率諸貝勒統
領右側四固山營兵，八固山精選護軍取撫順關，至乞閾鄂漠
曠野處立營駐宿[27]。

謁堂子后，大兵啟行，至古勒地方立营驻宿。次日，大兵分
两路前进，令左側四固山兵取东州、马根单。汗率诸贝勒统
领右側四固山营兵，八固山精选护军取抚顺关，至乞閾鄂漠
旷野处立营驻宿。

[27] 乞閾鄂漠，又作「斡琿鄂漠」，滿文讀作"wahūn omo"，意即「臭池」。

四十、長驅遼陽

juwan jakūn de, genggiyen han beise ambasai baru hebešeme,
ere sin yang ni hecen be afame gaiha, cooha be ambula gidaha,
te ere etehe hūsun i uthai amba cooha julesi, dosifi liyoo yang
hecen be afame gaiki seme hebešeme toktobufi. amba cooha
aššafi julesi geneme hū pi i de isinaci, cooha irgen gemu hecen
be waliyafi burlahabi. amba cooha tubade uthai ing iliha.
daiming ni karun i niyalma tere cooha jidere be sabufi, deyerei
gese feksime jifi liyoo yang hecen be tuwakiyaha bithe coohai
geren hafasa de, manju gurun i amba cooha sin yang hecen be
afame gaifi,

十八日，明汗集諸貝勒大臣議曰：「瀋陽城已拔，敵兵大敗，
今即宜乘勢率大兵長驅，以取遼陽。」議定，即前進，至虎
皮驛，軍民俱已棄城逃走，大兵即於此處駐營。大明哨探見
兵來，飛報遼陽城守文武官曰：「滿洲大兵已取瀋陽，

十八日，明汗集諸貝勒大臣议曰：「沈阳城已拔，敌兵大败，
今即宜乘势率大兵长驱，以取辽阳。」议定，即前进，至虎皮
驿，军民俱已弃城逃走，大兵即于此处驻营。大明哨探见兵
来，飞报辽阳城守文武官曰：「满洲大兵已取沈阳，

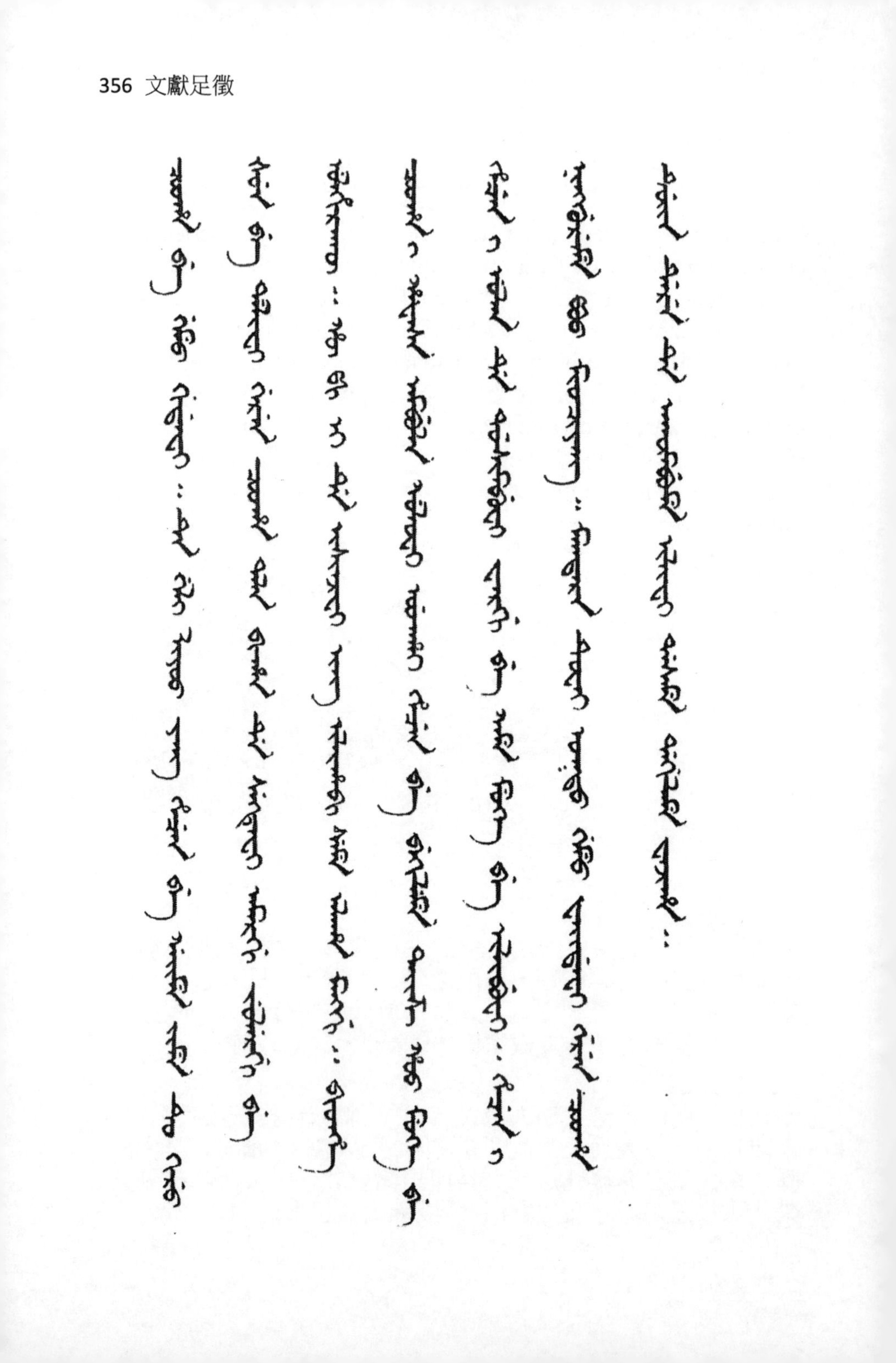

cooha be gemu gidafi, te geli liyoo yang hecen be gaime jime, tu kiru šun be dalifi, geren cooha tala bihan de sektefi, amargi julergi be ulhirakū. hū pi i de isinjifi ing ilihabi seme alaha manggi. bithe cooha i hafasa ambula golofi, utahi hecen be bekileme, taidz hoo muke be hecen i ulan de dosinbufi wargi be kame muke be ilibufi. hecen i ninggureme poo miociyang. maktara tuwai okto gemu faidafi geren cooha duin dere de akūmbume, ilifi dasame dagilame wajiha.

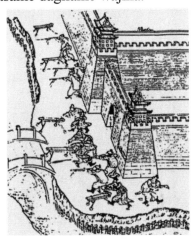

援兵盡敗，今又來攻遼陽城，旌旗蔽日，各兵漫山塞野，首尾不相見，至虎皮驛立營。」文武眾官聞之大驚，遂開太子河，注水於壕，閉西閘[28]，列鎗礮火器於城上，兵環四面，守禦甚嚴。

援兵尽败，今又来攻辽阳城，旌旗蔽日，各兵漫山塞野，首尾不相见，至虎皮驿立营。」文武众官闻之大惊，遂开太子河，注水于壕，闭西闸，列鎗炮火器于城上，兵环四面，守御甚严。

---

[28] 閉西閘，句中「西閘」，滿文讀作 "wargi be"，疑誤，滿文當作 "wargi kakū"。

ᠮᠣᠩᠭᠣᠯ ᠨᠢᠭᠡ ᠭᠡᠷ ᠪᠣᠯᠬᠤ᠁

ᠬᠠᠭᠠᠨ ᠤ ᠵᠠᠷᠯᠢᠭ ᠢᠶᠠᠷ ᠪᠢᠴᠢᠭᠰᠡᠨ ᠳᠤᠷᠭᠠᠨ ᠮᠠᠩᠵᠣ ᠪᠢᠴᠢᠭ᠁

ᠰᠦᠮᠡ ᠳᠤ ᠮᠥᠷᠭᠥᠵᠦ ᠵᠠᠯᠪᠠᠷᠢᠭᠰᠠᠨ ᠶᠠᠭᠤᠮ᠎ᠠ᠁ ᠳᠣᠷᠣᠨ᠎ᠠ ᠵᠦᠭ ᠨᠢ᠁

ᠴᠠᠭᠠᠨ ᠬᠣᠨᠢᠨ ᠢᠶᠠᠨ᠁ ᠨᠠᠷᠠᠨ ᠣᠷᠣᠨ ᠤ ᠬᠣᠶᠢᠳᠣ᠁ ᠭᠠᠵᠠᠷ ᠣᠷᠣᠨ᠁

ᠡᠪᠦᠭᠡᠨ ᠡᠮᠡᠭᠡᠨ ᠤ ᠭᠡᠷ ᠲᠡᠭᠡᠨ᠁ ᠨᠠᠮᠤᠷ ᠤᠨ ᠴᠠᠭ ᠲᠤ᠁ ᠬᠠᠪᠤᠷ ᠤᠨ᠁

ᠮᠣᠷᠢᠨ ᠤᠨ ᠨᠢᠷᠤᠭᠤᠨ ᠳᠡᠭᠡᠷ᠎ᠡ᠁ ᠨᠠᠷᠠ ᠰᠢᠩᠭᠡᠬᠦ ᠬᠦᠷᠲᠡᠯ᠎ᠡ᠁ ᠲᠡᠮᠡᠭᠡ ᠪᠠᠨ᠁

ᠴᠠᠭᠠᠨ ᠰᠠᠷ᠎ᠠ ᠶᠢᠨ ᠰᠢᠨᠡ ᠶᠢᠨ ᠨᠢᠭᠡᠨ ᠤ ᠡᠳᠦᠷ᠁ ᠰᠠᠢᠨ ᠡᠳᠦᠷ ᠢᠶᠡᠷ᠁ ᠬᠣᠨᠢᠨ ᠵᠢᠯ᠁

四十一、行家人禮

taidzu genggiyen han geren beisei baru hendume, musei uksun i baijuhū, hūsingga juwe ahūn mimbe daci gasabuha gojime tusa araha ba akū. jai ulai emhe, yehei mamari meni meni eigete be huwekiyebume bata ofi gasabuha gojime sain ai bi. udu tuttu sehe seme hiyoošulara kundulere doro be aljaci ojorakū seme hendufi. baijuhū amji, hūsingga amji, ulai gurun i mantai beilei sargan emhe, cangju beilei sargan keke, yehei gurun i bujai beilei sargan, gintaisi beilei sargan juwe aša be gemu solime ganafi dulimbai gung de dosimbufi, juwe amji be dergi nahan de tebufi, han i beye aniya araha doroi juwe amji de

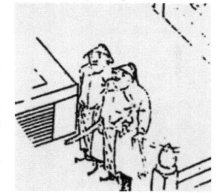

太祖明汗謂諸貝勒曰：「吾宗室中有拜珠扈、祜星阿二兄者，昔日惟知貽我以憂，無所裨益。又烏喇岳母，及葉赫諸媼等皆唆其夫與我為敵，煩苦我有何善乎？雖然如此，孝敬之禮仍不可廢。」遂令人請拜珠扈伯父、祜星阿伯父、烏喇國滿太貝勒妻岳母、常住貝勒妻大姑，及葉赫國布寨貝勒妻，金台石貝勒妻二嫂，俱入中宮，延二伯父升席上座。汗賀元旦，行家人禮，

太祖明汗谓诸贝勒曰：「吾宗室中有拜珠扈、祜星阿二兄者，昔日惟知贻我以忧，无所裨益。又乌喇岳母，及叶赫诸媪等皆唆其夫与我为敌，烦苦我有何善乎？虽然如此，孝敬之礼仍不可废。」遂令人请拜珠扈伯父、祜星阿伯父、乌喇国满太贝勒妻岳母、常住贝勒妻大姑，及叶赫国布寨贝勒妻，金台石贝勒妻二嫂，俱入中宫，延二伯父升席上座。汗贺元旦，行家人礼，

ᠵᠡᠭᠦᠳᠦᠨ ᠵᠠᠭᠤᠷᠠᠳᠤ᠂
ᠲᠡᠷᠡᠬᠦ ᠠᠯᠪᠠᠳᠤ ᠲᠡᠵᠢᠭᠡ ᠲᠠᠢ ᠠᠭᠤᠯᠠ ᠳᠤᠷᠠᠭ ᠤᠨ ᠠᠩᠭᠢ ᠬᠤᠪᠢ ᠦᠵᠡᠭᠳᠡᠬᠦ ᠬᠤᠷᠢᠶᠠᠯᠠᠭᠰᠠᠨ᠂
ᠬᠦᠰᠡᠯ ᠲᠡᠭᠦᠰᠬᠡ᠂ ᠮᠠᠯᠠᠭᠠᠨᠤ ᠬᠤᠷᠮᠤᠰᠲᠠᠨᠤ ᠬᠦᠰᠡᠭᠰᠡᠨᠳᠤ ᠬᠠᠮᠤᠭᠯᠠᠯ ᠠᠶᠠᠷ ᠬᠤᠷᠢᠶᠠᠯᠠᠨ
ᠲᠡᠷᠡ ᠬᠦ ᠳᠡᠭᠡᠷ᠎ᠡ ᠮᠡᠷᠭᠡᠨ ᠬᠤᠷᠮᠤᠰᠲᠠᠨᠤ ᠬᠠᠮᠤᠭᠯᠠᠯ ᠠᠶᠠᠷ ᠬᠤᠷᠢᠶᠠᠯᠠᠨ
ᠮᠡᠷᠭᠡᠨ ᠠᠮᠤᠷᠵᠢᠭᠤ ᠮᠡᠷᠭᠡᠨ᠂ ᠬᠡᠯᠡᠨ ᠠᠭᠤᠯᠠ᠂ ᠲᠡᠳᠡᠨ ᠠᠶᠠᠷ ᠠᠶᠤᠭᠤᠯ᠂ ᠠᠶᠠᠷ ᠲᠠᠢ᠂   ᠠᠶᠠᠷ ᠠᠶᠤᠭᠤᠯ
ᠲᠡᠳᠡ᠂ ᠬᠡᠯᠡᠨ ᠠᠭᠤᠯᠠ᠂ ᠮᠡᠷᠭᠡᠨ ᠠᠯᠠ ᠲᠠᠢ ᠬᠡᠯᠡᠨ᠂ ᠲᠡᠳᠡᠨ ᠠᠶᠠᠷ ᠠᠶᠤᠭᠤᠯ᠂ ᠠᠶᠠᠷ ᠠᠮᠤᠷᠵᠢᠭᠤ   ᠠᠮᠤᠷ ᠠ ᠠᠶᠠᠷ
ᠬᠤᠪᠢᠯᠠᠨ ᠳᠠᠭᠠᠨ ᠠᠮᠤᠷ ᠠ ᠲᠡᠳᠡᠨ ᠠᠯᠠ ᠲᠠᠢ ᠠᠶᠠᠷ ᠠᠶᠤᠭᠤᠯᠬᠤ ᠠᠮᠤᠷᠵᠢᠭᠤ᠂ ᠬᠤᠷᠢᠶᠠᠯᠠᠨ ᠠᠶᠠᠷ ᠲᠠᠢ

niyakūrafi hengkilehe, jai duin mama de emgeri hengkilehe, tereci han amasi bederefi wargi nahan i fejile falan de jafu sektefi tehe. han i ilan fujin, juwe amji, duin mama de urun i doroi hengkilehe. sarin sarilame dere tukiyehe manggi. juwe amji, duin mama de, han arki hūntahan jafame tehe bade uthai

niyakūrafi ambasa be takūrame arki omibuha. fujisa urun i doroi aldangga niyakūrafi hehesi be takūrame arki hūntahan jafaha. tereci juwe amji de puse noho sujei goksi emte bufi dorolome fudefi unggihe.

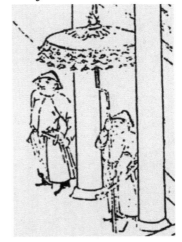

先叩拜兩伯父，次拜四媼，汗遂回至東塌下鋪氈而坐[29]。汗三福金，亦向兩伯父、四媼行婦禮，拜畢，設筵宴，汗即於座位向兩伯父、四媼跪而親捧卮酒，命大臣以次傳送敬酒，福金等執婦禮遙跪，令侍婢持觴勸飲。宴畢，賜兩伯父補緞、披領各一，又以禮親送之。

先叩拜两伯父，次拜四媪，汗遂回至东塌下铺毡而坐。汗三福金，亦向两伯父、四媪行妇礼，拜毕，设筵宴，汗即于座位向两伯父、四媪跪而亲捧卮酒，命大臣以次传送敬酒，福金等执妇礼遥跪，令侍婢持觞劝饮。宴毕，赐两伯父补缎、披领各一，又以礼亲送之。

[29] 東塌，滿文讀作 "wargi nahan"，意即「東山牆邊的炕」。按滿洲習俗，東稱 "dergi"，西稱 "wargi"，惟論及炕或塌方位，東稱 "wargi"，西稱 "dergi"。

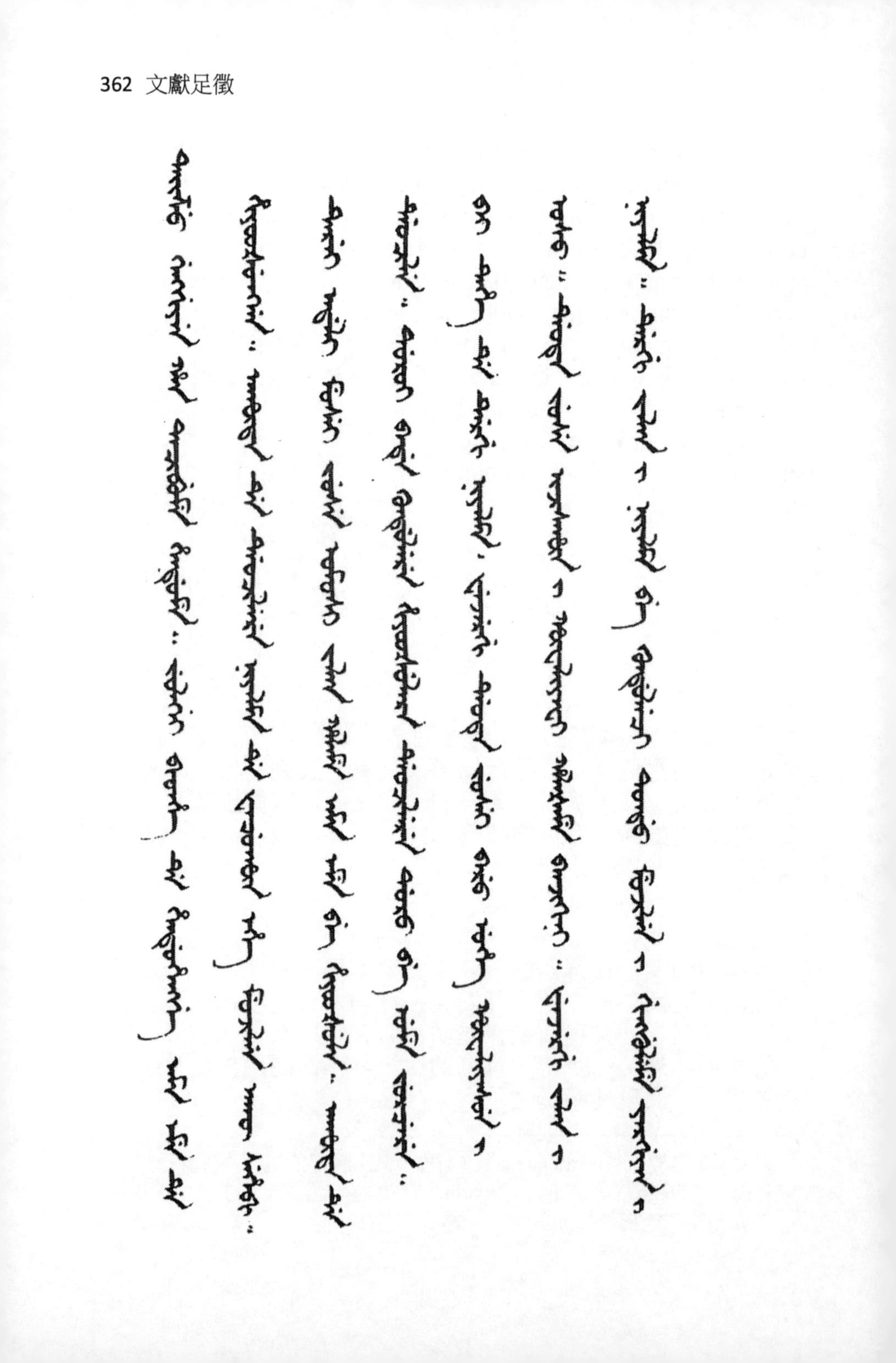

四十二、孝弟之道

taidzu genggiyen han tacibume hendume, julgei bithe de henduhengge, ama eme de hiyoošungga. ahūta de deocilere niyalma de facuhūn ehe mujilen akū sehebi. terei adali musei juse omosi jalan halame ama eme be hiyoošula, ahūta de deocile, doroi bade kundulere hiyoošulara deocilere doro be ume jurcere.

bai tehe de dergi niyalma, fejergi deote jusei baru uhe hūwaliyasun i oso. deote juse ijishūn i hūwaliyafi halašame banjikini. fejergi jalan i niyalma, dergi jalan i niyalma be kunduleci tondo mujilen i gingguleme yargiyan i

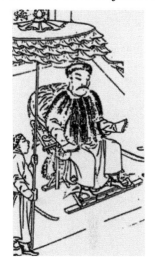

太祖明汗訓諭曰：「古語云，其為人也孝弟而好犯上作亂者，未之有也。我世世子孫當孝於親，悌於長。其在禮法之地，勿失孝弟恭敬之儀。至於居常燕閒之時，其為長上者，當和睦其子弟，為子弟者，亦宜承順關切也。至於在下之人，宜以敬事上，務以真心實意愛敬之；

太祖明汗训谕曰：「古语云，其为人也孝弟而好犯上作乱者，未之有也。我世世子孙当孝于亲，悌于长。其在礼法之地，勿失孝弟恭敬之仪。至于居常燕闲之时，其为长上者，当和睦其子弟，为子弟者，亦宜承顺关切也。至于在下之人，宜以敬事上，务以真心实意爱敬之；

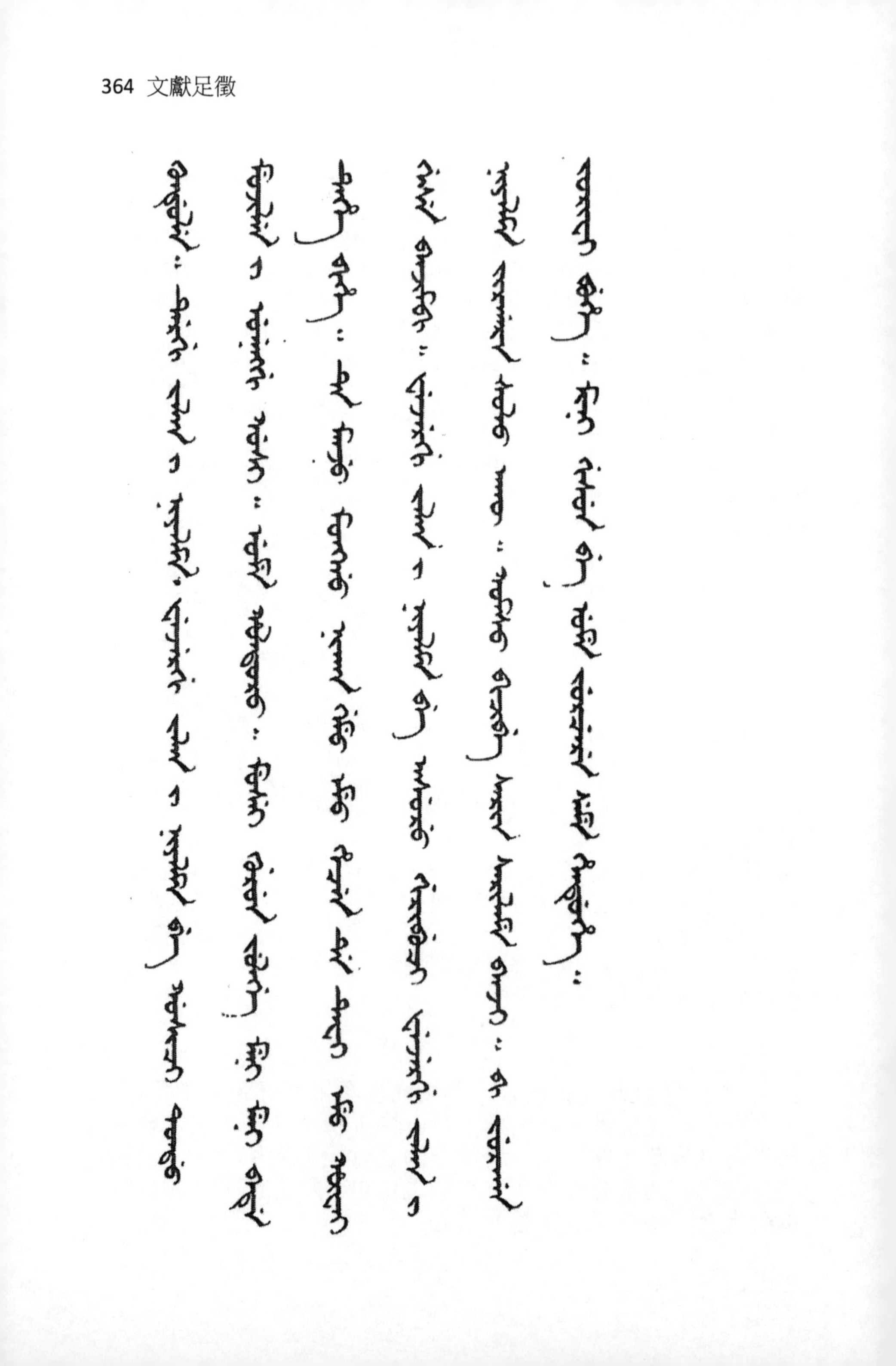

kundule. dergi jalan i niyalma, fejergi jalan i niyalma be gosici
tondo mujilen i unenggi gosi, ume holtoro. musei gurun julge
meni meni bade tehe bihe, te manju, monggo, nikan gemu emu
hecen de tefi, emu hūwai gese banjimbi. fejergi jalan i niyalma
be asuru giribuci, fejergi jalan i niyalma jirgara šolo akū. komso
bicibe sarin sarilame banji. bi jurgan jorifi buhe, mini gisun be
ume jurcere seme henduhe.

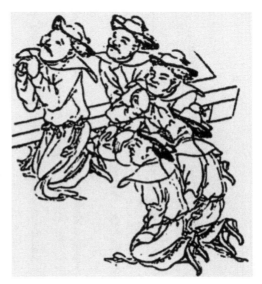

在上之人愛其下之人，亦以真心誠意出之，毋虛假也。昔者
我國各自分居其地，今滿洲、蒙古、漢人皆共處一城，如同
室而居，若遇卑幼過嚴，則卑幼無暇豫之時。飲食雖少，亦
當聚宴，以示親好。我所指示者此耳，汝等毋負我言。」

在上之人爱其下之人，亦以真心诚意出之，毋虚假也。昔者
我国各自分居其地，今满洲、蒙古、汉人皆共处一城，如同
室而居，若遇卑幼过严，则卑幼无暇豫之时。饮食虽少，亦
当聚宴，以示亲好。我所指示者此耳，汝等毋负我言。」

ᠮᠢᠨᠳᠠᠯᠠᠢ ᠨᠢᠭᠡᠨ ᠬᠤᠲᠠ ᠤᠯᠠᠨ ᠪᠤᠯᠵᠤ ᠲᠡᠭᠦᠨᠳᠡᠭᠡᠨ᠂ ᠬᠡᠷᠡᠭ ᠬᠡᠷᠡᠭ ᠦᠨ ᠤᠴᠢᠷ ᠢᠶᠠᠷ

ᠪᠤᠷᠬᠠᠨ ᠤ ᠲᠦᠷᠦᠭᠰᠡᠨ ᠵᠢᠷᠭᠤᠭ ᠬᠤᠲᠠ ᠤᠯᠠᠨ ᠪᠤᠯᠵᠤ ᠬᠡᠷᠡᠭ ᠦᠨ

ᠲᠤᠰᠬᠠᠢ ᠪᠠᠷᠠᠭᠤᠨ ᠬᠤᠶᠢᠲᠤ ᠵᠦᠭ ᠦᠨ ᠬᠤᠲᠠ ᠳᠤ ᠂ ᠬᠡᠷᠡᠭ ᠦᠨ

ᠲᠡᠭᠦᠨ ᠡᠴᠡ ᠬᠤᠶᠢᠰᠢ ᠬᠤᠲᠠ ᠤᠯᠠᠨ ᠪᠤᠯᠵᠤ ᠬᠡᠷᠡᠭ ᠦᠨ ᠤᠴᠢᠷ

ᠪᠤᠯᠬᠤ ᠳᠤ᠂ ᠵᠢᠷᠭᠤᠭ ᠬᠤᠲᠠ ᠤᠯᠠᠨ ᠪᠤᠯᠵᠤ᠂ ᠬᠡᠷᠡᠭ ᠦᠨ

ᠪᠤᠯᠬᠤ ᠪᠠᠷᠠᠭᠤᠨ ᠬᠤᠲᠠ ᠤᠯᠠᠨ ᠪᠤᠯᠵᠤ᠂ ᠬᠡᠷᠡᠭ ᠦᠨ ᠤᠴᠢᠷ

ᠪᠤᠯᠬᠤ ᠳᠤ᠂ ᠵᠢᠷᠭᠤᠭ ᠬᠤᠲᠠ ᠤᠯᠠᠨ ᠪᠤᠯᠵᠤ᠂ ᠬᠡᠷᠡᠭ ᠦᠨ ᠤᠴᠢᠷ ᠢᠶᠠᠷ᠂

ᠮᠢᠨᠳᠠᠯᠠᠢ ᠬᠤᠲᠠ ᠤᠯᠠᠨ ᠪᠤᠯᠵᠤ᠃

四十三、遷都東京

ilan biya de taidzu genggiyen han. beise ambasa be isabufi hebešeme hendume, muse be abka gosime ere liyoo dung ni babe buhe, ere liyoo yang ni hecen amban bime aniya goidafi sakdaka bi, dergi julergi de solgo gurun bi, amargi de monggo gurun bi, ere juwe gurun gemu muse de eshun. ere be sindafi daiming gurun be dailame geneci, amala booi jalinde mujilen elhe akū olhocuka. hecen be akdulame acabume arafi cooha be teisuleme werifi booi jalinde jobome gūnirakū mujilen be elheken sindafi yabuki seme henduhe manggi. geren beise ambasa tafulame baha hecen tehe boo be waliyafi, ice bade hecen boo araci gurun

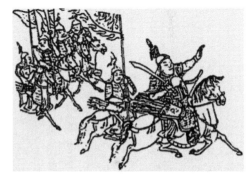

三月，太祖明汗集諸貝勒大臣議曰：「皇天眷佑將遼東地方付與我等，但此遼陽城大且年久傾圮，東南有朝鮮國，北有蒙古國，此二國俱未服我。若捨此而征大明國，恐貽內顧之憂，必另築堅固城郭，留兵堅守，庶得坦然前驅而無後慮也。」言畢，諸貝勒大臣諫曰：「若捨已得之城郭，棄所居之房屋，而於新得之地更為創建城郭房屋，毋乃勞民乎？」

三月，太祖明汗集诸贝勒大臣议曰：「皇天眷佑将辽东地方付与我等，但此辽阳城大且年久倾圮，东南有朝鲜国，北有蒙古国，此二国俱未服我。若舍此而征大明国，恐贻内顾之忧，必另筑坚固城郭，留兵坚守，庶得坦然前驱而无后虑也。」言毕，诸贝勒大臣谏曰：「若舍已得之城郭，弃所居之房屋，而于新得之地更为创建城郭房屋，毋乃劳民乎？」

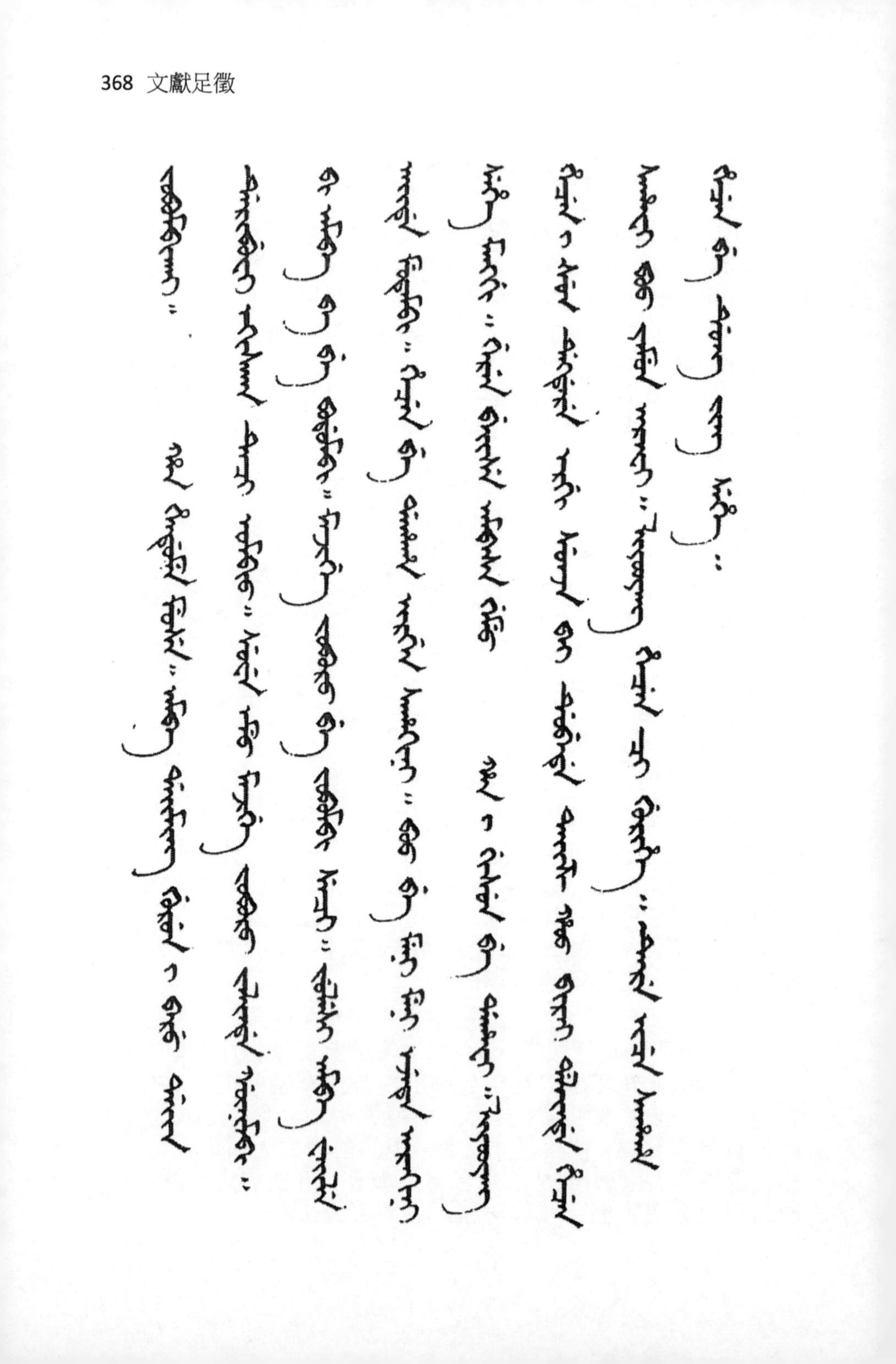

jobombikai. han hendume, muse, amba daiming gurun i baru
dain deribufi ekisaka teci ombio. suwe emu majige joboro
jalinde gūnimbi. bi amba ba be bodombi. majige joboro be
jobombi seci. julesi amba weile aide mutembi. hecen be dahaha
irgen sahakini. boo be meni meni ejete arakini sehe manggi.
geren beise ambasa gemu han i gisun be dahafi, liyooyang hecen
i šun dekdere ergi sunja bai dubede taidz hoo birai dalinde hecen
sahafi boo yamun arafi. liyooyang hecen ci gurihe, tere ice
sahaha hecen be dung jing sehe.

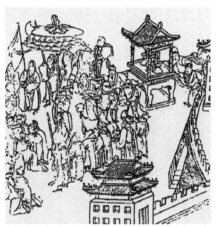

汗曰：「吾等既征大明，豈容中止？汝等所惜者，一時小勞苦
耳，我所慮者大也。若惜一時之勞，前途大事何由而成耶？
可令降附之民築城，至於房屋各自營建可也。」諸貝勒大臣
皆服汗之言，遂於遼陽城東五里太子河邊築城，建造宮室，
從遼陽城遷居之，名其新築之城曰東京。

汗曰：「吾等既征大明，岂容中止？汝等所惜者，一时小劳苦
耳，我所虑者大也。若惜一时之劳，前途大事何由而成耶？
可令降附之民筑城，至于房屋各自营建可也。」诸贝勒大臣皆
服汗之言，遂于辽阳城东五里太子河边筑城，建造宫室，从
辽阳城迁居之，名其新筑之城曰东京。

ᠬᠡᠷᠡᠭ ᠤᠨ ᠪᠠᠶᠢᠳᠠᠯ ᠢ᠂ ᠪᠢᠴᠢᠭ ᠢᠶᠡᠷ ᠬᠦᠷᠭᠡᠵᠦ ᠂ ᠠᠶᠢᠯᠠᠳᠬᠠᠪᠠ ᠂ ᠬᠡᠮᠡᠨ ᠲᠡᠮᠳᠡᠭᠯᠡᠵᠡᠢ ᠂ ᠤᠳᠠᠯ ᠦᠭᠡᠢ ᠡᠷᠭᠢᠭᠦᠯᠵᠦ ᠬᠦᠷᠭᠡᠭᠰᠡᠨ ᠪᠢᠴᠢᠭ ᠲᠦᠷ ᠂ ᠂᠂

ᠡᠷᠲᠡᠨ ᠡᠴᠡ ᠂ ᠡᠳᠦᠭᠡ ᠬᠦᠷᠲᠡᠯ᠎ᠡ ᠂ ᠬᠡᠷᠡᠭ ᠤᠨ ᠪᠠᠶᠢᠳᠠᠯ ᠢ ᠂ ᠪᠢᠴᠢᠭ ᠢᠶᠡᠷ ᠂᠂ ᠂᠂ ᠲᠡᠮᠳᠡᠭᠯᠡᠭᠰᠡᠨ ᠪᠠᠶᠢᠨ᠎ᠠ ᠂

ᠡᠷᠲᠡᠨ ᠦ ᠲᠡᠦᠬᠡᠨ ᠳᠦᠷ ᠂ ᠲᠡᠮᠳᠡᠭᠯᠡᠭᠰᠡᠨ ᠤᠯᠤᠰ ᠤᠨ ᠬᠡᠷᠡᠭ ᠦᠨ ᠪᠠᠶᠢᠳᠠᠯ ᠳᠤ ᠂ ᠡᠷᠲᠡᠨ ᠦ ᠲᠡᠦᠬᠡᠨ ᠳᠦ ᠨᠢᠭᠡᠨ ᠂ ᠪᠦᠬᠦ ᠡᠷᠲᠡᠨ ᠦ ᠲᠡᠦᠬᠡ ᠶᠢᠨ ᠪᠢᠴᠢᠭ ᠢ ᠂ ᠲᠡᠮᠳᠡᠭᠯᠡᠵᠦ ᠂

ᠲᠡᠷᠡᠬᠦ ᠡᠷᠲᠡᠨ ᠦ ᠬᠡᠷᠡᠭ ᠦᠨ ᠪᠠᠶᠢᠳᠠᠯ ᠢ ᠂ ᠲᠣᠳᠣᠷᠬᠠᠶᠢᠯᠠᠨ ᠂ ᠲᠡᠮᠳᠡᠭᠯᠡᠭᠰᠡᠨ ᠢᠶᠡᠷ ᠂ ᠡᠳᠦᠭᠡ ᠬᠦᠷᠲᠡᠯ᠎ᠡ ᠂ ᠲᠡᠦᠬᠡ ᠶᠢ ᠲᠠᠨᠢᠬᠤ ᠳᠤ ᠂ ᠲᠤᠰᠠ ᠪᠣᠯᠵᠤ ᠂

ᠲᠡᠦᠬᠡᠨ ᠳᠡᠬᠢ ᠤᠯᠤᠰ ᠤᠨ ᠂ ᠂᠂ ᠪᠠᠶᠢᠳᠠᠯ

四十四、移靈東京

duin biya de manju gurun i taidzu genggiyen han. mafa ama, eshete ahūta deote, juse fujisa i giran be fe susu hūlan hadai hetu alai baci guribume gajime uksun i deo dobi ecike, wangšan ecike boihoci ecike be takūrafi han i hesei mafari eifu, fujisai eifu de ihan wafi neneme wecefi. taidzu genggiyen han i mafa, amai giran be fulgiyan kiyoo taidzu genggiyen han i dulimbai amba fujin i giran be suwayan kiyoo. taidzu i amji lidun baturu i giran. deo darhan baturu beilei giran. cing baturu beile i giran. eshen taca fiyanggū i jui hūrgaci

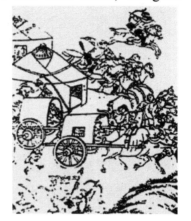

四月內，滿洲國太祖明汗遣族弟鐸弼叔、王善叔、貝和齊叔往祖居虎攔哈達之赫圖阿喇處移父祖、諸叔、諸兄弟、諸子、諸福金之骨骸，遵汗諭旨先殺牛祭告祖陵、福金陵，太祖明汗祖、父之骨骸，舁以紅輿。太祖明汗中宮大福金之骨骸，舁以黃輿。太祖伯父禮敦巴圖魯之骨骸，弟達爾漢巴圖魯貝勒之骨骸，青巴圖魯貝勒之骨骸，叔塔察篇古之子怗爾哈齊

四月內，滿洲国太祖明汗遣族弟铎弼叔、王善叔、贝和齐叔往祖居虎拦哈达之赫图阿喇处移父祖、诸叔、诸兄弟、诸子、诸福金之骨骸，遵汗谕旨先杀牛祭告祖陵、福金陵，太祖明汗祖、父之骨骸，舁以红舆。太祖明汗中宮大福金之骨骸，舁以黄舆。太祖伯父礼敦巴图鲁之骨骸，弟达尔汉巴图鲁贝勒之骨骸，青巴图鲁贝勒之骨骸，叔塔察篇古之子怗尔哈齐

ᠰᠠᠶᠢᠨ ᠂ ᠰᠠᠶᠢᠨ ᠪᠣᠯ ᠪᠠᠲᠤᠯᠠᠮᠠᠷ ᠠᠮᠤᠷ ᠨᠠᠰᠤᠨ ᠂ ᠴᠢᠨᠤ ᠂ ᠪᠣᠯᠤᠨᠠ ᠵᠢᠷᠤᠬᠠᠨ ᠬᠦᠷᠲᠡᠯᠡ ᠂ ᠮᠢᠨᠤ ᠡᠨᠡ ᠰᠢᠷᠤᠢ ᠲᠠᠯ᠎ᠠ ᠂ ᠠᠮᠢᠳᠤᠷᠠᠯ ᠤᠨ ᠣᠷᠤᠨ ᠃ ᠰᠠᠨᠠᠭ᠎ᠠ ᠂ ᠪᠠᠶᠠᠷᠯᠠᠯ ᠤᠨ ᠨᠢᠯᠪᠤᠰᠤ ᠃ ᠠᠮᠢᠨ ᠂ ᠴᠢᠮᠠᠢ ᠪᠠᠨ ᠪᠣᠳᠤᠬᠤᠯᠠᠷ ᠬᠠᠶᠢᠷᠠᠲᠠᠢ ᠂ ᠠᠭᠤᠯᠠ ᠨᠢ ᠥᠨᠳᠦᠷ ᠨᠠᠮᠠᠢ ᠪᠠᠨ ᠂ ᠠᠴᠢᠲᠤ ᠭᠠᠵᠠᠷ ᠤᠨ ᠨᠤᠲᠤᠭ ᠃ ᠪᠠᠶᠠᠷᠲᠠᠢ ᠴᠢᠮᠠᠶ᠎ᠢ ᠪᠣᠳᠤᠬᠤᠯᠠᠷ ᠠᠮᠤᠷ ᠲᠠᠶᠢᠪᠤᠩ ᠪᠠᠶᠢᠳᠠᠯ ᠃ ᠠᠯᠳᠠᠷᠲᠤ ᠨᠤᠲᠤᠭ ᠤᠨ ᠰᠠᠶᠢᠬᠠᠨ ᠠᠮᠢᠳᠤᠷᠠᠯ ᠨᠢ ᠪᠠᠲᠤᠯᠠᠮᠠᠷ ᠡᠷᠬᠡ ᠴᠢᠯᠦᠭᠡ ᠲᠡᠢ ᠃

beilei giran be fulgiyan kiyoo tukiyefi gajime jidere de dedun toome ihan wame weceme. dung jing de isinjire de, taidzu genggiyen han geren beise ambasa be gaifi. coohai niyalma be uksin saca etubufi dung jing hecen ci orin bai dubede jiyai guwan ding de okdofi, nikan i bucehe niyalmai beye orho i oren arafi ilibufi babe durime. poo sindame kaicame tere oren be sacirame efulefi. han i beye beise ambasa coohai niyalma gemu amba jugūn i dalbade mekume niyakūrafi, mafari giran. amba fujin i giran be tukiyehe kiyoo duleke manggi iliha. tereci

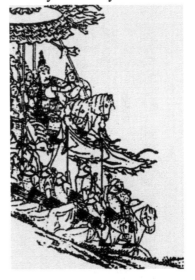

貝勒之骨骸，舁以朱輿，逐日宰牛祭奠，沿途不缺。將至東京，太祖明汗率諸貝勒大臣，令軍士披甲冑出東京二十里外迎至接官亭，命束草為漢人死者形站立奪其地，放礮吶喊斬殺草人。汗本身暨諸貝勒大臣軍士俱俯伏大路之旁，嗣祖骨骸、大福金骨骸靈輿過後乃起，

貝勒之骨骸，舁以朱輿，逐日宰牛祭奠，沿途不缺。將至東京，太祖明汗率諸貝勒大臣，令軍士披甲冑出東京二十里外迎至接官亭，命束草為漢人死者形站立奪其地，放炮吶喊斬殺草人。汗本身暨諸貝勒大臣軍士俱俯伏大路之旁，嗣祖骨骸、大福金骨骸靈輿過後乃起，

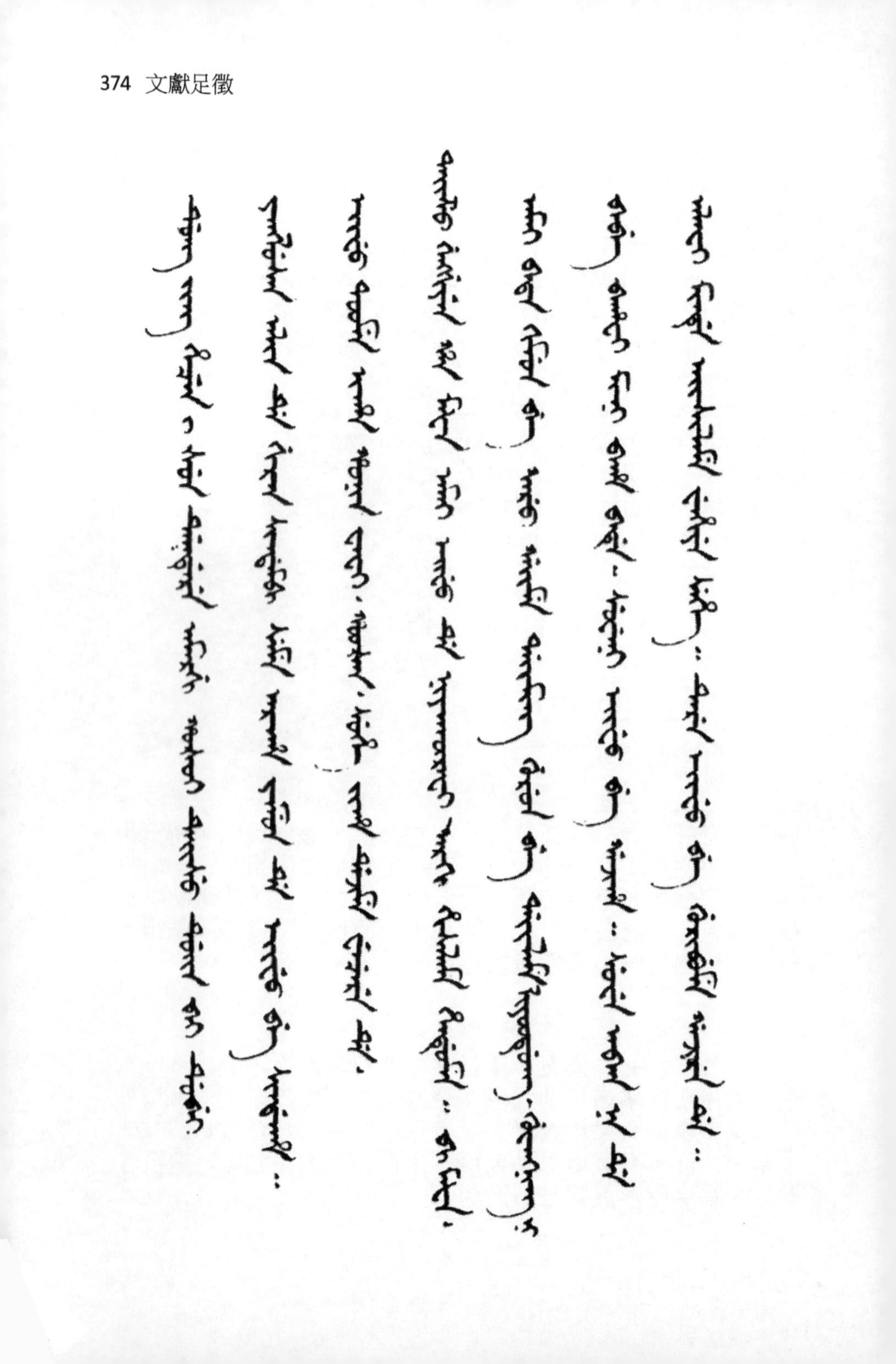

dung jing hecen i šun dekdere amargi hošoi teisu duin bai dubei
yanglusan alin de giran sindambi seme araha yamun de eifu be
sindaha. eifu toome ihan honin wafi, hoošan, suhe jiha dejime
wecere de, taidzu genggiyen han mafa amai eifu de niyakūrafi
arki hisalame hendume, bi mafa, amai bata kimun be karu gaime
daiming gurun be dailame liyoodung, guwangning ni babe
bahafi mini baha bade. suweni eifu be gajiha. suwe abka na de
alafi minde aisilame wehiye sehe. tere eifu be guribume gajire
de.

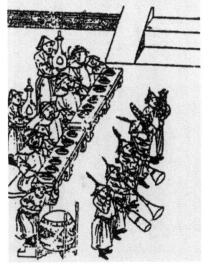

至東京城西北四里楊魯山上預建靈堂安置之，乃宰牛羊，多
焚金銀紙張，以祭諸靈。太祖明汗詣祖考靈前跪拜奠酒，祝
曰：「吾征大明，以復祖父之仇，遂得遼東、廣寧，祇移爾靈，
葬於吾所獲之地，乞爾仰達天地，扶佑吾焉。」乃移其靈，

至东京城西北四里杨鲁山上预建灵堂安置之，乃宰牛羊，多
焚金银纸张，以祭诸灵。太祖明汗诣祖考灵前跪拜奠酒，祝
曰：「吾征大明，以复祖父之仇，遂得辽东、广宁，祇移尔灵，
葬于吾所获之地，乞尔仰达天地，扶佑吾焉。」乃移其灵，

ᠬᠠᠳᠠ ᠮᠠᠨᠵᠤᡥᠠᠨ ᠪᠠᡩᠠᡵᠠᠨ ᡥᠠᠨ ᠴᠣᡥᠣᡴᡳᠶᠠᠷ ᠪᠣᠯᠠᠭᠠ ᡥᡝᡩᡝ ᠃

ᠣᠪᠣᠭᡳ ᠪᡝ ᠮᡝᠨᡤᡝᡵᡝᠯᡝᠨ ᡥᠠᠨᡩᡠ ᠪᠠᡵᠠ ᠪᠣᠪᡠᠯᡝᠨᡳᠶᡝᠨ ᠃ ᠮᠠᠨᡩᠠᠯ ᠨᠠᡵ ᠪᡝᠰᡝᠷᡝᠨ ᡝᠨ ᠴᡥᠣᡥᡠᠨ ᠃ ᠮᡝᠨᠣ ᠴᡥᡠᠪᡳᡩ ᠃

ᠮᠠᠭᠠᡳᠨᡳᠶᡝᡵ ᠴᡥᡥᠣᡳᠶᠠᠷ ᠃ ᡥᡠᠪᠠᡳᡵᠠᠨ ᠰᡝᡴᠣᡩᡝᠨ ᠪᡝ ᠯᡝᡵᡝᠯᡝᠨ ᠮᠣᠨ ᠃ ᡝᠨ ᠪᡝ ᠃ ᡥᠠᠪᡴᠣᠯ ᠴᡥᡝᡳᡳ ᠃

ᡥᡠᡩᡳᠨᠠᠨ ᡥᠠᠨ ᠰᡝᡩᡝᠨ ᠪᡝ ᡩᡝᠨ ᡝᡳᡥᡳᠨ ᠰᠠᡳᡵᠠᠨ ᠃ ᡥᠠᠨᡩᡠ ᡥᡠᡥᡝᠨ ᠃ ᡝᡥᡳᠨ ᡥᠠᠪᡥᡳᡩ ᠃ ᠪᡝ ᠴᡥᡥᠣ ᠶᡳᠨ ᠃

ᡝᠨᡳᠨᡥᡠᠨ ᡥᡝᠨ ᠮᠣᡵᡳ ᠪᠠᡵᡩᠠᠯ ᠃ ᡥᠠᡵᠠ ᠴᡥᠣᡩᡥᡠᠨ ᡥᡠᡥᡝᠨ ᠃ ᡝᠨᡥᠣᡥ ᠴᡥᡳᠨ ᠃

ᠰᠠᡵᠠᠨᠨᠠᠨ ᡥᡥᡝᠨ

ᡥᡥᠣᡩᠠᠨᡳᡳ ᠮᡝᠰᡝᡳᡩᡳᠨ ᡥᡥᠣᡥᡳᠨ ᡥᡳᠮᡩᡝ ᠃ ᠮᡝᠨᡝᠨ ᠃ ᡥᡠᠨ ᠮᡝᡳᠨᡥᡳᠨᠠᠨ ᡥᡳᡩᡠ ᠃

anggasi de taidzu i gaiha gundei fujin i giran, jui argatu tumen beilei giran be emgi gajiha. sunja biya de daiming gurun i moo wen lung ini fejergi ilan iogi de cooha afabufi. manju gurun i dergi dubei hoifai babe sucume unggifi ilan iogi cooha gaifi yalu jiyang be bitume wasifi. golmin šanggiyan alin i butenderi dabafi hoifa be sucunjiha be. manju gurun i hoifa be tuwakiyaha coohai ejen suldungga. moo wen lung ni cooha be gidafi ilan inenggi bošome emke tucibuhekū gemu waha.

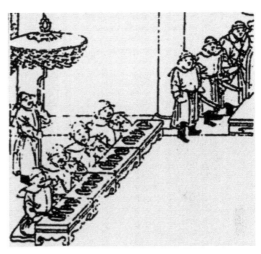

其壻婦太祖繼娶滾代福金之骨骸，及子阿爾哈圖土門貝勒之骨骸亦同移於此。五月，大明毛文龍將兵交付其標下遊擊三員，入侵滿洲國東界所屬輝發地方，三遊擊領兵沿鴨綠江而下，越長白山邊入侵輝發，滿洲國輝發守將蘇爾東安擊敗毛文龍之兵，追逐三日，盡殲其眾，無一脫出。

其壻妇太祖继娶滚代福金之骨骸，及子阿尔哈图土门贝勒之骨骸亦同移于此。五月，大明毛文龙将兵交付其标下游击三员，入侵满洲国东界所属辉发地方，三游击领兵沿鸭绿江而下，越长白山边入侵辉发，满洲国辉发守将苏尔东安击败毛文龙之兵，追逐三日，尽歼其众，无一脱出。

ᠪᠣᠯᠵᠣᠨ ᠪᠣᠯᠵᠣᠨ ᠵᠢᠯᠠᠨ ᠵᠣᠷᠢᠭᠤᠯᠵᠤ᠂ ᠮᠣᠩᠭᠣᠯ ᠦᠰᠦᠭ ᠢᠶᠠᠷ ᠪᠢᠴᠢᠭᠰᠡᠨ᠃

四十五、八王議政

ilan biyai ice ilan de jakūn hošoi beise. taidzu gengiyen han de abkai buhe doro be adarame toktobumbi. adarame ohode, abkai hūturi enteheme ombi seme fonjire jakade. gengiyen han hendume ama mimbe sirame gurun de han obure de. hūsungge etuhun niyalma be ume han obure. hūsungge etuhun niyalma gurun de han ohode. ini hūsun be dele arame banjime abka de waka ojorahū. emu niyalma udu bahanambi seme geren i hebede isimbio. jakūn juse suwe, jakūn hošoi beile oso. jakūn hošoi beile emu hebei banjici ufararakū okini. jakūn hošoi beise suwe

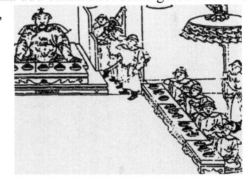

三月初三日，八和碩貝勒問太祖明汗曰：「上天所予之基業何以底定？上天所錫之福祉何以永承？」明汗曰：「我繼父而為國汗者，毋令強勢有利之人為汗。以強勢有力之人為汗，恐尚其力自恣獲罪於天也。且一人縱有識見，豈能及眾人之謀邪？爾八子可為和碩貝勒，八和碩貝勒同心謀國，庶幾無失矣。爾八和碩貝勒中，

三月初三日，八和硕贝勒问太祖明汗曰：「上天所予之基业何以底定？上天所锡之福祉何以永承？」明汗曰：「我继父而为国汗者，毋令强势有利之人为汗。以强势有力之人为汗，恐尚其力自恣获罪于天也。且一人纵有识见，岂能及众人之谋邪？尔八子可为和硕贝勒，八和硕贝勒同心谋国，庶几无失矣。尔八和硕贝勒中，

ᠣᠶᠤᠨᠲᠠᠨ ᠪᠣᠯᠵᠤ᠂ ᠰᠠᠶᠢᠨ ᠳᠤᠷ᠎ᠠ ᠪᠠᠷ ᠢᠶᠠᠨ ᠪᠣᠯᠪᠠᠰᠤ

gisun dahasu sain be tuwafi mini sirame gurun de han obu.
suweni gisun be gaijarakū. sain jurgan be yaburakū oci. tere han
be halafi sain be sonjofi gurun de han obu. tere halara de efime
injeme hebei icihiyame halaburakū. marame cira aljaci tere ehe
niyalmai ciha obumbio. jakūn hošoi beise suwe gurun i doro

dasara de emu beile mujilen
bahafi gurun de tusangga sain
gisun be gisureci. jai nadan
beile dube tucibu. bahanarakū
bime. gūwai bahanaha sain
jurgan be dube tuciburakū. babi

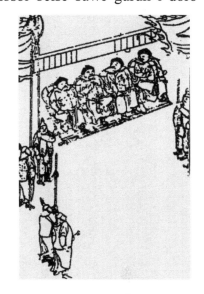

視其能受諫而有德者，可繼我為國汗。若不納爾等之諫，若
不行善義，可易其汗，擇善者為國汗。易位之時，若不樂從
眾議而推辭有難色者，豈遂使不賢之人，任其所為耶？至於
爾等八和碩貝勒共理國政時，或一貝勒有得於心，所言有益
於國者，其餘七貝勒當共贊成之。如己無能，又不贊他人之善，

視其能受谏而有德者，可继我为国汗。若不纳尔等之谏，若
不行善义，可易其汗，择善者为国汗。易位之时，若不乐从
众议而推辞有难色者，岂遂使不贤之人，任其所为耶？至于
尔等八和硕贝勒共理国政时，或一贝勒有得于心，所言有益
于国者，其余七贝勒当共赞成之。如己无能，又不赞他人之善，

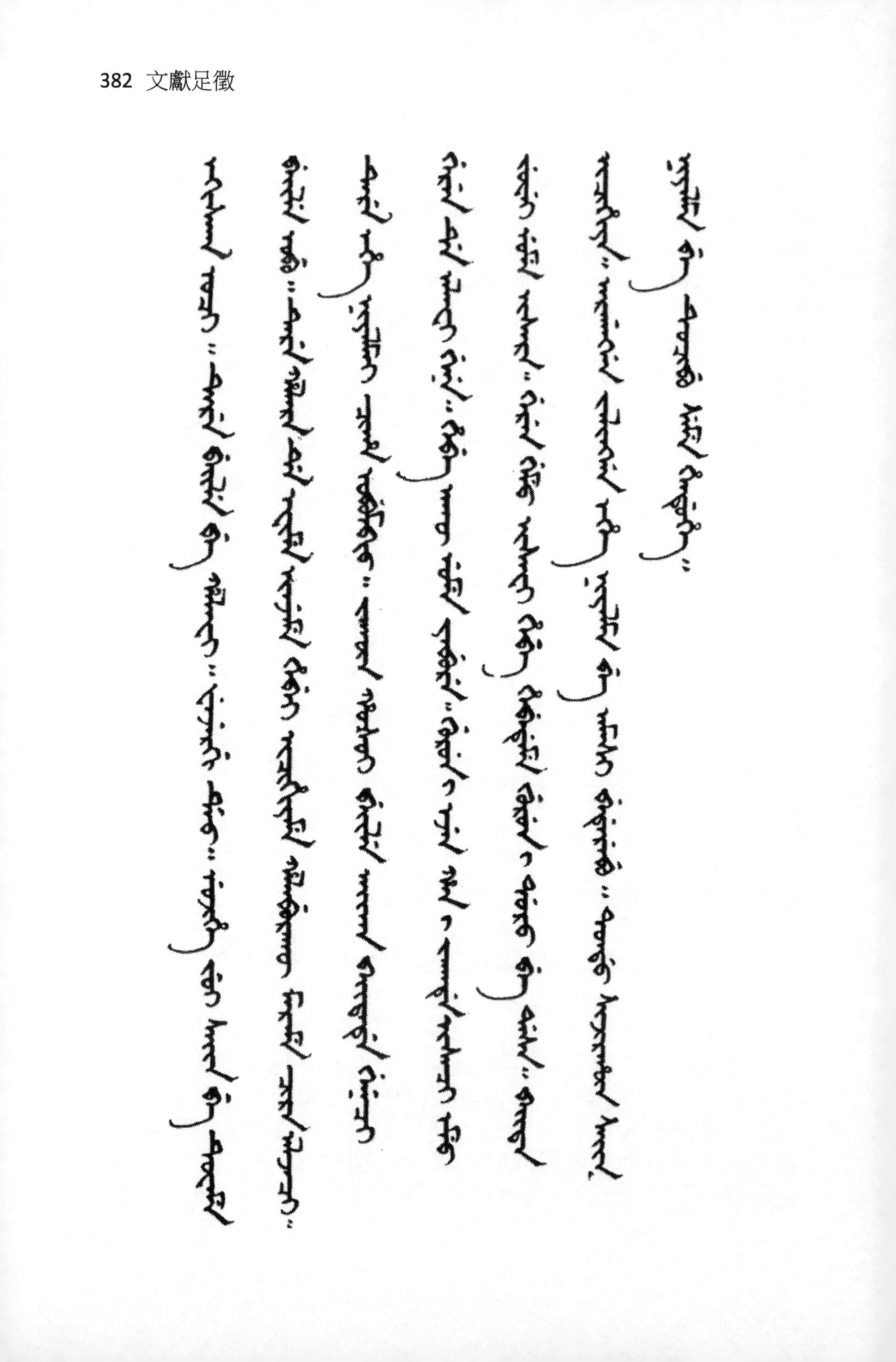

ekisaka oci, tere beile be halafi. fejergi deo. ujihe jui sain be tuwame beile obu. tere halara de efime injeme hebei icihiyame halaburakū marame cira aljaci. tere ehe niyalmai ciha obumbio. jakūn hošoi beile aika baitade geneci geren de alafi gene. hebe akū ume yabure. gurun i ejen han i jakade isaci emu juwei ume isara. geren gemu isafi hebe hebedeme gurun i doro be dasa. baita icihiya. argangga jalingga ehe niyalma be amasi bederebu. tondo sijirhūn sain niyalma be tucibu seme henduhe.

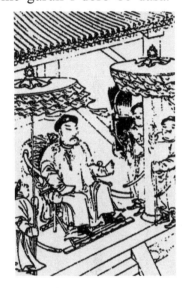

而默默無言者，即當易此貝勒，更於所屬兄弟養子中視善者為貝勒。易置之時，若不樂從眾議，推辭有難色，豈遂使不賢之人，任其所為耶？若八和碩貝勒中，或以事他出，當告知於眾，不可私往。至於國君之前集議，不可一、二人入見。其眾人畢集共議國政，商國事，務期退奸佞，舉忠直賢良。」

而默默无言者，即当易此贝勒，更于所属兄弟养子中视善者为贝勒。易置之时，若不乐从众议，推辞有难色，岂遂使不贤之人，任其所为耶？若八和硕贝勒中，或以事他出，当告知于众，不可私往。至于国君之前集议，不可一、二人入见。其众人毕集共议国政，商国事，务期退奸佞，举忠直贤良。」

ᠮᠣᠩᠭᠣᠯ ᠤᠨ ᠴᠡᠷᠢᠭ᠍ᠲᠦ᠃᠃ ᠮᠣᠩᠭᠣᠯ ᠤᠨ ᠪᠠᠶᠢᠴᠠᠭᠠᠯᠳᠠ ᠶᠢᠨ ᠠᠯᠪᠠᠨ ᠳᠤ᠃᠃ ᠲᠡᠳᠡᠭᠡᠷ ᠤᠨ ᠬᠡᠷᠡᠭ᠌᠃

ᠲᠡᠭᠦᠨ ᠤ ᠪᠠᠶᠢᠴᠠᠭᠠᠯᠳᠠ ᠶᠢᠨ ᠠᠯᠪᠠᠨ ᠳᠤ ᠨᠢᠭᠡ ᠵᠤᠨ ᠵᠢᠯ ᠳ᠋ᠦᠷᠦ᠃᠃ ᠵᠠᠷᠢᠮ ᠤ ᠮᠡᠷᠭᠡᠨ ᠤ

ᠲᠡᠷᠡ ᠴᠠᠭᠡᠨ ᠰᠡᠷᠢᠭᠡᠰᠦᠨ ᠡᠴᠡ ᠨᠢᠭᠡ ᠪᠠᠶᠠᠰᠬᠤᠯᠠᠩᠲᠤ ᠬᠡᠰᠢᠭ ᠢᠶᠡᠨ ᠬᠠᠯᠠᠭᠰᠠᠨ ᠠᠨᠤ᠃᠃ ᠬᠡᠰᠢᠭᠲᠦ

ᠳᠡᠭᠡᠷᠡᠬᠢ ᠵᠤᠨ ᠳᠤ ᠬᠠᠷᠠᠭᠤᠯᠬᠤ ᠨᠢ ᠴᠤᠬᠤᠮ ᠶᠠᠭᠤ ᠶᠢᠨ ᠨᠡᠷᠡ ᠶᠢ᠃᠃ ᠲᠡᠷᠡ ᠨᠢ ᠮᠡᠷᠭᠡᠨ ᠤ᠃᠃

ᠵᠠᠷᠢᠮ ᠨᠢᠭᠡᠨ ᠬᠠᠷᠢᠭᠤ᠃᠃ ᠬᠠᠭᠤᠴᠢᠨ ᠪᠤᠯᠤᠭᠰᠠᠨ ᠤ᠃᠃ ᠡᠨᠡ ᠲᠡᠷᠡ ᠲᠡᠳᠡᠭᠡᠷ

ᠬᠠᠷᠠᠭᠤᠯ ᠵᠡᠷᠭᠡ ᠶᠢ᠃᠃

ᠬᠠᠷᠠᠭᠤᠯᠵᠤ ᠦᠭᠬᠦ ᠠᠨᠤ ᠶᠢ᠃᠃ ᠬᠠᠳᠠᠭᠠᠯᠠᠭᠰᠠᠨ ᠨᠢ ᠡᠬᠡᠨᠡᠷ ᠤᠨ ᠭᠠᠷ ᠲᠦ᠃᠃

四十六、八臣輔政

ice nadan de, taidzu genggiyen han hendume, jakūn hošoi beise de jakūn amban adafi, beisei mujilen be duileme tuwa, wei mujilen beyei weile be weri weile be gemu emu adali, geren i siden de sindafi gisurembi. wei mujilen beyei weile ohode waka be alime gaijarakū cira aljambi, tere be jakūn amban uhe tuwafi, waka be saha de wakalame hendu. wakalame hendure gisun be alime gaijarakū ci han de ala. ere emu. gurun i eiten weile be adarame oci jabšambi, adarame oci ufarambi seme saikan bodo. doroi jurgan de

初七日，太祖明汗諭曰：「八和碩貝勒設大臣八人副之，以觀察其心，誰能以己之事，人之事，視為一體，而公以持論。誰能於己事之非是，不自引咎，而變色拒諫，爾八大臣公察之，知其非，即直言責之。若不受所諍，即告汗知，此其一。大凡國事之何以成，何以敗，當善為籌畫，

初七日，太祖明汗諭曰：「八和碩貝勒設大臣八人副之，以观察其心，谁能以己之事，人之事，视为一体，而公以持论。谁能于己事之非是，不自引咎，而变色拒谏，尔八大臣公察之，知其非，即直言责之。若不受所诤，即告汗知，此其一。大凡国事之何以成，何以败，当善为筹划，

aisilaci ojoro niyalma bici tucibufi, ere be doroi weile de afabuci
ombi seme, sain be sain seme wesimbu. afaha weile de muterakū
niyalma oci ere muterakū seme, ehe be ehe seme wasimbu. ere
juwe. sung bing guwan ci fusihūn coohai ambasa dain i weile be
adarame oci jabšambi, adarame oci ufarambi seme saikan bodo.
bihan de afaci ai agūra acambi, hecen de afara de ai agūra
acambi seme acara jaka be dagila.

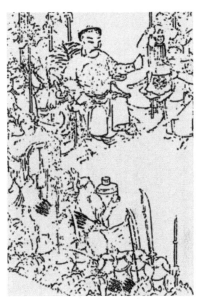

有堪輔政者，則曰此人可使從政，即舉之。有不堪任事者，
則曰此人不堪任事，即退之，此其二也。總兵以下諸武臣凡
行軍之事，其何以勝，何以負，當善為籌畫。若野戰須用何
器具？若攻城須用何器具？凡應用者，當預備之。

有堪辅政者，则曰此人可使从政，即举之。有不堪任事者，
则曰此人不堪任事，即退之，此其二也。总兵以下诸武臣凡
行军之事，其何以胜，何以负，当善为筹划。若野战须用何
器具？若攻城须用何器具？凡应用者，当预备之。

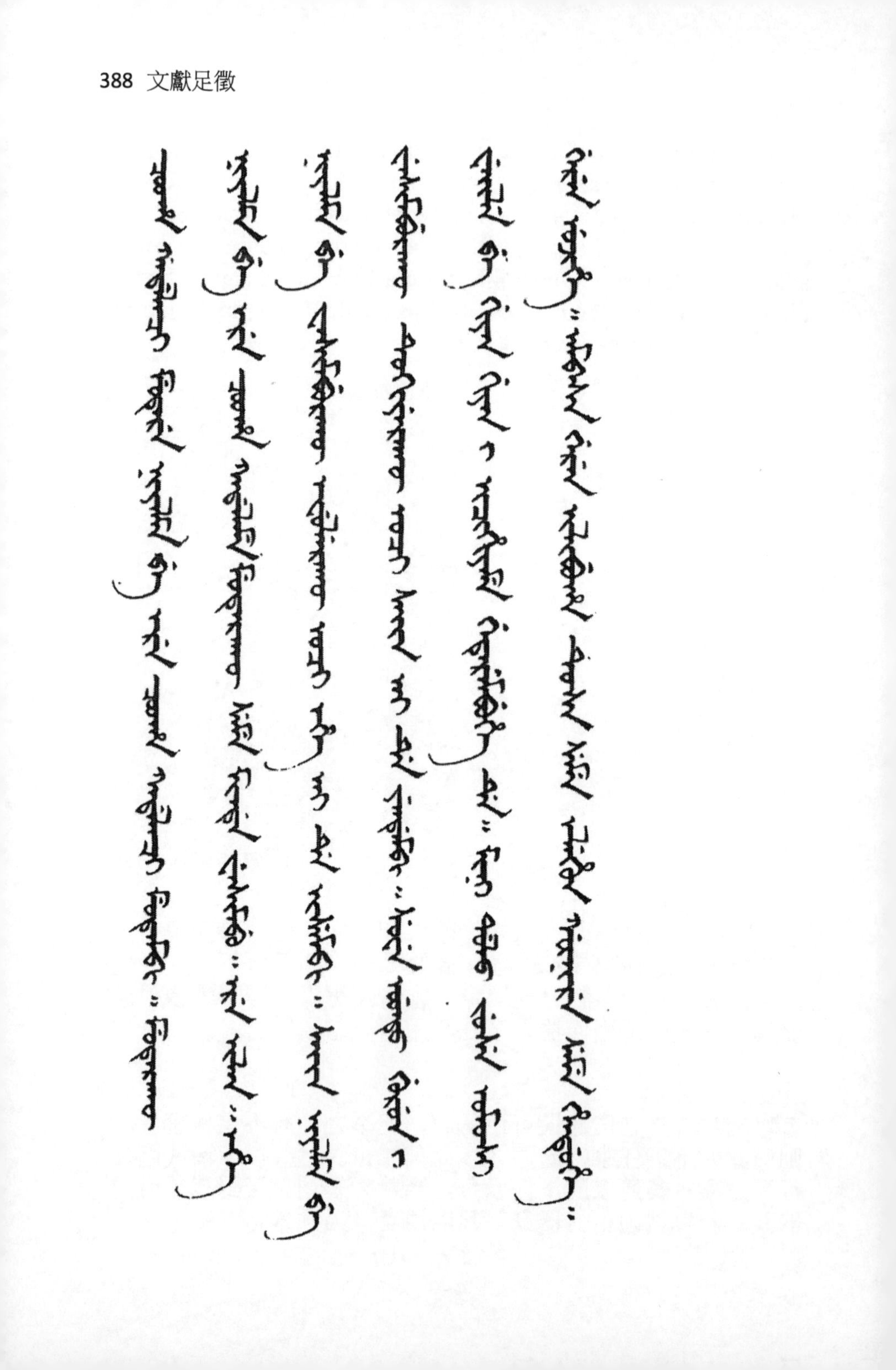

cooha kadalaci mutere niyalma be ere cooha kadalaci mutembi.
muterakū niyalma be ere cooha kadalame muterakū seme minde
wesimbu. ere ilan. ehe niyalma be wasimburakū efulerakū oci
ehe ai de isembi. sain niyalma be wesimburakū tukiyerakū oci
sain ai de yendembi. suwe uttu gurun i weile be giyan giyan i
icihiyame geterembuhe de. mini dolo juse omosi geren ujihe.
ambasa geren ilibuha tusa seme, elehun gūnire seme henduhe.

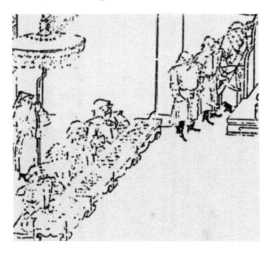

有能將兵者，則稱其能治軍，不能將兵者，則稱其不能治軍，
以奏於我，此其三也。若不肖者，不降不革，則惡無以懲；
若賢者，不舉不用，則無以勸善。爾等果能於國事經理咸宜，
則我所養子孫之多，所設臣僚之眾，皆有益於國，此心自泰
然而愉快矣。」

有能将兵者，则称其能治军，不能将兵者，则称其不能治军，
以奏于我，此其三也。若不肖者，不降不革，则恶无以惩；
若贤者，不举不用，则无以劝善。尔等果能于国事经理咸宜，
则我所养子孙之多，所设臣僚之众，皆有益于国，此心自泰
然而愉快矣。」

ᠮᠤᠩᠭᠤᠯ ᠪᠢᠴᠢᠭ ᠃

ᠲᠡᠭᠦᠨ ᠦ ᠦᠶ᠎ᠡ ᠳᠦ ᠃ ᠮᠤᠩᠭᠤᠯ ᠦᠰᠦᠭ ᠃

ᠪᠢᠴᠢᠭ ᠃

四十七、縱酒敗德

juwan nadan de, taidzu genggiyen han, geren ambasa, gubci irgen i arki nure omire jalin de tacibume hendume. julgeci ebsi arki nure omiha niyalma, bi omifi tenteke jaka baha, tere erdemu taciha, tuttu jabšaha seme gisurere be suwe donjihao. arki nure omifi niyalmai emgi becunuhe, niyalma be huwesilehe saciha, karu imbe waha, morin ci tuhefi gala bethe bijaha, meifen mokcofi bucehe, ibahan ušafi bucehe, arki de dabafi bucehe, jugūn de tuhefi etuku mahala waliyabuha, ama eme, ahūn

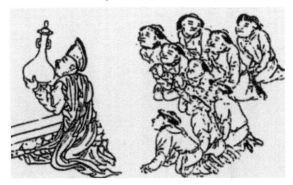

十七日，太祖明汗因諸臣及國人中有嗜酒者，遂誡諭之曰：「爾等曾聞古來飲酒之人，於飲酒之中，得何物？習何藝？有所裨益者乎？飲酒之人，或與人爭鬥，以刀傷人，反自害其身者有之；或墜馬傷其手足，折其頸項而死；或為鬼魅所魘而死；或縱酒無節而死；或顛仆道路而失其衣帽；

十七日，太祖明汗因諸臣及国人中有嗜酒者，遂诚谕之曰：「尔等曾闻古来饮酒之人，于饮酒之中，得何物？习何艺？有所裨益者乎？饮酒之人，或与人争斗，以刀伤人，反自害其身者有之；或坠马伤其手足，折其颈项而死；或为鬼魅所魇而死；或纵酒无节而死；或颠仆道路而失其衣帽；

ᠪᠠ ᠬᠠᠮᠵᠢᠯᠠ ᠠᠶᠢᠨ ᠰᠠᠷᠠ ᠠᠰᠠᠨ ᠠᠤᠭᠠᠪᠠ ᠂᠂ ᠠᠰᠠᠨ ᠠᠰᠠᠨ ᠪᠠᠶᠢᠨ ᠂᠂ ᠠᠰᠠᠨ ᠠᠶᠢᠨ ᠠᠰᠠᠨ ᠠᠰᠠᠨ ᠂᠂ ᠠᠶᠢᠨ ᠠᠰᠠᠨ

ᠠᠰᠠᠨ ᠠᠰᠠᠨ ᠂᠂ ᠠᠰᠠᠨ ᠠᠰᠠᠨ ᠠᠶᠢᠨ ᠠᠰᠠᠨ ᠂᠂ ᠠᠶᠢᠨ ᠠᠰᠠᠨ ᠂᠂ ᠠᠰᠠᠨ

ᠠᠰᠠᠨ ᠠᠶᠢᠨ ᠠᠰᠠᠨ ᠂᠂ ᠠᠰᠠᠨ ᠠᠶᠢᠨ ᠠᠰᠠᠨ ᠠᠰᠠᠨ ᠂᠂ ᠠᠶᠢᠨ ᠠᠰᠠᠨ ᠂᠂

deo de ehe oho, suihume tetun agūra hūwalame, boo be manabuha wasika ufaraha seme gisurere be, bi donjiha. arki nure urundere de ebirakū kai. hala halai efen lala dagilafi jecina. arki nure teburengge efen lala ararangge gemu emu fisihe kai. arki nure de efujembi. efen lala de ebimbi kai. ebire be jeterakū, efujere be ainu omimbi. bengsen akū niyalma omici beye bucembi, erdemungge sain niyalma omici erdemu efujembi, dergi han beise de waka sabumbi. eigen omici sargan de eimembumbi, sargan omici

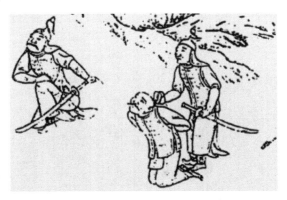

或失歡於父母兄弟；或恃酒力而碎壞其器皿，消落家業流於
污下者，我嘗聞之。況飢餓時酒不能飽，飯可食，糕可食，
酒與飯糕同是黍所造耳；酒則能傷人，飯糕則能致飽焉。何
不食其飽人者，而飲此傷人之酒也？無本事之人飲之喪身；
有德者飲之敗德，且上則獲罪於汗及諸貝勒。至於夫飲而為
妻所憎，妻飲

或失欢于父母兄弟；或恃酒力而碎坏其器皿，消落家业流于
污下者，我尝闻之。况饥饿时酒不能饱，饭可食，糕可食，
酒与饭糕同是黍所造耳；酒则能伤人，饭糕则能致饱焉。何
不食其饱人者，而饮此伤人之酒也？无本事之人饮之丧身；
有德者饮之败德，且上则获罪于汗及诸贝勒。至于夫饮而为
妻所憎，妻饮

eigen de waka sabumbi. booi aha dosorakū ukambi. arki nure omirengge ai sain. julgei mergesei henduhengge, horonggo okto. angga de gosihon gojime, nimeku de tusa, jancuhūn nure angga de amtangga nimeku be dekdebumbi, haldaba huwekiyebure niyalmai gisun donjire šan de icingga, banjire jurgan de ehe. tondo tafulara gisun šan de ici akū, banjire doro de tusa sehebi, arki nure be asuru omire be nakacina seme bithe arafi wasimbuha.

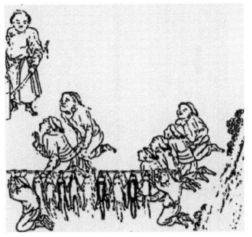

而為夫所惡，奴僕難以忍受而逃亡，飲酒有何美哉？古之賢者云：『藥之毒者，雖然苦口，卻利於病；旨酒雖然適口，卻能召病；諂媚之言雖順耳[30]，而有害於人生；忠言雖逆耳，而利於生計云云。』縱酒固宜切戒也。」遂書之頒示。

而为夫所恶，奴仆难以忍受而逃亡，饮酒有何美哉？古之贤者云：『药之毒者，虽然苦口，却利于病；旨酒虽然适口，却能召病；谄媚之言虽顺耳，而有害于人生；忠言虽逆耳，而利于生计云云。』纵酒固宜切戒也。」遂书之颁示。

---

[30] 順耳，規範滿文讀作 "šan de icangga"，此作 "šan de icingga"，異。

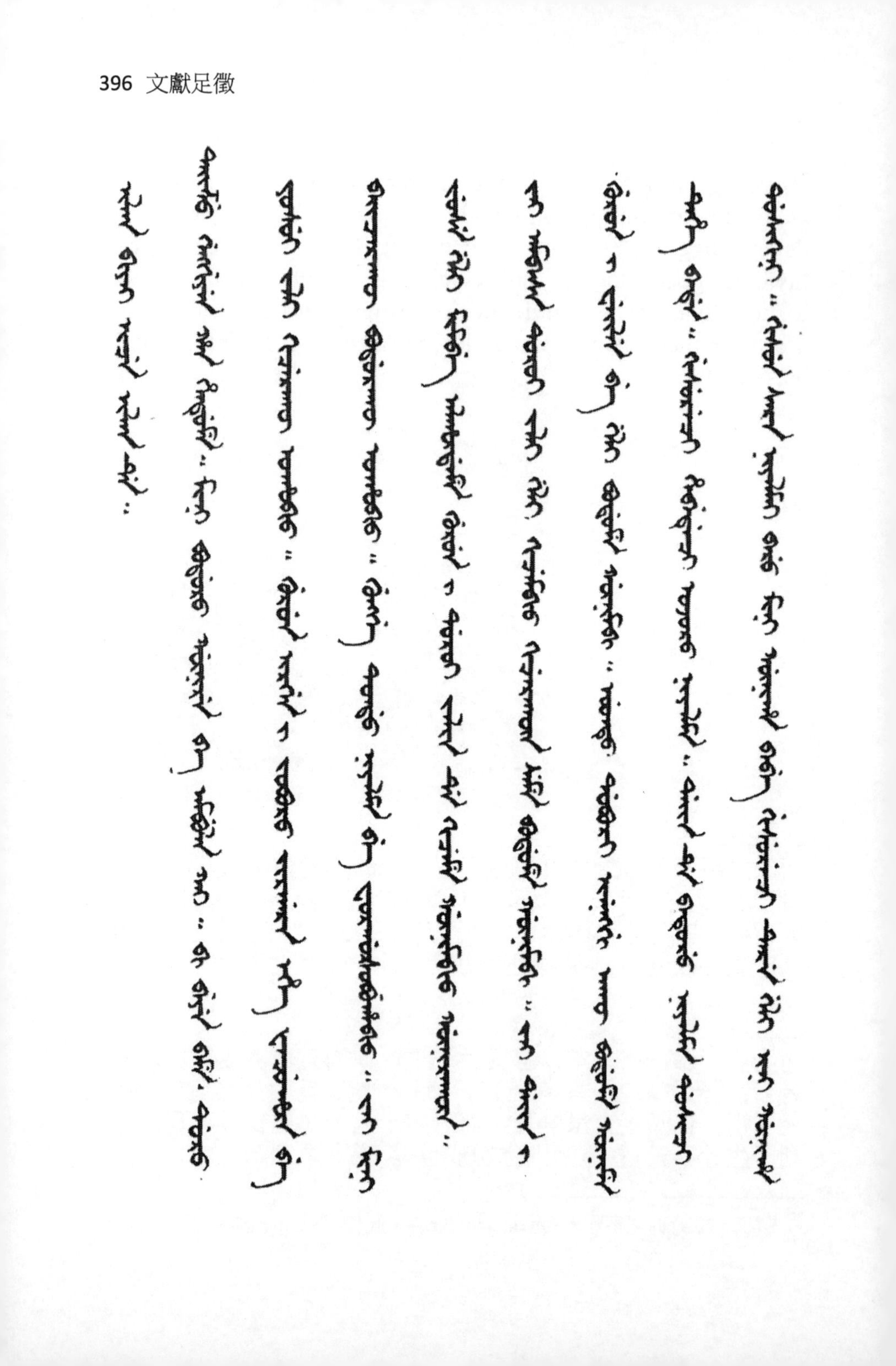

四十八、苗之有莠

ilan biyai ice ilan de, taidzu genggiyen han hendume, mini bodoro gūnire ba ambula kai. bi beye bame, doro yosui jali kicerakū ohobio. gurun irgen i joboro jirgara ehe facuhūn be baicarakū bodorakū ohobio. gungge tondo niyalma be forgošobuhabio. jai mini juse geli mimbe alhūdame gurun i doroi jalin de kiceme gūnimbio gūnirakūn. jai ambasa doroi jali geli kicembio kicerakūn seme bodome gūnimbi. jai dain i gurun i weile be geli bodome gūnimbi. uttu dobori inenggi akū bodome gūnime tehe bade, gisureci hebedeci ojoro niyalma, dain de baturu niyalma dosici dosikini. gisun sara niyalmai baru mini gūniha babe gisureci, tere geli ini gūniha

三月初三日，太祖明汗曰：「吾所籌慮處處甚多也。或吾身倦憜而怠於治道歟[31]？或國事安危，民情甘苦，而不省察歟？功勳忠直之有所顛倒歟？再慮吾諸子中果有效吾盡心國事否歟？在大臣等果俱勤於政事否歟？又敵國之情形，又所深念，當此晝夜躊躇之際，有可與言，可與謀，及勇於行陣者，入而坐談可也，告以我之意，令其以己見回復我，

三月初三日，太祖明汗曰：「吾所筹虑处处甚多也。或吾身倦憜而怠于治道欤？或国事安危，民情甘苦，而不省察欤？功勋忠直之有所颠倒欤？再虑吾诸子中果有效吾尽心国事否欤？在大臣等果俱勤于政事否欤？又敌国之情形，又所深念，当此昼夜踌躇之际，有可与言，可与谋，及勇于行阵者，入而坐谈可也，告以我之意，令其以己见回复我，

---

[31] 怠於治道，滿文讀作 "doro yosui jali kicerakū"，句中 "yosui"，當作 "yosoi"；"jali"，當作 "yala"。

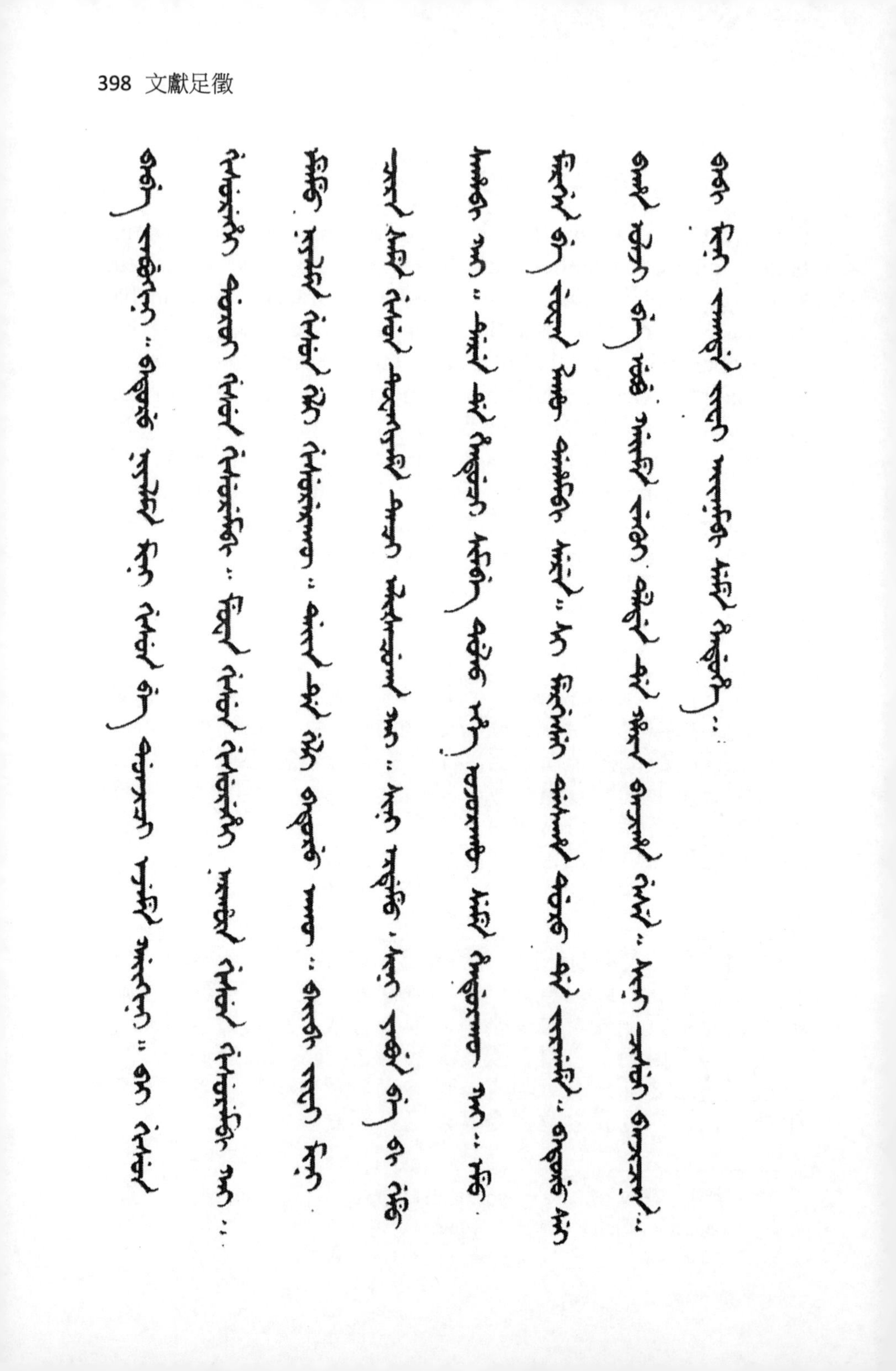

babe jabukini. baturu niyalma mini gisun be donjici ejeme gaikini. bai gisun gisurehei doroi gisun gisurembi. muwa gisun gisurehei narhūn gisun gisurembi kai. ememu niyalma gisun geli gisurerakū, dain de geli baturu akū, baibi jifi mini cira šame gisun tuwakiyame teci ališacuka kai. sini erdemu, sini yabun be bi gemu sahabi kai. dere de henduci simbe dolo ehe ojorahū seme hendurakū kai. emu mergen be juwan lahū dahambi sere. si mergesei dasaha doro de jirgame, baturu sei baha olji be ubu gaime, jekui dalda de hara banjiha gese. sini cisui banjicina, babi mini jakade jifi ainambi seme henduhe.

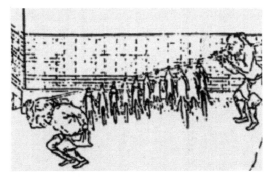

驍勇之人聞我言須當切記。大凡語言常出閒論而每及道理，亦有由粗言而入於精微者也。或有其人，既不能言，又臨敵無勇，徒來仰視我面，坐聽我言，殊增鬱悶耳。爾之才，爾之行，我皆知之矣；若當面斥之，恐爾難堪，故不言也。諺云：『一人善射，十拙隨而分肉。』賢人創治之國，而汝坐享之，勇者俘獲之物，而汝坐分之，誠如苗之有莠也。爾自為爾所為，數至我前何為也？」

骁勇之人闻我言须当切记。大凡语言常出闲论而每及道理，亦有由粗言而入于精微者也。或有其人，既不能言，又临敌无勇，徒来仰视我面，坐听我言，殊增郁闷耳。尔之才，尔之行，我皆知之矣；若当面斥之，恐尔难堪，故不言也。谚云：『一人善射，十拙随而分肉。』贤人创治之国，而汝坐享之，勇者俘获之物，而汝坐分之，诚如苗之有莠也。尔自为尔所为，数至我前何为也？」

ᠮᠤᠩᠭᠤᠯ᠂ ᠲᠦᠷᠦᠭᠰᠡᠨ ᠵᠢ ᠭᠡᠷᠡᠯᠳᠦᠵᠦ ᠂᠂ ᠬᠡᠷᠡᠯ ᠳᠠᠭᠠᠨ ᠬᠡᠷᠡᠭ᠂᠂ ᠲᠡᠷᠡ ᠬᠦᠨ ᠳ᠋ᠤ ᠬᠡᠷᠡᠭᠳᠡᠵᠦ ᠪᠠᠶᠢᠭᠠᠳ ᠮᠡᠳᠡᠬᠦ ᠵᠢ

ᠬᠦᠰᠡᠭᠰᠡᠨ ᠵᠢᠨ ᠳᠤᠲᠤᠷᠠᠬᠢ ᠬᠡᠷᠡᠭᠳᠡᠭᠰᠡᠨ ᠵᠢ᠂᠂ ᠲᠡᠷᠡ ᠴᠤ ᠨᠢ ᠬᠡᠷᠡᠭᠳᠡᠭᠰᠡᠨ ᠬᠡᠮᠡᠵᠦ ᠬᠡᠷᠡᠭᠳᠡᠭᠰᠡᠨ

ᠬᠡᠯᠡᠬᠦ ᠳ᠋ᠤ᠄᠂ ᠲᠡᠷᠡ ᠬᠦ ᠬᠡᠷᠡᠭ ᠵᠢᠨ ᠳᠤᠲᠤᠷᠠ ᠬᠡᠷᠡᠭᠳᠡᠭᠰᠡᠨ ᠬᠡᠮᠡᠬᠦ ᠬᠡᠷᠡᠭᠳᠦ

ᠬᠡᠷᠡᠭ ᠳ᠋ᠤ᠄᠂ ᠬᠡᠴᠡᠭᠦᠦ ᠬᠡᠮᠡᠭᠰᠡᠨ ᠮᠡᠳᠡᠬᠦ ᠬᠡᠴᠡᠭᠦᠳᠡᠭᠰᠡᠨ ᠵᠢ᠂᠂ ᠬᠡᠴᠡᠭᠦᠳᠡᠬᠦ

ᠬᠡᠮᠡᠬᠦ᠄᠂ ᠬᠡᠯᠡᠮᠡᠷᠳᠡᠭᠰᠡᠨ ᠮᠡᠳᠡᠬᠦ ᠬᠡᠯᠡᠮᠡᠷ ᠵᠢ᠂ ᠲᠡᠷᠡ ᠬᠦ ᠬᠡᠷᠡᠭ ᠵᠢᠨ

ᠳᠤᠲᠤᠷᠠᠬᠢ᠄᠂ ᠬᠡᠷᠡᠭᠳᠡᠭᠰᠡᠨ᠂᠂ ᠬᠡᠷᠡᠭ᠄᠂ ᠬᠡᠷᠡᠭᠳᠡᠭᠰᠡᠨ ᠵᠢᠨ ᠳᠤᠲᠤᠷᠠ ᠬᠡᠷᠡᠭᠳᠡᠭᠰᠡᠨ

ᠬᠡᠮᠡᠬᠦ ᠵᠢ᠂ ᠲᠡᠷᠡ ᠬᠦ ᠬᠡᠷᠡᠭ ᠵᠢᠨ ᠳᠤᠲᠤᠷᠠᠬᠢ ᠬᠡᠷᠡᠭᠳᠡᠭᠰᠡᠨ ᠬᠡᠮᠡᠬᠦ ᠬᠡᠷᠡᠭ ᠳ᠋ᠤ᠄᠂

ᠬᠡᠷᠡᠭᠳᠡᠵᠦ ᠬᠡᠯᠡ᠂᠂ ᠬᠡᠷᠡᠭ ᠬᠡᠷᠡᠭᠳᠡᠵᠦ ᠬᠡᠷᠡᠭ ᠬᠡᠷᠡᠭᠳᠡᠵᠦ᠂᠂

四十九、八家均分

orin duin de, genggiyen han, geren beise de tacibume hendume, julge musei ninggutai beise, donggo, wanggiya, hada, yehe, ula, hoifa, monggo gurun gemu ulin de dosifi tondo be fejile, miosihon dosi be dele arame. ahūn deo i dolo ulin temšeme wanuhai efujehe kai. mini tacibure anggala suwen de yasa šan akūn. suwe inu saha donjiha kai. ama bi tubabe safi, jakūn boo

emu jaka bahaci gese dendefi etuki jeki seme doigon de toktobufi, jakūn boo gese jergi bahara dabala enculeme ume gaijara. jušen i sain sargan jui, sain morin be beise gaici ulin be ambula

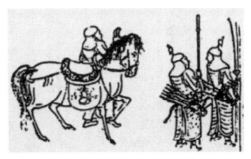

二十四日，明汗訓諸貝勒曰：「昔我寧古塔貝勒及董鄂、王甲、哈達、葉赫、烏喇、輝發、蒙古諸國，俱貪財貨，輕忠直，尚貪邪。兄弟之間，爭奪貨財，自相殺害，以致敗亡，不待我言，汝等豈無耳目？汝等亦灼見而熟聞之矣。父我以彼為前鑒，預定八家若得一物，即衣食之類，俱應均分，俾大家各得其平，毋得分外私取。諸貝勒若聘所部民間美女[32]，及取用良馬，

二十四日，明汗训诸贝勒曰：「昔我宁古塔贝勒及董鄂、王甲、哈达、叶赫、乌喇、辉发、蒙古诸国，俱贪财货，轻忠直，尚贪邪。兄弟之间，争夺货财，自相杀害，以致败亡，不待我言，汝等岂无耳目？汝等亦灼见而熟闻之矣。父我以彼为前鉴，预定八家若得一物，即衣食之类，俱应均分，俾大家各得其平，毋得分外私取。诸贝勒若聘所部民间美女，及取用良马，

[32] 民間美女，滿文讀作 "jušen i sain sargan jui"，意即「奴僕之美女」。

ᠵᠠᠰᠠᠭ ᠦᠨ ᠤᠷᠤᠨ ᠢᠶᠠᠨ ᠪᠦᠷᠢᠳᠬᠡᠵᠦ᠃ ᠬᠡᠮᠡᠭᠰᠡᠨ ᠪᠠᠶᠢᠵᠤ ᠪᠣᠯᠬᠤ ᠶᠤᠮ᠃ ᠲᠡᠷᠡ
ᠡᠳᠦᠷ ᠳᠤᠷ᠂ ᠬᠡᠮᠡᠭᠰᠡᠨ ᠡᠴᠡ ᠭᠠᠳᠠᠨ᠎ᠠ᠃ ᠬᠦᠨᠳᠦᠳᠬᠡᠨ ᠡᠷᠭᠦᠮᠵᠢᠯᠡᠨ᠃ ᠪᠣᠯᠤᠨ
ᠪᠣᠯᠤᠨ ᠬᠡᠮᠡᠭᠰᠡᠨ ᠡᠴᠡ ᠭᠠᠳᠠᠨ᠎ᠠ᠃ ᠪᠣᠯᠤᠭᠰᠠᠨ ᠢᠶᠠᠷ᠃ ᠲᠡᠷᠡ ᠡᠳᠦᠷ ᠲᠦᠷ
ᠡᠯᠳᠡᠪ ᠦᠨ᠃ ᠲᠡᠷᠡ ᠡᠳᠦᠷ ᠲᠦᠷ᠂ ᠬᠡᠮᠡᠭᠰᠡᠨ ᠡᠴᠡ᠃ ᠪᠠᠰᠠ ᠡᠳᠦᠷ ᠲᠦᠷ᠃
ᠲᠡᠷᠡ ᠡᠳᠦᠷ ᠲᠦᠷ᠃ ᠬᠡᠮᠡᠭᠰᠡᠨ ᠡᠴᠡ ᠭᠠᠳᠠᠨ᠎ᠠ᠃ ᠬᠡᠮᠡᠭᠰᠡᠨ ᠪᠠᠶᠢᠨ᠎ᠠ᠃
ᠲᠡᠷᠡ ᠡᠳᠦᠷ ᠲᠦᠷ᠂ ᠬᠡᠮᠡᠭᠰᠡᠨ ᠡᠴᠡ ᠭᠠᠳᠠᠨ᠎ᠠ᠃ ᠲᠡᠷᠡ ᠡᠳᠦᠷ ᠲᠦᠷ᠃
ᠲᠡᠷᠡ ᠡᠳᠦᠷ ᠲᠦᠷ᠂ ᠬᠡᠮᠡᠭᠰᠡᠨ ᠪᠠᠶᠢᠨ᠎ᠠ᠃

dabali sahatala bufi gaisu. dain cooha yaya bade baha jaka be geren de tucibufi denderakū somime ume gaijara. ulin be ume nemšere. tondo be nemše seme tacibuha bihe. tere tacibuha gisun be onggofi dosi miosihon jurgan be yaburahū. beise suwe ahūta deotei dolo waka babe saci hafukiyame tafularakū, dere ume banire. ehe waka babe teng seme tafula, tuttu tafulaci unenggi emu hebei banjimbi kai. julgei wei yang gebungge niyalma hendume, oilori gisurerengge yangse. hafukiyame gisurerengge yargiyan. gosihon gisun okto. jancuhūn gisun nimeku sehebi. jai junggin i bithe de henduhengge, weile deribure onggolo tafulaci yaya ci

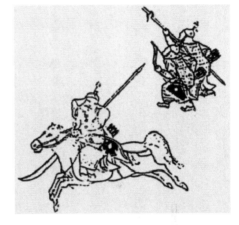

必破格償其值。凡軍中各處所獲之物，必分給於眾而毋隱匿，毋貪財貨，務以公忠為尚，每常以此言訓示，慎毋遺忘訓誡而行貪邪之事。諸貝勒於兄弟中，有過不可不極力進諫而存姑息之心。若能力諫其過，誠可同心共事也。昔衛鞅曰：『貌言華也，至言實也，苦言藥也，甘言病也。』又《忠經》云：『諫於未形者，

必破格償其值。凡军中各处所获之物，必分给于众而毋隐匿，毋贪财货，务以公忠为尚，每常以此言训示，慎毋遗忘训诫而行贪邪之事。诸贝勒于兄弟中，有过不可不极力进谏而存姑息之心。若能力谏其过，诚可同心共事也。昔卫鞅曰：『貌言华也，至言实也，苦言药也，甘言病也。』又《忠经》云：『谏于未形者，

ᠤᠷᠤᠭᠰᠠᠨ ᠨᠢᠭᠡᠨ ᠲᠠᠪᠤᠨ ᠬᠡᠮᠡᠨ᠎ᠡ᠃ "ᠲᠠᠪᠤᠨ᠎ᠠ ᠬᠡᠮᠡᠬᠦ᠎ᠡ" ᠪᠤᠶᠤ ᠵᠢᠷᠦᠬᠡᠨ᠎ᠡᠴᠡ "ᠲᠦᠷᠦᠭᠰᠡᠨ᠎ᠡ" ᠬᠡᠮᠡᠨ᠎ᠡ᠃ ᠳᠤᠯᠤᠭ᠎ᠠ

ᠲᠤᠯᠤᠭ᠎ᠠ "ᠲᠠᠪᠤ ᠠᠷᠪᠠᠨ ᠨᠢᠭᠡ ᠬᠡᠮᠡᠬᠦ᠎ᠡ" ᠬᠡᠮᠡᠨ᠎ᠡ᠃ "ᠠᠷᠪᠠ" ᠬᠡᠮᠡᠬᠦ᠎ᠡ ᠬᠡᠮᠡᠨ᠎ᠡ᠃ ᠨᠠᠢᠮᠠᠨ

ᠲᠠᠪᠤᠨ ᠳᠤᠯᠤᠭ᠎ᠠ ᠠᠷᠪᠠ ᠬᠡᠮᠡᠬᠦ᠎ᠡ ᠵᠢᠷᠭᠤᠭᠠᠨ᠎ᠠ "ᠳᠠᠷᠠᠭ᠎ᠠ" ᠬᠡᠮᠡᠨ᠎ᠡ᠃ "ᠲᠦᠷᠪᠡᠨ᠎ᠡ" ᠬᠡᠮᠡᠨ᠎ᠡ᠃ "ᠳᠦᠷᠪᠡ" ᠬᠡᠮᠡᠨ᠎ᠡ᠃

ᠵᠢᠷᠭᠤᠭ᠎ᠠ "ᠠᠷᠪᠠᠨ ᠬᠠᠮᠤᠭ ᠲᠡᠭᠦᠰᠬᠡᠯ᠎ᠦᠨ" ᠲᠡᠭᠦᠰᠬᠡᠯ᠎ᠦᠨ "ᠲᠡᠭᠦᠰ" ᠬᠡᠮᠡᠨ᠎ᠡ᠃ "ᠳᠦᠷᠪᠡᠨ᠎ᠡ" ᠬᠡᠮᠡᠨ᠎ᠡ᠃

ᠲᠡᠷᠢᠭᠦᠨ ᠨᠢᠭᠡᠨ ᠬᠡᠮᠡᠬᠦ᠎ᠡ ᠠᠷᠪᠠᠨ ᠨᠢᠭᠡ "ᠬᠡᠮᠡᠨ᠎ᠡ" ᠬᠡᠮᠡᠨ᠎ᠡ᠃ "ᠳᠦᠷᠪᠡᠨ᠎ᠡ᠃" ᠨᠢᠭᠡᠨ ᠳᠦ

dele, weile wajiha manggi tafulaci yaya ci fejile, safi tafularakū oci tondo niyalma waka seme henduhebi. ai ai weile be ajigen ede ai bi seme ainu gūnimbi, ajige weile amban ofi doro efujehengge ambula kai. ai ai gisun be, ama bi suwembe sain okini seme tacibumbidere. ufarakini sembio. julge sung gurun i lio ioi han geren ambasai baru hendume, julgei jalan i enduringge genggiyen han, mergen ambasa gemu yadame jobome banjifi. jai amala wesikebi. šun han i beye usin weilembihe sere, fu iowai furdan nihumbihe sere. belisi ihan tuwakiyambihe sere, jioo g'oo dabsun fuifume nimaha baime bihe sere, abka tere ai serengge. tede geren ambasa

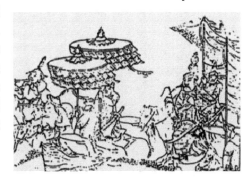

上也；谏于既形者，下也；知而不谏，非忠臣也。』凡事勿谓其小而无害，由小而大，以致败国者多矣。凡我所训言莫非成就汝等，岂欲贻累于汝等耶？昔宋主刘裕谓群臣曰：『自古圣明之君，贤哲大臣，皆由困而亨，舜躬耕畎亩，傅说版筑，百里奚放牛，胶鬲煮盐求鱼，天意何居？』群臣

---

[33]　舜躬耕畎畝，句中「舜」，規範滿文讀作 "šūn han"，此作 "šun han"，異。

ᠬᠠᠷᠠᠭᠤᠯᠠ᠄ "ᠰᠥᠮᠡ ᠲᠠᠪᠤᠰᠤᠨ ᠬᠡᠮᠡᠬᠦ ᠠᠴᠠ ᠪᠤᠰᠤᠳ ᠬᠡᠯᠡᠨ ᠳ᠋ᠦ᠍ ᠶᠠᠭᠤᠨᠠᠷ ᠬᠡᠮᠡᠬᠦ ᠪᠤᠯ

ᠬᠡᠮᠡᠬᠦ᠃ ᠲᠡᠷᠡ ᠪᠡᠷ ᠥᠭᠦᠯᠡᠷᠦᠨ "ᠲᠡᠭᠦᠨ ᠦ ᠤᠴᠢᠷ ᠢ ᠮᠢᠨᠤ ᠮᠡᠳᠡᠬᠦ ᠪᠥᠭᠡᠳ ᠂

ᠲᠡᠭᠦᠨ ᠢᠶᠡᠷ ᠴᠦ ᠲᠡᠢᠮᠦ ᠶᠤᠮ ᠬᠡᠮᠡᠷᠦᠨ ᠠ᠄ "ᠡᠯᠢᠭᠡ ᠨᠢᠭᠡᠨ ᠬᠡᠮᠡᠬᠦ ᠪᠤᠯᠠᠢ᠃ ᠲᠡᠷᠡ ᠪᠡᠷ

ᠰᠠᠢᠨ ᠥᠭᠦᠯᠡᠪᠡᠢ ᠬᠡᠮᠡᠷᠦᠨ ᠠ᠃ "ᠬᠡᠷᠪᠡ ᠬᠡᠯᠡᠭᠰᠡᠨ ᠮᠡᠲᠦ ᠪᠤᠯᠪᠠᠰᠤ

ᠲᠡᠳᠡᠭᠡᠷ ᠦᠨ "ᠰᠠᠢᠨ ᠥᠭᠦᠯᠡᠪᠡᠢ ᠬᠡᠮᠡᠬᠦ ᠠᠨᠤ ᠶᠠᠮᠠᠷ ᠶᠤᠮ ᠪᠤᠢ᠃

ᠭᠡᠮᠡᠷᠦᠨ ᠠ᠃ "ᠬᠡᠯᠡᠭᠰᠡᠨ ᠢᠶᠡᠷ ᠬᠢᠭᠰᠡᠨ ᠪᠤᠯᠪᠠᠰᠤ ᠰᠠᠢᠨ ᠭᠡᠮᠡᠮᠦᠢ᠃

ᠠᠨᠤ ᠬᠠᠷᠠᠭᠤᠯᠠ᠄ "ᠴᠢᠨᠤ ᠶᠠᠭᠤᠨ ᠳ᠋ᠦ ᠰᠠᠢᠨ ᠭᠡᠰᠡᠨ ᠂ ᠰᠠᠢᠨ ᠶᠠᠪᠤᠳᠠᠯ ᠢ ᠮᠡᠳᠡᠭᠰᠡᠨ ᠦᠭᠡᠢ ᠪᠥᠭᠡᠳ ᠲᠡᠭᠦᠨ ᠢᠶᠡᠷ ᠶᠠᠭᠤᠨᠠᠷ ᠬᠢᠬᠦ ᠪᠤᠢ

jabume, han ambasai afara weile amban kai. abka amba weile de afakini seme banjibufi han amban ojoro niyalma be neneme terei mujilen be jobobume, eiten babe gūnibume elhe bahaburakū, sube giranggi be suilabume, beye be šolo tuciburakū, hefeli be urumbume, angga de jeku bahafi jeterakū. tuttu yadame jobobume eiten jobolon be dosobufi, gosire, doroloro, jurgangga mergen mujilen be bahabufi. tenteke niyalma han tehe manggi, gurun irgen i weile be sambi. tenteke niyalma amban oho manggi, irgen i joboro be sambi, abkai gūnihangge tere kai seme jabuha sere. tere unenggi abkai doro be

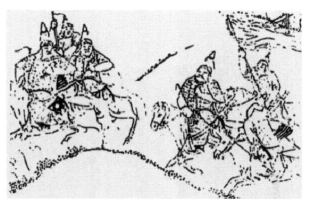

對曰：「君臣之任，大任也，故天將降大任於是人也，必先令君臣苦其心志，使之遍慮事物而內不得安，勞其筋骨，使其身不得暇逸。餓其體膚，使其口腹不得飽食，所以窮乏艱苦，閱歷憂患，俾得仁義禮智之心。是人而為君，必知國事；是人而為臣，必悉民隱，天意如此而已，

对曰：「君臣之任，大任也，故天将降大任于是人也，必先令君臣苦其心志，使之遍虑事物而内不得安，劳其筋骨，使其身不得暇逸。饿其体肤，使其口腹不得饱食，所以穷乏艰苦，阅历忧患，俾得仁义礼智之心。是人而为君，必知国事；是人而为臣，必悉民隐，天意如此而已，

ᠰᠠᠪᡠᠪᡠ᠃ ᠪᡝᠶᡝ
ᠪᡝ ᠪᠠᡵᡠ
ᠠᠯᠠᡥᠠ
ᠠᡴᡡᡥᠠᠨ
ᠠᡴᡡ᠃᠃
ᠠᠯᠠᡥᠠ
ᠰᠠᡴᡩᠠ
ᡠᠩᡤᠠᠯᠠᠮᠪᡳ᠃᠃

ᠨᡳᠶᠠᠯᠮᠠᡳ
ᡵᠣᠣᡳ
ᠪᠠᡵᡠ
ᠠᡳᠰᡳᠯᠠᠮᠪᡳ᠃᠃ ᠠᠪᡴᠠᡳ
ᠨᠠᠶᠠᠨ ᠰᡳᠮᠠ
ᡥᠠᠯᠠᡥᠠ
ᡝᠮᡤᡳ᠃

ᡤᡳᠶᠠᠨ
ᡝᠵᡝᠨ
ᠰᡝᠪᡝ
ᠪᠣᠯᠪᡠᠮᠪᡳ᠃᠃ ᡝᠮᡝ
ᠰᠠᠮᠠᠨ
ᡝᠵᡝᠨ
ᠰᡝᠪᡝ
ᡝᡴᠰᡝᠪᡠᠮᠪᡳ᠃᠃

ᡝᡥᡝ
ᠠᡳᠰᡳᠨ
ᡤᠣᠣᠨ
ᠪᡝᡴᡩᡠᠨᠪᡠᠮᠪᡳ᠃᠃ ᡝᠯᡝ
ᡤᡳᠶᠠᠨ
ᠰᡝᠪᡝ
ᡝᡴᠰᡝᠪᡠᠮᠪᡳ᠃᠃ ᡝᠶᠠᠨ

ᠪᡝᠵᡳᡵᡝᠯᠠᡥᠠ᠃᠃
ᡤᡳᠶᠠᠨ
ᡝᠮᡝ
ᠰᠠᠮᠠᠨ
ᠰᡝᠪᡝ
ᡵᠠᠯᠪᡠᠮᠪᡳ᠃᠃ ᡝᠶᡝᠨ
ᡥᡝᠴᡝ

ᡤᡝᠯᡳ
ᠪᡝ
ᠠᡳᠰᡳᠯᠠᠮᠪᡳ᠃᠃ ᡝᠵᡝᠨ
ᠰᠠᡴᡩᠠ
ᠨᠠᠮᠠᡩᠠ
ᠪᠠᠨᠵᡳᠪᡠᠮᠪᡳ᠃᠃

ulhihe niyalma i gisun kai. joboho niyalma han teci gurun be jirgabumbi, jirgaha niyalma han teci gurun be jobobumbi. musei gurun joboho ambula be abka tuwafi, mimbe unggifi mini beye be jobobufi, beyei girinjame gurun be ujikini seme banjibuhabi kai. mini jobome isabuha gurun be beise suwe jobolon be sahakū, jirgaha ambula ofi joboburahū, hūturi de mene han beile dere. babi ainaha han beile. korcin i tusiyetu efu de mini gūniha gisun be fondo fondo tacibume hendufi. efu sini dolo mende geli enculeme emu mujilen akūn. si babi ainu mimbe

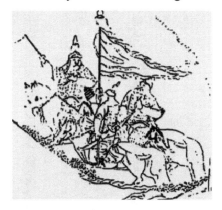

此誠為善識天意者之言也。以歷艱苦者為君，則國受其福，以享安逸者為君，則國受其苦。天見我國甚苦，故降吾身歷盡艱難，使之推己之心以及非庶，吾艱苦所聚之國人，恐爾諸貝勒未知艱難，習於安逸，惟有福之人方可以為君為貝勒耳，否則何以為君為貝勒耶？吾昔日曾將所思慮之言透澈訓誠科爾沁土謝圖額駙。既而曰：『恐汝介意，莫不以人各有心，何為而出此言。』

此诚为善识天意者之言也。以历艰苦者为君，则国受其福，以享安逸者为君，则国受其苦。天见我国甚苦，故降吾身历尽艰难，使之推己之心以及非庶，吾艰苦所聚之国人，恐尔诸贝勒未知艰难，习于安逸，惟有福之人方可以为君为贝勒耳，否则何以为君为贝勒耶？吾昔日曾将所思虑之言透澈训诚科尔沁土谢图额驸。既而曰：『恐汝介意，莫不以人各有心，何为而出此言。』

ᠪᠢ ᠴᠢᠨᠢ ᠂ ᠲᠠᠨᠤ ᠤᠨ ᠬᠠᠷᠢᠶᠠᠲᠤ ᠬᠡᠮᠡᠨ ᠬᠡᠯᠡᠵᠦ ᠂ ᠲᠡᠷᠡ ᠬᠡᠬᠡᠷ ᠠ ᠭᠠᠵᠠᠷ ᠤ ᠡᠵᠡᠨ ᠪᠣᠯᠤᠭᠰᠠᠨ ᠄ ᠲᠡᠷᠡ

ᠪᠦᠭᠦᠳᠡ ᠶᠢ ᠬᠥᠮᠦᠨ ᠬᠡᠮᠡᠨ ᠂ ᠲᠡᠷᠡ ᠳᠤᠷ ᠨᠢ ᠭᠣᠣᠯ ᠠᠴᠠ ᠪᠠᠨ ᠬᠠᠷᠢᠶᠠᠲᠤ ᠬᠡᠮᠡᠨ ᠂ ᠲᠡᠷᠡ ᠶᠢ

ᠬᠡᠬᠡᠷ ᠠ ᠭᠠᠵᠠᠷ ᠤᠨ ᠡᠵᠡᠨ ᠂ ᠲᠡᠷᠡ ᠪᠥᠬᠦᠳᠡ ᠶᠢ ᠨᠢᠭᠡ ᠭᠡᠷ ᠪᠣᠯᠭᠠᠵᠤ ᠂ ᠲᠡᠷᠡ ᠳᠤᠷ

ᠲᠡᠭᠦᠰᠬᠡᠯ᠎ᠡ ᠪᠠᠷ ᠄ ᠲᠡᠷᠡ ᠶᠢ ᠬᠠᠷᠢᠶᠠᠲᠤ ᠂ ᠲᠡᠷᠡ ᠶᠢ ᠨᠢᠭᠡᠨ ᠬᠥᠮᠦᠨ

ᠲᠡᠷᠡ ᠳᠤᠷ ᠬᠠᠷᠢᠶᠠᠲᠤ ᠬᠡᠮᠡᠨ ᠂ ᠲᠡᠷᠡ ᠪᠦᠭᠦᠳᠡ ᠶᠢ ᠬᠥᠮᠦᠨ ᠂ ᠲᠡᠷᠡ

ᠨᠢᠭᠡᠨ ᠳᠦᠷ ᠬᠠᠷᠢᠶᠠᠲᠤ ᠬᠡᠮᠡᠨ ᠂ ᠲᠡᠷᠡ ᠶᠢ ᠬᠠᠷᠢᠶᠠᠲᠤ ᠂ ᠲᠡᠷᠡ ᠳᠤᠷ

ᠬᠠᠷᠢᠶᠠᠲᠤ ᠬᠡᠮᠡᠨ ᠂ ᠲᠡᠷᠡ ᠬᠡᠬᠡᠷ ᠠ ᠭᠠᠵᠠᠷ ᠤᠨ ᠡᠵᠡᠨ ᠂ ᠲᠡᠷᠡ ᠪᠥᠬᠦᠳᠡ ᠶᠢ

uttu hendumbi seme gūnimbi ayu seme hendure jakade, tusiyetu efu jabume gosire niyalma be songgotolo tacibumbi, gosirakū niyalma be injebume tacibumbi sere. han i gosime tacibure gisun be. abka onggobuci, onggombidere. bi ainaha seme onggorakū seme jabuha. terei adali beise suwe. ama mini tacibuha gisun be ejeme gaifi doro be suweni beye de alifi teng seme yabubu. julge aisin gurun i daiding han, biyan jing hecen de tefi fe banjiha šanggiyan alin i dergi hūi ning fu i susu be tuwaname genere de, jui taidz i baru hendume, si ume

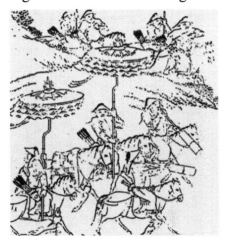

土謝圖額駙對曰：『以苦言誨人，至於涕泣者，愛之也；以甘言誨人，令其喜悅者，不愛之也。汗因愛我，而有此訓辭。天若亡我，我或忘之矣，否則我決不敢忘。』爾諸貝勒亦如此，記取為父我訓言，承繼我基業，而篤行之可也。昔金國大定帝自汴京往故居白山之東會寧府，謂太子曰：『

土谢图额驸对曰：『以苦言诲人，至于涕泣者，爱之也；以甘言诲人，令其喜悦者，不爱之也。汗因爱我，而有此训辞。天若亡我，我或忘之矣，否则我决不敢忘。』尔诸贝勒亦如此，记取为父我训言，承继我基业，而笃行之可也。昔金国大定帝自汴京往故居白山之东会宁府，谓太子曰：『

ᠮᠢᠨᠢ ᠨᠡᠩᠬᠠᠨ ᠤᠨ ᠡᠷᠭᠦ ᠬᠡᠪᠰᠡᠷ᠂ ᠰᠠᠶᠢᠲᠠᠨ ᠬᠢᠴᠢᠶᠠᠯ ᠵᠠᠷᠯᠢᠭ᠃᠃

ᠬᠡᠷᠬᠢᠨ ᠨᠢᠭᠡᠨ ᠬᠡᠪᠰᠡᠷ᠃᠃ ᠳᠠ ᠶᠢᠭᠡᠨᠤ ᠰᠠᠭᠤᠷᠢ ᠤᠨ ᠬᠡᠴᠢᠭᠡᠯ ᠰᠢᠭᠤᠷᠬᠠᠨ ᠰᠡᠳᠬᠢᠯᠲᠡ ᠬᠡᠳᠦᠬᠡᠨ ᠲᠡᠪᠬᠡᠰᠦᠨ᠃᠃

ᠬᠡᠷᠬᠢᠨ ᠤᠨ ᠬᠠᠰᠤ ᠦᠢᠯᠡ ᠬᠡᠳᠳᠦᠨ ᠬᠡᠵᠢᠶᠡ ᠬᠠᠴᠢᠷ ᠤᠨ ᠰᠠᠭᠤᠷᠢᠯᠠᠭᠤ ᠰᠡᠳᠬᠢᠯᠲᠦ᠃᠃ ᠮᠢᠨᠦ

ᠰᠠᠶᠢᠨ ᠬᠡᠳᠳᠡᠨ᠃᠃ ᠰᠠᠶᠢᠲᠠᠷ ᠬᠢᠴᠢᠶᠡᠯ᠃᠃ ᠬᠡᠰᠡᠮᠡᠷ ᠬᠡᠪᠰᠦᠨ ᠤᠨ ᠬᠡᠴᠢᠷ ᠬᠡᠴᠢ ᠨᠡᠩ ᠬᠡᠴᠢᠨ ᠬᠡᠴᠢᠷ

ᠰᠠᠭᠤᠷᠢ᠃᠃ ᠰᠠᠶᠢᠳᠠᠷ ᠡ ᠬᠡᠳᠳᠡᠷ ᠤᠨ ᠡᠷᠡᠭᠡᠭᠡ ᠵᠠᠰᠤ ᠬᠠᠮᠤᠭ ᠡᠷᠳᠡᠮᠲᠡ ᠬᠡᠵᠢᠶᠡᠨ ᠲᠡᠰᠡᠷ᠂ ᠮᠠᠨᠤ ᠰᠡᠳᠬᠢᠯ ᠬᠡᠵᠢ

ᠬᠡᠭᠡᠴᠢ᠃᠃ ᠬᠡᠳᠳᠡᠨ ᠤᠨ ᠬᠢᠰᠤᠨᠢᠯᠠᠭᠤ ᠰᠡᠰᠬᠢᠶᠡ᠃᠃ ᠬᠡᠪᠰᠡ ᠰᠠᠭᠤᠷᠢᠯᠠᠭᠤ ᠰᠡᠭᠡᠷ ᠬᠡᠷᠬᠢᠶᠡᠨ ᠤᠨ ᠬᠡᠴᠢᠷ ᠬᠡᠴᠢᠷ

joboro. gurun be šangname akdabu, koro arame gelebu, hūdai niyalma be sindafi ulin isabu, usin i niyalma be sindafi jeku isabu seme henduhe sere. terei adali duin amba beile, duin ajige beile, jakūn beile doro be beye de alifi, šajin fafun be teng seme jafafi, gurun irgen be šangname akdabu, koro arame gelebu. ama mimbe ume dabure. bi suweni arbun be tuwame elehun gūnime bisire seme hendufi. tere gisun be gemu bithe arafi beise de buhe.

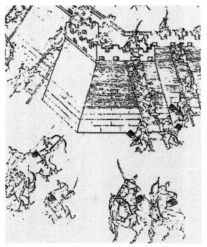

汝勿憂，國家當以賞示信，以罰示威，商賈積貨，農夫積粟。』
其言如此，爾四大貝勒，四小貝勒，繼我基業之後，亦如是
嚴守法度，賞以示信，罰以示威，使為父之我不與國事，得
以坐觀爾等作為，泰然自得可也。」言畢，遂書訓辭給與諸
貝勒。

汝勿忧，国家当以赏示信，以罚示威，商贾积货，农夫积粟。』
其言如此，尔四大贝勒，四小贝勒，继我基业之后，亦如是
严守法度，赏以示信，罚以示威，使为父之我不与国事，得
以坐观尔等作为，泰然自得可也。」言毕，遂书训辞给与诸
贝勒。

ᠪᠢ ᠰᠠᠢᠨ᠃ ᠮᠣᠩᠭᠣᠯ ᠬᠡᠯᠡᠨ ᠤ ᠪᠢᠴᠢᠭ ᠢ
ᠰᠠᠢᠨ᠃ ᠪᠢ ᠮᠣᠩᠭᠣᠯᠴᠤᠳ ᠤᠨ ᠬᠡᠯᠡᠯᠴᠡᠨ ᠨᠢᠭᠡᠨ
ᠬᠡᠷᠡᠭᠯᠡᠭᠰᠡᠨ᠃ ᠲᠡᠳᠡᠨ ᠤ ᠬᠡᠯᠡᠭᠰᠡᠨ᠃ ᠲᠡᠷᠡ ᠨᠢ ᠨᠢᠭᠡ᠃ ᠬᠡᠳᠦᠨ ᠬᠡᠯᠡ᠃

ᠪᠣᠯᠤᠨ ᠪᠢᠴᠢᠭᠰᠡᠨ᠃ ᠪᠢ ᠲᠡᠳᠡᠨ ᠤ ᠬᠡᠯᠡ᠃ ᠲᠡᠷᠡ ᠨᠢ ᠨᠢᠭᠡᠨ᠃

ᠲᠡᠳᠡᠨ ᠤ ᠬᠡᠯᠡᠯᠴᠡᠨ ᠪᠢᠴᠢᠭᠰᠡᠨ᠃ ᠲᠡᠷᠡ ᠪᠣᠯ ᠨᠢᠭᠡᠨ᠃

ᠪᠢ ᠲᠡᠷᠡ ᠨᠢ ᠨᠢᠭᠡ᠃ ᠬᠡᠳᠦᠨ ᠪᠣᠯᠬᠤ᠃ ᠲᠡᠳᠡ ᠪᠣᠯᠤᠨ᠃

ᠲᠡᠷᠡ ᠬᠡᠯᠡᠭᠰᠡᠨ᠃ ᠬᠡᠳᠦᠨ ᠨᠢᠭᠡᠨ᠃ ᠪᠢᠴᠢᠭᠰᠡᠨ᠃ ᠲᠡᠳᠡᠨ᠃

ᠮᠣᠩᠭᠣᠯ ᠬᠡᠯᠡᠨ᠃ ᠲᠡᠷᠡ ᠪᠢᠴᠢᠭ᠃

五十、遷都瀋陽

manju gurun i taidzu genggiyen han, dung jing hecen ci, sin yang hecen de guriki seme, beise ambasai baru hebešere jakade. beise ambasa tafulame. muse ere dung jing ni hecen be ice sahafi boo yamun teni araha, irgen i niyalmai boo hono wacihiyame bahara unde kai. te geli ba gurici irgen jeku ufarahabi. alban geli labdu. gurun jobombi kai seme tafulara jakade. han marame hendume. sin yang ni ba eiten i arbun i ba.

wasihūn daiming gurun be dailaci durbideri lioha bira be doofi geneci jugūn tondo, ba hanci. amargi monggo gurun be dailaci, damu juwe ilan inenggi de

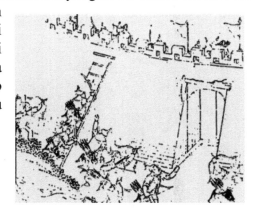

満洲國太祖明汗欲自東京遷都瀋陽，而與諸貝勒大臣商議。諸貝勒大臣諫曰：「東京城新築，宮室方成，而民之居室，尚未完備；今復欲遷移，恐民食不足，又興大役，民不堪苦矣。」汗不許曰：「瀋陽形勝之地，西征大明國，由都爾鼻渡遼河，路直且近；北征蒙古，二、三日可至；

満洲国太祖明汗欲自东京迁都沈阳，而与诸贝勒大臣商议。诸贝勒大臣谏曰：「东京城新筑，宫室方成，而民之居室，尚未完备；今复欲迁移，恐民食不足，又兴大役，民不堪苦矣。」汗不许曰：「沈阳形胜之地，西征大明国，由都尔鼻渡辽河，路直且近；北征蒙古，二、三日可至；

ᠪᠠᠶᠢᠨᠠ ᠪᠢᠯᠠ ᠬᠡᠮᠡᠭᠰᠡᠨ᠃

ᠡᠬᠢᠯᠠᠵᠦ ᠪᠠᠰᠠ ᠰᠡᠶᠢᠯᠦᠨ ᠬᠡᠪᠯᠡᠭᠦ ᠶᠢ ᠪᠡᠨ ᠢᠨᠦ ᠪᠠᠰᠠ ᠪᠡᠯᠡᠳᠭᠡᠪᠡ᠃ ᠡᠭᠦᠨ ᠡᠴᠡ ᠡᠮᠦᠨᠡ ᠬᠡᠳᠦ

ᠡᠳᠦᠷ ᠪᠠᠷᠭᠢᠭᠠᠳ ᠦᠵᠡᠭᠰᠡᠨ᠃ ᠡᠨᠡ ᠪᠢᠴᠢᠭ ᠭᠡᠪᠡᠷ ᠪᠠᠶᠢᠨᠠ᠃ ᠲᠡᠶᠢᠮᠦ ᠪᠤᠯᠬᠤᠷ ᠬᠡᠳᠦ

ᠡᠳᠦᠷ ᠠᠴᠠ ᠬᠤᠶᠢᠰᠢ᠃ ᠬᠡᠳᠦᠨ ᠪᠡᠷ ᠪᠠᠶᠢᠭᠤᠯᠵᠤ ᠪᠠᠶᠢᠭᠰᠠᠨ ᠪᠦᠭᠡᠳ ᠲᠤᠰᠭᠠᠷ ᠪᠠᠶᠢᠭᠤᠯᠤᠭᠰᠠᠨ᠃

ᠲᠡᠭᠦᠨ ᠡᠴᠡ ᠬᠤᠶᠢᠰᠢ᠃ ᠠᠯᠢᠪᠠ ᠬᠡᠷᠡᠭ ᠢ ᠲᠡᠭᠦᠰᠭᠡᠭᠡᠳ᠃ ᠪᠦᠷᠢᠨ ᠪᠤᠯᠭᠠᠪᠠ᠃ ᠲᠡᠭᠦᠨ

ᠲᠡᠭᠦᠰᠭᠡᠭᠰᠡᠨ᠃ ᠡᠮᠦᠨᠡᠬᠢ ᠠᠯᠢᠪᠠ ᠬᠡᠷᠡᠭ ᠢ ᠪᠦᠷᠢᠨ ᠪᠤᠯᠭᠠᠵᠤ᠃ ᠲᠡᠭᠦᠰᠭᠡᠭᠦ ᠶᠢᠨ ᠲᠤᠯᠠ᠃ ᠡᠭᠦᠨ

ᠡᠴᠡ ᠬᠤᠶᠢᠰᠢ᠃ ᠨᠡᠩ ᠪᠦᠷᠢᠨ ᠲᠡᠭᠦᠰ ᠪᠤᠯᠭᠠᠨ᠃ ᠤᠯᠠᠮ ᠰᠠᠶᠢᠨ ᠪᠤᠯᠭᠠᠪᠠ᠃

ᠲᠤᠬᠠᠶᠢᠯᠠᠪᠠᠯ᠃ ᠪᠢᠴᠢᠭᠰᠡᠨ ᠪᠦᠭᠡᠳ ᠬᠡᠪᠯᠡᠭᠰᠡᠨ ᠨ ᠬᠡᠮᠡᠭᠰᠡᠨ ᠪᠠ

uthai isinambi. julesi solgo gurun be dailaci, cing hoo i jugūn be geneci ombi. sin yang ni hecen de teci, hunehe bira, suksuhu birai sekiyen de moo sacifi, muke be eyebume gajici, boo yamun arara moo, dejire moo gemu bahambi. sargara de abalaci alin hanci gurgu elgin, birai butaha inu bahambikai. bi bodofi guriki sembi dere. suwe ainu marambi seme hendufi, ilan biyai ice ilan de, dung jing hecen ci tucifi, sin yang hecen de gurime jime, hū pi i de dedufi. ice duin de, sin yang hecen de isinjiha.

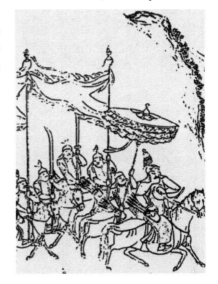

南征朝鮮，可由清河路以進。居瀋陽城，可於渾河、蘇克蘇滸河源頭處伐木，順流而下，以之為治宮室之木，為柴薪，不可勝用也。出遊打獵山近獸多，河中之利亦可捕取。我籌慮已定，故欲遷都，爾等何故不從？」乃於三月初三日出東京城，遷往瀋陽城，夜駐虎皮驛。初四日，至瀋陽城。

南征朝鮮，可由清河路以进。居沈阳城，可于浑河、苏克苏浒河源头处伐木，顺流而下，以之为治宫室之木，为柴薪，不可胜用也。出游打猎山近兽多，河中之利亦可捕取。我筹虑已定，故欲迁都，尔等何故不从？」乃于三月初三日出东京城，迁往沈阳城，夜驻虎皮驿。初四日，至沈阳城。

附　錄

附錄一：《大清太祖武皇帝實錄》，
滿文本，卷一（局部）

ᠮᠠᠨᠵᡠ

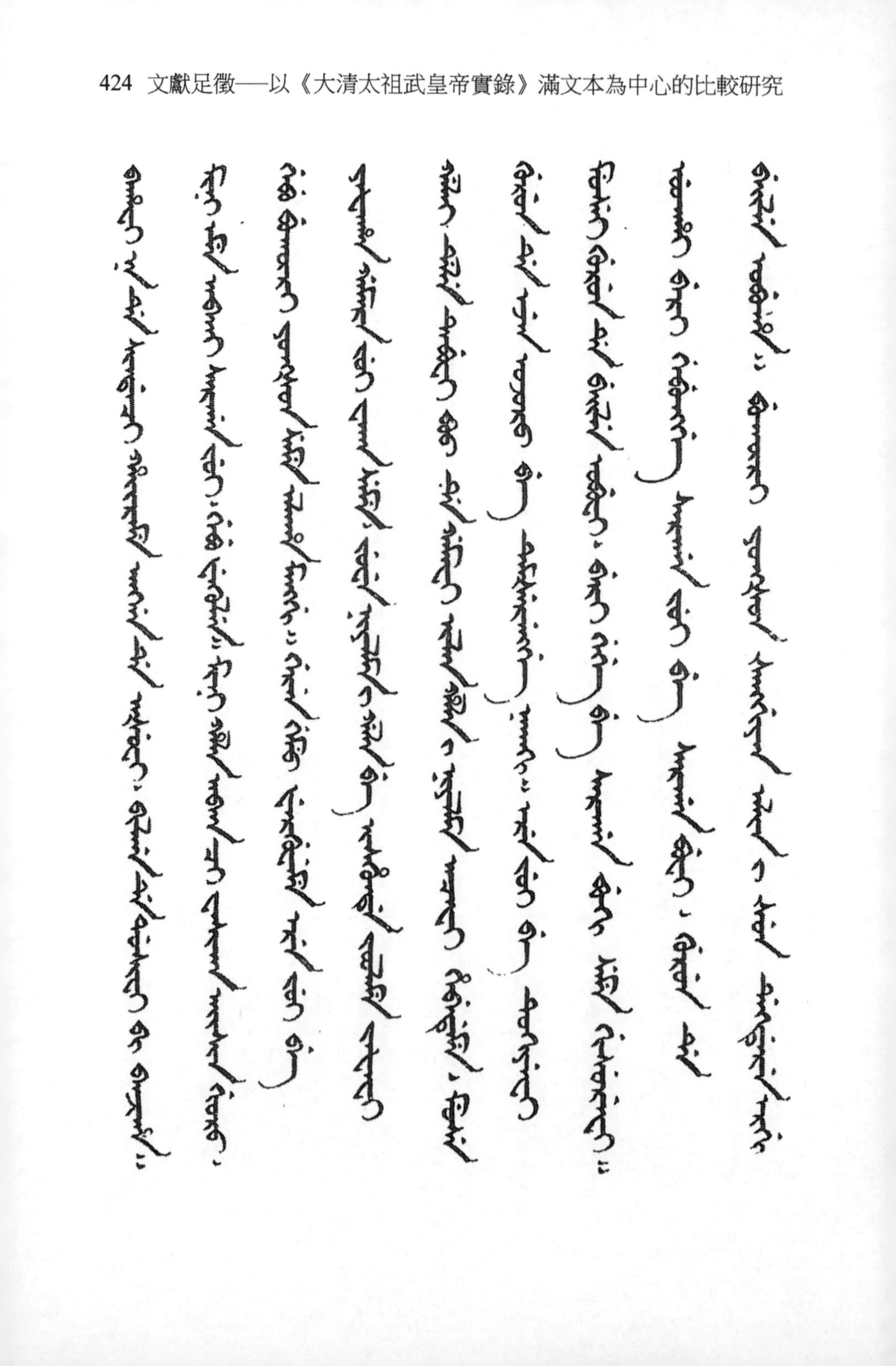

ᠪᠣᠯᠪᠠ᠈ ᠵᠠᠰᠠᠬᠠ ᠮᠣᠳᠣ ᠰᠠᠷᠠ ᠪᠠ᠈ ᠰᠠᠷᠠ ᠰᠠᠷᠠᠴᠢ ᠮᠣᠳᠣᠪᠠ᠈ ᠵᠠᠰᠠᠬᠠ ᠪᠣᠯᠪᠠ ᠪᠠ᠈

ᠵᡠᠸᡝ ᡴᠣ ᡥᠣᡥᠣᡥᠣ ᡳᡥᠠᠨ ᡠᠨᡩᡝᡥᡝᠨ ᠶᠠᠶᠠᠯᠠᠪᡠᠮᠪᡳ᠂᠂ ᠰᡝᠮᡝ ᡝᠯᡝᡴᡝᠨ ᡳ᠂ ᡥᡝᠨᡩᡠᡥᡝ᠂᠂ ᠠᡳ ᠶᠠᠯᠠᠴᡳ

ᡤᠣᡵᠣ ᠶᠠᠪᡠᠮᠪᡳ᠂᠂ ᠠᠪᡴᠠ ᡳ ᠮᡝᠨᡩᡠᠯᡝᠨ ᡥᡝᠨᡩᡠᠮᡝ᠂᠂ ᡥᠠᡥᠠᠨ ᡳᠨᡳ᠂ ᠮᠠᡝᠵᡝᠨ᠂ ᡳ᠂

ᡤᡝᠨᡝᠵᡳ ᠪᠠᠶᠠᠨ ᡩᡝᡳ ᠠᠯᠠᡳᠰᠠᠨ ᡳᡥᠠᠨ ᠰᡝᠮᡝ ᠠᡳᡤᠠᠵᠠᠮᠪᠠᡳ᠂᠂ ᠠᡳᠮᠠ ᡠᠮᠠᡳ

ᡤᠠᠵᠠᠮᠪᠠᠶᠠ᠂᠂ ᠠᠪᡴᠠ ᠰᡝᠨᠵᡳ ᠮᡝᠨᡩᡠᠯᡝᠨ ᠪᡝ ᡝᠮᡝᠨᡝ ᠪᡝᠶᡝ ᡳ᠂᠂ ᠠᡳᠮᠠ ᡠᠯᠮᡝ

ᠠᡴᡠ᠂᠂ ᠠᠪᡴᠠ ᠶᠠᠶᠠᠮᠪᡳ᠂᠂ ᠠᠶᠠᠮᠪᡠ ᠮᡝᠨᡩᡠᠯᡝᠨ ᠠᡴᡠ ᠰᡝᠮᡝ ᡥᡝᠨᡩᡠᡥᡝ᠂᠂ ᡠᠮᠠᡳ ᡥᠣᠨᡳᠨ

ᠠᡴᡠ᠂᠂ ᡠᠨᡝᠩᡤᡝ ᠶᠠᠨᡳ ᠵᠠᡳ ᠪᡝᡤᡝᠨᡩᡠᠮᡝ᠂᠂ ᡤᠠᠵᠠᠩ ᠪᠠᠨᡳᠰᠠᡳ ᠪᠠᡳ᠂᠂ ᠠᡳᠨᡝᠩᡤᡝᠨ

ᡩᡠᠨᡳᠪᡳ᠂ ᡤᡝᠯᠮᡝ ᠠᡩᡝ᠂ ᠯᠣᡳᡤᡝᠨ ᠶᠠᠶᠠ ᡠᠰᠠᡴᠠᠪᡠᠮᠪᠠᡳ᠂᠂ ᡤᡳᠶᠠᠨ ᠰᡝᠮᡝ

ᡤᡳᠶᠠᡤᠠᠮᠪᡳ᠂ ᠠᡳᠴᠠᡥᠣᠨ ᡴᡝᠨᡩᡠᠮᡝ᠂᠂ ᠠᡳᠮᠠ ᡤᡳᠶᠠᠨ ᠨᡝᠨᡝ᠂ ᡳᠰᡝᡥᡝ᠂

ᡤᠠᡳᠰᠠ ᠯᡳ ᡩᡝ ᡤᠠᠶᠠᠮᠪᠠᡳ᠂᠂ ᡠᠰᡳᠨ ᠠᡴᠣ ᡥᠠᠴᡳᠨ ᠶᠠᠶᠠᠪᡳ᠂᠂

ᠳᡝᠨ ᡥᡝᠨᡩᡠ ᡝᠮᠪᡠᠸᡝᠩᡤᡝ ᠪᠣᠯᡳ᠋ᠮᠪᡳ ᠰᡝᠮᡝ᠂ ᠰᡠᠸᡝᠨᡳ ᡠᠰᡳᠨ ᠴᡳᡴᡳᠨ ᠵᠠᡴᠠᠨ᠂ ᡝᡨᡝᠰᡳ ᡩᠣᡥᠣᠯᠣᠨ

ᡩᡝᠨ ᡥᡝᠨᡩᡠ ᠰᠠᠪᠣᡥᠠ ᠪᠠᡳᡨᠠᠪᡝ ᠠᠮᠠᠯᠠ ᠠᡴᡡ᠂ ᠠᡳᠨᡠ ᠪᠠᡳ ᡠᠮᡝᠰᡳ ᡝᠨ

ᡩᡝᠨ ᡥᡝᠨᡩᡠ ᡤᡝᠯᡳ ᡥᡝᠨᡩᡠᠮᡝ᠂ ᠰᡠᠸᡝ ᡩᠣᠩ ᠨᡳᠩᡤᡠᡨᠠ ᡠᡴᠰᡠᠨ ᡩᡝ

ᡩᡝᠨ ᡥᡝᠨᡩᡠ ᡠᠰᡳᠨ ᠴᡳᡴᡳᠨ ᡤᡝᠩᡤᡳᠶᡝᠨ ᠪᠠᡳᡨᠠᠪᡝ᠂ ᡠᠮᡝᠰᡳ ᠰᠠᡳᡴᠠᠨ

ᠵᠠᡳ ᡝᠮᡠ ᠮᡝᠶᡝᠨᡳ ᠪᠠᡳᡨᠠᠪᡝ᠂ ᡩᡝᠨ ᡤᡝᠯᡳ ᡥᡝᠨᡩᡠᠮᡝ᠂

ᡠᠯᡝ ᠠᠮᠪᠠᠰᠠᡳ ᠵᠠᠯᠠᠨ ᠵᠠᠯᠠᠨ ᠪᠠᡳᡨᠠᠪᡝ᠂ ᡝᠮᡠ ᡨᡝ

ᡥᡝᠨᡩᡠᠮᡝ᠂ ᠠᠮᠪᠠᠰᠠᡳ ᡳᠴᡳ ᡥᠠᠯᠠᠮᡝ᠂ ᡝᠰᡝ ᠴᠣᠣᡥᠠᡳ

ᠵᡠᠸᡝᠰᡳ᠈ ᠪᡝᠶᡝ ᠠᠯᡳᠮᡝ᠈

ᡥᡝᠨᡩᡠᠮᡝ᠈ ᠰᡳᠨᡳ

ᠵᠠᠯᠠᠨ ᠪᡝ᠈

ᡝᠮᡠ ᠨᠠᠰᠠᠨ᠈

ᡝᠰᡝᠮᠪᡳ᠈ ᠰᡝᠮᡝ᠈

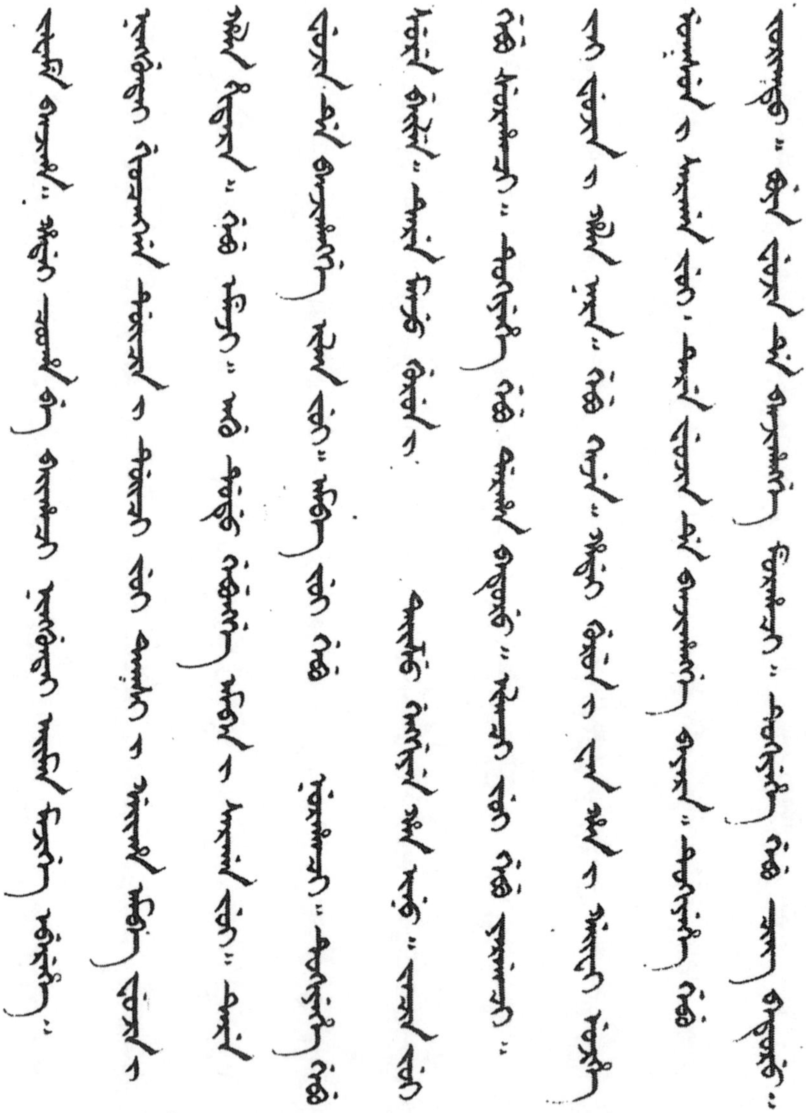

ᠮᠠᠨᠵᡠ ᠪᡳᡨᡥᡝ᠈

ᡳᠨᡠ ᠠᠮᠪᠠ᠈

（滿文 Manchu script, written vertically, read right to left）

ᠮᠠᠨᡳᠶ᠎ᠠ

ᠮᠣᠩᡤᠣᠯ ᠪᡳᡨᡥᡝᡳ ᠨᡳᡵᡠᡤᠠᠨ

ᠮᠠᠨᠵᡠ ᡥᡝᡵᡤᡝᠨ᠈

ᠮᠠᠨᠵᡠ ᡥᡝᡵᡤᡝᠨ᠈

ᠮᠠᠨᠵᡠ ᡥᡝᡵᡤᡝᠨ ᠪᡳᡨᡥᡝ

ᠣ ᠨᡳᠶᠠᠯᠮᠠ ᡳ ᠠᠯᡳᠨ ᡩᠣᠷᡤᡳ ᠨᡳᠶᠠᠯᠮᠠ᠈ ᡝᠮ᠈

[Manchu script text, 10 columns, read right to left]

[滿文（滿洲文字）正文，直書，自右至左共十二行]

附錄二：《滿洲實錄》，卷一（局部）

滿洲實錄　卷一

滿洲源流
滿洲原起
於長白山
之東北布
庫里山下
一泊名布
勒瑚里初

神鵲衘一
朱果置佛
庫倫衣上
色甚鮮妍
佛庫倫愛
之不忍捨
手遂衘口

天降三仙
女浴於泊
長名恩古
倫次名正
古倫三名
佛庫倫浴
畢上岸有

晚遂別去
輕上昇未
意俟兩身
理此乃天
藥諒無死
等曾服丹
二姊曰吾

同昇奈何
腹重不能
姊曰吾覺
成孕告二
中即感而
其果入腹
中甫著衣

也言詫怨
去即其地
一舟順水
詳說乃與
緣由一
處將所生
國可往彼

汝以定亂
生汝媾令
告子曰天
爾長成母
而能言俟
生一男生
佛庫倫後

爭為雄長
內有三姓
多理城名鄂
輝地名鄂
東南郵謨
時長白山
踞其上彼

似椅形獨
條為坐具
登岸折柳
人居之處
而下至於
乘舟順流
不見其子

不虞生此
人也想天
男子非凡
處遇一奇
我於取水
汝等無爭
處告眾曰

至爭鬥之
貌非常回
止奇異相
見其子舉
人來取水
殺傷適一
終日互相

新滿語
生姓愛
庫倫所
天女佛
曰我乃
詰之荅
人異而

果非常
觀及見
同衆往
言罷戰
姓人間
觀之三
人盡往

使之徒
人不可
異曰此
衆皆驚
詳告之
囑之言
將母所

之亂因
定汝等
天降我
哩雍順
名布庫
羅姓也
金也覺

始祖也
洲乃其
定號滿
之其國
主女妻
里以百
雍順為

布庫哩
爭共本
姓人息
而回三
興擁捧
插手遂
行遂相

一幼兒
孫內有
闔族子
盡殺其
理攻破
將鄂多
六月間

遂叛於
唐部屬
子孫暴
世後其
○應數
名建州
南朝誤

於是樊
椿遂回
為枯木
之理疑
無鵲棲
謂人首
上追兵

棲兒頭
一神鵲
之會有
後兵追
至曠野
腕身走
名樊察

計殺仇人
都督

害
神故不加
俱以鵲為
後世子孫
終馬滿洲
隱其身以
察得出遂

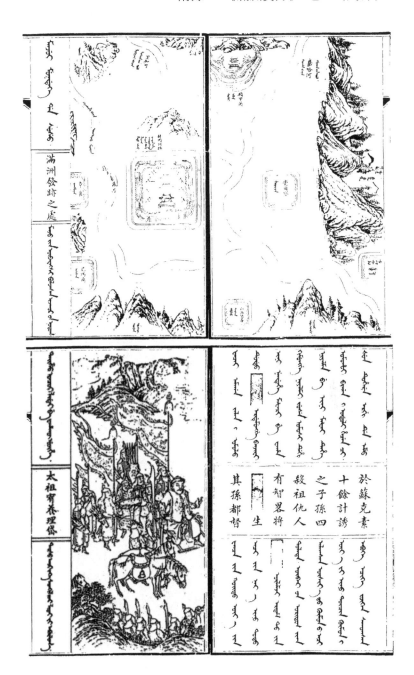

（滿文）

是
遂釋之於
米族既得
其半以索
以雪仇耻
里殺其半
千五百餘

郭多理西
拉闆也距
訴橫也阿
哈赫圖洪
下赫圖阿
拉赫圖阿
哈達山名
護河呼蘭

都督
一生一子
次名妥義
長名妥羅
謀三名□

一生三子
名褚宴□
名□次
生二子長
督一
阿拉○都
居於赫圖
阿拉○

長阿住和
洛地方索
住阿哈和
地方瑠闡
住覺爾察
寶德世庫
阿六名寶

五名寶朗
名
索長阿四
瑠闡三名
世庫次名
子長名德
生六

距赫圖阿
祖也五城
六王乃六
城池稱為
六處各立
地方六子
寶住章佳

蘭地方寶
阿住尼瑪
地方寶朗
赫圖阿拉
住其祖居
方
洛噶善地

三名齊堪四　臣次名瑪
次名額滿豕　長名祿瑚
魯漢語勇也　闡生三子
巴國魯巴囮　古二祖瑠
子長名禮敦　厄揚古篤
　　一　生五　譚國三名
斐揚敦四祖　代夫次名

名蘇赫臣
生三子長
祖德世庫
五六里長
近者不過
過二十里
拉遠者不

名龍敦五名
奇阿珠庫四
武泰三名綽
名禮泰次名
阿生五子長
國三祖索長
寧格三名們

強悍又一人
納生九子皆
一人名碩色
齊○彼時有

三名阿篤齊
四名多爾和
次名阿哈納

子長名康嘉
祖寶寶生四
次名稜敦六
子長名對泰
寶朗阿生二
名塔察五祖
名 五

河迤西二百
東蘇克素護
之自五嶺迤
將二姓盡滅
其本族六王
又英勇遂率
智其子禮敦

有才

各處擾害時
特其強勇每
躍九牛二姓
身披重鎧連
子俱號勇常
名加呼生七

（滿文）

里內諸部盡
皆實服六王
自此強盛初
寶寶次子阿
哈納至薩克
達部欲聘部
長巴斯翰巴

圖魯妹為妻
己斯翰曰爾
雖六王子孫
家貧吾必
不妻汝阿哈
納曰汝雖不
允吾決不甘

心遂割髮留
擲而去巴斯
翰愛棟鄂部
長克徹殷富
遂以妹妻其
子額爾機後
額爾機自巴

斯翰家回至
阿布達哩嶺
被托漠河處
額圖阿嚕部
下九賊截殺
之賊中有與
阿哈納同名

曰汝子非寶

使往告克徹

萬聞其言遣

哈達國汗名

必此人也時

今殺吾兒者

尤吾兒遂娶

兒婦其兄不

哈納欲聘吾

寶寶之子阿

徹聞之曰先

哈納之名克

路人悉傳阿

者摩賊相呼

于未殺吾兒

若果寶寶之

等地屬同隣

嚕為辭耳吾

遠之額圖阿

此不過以路

故又令我降

吾兒被殺何

順我克徹曰

賊與爾圖當

之我搶此九

部下九賊殺

乃額圖阿嚕

寶之子所殺

何不以金帛	饋哈達汗掄	此九賊與我	面質若係賊	殺吾子金帛	吾當倍償時	有索長阿部

落額克沁聞	之即往告其	主索長阿私	遣人往誑克	徹曰汝子是	我部下額爾	繃格與額克

青洛謀殺若	以金帛遺我	我當殺此二	人克徹曰哈	達汗言額圖	阿噜部下九	阿嚕部下九	賊殺之爾又

云爾部人殺	之此必汝等	設計誑我於	是遂成仇敵	因引兵攻克	六王東南所	屬二處六王

於是遂借兵
處借兵報復
妻父哈達汗
生息吾今詣
處牲畜難以
我等同住一
武泰不從曰

眾議皆定獨
居共相保守
渙散何不聚
十二處甚是
所生今祖
日我等同祖
不能支相謀

姓喜塔喇名
古都督長女
婚福金乃阿
四子 第
六王之勢漸
衰

生三

肩自借兵後
結親兵勢比
達國汗互相
先六王與哈
初未借兵之
次穫其數寨
往攻克徹二

子名巴雅喇

名懇哲生一

族女姓納喇

達國汗所養

側福金乃哈

名雅爾哈齊

漢巴圖魯三

子名巴雅喇

哈齊號達爾

也次名舒爾

漢語聰睿王

勒淑勒貝勒

祖號淑勒貝

＊印 太

子長名

帝此言傳聞人

治眼諸國而為

聖人出勘亂致

者言滿洲必有

時有識見之長

三十八年也是

己未歲明嘉靖

月生 太祖時

孕十三

號靑巴圖魯齊

子名穆爾哈齊

斡也側室生一

里岡漢語能

號卓里克圖卑

如神因此號為

深謀遠慮善用兵

超群英勇蓋世

去邪無疑武藝

剛果任賢不二

嚴其心性忠實

行虎步舉止威

忘一兒即識龍

音響亮一聽不

偉言詞明爽聲

體高聳骨格雄

耳面如冠玉身

太祖生鳳眼大

皆妄自期許

部長白山訥殷

部棟鄂部哲陳

部渾河部完顏

有蘇克素護河

滿洲國擾亂者

不受時各部環

與之　太祖終

祖有才智復厚

獨薄後見　太

九矢家產所予

送分居居已十

父歿於繼母言

喪母繼母妬之

明汗十歲時

是削平諸部後

逆者以兵臨於

行順者以德服

太祖能恩威並

凌弱衆暴寡

且骨肉相殘强

長互相戰殺甚

蜂起皆稱王爭

部輝發部名各

部哈達部葉赫

部呼倫國中烏拉

喀部庫爾喀部

海窩集部瓦爾

部鴨綠江部東

生都凱機都爾

古生綏屯綏屯

古嘉瑪喀碩珠

生嘉瑪喀碩珠

商堅多爾和齊

商堅多爾和齊

名納齊卜祿生

故名烏拉始祖

因居烏拉河岸

呼倫姓納喇後

○烏拉國本名

諸部世系

諸城

攻克明國遼東

千卒其子滿泰
子布千顏卒其布
稱王布顏卒其布
河洪尼處築烏拉
部率眾於烏拉
顏盡收烏拉諸
太蘭太蘭生布

汗古對珠延生
萬後為哈達國
徹木徹徹木生
錫納都督徹木徹
名古對珠延克
克錫納都督延克
機生二子長次

旺住外蘭逃至
部綏哈城其叔
萬遂逃住錫伯
岱達爾漢所殺
都督被族人巴
也其祖克錫納
卜祿第七代孫

徹木之子納齊
達乃烏拉部徹
哈達處故名哈
倫族也後因住
納剌名萬本呼
繼之
○哈達國汗姓

取其勢愈盛遂
自稱哈達汗彼
時葉赫烏拉輝
發及滿洲所屬
渾河部盡皆服
之凡有詞訟悉
聽庭分賄賂公

哈達部為部長
後哈達部叛旺
住外關被殺其
子博爾坤殺父
仇人請兄殺為
部長萬於是遠
者招徠近者攻

汗前譽之稍不
如意即於萬汗
前跋之萬汗不
察民隱惟聽譖
言民不堪命往
往叛投葉赫並
先附諸部盡叛

行是非顛倒反
曲為直上既貪
婢下亦效尤凡
差遣人後侵漁
諸部但見鷹犬
可意者莫不索
取得之即於萬

故名葉赫始祖
後移居葉赫河
其地因姓納喇
納喇姓部遂居
璋滅呼倫國內
特所居地名曰
蒙古人姓土默

○葉赫國始祖
格布祿襲之
康古讐卒弟蒙
弟康古讐襲之
位八月而卒其
卒子尼爾漢襲
國勢漸弱萬汗

萬歷十二年甯
稱王甲申歲明
歸之兄弟遂皆
一城哈達人多
征眼諸部各居
名揚吉努弟
長名清佳努次

楚台楚生二子
格楚孔格生台
爾噶尼生楚孔
生席爾噶尼齊
席爾克明噶圖
席爾克明噶圖
星根達爾漢生

布齊揚吉努子
納林布祿各繼
父位後李成梁
復率兵攻克都
喀尼雅軍二寨
漢兵亦損傷甚
多成梁又於戊

殺之清佳努子
所帶兵三百皆
開原關王廟並
佳努揚吉努至
勅書為由誘清
哈連國睛以賜
遠伯李成梁受

姓嗙揚嗚圖墨
扎嚕後投納喇
祖星古禮移居
長白山發出始
江是也此源從
同江一說黑龍
哈迪烏拉卯混

尼馬察部人薩
薩哈連烏拉江
益克得哩原係
○輝發國本姓
利而回
林布祿東城失
子歲率兵攻納

禪都督生聲訥
哈禪都督生噶哈
拉哈都督生噶
噶生磊寬納領
次名都寬納領
子長名納領
貝臣貝臣生二

長名瑠臣次名
星古禮生二子
墇赤呼倫國人
國所居地名曰
喇噶揚噶圖墨
祭天遂改姓納
圖二人殺七牛

古察哈爾國土
門扎薩克圖汗
自將來圍其城
攻不能克遂回
旺吉努卒孫拜
音達哩殺其权
七人自為輝發

名輝發彼時蒙
山蕉城居之故
發河邊呼爾奇
服輝發部於輝
吉努旺吉努征
根達爾漢薺訥
根達爾漢生旺

記二路進攻成

蘭約以蠔帶為
寧兵與尼堪外
二月率邊廣
主阿太沙濟城於
成梁攻古呼城

國王
○滿洲國初蘇
克素護河部內
圖倫城有尼堪
外蘭者於癸未
歲萬歷十一年
唆攛寧遠伯李

成梁因數尼堪
甚多不能攻克
衝殺圍兵折傷
屢屢親出遠城
城其城倚山險
梁合兵圍古埒
阿太禦守甚堅

殺阿亥復與成
截圍送克其城
半得脫出半被
兵至遂棄城遁
阿亥城中見
命邊陽副將圍
梁親圍阿太城

資料來源:《滿洲實錄》,北京,中華書局,1986 年 11 月。

附錄三：《大清太祖高皇帝實錄》，
滿文本，卷十（局部）

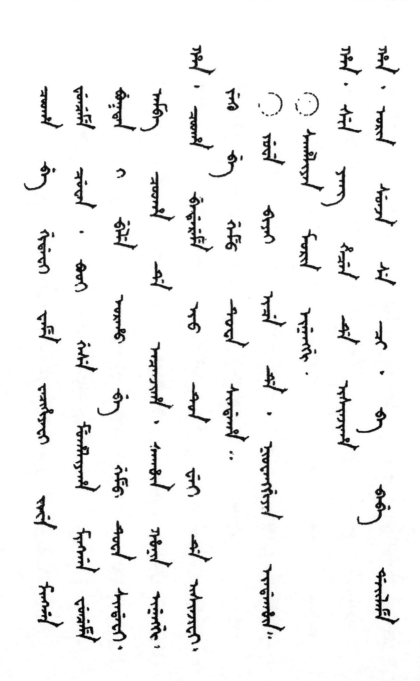

資料來源：《大清太祖高皇帝實錄》，滿文本，臺北，國立故宮博物院。

附錄四：《大清太祖武皇帝實錄》， 滿文本，卷四（局部）

ᠵᠠᡳ ᠪᠠᡨᡠᡵᡠ ᡝᡵᡝ ᡨᡝᠮᡝ ᠪᡝ ᠠᡠᠮᠪᠠᠨ ᠪᡝ ᡥᠠᡩᡠᠪᡠᠮᠠ᠂

ᠵᡝᡝ ᠪᡝ ᠪᠠᡳᡨᠠᡳ ᡨᡝᠮᡝ ᠰᡝᠮᠪᠠ᠂ ᠠᡠᠮᠪᠠᠨ ᠪᡝ ᡳᠨᡝᠩᡤᡳ ᠪᡝ

ᡳᠨᡝᠩᡤᡳ ᠪᡝ ᡨᡝᠮᡝ ᠰᡝᠮᠪᠠ᠂᠂

ᡝᡵᡝᡴᡳᠨᡳ ᡝᡵᡝ ᡩᡳᠮᠪᠠ ᠪᡝ ᠠᡴᡩᡠᠨ ᠠᡴᡩᡠᠨᠠᠮᠪᠠᠨᠪᠠ᠂

ᠪᠠᡨᡠᡵᡠ ᡝᡵᡝ ᠠᡴᡩᡠᠨᠠᠮᠪᠠ ᠰᡝᠮᠪᠠ ᠠᠮᠪᠠᠨ᠂᠂ᠰᡝᠮᡝᠩᡤᡝ ᡝᡵᡝ ᠠᡴᡩᡠᠨ ᠠᠮᠪᠠᠨ

ᠪᡝ ᡨᡝᠮᡝ ᠰᡝᠮᠪᠠ᠂᠂ᠰᡝᠮᡝᠩᡤᡝ ᠠᡴᡩᡠᠨᠠᠮᠪᠠ ᠰᡝᠮᡝ᠂ᠠᠮᠪᠠᠨ

ᡝᡵᡝ ᠪᠠᡨᡠᡵᡠ ᠠᠮᠪᠠᠨ᠂ᠰᡝᠮᡝ ᠠᡴᡩᡠᠨ ᠠᡴᡩᡠᠨᠠᠮᠪᠠ ᠪᡝ ᡨᡝᠮᡝ᠂᠂ᠪᠠᡨᡠᡵᡠ

ᠠᠮᠪᠠᠨ ᠪᠠᡨᡠᡵᡠ ᡝᡵᡝ ᡨᡝᠮᡝ ᠪᡝ ᡥᠠᡩᡠᠪᡠᠮᠠ᠂᠂ᠰᡝᠮᡝ ᡝᡵᡝ ᠠᠮᠪᠠᠨ

ᡥᠠᡶᠠᠨ ᠵᠠᡳ ᠨᡳᠶᠠᠯᠮᠠ ᠪᡝ

ᠶᠠᠶᠠ ᠂ ᠪᠠᠵᠠᠨ ᠵᠠᡴᠠ ᠰᠠᡳ ᠪᠠᡤᠠᠨᡳ ᠮᠠᡳᠯᠠᠨᠵᡳ ᠪᠠ ᠰᠠᠨᡳ ᠵᠠ ᡤᠠᡳᠳᠠᠩ

ᠪᠠᡳᠵᠠᠶ ᠂ ᠰᠠᠨᡳ ᠵᠠᡳᠯᠠ ᠪᠠᠶᠠᡳ ᠮᠠᠵᡳᠯᠠᡳ ᠵᠠ ᡤᠠᡴᠠᠨ ᠂ ᠪᠠᠰᠠᡳ ᠵᠠ ᡤᠠᡳᠯᠠᠩ ᠂

ᡴᠠᡳᠯᠠᠨᡳ ᠪᠠᡳ ᡤᠠᡳᠯᠠᡳ ᠰᠠᡳᠯᠠ ᡴᠠᡳᠯᠠᠨᠪᠠᠨ ᠵᠠᡳᠯᠠᡳ᠃

ᠰᠠᡴᠠᠨᡤᠠ ᠵᠠ ᠴᠠᠵᠠᠨᡳ

ᠴᠠᡳᡴᠠ ᠪᠠᠶᠠᠨᡤᠠ ᠂ ᠵᠠᡳᠯᠠᠨ ᠵᠠᡳᠯᠠᡳ ᠵᠠᡤᠠᠵᠠᠨ ᠵᠠ ᠰᠠᠨᡳ ᠂ ᠪᠠᡳ ᡤᠠᡳᠯᠠᠨᠵᡳ ᠂ ᠰᠠᡳ ᡴᠠᡳᠯᠠ ᠪᠠᠨ ᠵᠠᠨᡳᠯᠠᠨ ᠂

ᠶᠠ ᠪᠠᡳ ᠪᠠᡳ ᠰᠠᡳᠵᠠᠨ ᡤᠠᡳᠯᠠᡳ ᠂᠂ᠰᠠᡴᠠᠨᡤᠠ ᠵᠠ ᠰᠠᡳᠨᡳ ᡴᠠᡳᠯᠠ ᠂ ᠪᠠᡳ ᠶᠠ ᠪᠠᡳ ᠪᠠᡴᠠᠨ ᠂ ᠵᠠ ᠪᠠᡳ ᡤᠠᡳᠯᠠᠩ

ᡴᠠᠨᡳᠯᠠᡳ ᠂ ᠮᠠᡳᠯᠠᠨ ᠂ ᠰᠠᡴᠠ ᡤᠠᡳ ᠪᠠᡳᠯᠠᠨᡤᡳ ᠰᠠᠨᡳ ᠪᠠᡳᠯᠠᠨ ᠪᠠ ᠵᠠᡳᠯᠠᠨ ᡤᠠᡳ ᠰᠠᠨᡳ

ᡴᠠᡳᠯᠠᠨᡳ ᠂ ᠪᠠᡳᠯᠠᠨᡳ ᠪᠠ ᠪᠠᠨᡳ ᠂ ᠵᠠᡳᠯᠠᠨ ᠂ ᡴᠠᡳᠯᠠ ᠂᠂ᠪᠠᡳᠯᠠ ᠂ ᠮᠠᠨᡳᠯᠠᠨ ᡤᠠᡳ ᠪᠠᠨᡳᠯᠠᠨ ᠵᠠ ᠰᠠᠨᡳ

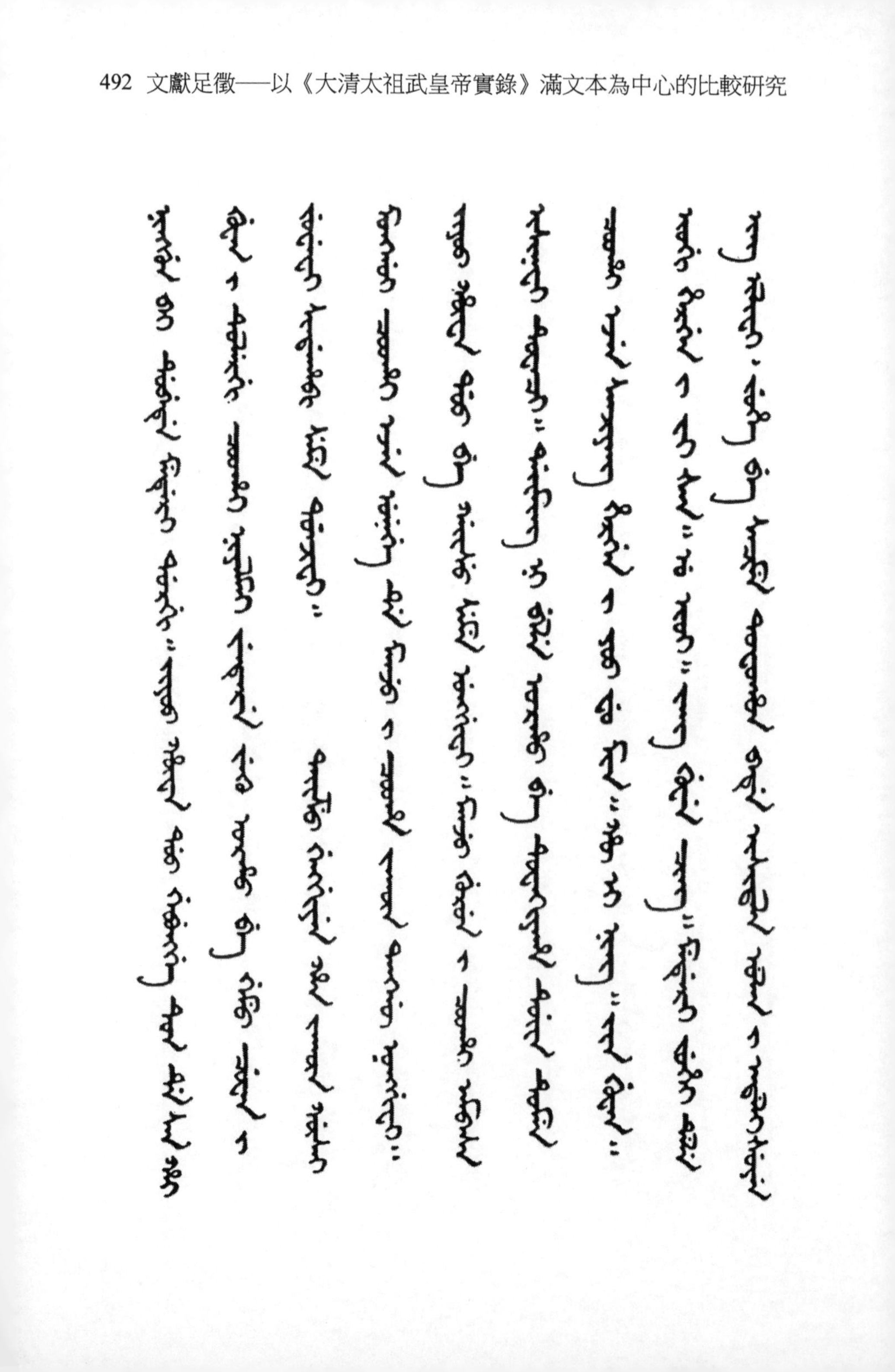

[illegible]

資料來源：《大清太祖武皇帝實錄》，滿文本，北京，
民族出版社，2016年4月。

附錄五：白山黑水

——滿洲三仙女神話的歷史考察

長白山上　天降仙女

　　靈禽崇拜是屬於圖騰崇拜的範疇。圖騰（totem）一詞，原是美洲印第安人的一種方言，意思是「他的親族」，就是劃分氏族界限的神物和標誌。原始社會人們相信某種動物不僅同自己的氏族有著血緣關係，而且還具有保護本氏族成員的義務和能力，氏族成員對這種動物也表示崇敬，而成為這個氏族的圖騰。鵲是吉祥的象徵，謂之喜鵲。五代後周王仁裕撰《開元天寶遺事・靈鵲報喜》說：「時人之家聞鵲聲者，皆為喜兆，故謂靈鵲報喜。」靈鵲報喜，就是鵲報。金元好問撰《遺山集》也有「鵲語喜復喜」等句，鵲語就是靈鵲噪鳴聲，都是喜兆。宣統皇帝在《我的前半生》一書裡回憶在毓慶宮讀書的一段話說：「當談到歷史，他們（老師們）誰也不肯揭穿長白山仙女的神話，談到經濟，也沒有一個人提過一斤大米要幾文錢。所以我在很長時間裡，總相信我的祖先是由仙女佛庫倫吃了一顆紅果生育出來的。」誠然，長期以來，滿族多相信自己的始祖是長白山仙女吞食了神鵲所銜朱果，圖騰感孕而生育出來的。

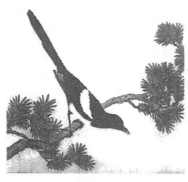 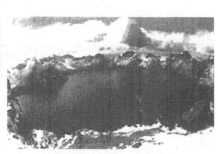

左圖：〈喜鵲圖〉，國立故宮博物院，《故宮鳥譜》

右圖：長白山天池，《清史圖典‧第一冊清太祖與清太宗》

　　長白山仙女的傳說，確實是滿族社會裡膾炙人口的開國神話，《滿洲實錄》、《大清太祖武皇帝實錄》、《大清太祖高皇帝實錄》的滿漢文本，都詳細記載：長白山高約二百里，周圍約千里，山上有一潭，叫做闥門，周圍八十里。鴨綠江、混同江、愛滹江，都從此潭流出。在長白山的東北有布庫里山，山下有天池，稱爲布爾湖里，相傳清太祖努爾哈齊的先世就是發祥於長白山。傳說天降三仙女，長名恩古倫，次名正古倫，三名佛庫倫。三仙女浴於池，浴畢上岸。有神鵲銜朱果置佛庫倫衣上，顏色鮮妍，不忍置放地上，而含口中，剛剛穿衣，朱果已入腹中，即感而成孕。佛庫倫後生一男，生而能言，倏忽長成，以愛新覺羅爲姓，名叫布庫里雍順。他經三姓酋長奉爲國主，妻以百里女，國號滿洲。布庫里雍順就是滿洲始祖，他的後世子孫因暴虐引起部眾反叛，

盡殺他的族人。族中有一幼兒，名叫凡察，脫身走到曠野，
有一隻神鵲站在凡察頭上，追兵疑爲枯木椿，遂中道而回。
滿洲後世子孫，都以鵲爲祖，誠勿加害。

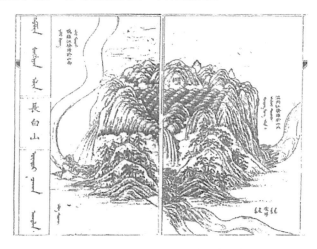

〈長白山示意圖〉，《滿洲實錄》，卷一。

　　神鵲對滿洲始祖的降生，滿洲
後世子孫的保護和繁衍，都有不世
之功。神鵲是靈禽，也是圖騰，有
血緣關係，以鵲爲祖，就是鵲圖騰
崇拜的遺痕。仙女佛庫倫吞朱果生
布庫里雍順，布庫里雍順是始祖，
佛庫倫是母系社會的始妣。《詩經‧
商頌》有「天命玄鳥，降而生商」
的故事，相傳有娀氏之女簡狄吞玄
鳥卵而生契。　傅斯年等編《東北史

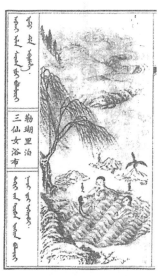

〈三仙女沐浴圖〉，《滿洲實錄》

綱》指出，長白山仙女佛庫倫吞朱果生布庫里雍順的傳說，在東北各部族中的普遍與綿長，就是東北人的「人降」神話。

　　東北亞的人降論故事，也見於高句麗。《論衡・吉驗篇》、《魏書・高句麗傳》、〈高麗好大王碑〉等史料記載，高句麗先祖朱蒙母是河伯女，被扶餘王囚禁於室中。爲日所照，引身避之，日影又逐，既而有孕，生一卵，大如五升。扶餘王棄之於犬，犬不食。棄之於豕，豕又不食。棄之於路，牛馬避之。棄之於野，眾鳥以毛覆之。扶餘王割剖之，不能破，遂還其母。其母以物包裹，置於暖處，有一男破殼而出，取名朱蒙，是扶餘語善射的意思。後因扶餘王欲殺害朱蒙，朱蒙逃至鴨綠江東北的淹淲水，欲渡無橋，朱蒙向河神禱告說：「我是天帝子，河伯外孫，今日逃走，追兵垂及，如何得濟？」於是魚鼈並浮，爲之成橋，朱蒙渡河後，建立高句麗。王孝廉著《中國的神話世界》一書已指出，我國的卵生或鳥生的神話，都是與古代東夷部族的太陽祭祀是有關的。在朱蒙神話中，鳥類並不是朱蒙的祖先，朱蒙與天有密切的關係，此天即是太陽，朱蒙具有太陽神的性格，是太陽神天帝之子。感日影神話暗示著，高句麗始祖朱蒙是太陽神之子的神聖性。殷商「天命玄鳥，降而生商」的玄鳥是受天命而生商，也暗示著受天命而生的商是天帝之子，生商的是天帝，玄鳥衹是執行天帝之命的使者。由此可知，《清太祖武皇帝實錄》中「以鵲爲祖」的記載，雖然具有鵲圖騰崇拜的文化意義，但是，神鵲並非布庫里雍順的祖先，仙女佛庫倫吞食朱果的神話也暗示著滿洲始祖布庫里雍順是太陽神天帝之子的神聖性，口銜朱果的神鵲祇是執行天帝之命的使者。

女眞故鄉　文獻足徵

清太宗天聰年間（1627-1636），黑龍江上游部族多未歸順大金國，包括薩哈爾察、索倫、虎爾哈等部。天聰八年（1634）十二月，清太宗皇太極命梅勒章京（meiren i janggin）即副都統霸奇蘭（bakiran）征討虎爾哈部（hūrha gurun）。國立故宮博物院典藏《滿文原檔》天聰九年（1635）五月初六日記載黑龍江虎爾哈部降將穆克什克（muksike）向清太宗皇太極

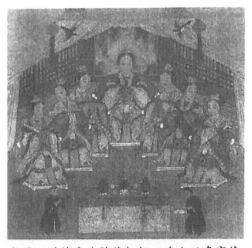

左圖：〈佛庫倫神像〉軸，清宮廷畫家繪，絹本，設色，縱 83 公分，橫
　　　64 公分，故宮博物院藏。《清史圖典・第一冊清太祖與清太宗》）
右圖：三仙女傳說滿文摘錄《滿文原檔》

等人述說了三仙女的傳說，節錄原檔一段內容，轉寫羅馬拼音，並譯出漢文如下。

cooha de dahabufi gajiha muksike gebungge niyalma alame,
mini mafa ama jalan halame bukūri alin i dade bulhori omode
banjiha, meni bade bithe dangse akū, julgei banjiha be ulan
ulan i gisureme jihengge, tere bulhori omode abkai ilan sargan
jui enggülen, jenggülen, fekülen ebišeme jifi, enduri saksaha
benjihe fulgiyan tubihe be fiyanggū sargan jui fekülen bahafi
anggade ašufi, bilgade dosifi beye de ofi, bokori yongšon be
banjiha. terei hūncihin manju gurun inu. tere bulhori omode
šurdeme tanggū ba, helung giyang ci emu tanggū orin gūsin ba
bi. minde juwe jui banjiha manggi, tere bulhori omoci gūrime
genefi sahaliyan ulai narhūn gebungge bade tehe bihe seme
alaha.

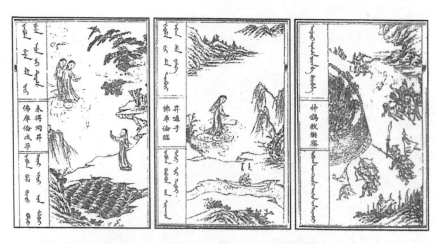

左圖：〈仙女佛庫倫因孕未得昇天圖〉，《滿洲實錄》，卷一。
中圖：〈仙女佛庫倫囑子圖〉，《滿洲實錄》，卷一。
右圖：〈神鵲救樊察〉，《滿洲實錄》，卷一。

兵丁招降之穆克什克告訴說：「我們的父祖世代在布庫里山下布爾湖里湖過日子。我們的地方沒有書籍檔子，古時生活，代代相傳，傳說此布爾湖里湖有三位天女恩古倫、正古倫、佛庫倫來沐浴。神鵲啣來朱果，爲么女佛庫倫獲得後含於口中，吞進喉裡，遂有身孕，生下布庫里雍順，其同族即滿洲國。此布爾湖里湖周圍百里，離黑龍江一百二、三十里，我生下二子後，就由此布爾湖里湖遷往黑龍江納爾渾地方居住了。

　　薩哈爾察部分布於距黑龍江城璦琿西北的額蘇里屯一帶，並佔有迤東的熱雅河流。虎爾哈部分布於璦琿以南的黑龍江岸地方。《滿文原檔》忠實地記錄了降將穆克什克所述滿洲先世發祥傳說，其內容與清朝實錄等官書所載三仙女的故事，情節相符，說明佛庫倫吞朱果感孕生下滿洲始祖布庫里雍順的神話，都是由來已久的傳說，不是杜撰的。滿洲始祖布庫里雍順的名字是因布庫里山而得名的，《大清太祖武皇帝實錄》作「布庫里英雄」，意即布庫里山的英雄。松村潤撰〈滿洲始祖傳說研究〉一文已指出，虎爾哈部位於黑龍江城東南邊大約一百里的地方，就是清末所稱江東六十四屯的一帶地方，穆克什克所述布庫里山及布爾湖里湖應該就在這裡。李治亭撰〈關於三仙女傳說的歷史考察〉一文亦指出，穆克什克講述的神話，同欽定官書及其後世相傳的神話，山水、人物、名稱及故事情節一模一樣，只有地點不同。穆克什克所講的神話是黑龍江的古來傳說，這表明神話最早起源於黑龍江流域。滿洲原來是一個古地名，居住在滿洲地區的民族，就稱爲滿洲族，可以簡稱爲滿族。滿族是民族共同體，以建州女真爲主體民族，也融合了蒙古、漢、朝鮮等民族。三仙女的傳說既然起源於黑龍江流域，因此，黑龍江兩岸才是建州女真人的真正故鄉。

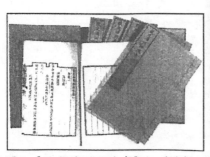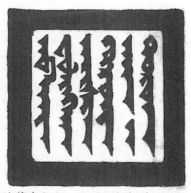

左圖：《欽定滿洲源流考》，（清）阿桂等奉敕撰，乾隆 42 年（1777），武英殿刻本，北京故宮博物院藏。

右圖：〈天命金國汗之印〉（abkai fulingga aisin guruni han i doron），《明清檔案存真選集》，第二集。

女眞南遷　第二故鄉

北亞遊牧部族的圖騰，多隨著部族逐水草而遷移。隨著圖騰團體的定居，圖騰地域化後，圖騰名稱多形成了地名。三仙女的神話，雖然最早起源於黑龍江流域，但是，隨著女真人由北向南的遷徙，便把原在黑龍江地區中流傳的神話，伴隨著女真人的南遷，最後就以長白山爲滿族先世發祥地而定型下來。明朝初年，女真分爲三部，其中建州女真是因明朝招撫設置建州衞而得名。明初從三姓（ilan hala）附近的斡朵里部、胡里改部遷徙到綏芬河下游、圖們江、琿春江流域。永樂末年至正統初年，又遷到渾河上游的蘇子河一帶。松花江在元、明時期又稱海西江，居住在松花江及其支流沿岸的許多女真部落因而統稱之爲海西女真，又稱忽剌溫女真。正統至嘉靖年間，海西女真遷徙到吉林松花江沿岸、輝發河流域，主要爲扈倫烏拉、哈達、葉赫、輝發四部。野人女真主要是指烏蘇里江以東諸部女真。明廷設置建州衞後，又析置建州左衞和建州右衞，三衞並立。建州女真族就是指明朝所設置的建州三衞的女真居民。十六世紀八〇年代，在建州女真族中出現了一支武力強大的努爾哈齊勢力，他進行對建州女真族分散的各部族的武力統一，並以此爲基礎，開始把兼併戰爭推向建州女真族以外的海西和東海等女真各部。明神宗萬曆四十四年（1616），努爾哈齊在赫圖阿拉（hetu ala）稱天命金國汗（abkai fulingga aisin gurun i han）。在八旗組織中，除主體女真族外，還有蒙古和漢人。天聰九年（1635），皇太極爲凝聚力量，淡化族群矛盾，正式宣布廢除女真諸申（jušen）舊稱，而以「滿洲」（manju）爲新的族稱，這個新的民族共同體，就是滿族。三仙女的神話，原來是女真人長期以來流傳的故事，後來也成爲滿洲先世的發祥神話了。

左圖：《裔乘·東北夷·女直》，（明）楊一葵撰。，《裔乘》是一部關於少數民族歷史的專門著作，其中〈東北夷〉部分，記述了明代以前女真族的發展歷程。因避遼興宗耶律宗真名諱，典籍中常把女真寫作女直。

右圖：《東夷考略·建州》，（明）茅瑞徵撰。此書考證了建州女真的淵源流變。

　　天聰九年（1635）八月，畫工張儉、張應魁奉命合繪清
太祖實錄戰圖。崇德元年（1636）十一月，內國史院大學士
希福、剛林等奉命以滿蒙漢三體文字改編清太祖實錄纂輯告
成，凡四卷，即所稱《大清太祖武皇帝實錄》，是太祖實錄
初纂本。康熙二十一年（1682）十一月，仿清太宗實錄體裁，
重修清太祖實錄。至乾隆四年（1739）十二月，始告成書，
即所稱《大清太祖高皇帝實錄》。松村潤撰〈滿洲始祖傳說
研究〉一文指出，乾隆朝的《滿洲實錄》是將崇德元年（1636）
十一月告成的滿蒙漢三體三本書的《大清太祖武皇帝實錄》
合起來，又根據另外的繪圖加上插圖而完成的。其中關於長
白山開國傳說的記載，祇不過是把元代《一統志》的記載照
樣抄錄下來而已。以長白山為聖地的信仰，在女真族社會裡，
雖然由來已久，但是，以長白山為祖宗發祥地的傳說卻見於
晚出的《滿洲實錄》。其實，有關布庫里雍順傳說的位置，
應該是康熙皇帝派人調查長白山後才確立的。三仙女的神
話，黑龍江虎爾哈部流傳的是古來傳說。長白山流傳的是晚
出的，崇德元年（1636）纂修告成的《大清太祖武皇帝實錄》
似可定為三仙女神話起源於長白山的上限，康熙年間重修《大
清太祖高皇帝實錄》頗多修改潤飾。譬如「布庫里英雄」，
重修本改為「布庫里雍順」；布庫里英雄為滿洲始祖，重修
本改為「滿洲開基之始」；「滿洲後世子孫俱以鵲為祖」，
重修本改為「後世子孫俱德鵲」。

　　康熙十六年（1677）、二十三年（1684）、五十一年（1712），
康熙皇帝先後派遣大臣到長白山尋找祖先的發祥地。布庫里

山，當地人叫做紅土山。布爾湖里，池圓形，當地人稱爲圓池，位於安圖縣最南端。可能是在康熙年間將圓池定名爲「天女浴躬池」，並在圓池西南側豎立了「天女浴躬碑」一座，終於確定了滿洲先世的發祥地。清太宗皇太極把原在黑龍江地區女真人流傳的三仙女神話，作爲起源於長白山一帶的歷史。康熙皇帝進一步將黑龍江女真人故鄉的地名移到長白山，將紅土山改稱布庫里山，將圓池改稱布爾湖里池，這是女真人由北而南逐漸遷徙的結果。三仙女神話傳說的變遷，在一定程度上反映了滿洲早期的歷史發展進程。

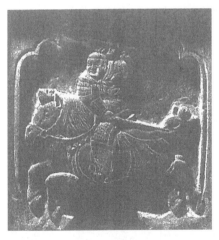

女真騎馬武士雕刻，磚質，縱 32 公分，橫 31 公分，山西侯馬董明墓出 土。墓磚上雕刻的武士身披甲冑，舉手鞭策戰馬飛奔，是金代女真人尚 武精神的形象反映。

《滿文原檔・三仙女神話》，臺北，國立故宮博物院。

平上岸有

佛庫倫浴

古倫三名

倫次名正

長名恩古

女浴於泊

天降三仙

勒瑚里初

一泊名布

庫哩山下

之東北布

於長白山

滿洲原起

滿洲源流

〈滿洲源流〉（局部），《滿洲實錄》，卷一。

後 記

　　工欲善其事，必先利其器。為了充實滿文基礎教學，編寫滿文教材，特選錄《大清太祖武皇帝實錄》滿文本中部分內容，編為五十個子題，轉寫羅馬拼音，改譯漢文，對滿文的學習，或可提供一定的參考價值。

　　本書滿文、羅馬拼音及漢文，由國立臺灣師範大學研究所趙冠中同學編輯排版，原任駐臺北韓國代表部連寬志先生協助校對，並承國立臺灣大學中文學系滿文班同學暨文史哲出版社的熱心協助與支持，在此一併致謝。

莊 吉 發 謹 識

二〇一八年八月